Ursula Poznanski wurde 1968 in Wien geboren. Sie war als Journalistin für medizinische Zeitschriften tätig. Nach dem fulminanten Erfolg ihrer Jugendbücher «Erebos», «Saeculum», «Layers» etc. landete sie bereits mit ihrem ersten Thriller «Fünf» auf den Bestsellerlisten. Bei Wunderlich folgten «Blinde Vögel» und «Stimmen» sowie zusammen mit Arno Strobel die Bestseller «Fremd» und «Anonym». Ursula Poznanski lebt mit ihrer Familie in der Nähe von Wien.

«Ursula Poznanski hat die große Gabe, ihre Helden tief ins Herz und Gedächtnis zu schreiben. Dazu kommt ein Wahnsinnsgespür für Themen und Timing. Es geht immer um Spielarten der Manipulation – dass sich einem die Nackenhaare aufstellen vor Entsetzen.» *(Brigitte)*

«Wieder ein packender Fall für Poznanskis Salzburger Ermittlerteam Beatrice Kaspary und Florin Wenninger.» *(Die Welt Kompakt)*

«Ein fein ausgeklügelter Thriller, der einen auf keiner Seite loslässt.» *(Hamburger Morgenpost)*

«Hut ab vor Frau Poznanski, sie beherrscht die Regeln des Genres perfekt und schafft es dennoch zu überraschen.» *(Für Sie)*

Ursula Poznanski

SCHATTEN

Thriller

Rowohlt Taschenbuch Verlag

3. Auflage Juni 2026
Veröffentlicht im Rowohlt Taschenbuch Verlag,
Rowohlt Verlag GmbH, Kirchenallee 19, 20099 Hamburg
Zuerst veröffentlicht im Rowohlt Taschenbuch Verlag,
Reinbek bei Hamburg, Februar 2019

Umschlaggestaltung Hafen Werbeagentur, Hamburg
Umschlagabbildungen Image Source/
Getty Images; rsooll/shutterstock.com
Satz Pinkuin Satz und Datentechnik, Berlin
Printed in Germany
ISBN 978-3-499-26744-4

Kontaktadresse nach EU-Produktsicherheitsverordnung:
produktsicherheit@rowohlt.de

SCHATTEN

Prolog

Es ist sein Blick, der mich davon abhält, ihn sofort zu töten. Die weit geöffneten Augen, in denen all die Angst liegt, die er nicht herausschreien kann.

Von dieser Angst will ich mich noch nicht trennen. Sie wird in einem Moment animalischer Panik kumulieren und dann verlöschen, sobald ich dem Mann die Kehle durchschneide. Das Danach ist uninteressant; nur noch klebriges Blut und totes Fleisch.

Das Jetzt hingegen ist der rasende Puls, den ich an seinem Hals schlagen sehen kann, es sind die geblähten Nasenflügel, durch die der Mann Luft in seinen Körper saugt, weil der Knebel kein Atmen durch den Mund erlaubt. Es sind die scharfen, ruckartigen Bewegungen, mit denen er immer wieder gegen seine Fesseln kämpft, obwohl er längst begriffen hat, wie aussichtslos das ist.

Ich habe ihm die Möglichkeit genommen, mich um sein Leben zu bitten. Alle die guten Gründe, ihn zu verschonen, die sich zweifellos in seinem Kopf sammeln wie Treibholz an einer Flussenge, er kann sie mir nicht erklären. Also fleht er nur mit seinen Augen. Sein Blick lässt mich nicht los, und er vermeidet es, ihn auf die lange Klinge zu richten, die ich in der Hand halte.

Nur wenn ich sie bewege, zuckt sein Blick für die Dauer eines Wimpernschlags nach links. Jedes Mal.

Er weiß, was kommt. Ich habe es ihm gesagt, und wie erwartet hat er sich in seinen Fesseln aufgebäumt, hat gegen den Knebel angeschrien.

Er weiß, was passieren wird, aber er weiß nicht, warum. Ganz sicher hat er die eine oder andere Theorie, aber keine davon stimmt auch nur im Ansatz, wie sollte sie auch?

Ich frage mich, ob er seinen Tod bereitwilliger hinnähme, wenn ich ihm den Grund für sein bevorstehendes Ende nennen würde. Vermutlich nicht. Er fände es höchstens ungerecht, und ja, das ist es natürlich. Himmelschreiend ungerecht, aber trotzdem unvermeidlich.

Seien wir ehrlich, die Welt erleidet keinen großen Verlust durch seinen Tod. Im Gegenteil, einige Menschen werden erleichtert aufatmen, wenn sie davon erfahren.

Ich lächle ihn an, hebe das Messer.

Wieder bäumt er sich auf, als könne er dadurch auch nur das Geringste ändern. Er würde alles tun, alles, um sein Leben um ein, zwei Sekunden zu verlängern. Und damit die Hoffnung und die Angst. Menschen sind merkwürdige Geschöpfe.

Ich werde es jetzt nicht mehr länger hinauszögern. Es ist unwürdig, es ist, als würde ich einen Wurm quälen, den ich bewusst langsam auf den Angelhaken spieße.

Das trifft es genau. Nichts anderes tue ich gerade.

Ich stehe auf, trete hinter ihn, ziehe seinen Kopf in den Nacken und setze an der linken Seite an, mache einen einzigen tiefen, langen Schnitt. Mit seinen letzten Schlägen pumpt das Herz des Mannes Blut aus der Wunde, gegen die Wände, auf den Boden, in weiten, hellroten Fontänen.

Fast fertig. Jetzt fehlt nur noch eine Kleinigkeit.

Ich lasse meinen Blick durchs Zimmer wandern. Kurz verharrt er auf dem zusammengeknüllten T-Shirt, das unter dem Schreibtisch liegt. Nein. Keine gute Wahl.

Aber gleich darüber, an der Wand –

Mit ein paar Schritten bin ich dort, jeder davon sorgsam gesetzt – ich werde keinesfalls in Blut treten.

Der Mann hat Fotos an die Wand gepinnt. Mit Reißnägeln, direkt in die Mauer. Ich sehe sie mir eingehend an, schwanke zwischen einem, auf dem er im Skioverall mit zwei sichtlich betrunkenen Freunden vor einer Hütte sitzt und einem zweiten, auf dem er je einen Arm um je eine Frau gelegt hat. Links blond, rechts brünett.

Das zweite ist das weitaus bessere Souvenir. Ich ziehe den Reißnagel heraus und stecke ihn ein, ebenso wie das Foto. Dann erst drehe ich mich wieder um.

Kein Kämpfen mehr. Kein Zucken. Der Blick des Mannes ist zur Decke gerichtet, sein Mund steht offen, direkt darunter klafft ein breiteres, röteres Grinsen.

Alles ist bereit für den ersten Akt.

1. Kapitel

Das Klingeln ihres Telefons drang nur langsam bis in ihr Bewusstsein durch, es war der Refrain von Lilly Allens *Fuck you*, der Ton, den sie für Achim eingestellt hatte.

Beatrices Kopf lag noch an Florins Schulter, oder vielleicht auch schon wieder, und sie löste sich ebenso langsam wie unwillig aus seiner Umarmung, stieg aus dem Bett und ging ins Badezimmer. Schloss die Tür hinter sich, ehe sie das Gespräch entgegennahm. «Guten Morgen.»

«Von wegen, guten Morgen.» Achim war bereits auf Betriebstemperatur, sie hörte es an seiner Stimme. Wach und geladen bis zum Anschlag. «Kannst du mir verraten, wo du Minas Taschenrechner versteckt hast? Sie hat heute Mathetest, und er ist nirgendwo zu finden.»

Wo ich ihn versteckt habe. Beatrice ließ sich auf den Badewannenrand sinken. Es war gerade Viertel nach sechs, da schliefen die Kinder noch, auch wenn sie bei ihrem Vater übernachteten, der jetzt zwar nicht mehr nachts anrief, um sie zu terrorisieren, aber Beatrice mit Vorliebe frühmorgens aus dem Schlaf riss. Er wusste, sie stellte das Handy nicht lautlos, wenn Jakob und Mina bei ihm waren.

«Ich habe gar nichts versteckt. Wenn der Rechner nicht in Minas Tasche ist, hat sie ihn wahrscheinlich in der Schule gelassen.»

Achim schnaubte. «Wäre es zu viel verlangt, dass du in ihr Zimmer gehst und nachsiehst?»

Beatrice schloss für einen Moment die Augen. Sie würde wieder einmal lügen müssen, denn Achim wusste nichts von der Beziehung zwischen ihr und Florin; erst recht wusste er nicht, dass sie die Nächte, in denen die Kinder außer Haus waren, ebenfalls anderswo schlief. Ihr graute zu sehr vor dem, was er dann lostreten würde, er machte ihr schon jetzt das Leben so schwer wie möglich.

«Okay, ich gehe nachsehen. Moment.» Sie senkte die Hand mit dem Handy, zählte bis zwanzig, hob es dann wieder ans Ohr. «Nein, da ist nichts. Ich bin sicher, der Rechner ist in der Schule. Und Mina ist alt genug, um ihre Sachen selbst zusammenzuhalten.»

Achim lachte höhnisch auf. «Natürlich. Hauptsache, du musst dich um nichts kümmern, nicht wahr?» Damit legte er auf.

Beatrice widerstand der Versuchung, das Handy in die Ecke zu pfeffern. Stattdessen beugte sie sich über das Waschbecken und klatschte sich kaltes Wasser ins Gesicht.

Achim war nicht der einzige Unsympath, der heute ihren Weg kreuzen würde. Ihr stand ein anstrengender Tag bevor.

Sie seufzte. Erinnerte sich daran, wie beschwingt sie sich nach Kossars Mitteilung, er würde wieder einmal für ein Jahr in die USA gehen, gefühlt hatte. Er würde seine Profiler-Ausbildung fortsetzen und bei seiner Rückkehr noch besserwisserischer sein, aber das war okay. Beatrice hatte sich darauf gefreut, mit einem anderen Psychologen zusammenarbeiten zu können, oder diesmal vielleicht sogar mit einer Psychologin?

Florin war zu ihr gekommen, umarmte sie von hinten und küsste ihre linke Schulter. «Wir müssen, Bea. Willst du zuerst duschen?»

Sie stellte das Wasser so heiß, dass es beinahe schmerzhaft war; danach drehte sie den Hebel zur anderen Seite, bis an den Anschlag. Die Kälte brachte ihr Herz kurz aus dem Takt, sie ertrug sie nur wenige Sekunden lang. Dafür war aber spätestens jetzt jede Müdigkeit von ihr gewichen, und sie fühlte sich gewappnet für den Tag. Er würde schon sehr schlimm werden müssen, um den Ärger von eben zu toppen.

Der Besprechungsraum war bereits halb voll, als sie ihn betrat. Stefan Gerlach unterhielt sich mit Drasche von der Spurensicherung, der in den letzten Wochen sichtlich ein paar Kilo leichter geworden war. Beatrice hatte ihn noch nie in Markenjeans gesehen. Stand ihm aber nicht schlecht. Vielleicht hatte er ja eine Freundin?

Auf der anderen Seite des Tisches saß Bechner, der flüchtig aufblickte, als sie sich einen Stuhl heranzog, dann aber weiter auf seinem Smartphone herumtippte.

Neben ihm starrte Hoffmann ins Leere. Das Gesicht grau, der Mund ein weicher Strich, die Hände ineinander verschränkt.

Sein Anblick verursachte Beatrice jedes Mal größeres Unbehagen, schon allein, weil sie nicht wusste, welche Reaktion angemessen war. Hoffmann konnte sie ebenso wenig leiden wie sie ihn, daraus hatten beide nie ein Hehl gemacht, aber jetzt … sie hatte noch nie erlebt, dass jemand so massiv unter dem Tod des Ehepartners litt. Seitdem Hoffmanns Frau an Lungenkrebs gestorben war, schien es, als habe er die Verankerung in der Welt verloren. Gelegentlich überkam Beatrice sogar der Impuls, ihm eine Hand auf die Schulter zu legen. Oder ihm wenigstens mitfühlend zuzulächeln.

Nur würde er das wahrscheinlich als Hohn interpretieren. Als Schadenfreude. Alles denkbar.

«Ist Florin noch nicht da?» Stefan hatte sich ihr zugewendet, das rote Haar stand ihm in sämtlichen Richtungen vom Kopf ab. Flaumige Löckchen. Mit fünfunddreißig würde er kahl sein, schätzte Beatrice, aber bis dahin hatte er noch fast zehn Jahre Sturmfrisur vor sich.

«Er musste noch telefonieren. Wird gleich kommen.» Sie setzte sich, verschränkte die Finger auf der Tischplatte. In einer Stunde würde das hier hoffentlich vorbei sein, und sie konnten sich endlich dem Tagesgeschäft zuwenden.

Vom Gang her hörte Beatrice Florins Lachen, einen Moment später erschien er in der Tür, gemeinsam mit Ebner, Drasches rechter Hand. «Guten Morgen.» Er nickte in die Runde und setzte sich dann neben Bechner. Früher hätte er gezielt den Stuhl neben Beatrice angesteuert – fiel das niemandem auf? Umso besser. Obwohl sie Florin gerade heute gerne neben sich gehabt hätte.

Hoffmann warf einen müden Blick auf die Uhr. «Eigentlich sollte er schon hier sein. Fängt ja gut an.»

Nur Sekunden darauf klopfte es an der Tür.

«Es tut mir unendlich leid, dass ich zu spät bin.»

In dem eleganten, dunkelgrauen Anzug wirkte Vasinski völlig anders als in weißer Hose und weißem Poloshirt. Beatrice kannte ihn nur aus dem Umfeld der Psychiatrischen Abteilung des Klinikums Salzburg Nord, und dort war er immer in seiner typischen Arztkluft herumgelaufen.

«Der Verkehr war eine Katastrophe.» Er setzte sich neben Hoffmann, lächelte in die Runde. Schenkte Beatrice einen dieser durchdringenden Blicke aus seinen ungewöhnlich blauen Augen, die so merkwürdig mit seinem dunklen Haar kontrastierten.

Sie zwang sich ebenfalls ein Lächeln ab. Ein guter Teil ihres inneren Widerstands gegen Vasinskis Anwesenheit lag sicherlich darin, dass sie ihn lange Zeit verdächtigt hatte, die Morde in der Traumaklinik begangen zu haben. Das war ein Irrtum gewesen – für den sie sich nicht entschuldigen musste, auch wenn es sich irritierenderweise so anfühlte.

Ein zweiter Grund war seine mangelnde Qualifikation für den Job, den Kossar ihm vor seiner Abreise zugeschanzt hatte. Beatrice hatte auf jemanden gehofft, der frischen Wind ins Team bringen und es mit echtem Expertenwissen bereichern würde. Wenn Kossar einmal richtiggelegen hatte, dann war das aus Zufall gewesen – und er hatte seine Ausbildung immerhin beim FBI absolviert. Davon konnte bei Vasinski keine Rede sein.

«Schön, dass Sie jetzt hier sind.» Hoffmann klang völlig desinteressiert. «Mit einigen von uns haben Sie ja bereits früher Bekanntschaft gemacht, nicht wahr? Vor allem mit Florin Wenninger und Beatrice Kaspary, soviel ich weiß?» Hoffmann zog den linken Mundwinkel nach oben. «Frau Kaspary ist übrigens gar nicht damit einverstanden, dass Sie unseren Kollegen Kossar interimistisch als Profiler vertreten wollen. Allerdings ist sie selten mit etwas einverstanden.»

Sie hätte wissen müssen, dass Hoffmann es schlimmer machen würde. Egal, dann musste sie mit ihren Bedenken wenigstens nicht mehr hinter dem Berg halten. «Ich habe lediglich kritisiert, dass Sie für diese spezifische Tätigkeit nicht qualifiziert sind, und das sollten Sie eigentlich selbst wissen, Dr. Vasinski. Sie haben mit Traumapatienten gearbeitet, nicht mit Straftätern. Sie haben keine polizeiliche Ausbildung. Unter diesen Voraussetzungen könnten wir theoretisch jeden Psychiater zur Hilfestellung heranziehen.»

Vasinski hatte ihr zugehört, immer noch lächelnd. In seinem Gesicht zuckte kein Muskel. «So ganz richtig ist das nicht. Sehen Sie ...», er legte die Fingerspitzen aneinander, «... ich bin sowohl Psychologe als auch Psychiater, und ich habe sehr wohl in der forensischen Psychiatrie gearbeitet. Sieben Jahre lang, in Wien. Ich bin erst nach Salzburg gegangen, als eine Stelle in Prof. Klements Abteilung vakant geworden war. Und nachdem die Traumastation nun aufgelöst wurde, bin ich in mein altes Gebiet zurückgekehrt.» Er hob die Hände, als wolle er einen Einwand abwehren, noch bevor jemand auch nur den Mund aufgemacht hatte. «Natürlich haben Sie trotzdem recht, Frau Kaspary. Ich bin kein Profiler. Ich habe keine Polizeiausbildung, nichts dergleichen. Aber soweit ich verstanden habe, brauchen Sie jemanden, der Ihnen kurzfristig zur Seite stehen kann, wenn es um Tätereigenschaften geht. Wenn Sie bei einer Fallanalyse

Unterstützung wünschen. Dann werde ich Ihnen sehr gern behilflich sein – natürlich nur so lange, bis Sie jemand Qualifizierteren gefunden haben.» Sein Lächeln vertiefte sich. «Aber trauen Sie mir bitte ein gewisses Fachwissen zu. Sobald eine Frage meine Expertise übersteigt, werde ich das in aller Ehrlichkeit sagen.»

Das war auf jeden Fall mehr, als sie von Kossar jemals hätten erwarten können. Beatrice nickte und hoffte, dass es freundlich, nicht gönnerhaft wirkte. Florins Gesichtsausdruck zufolge gelang ihr das nur bedingt.

«Wenn es so bleibt, wie es derzeit ist», sagte er, «werden Sie kaum etwas zu tun bekommen. Wir haben zwar viel Arbeit, aber es sind alles Routinefälle.»

«So ist es ja meistens», warf Bechner ein.

Vasinski wirkte nicht im Mindesten enttäuscht. «Das ist mir durchaus bewusst. Und ich bin keinesfalls unterbeschäftigt, falls Sie das denken sollten. Meine derzeitige Tätigkeit füllt mich wirklich aus, fordert mich ...» Er warf Florin einen kurzen Blick zu. «Routinefälle gibt es bei uns allerdings nicht. Leider.»

Beatrice hielt sich zurück, bis Florin die Tür ihres gemeinsamen Büros hinter sich geschlossen hatte. «Er ist ein arroganter Idiot, sogar wenn er versucht, bescheiden zu tun. Ach was, vor allem dann.» Sie setzte sich mit so viel Schwung auf ihren Drehstuhl, dass er zwei Meter vom Schreibtisch wegrollte.

«Allein die Bemerkung mit den Routinefällen. Und Hoffmann verwandelt die Vorlage. *Wir sind eben Beamte, und das Beamtenleben besteht aus Routine.*» Unwillkürlich tastete sie nach ihrem linken Arm, den sie sich im Zuge der Aufklärung des Falls rund um das Klinikum Salzburg Nord gebrochen hatte. Alles war sauber verheilt, nur gelegentlich fühlte Beatrice ein Ziehen, das bis in die Schulter reichte.

«Du magst ihn nicht, ich habe das begriffen und alle anderen auch, schätze ich.» Florin trat hinter sie und küsste sie auf den Scheitel. «Man könnte den Eindruck gewinnen, du hättest etwas gegen Psychologen, dabei hast du doch selbst Psychologie studiert.»

Wahrscheinlich lag es daran. «Nein, ich habe nichts gegen den Beruf im Allgemeinen. Wir kriegen nur immer solche Prachtexemplare ab.» Sie öffnete am Computer ihr File zu dem Fall, den sie aktuell bearbeitete. Erwin und Mathilde Hagenauer. Ein achtundachtzigjähriger Mann hatte seine fünfundachtzigjährige, pflegebedürftige Frau erstickt und sich danach selbst erschossen. Keine offenen Fragen, nur noch eine Menge Schreibarbeit. Manchmal lagen die Fakten von Anfang an klar zutage. Meistens, eigentlich.

«Mit ein bisschen Glück», sagte Beatrice, «werden wir Vasinskis Unterstützung überhaupt nie in Anspruch nehmen müssen.»

Schon während sie es aussprach, beschlich sie das unbehagliche Gefühl, dadurch das Schicksal herauszufordern. Doch sie hätte nie damit gerechnet, dass es diese Herausforderung so schnell annehmen würde.

2. Kapitel

Die Nachbarn zur Rechten standen im Türrahmen; der Mann hatte seinen massigen Arm um die Schultern der Frau gelegt, sie verschwand beinahe in seinem Griff.

Die Nachbarn zur Linken hatten ihre Tür nur einen Spalt weit geöffnet, durch den in erster Linie Babygebrüll drang. In zweiter Linie der Geruch von gekochtem Kohl, der sich auf brechreizerregende Weise mit dem Verwesungsgestank mischte, der das ganze Haus durchzog.

Die Quelle dieses Gestanks war zweifellos die mittlere Wohnung, auf deren Tür ein verblasstes Schild mit dem Namen *Wallner* angebracht war. Ein junger Beamter in Uniform stieß die Tür von innen auf und blickte ihnen entgegen. «Sie sind die Kollegen vom LKA?»

«Ja.» Florin warf den Nachbarn jeweils einen kurzen Blick zu. «Wer von Ihnen hat die Polizei gerufen?»

Der Mann mit den fleischigen Armen hob einen davon, wie ein übereifriger Schüler. «Ich. Weil der Geruch echt nicht mehr auszuhalten war. Dreimal haben wir es dem Hausmeister schon gesagt, aber der kümmert sich ja um nichts.»

«Okay. Danke. Wir würden dann gern später mit Ihnen sprechen. Sobald wir da drin fertig sind.» Er wandte sich der anderen Tür zu. «Und mit Ihnen bitte auch.»

Der Spalt schloss sich umgehend, das Babybrüllen drang nur noch gedämpft bis auf den Flur hinaus.

Sie betraten die Wohnung, der uniformierte Kollege musterte Beatrice zweifelnd. «Ich sage es Ihnen lieber gleich, es ist kein schöner Anblick.»

Na so was, dabei sind unsere Leichen doch sonst immer so hübsch. Die Erwiderung lag Beatrice auf der Zunge, aber sie beherrschte sich. Die Warnung war nett gemeint gewesen, und vielleicht wollte der junge Polizist damit nur seiner eigenen Beklemmung Luft machen.

Niemand hatte ein Fenster geöffnet. Das war gut, es verbesserte die Chancen der Gerichtsmedizin, wenigstens einen ungefähren Todeszeitpunkt bestimmen zu können. Mehr als ungefähr würde nicht drin sein, wie Beatrice nach einem ersten Blick auf den Toten klar war.

Er hing auf einem Stuhl, den Kopf im Nacken, seine Hände waren hinter der Lehne gefesselt. Das T-Shirt war bis über den Nabel hochgerutscht, darunter sah man den aufgetriebenen Bauch, grünlich verfärbt.

Beatrice beugte sich über den Toten, darauf bedacht, nicht in das angetrocknete Blut auf dem Parkettboden zu treten. Keine Chance, das Gesicht des Mannes erkennen zu können. Aufgedunsen. Pechschwarz.

Sie verständigte sich über einen stummen Blick mit Florin. Besser warten, bis Drasche und Ebner ihre Arbeit gemacht hatten und sich das Ganze dann noch einmal ansehen.

Erleichtert atmete sie durch, als sie wieder auf den Gang hinaustraten. «Komm», sagte Florin. «Nehmen wir uns die Nachbarn vor.»

Eine schwarze Couch voller Hundehaare, davor ein Furnierholztischchen, von dem seit Tagen niemand mehr die Gläser geräumt hatte; Beatrice zählte neun Stück. Sie stand am gekippten Wohnzimmerfenster. Weniger, weil sie sich nicht mitten ins Chaos setzen wollte, sondern weil dort die Luft am besten war. Der Verwesungsgeruch haftete an den Schleimhäuten, sie hatte den Eindruck, als würde ihre eigene Kleidung ihn schon verströmen.

«Der Name Ihres Nachbarn ist also Wallner», hörte sie Florin eben sagen.

«Ja. Markus Wallner. Wissen Sie, wenn so was passiert, liest man immer in der Zeitung, dass die Leute unauffällig, ruhig und freundlich waren», sagte der Mann. Roschek hieß er, Andreas Roschek. «Aber bei Herrn Wallner war das nicht so. Er hat viel getrunken und war dann sehr laut. Wenn jemand aus dem Haus bei ihm geklingelt und ihn gebeten hat, seine Musik leiser zu stellen, ist er extrem unhöflich geworden.»

Beatrice sah aus dem Fenster. Auf der gegenüberliegenden Straßenseite versuchte ein weißer Golf seit Minuten, sich in eine viel zu kleine Parklücke zu zwängen. «Also war Herr Wallner kein angenehmer Nachbar?», fragte sie.

«Nein.» Zum ersten Mal meldete sich Frau Roschek zu Wort. «Überhaupt nicht. Ein paar Mal hat er nach Sammy getreten.» Sie deutete auf den Retriever, der winselnd an der Tür stand.

Markus Wallner … irgendetwas brachte der Name in Beatrices Kopf zum Klingen. «Das heißt, es könnte eine Menge Leute geben, die Herrn Wallner nicht allzu freundlich gesonnen waren?»

«Der hatte ziemlich oft Streit», bestätigte die Frau. «Manchmal haben wir ihn durch die Wände brüllen gehört, wenn er telefoniert hat.»

Florin, der sich auf dem angebotenen Polstersessel niedergelassen hatte, hob interessiert die Augenbrauen. «Können Sie sich noch erinnern, wann das zuletzt der Fall war? Wann haben Sie Markus Wallner zum letzten Mal gesehen oder gehört?»

Das Ehepaar tauschte einen Blick. «Das ist … etwas länger her.» Andreas Roschek richtete seine massige Gestalt auf. «Eine Woche, denke ich. Mindestens. Da ist es mir aufgefallen, es war Fußball im Fernsehen, UEFA-Cup. Normalerweise hat man den dann durchs ganze Haus gehört, aber da nicht.»

Beatrice wandte dem Fenster den Rücken zu. «Wann war dieses Spiel?»

«Am Mittwoch.» Roscheks Stimme war anzuhören, wie unfassbar er es fand, dass jemand das nicht wusste.

Acht Tage. Das konnte zum Zustand der Leiche passen.

«Fünf Tage vor dem Spiel habe ich ihn noch bei den Briefkästen getroffen», warf die Ehefrau ein. Karin hieß sie, genau.

«Er hat sich extra breitgemacht, damit ich nicht an unser Fach komme. Sagte, ich würde ja wohl die zwei Minuten warten können.»

«Und in den folgenden Tagen?», hakte Florin nach. «Irgendetwas Auffälliges? Besucher zum Beispiel?»

Das Ehepaar schüttelte einmütig den Kopf.

Der Geruch nach Tod musste sich in Beatrices Haar festgesetzt haben. Jedes Mal, wenn sie den Kopf senkte, wurde er intensiver. «Danach sind Sie ihm nicht mehr begegnet? Keiner von Ihnen?»

Die beiden überlegten angestrengt oder täuschten das wenigstens glaubhaft vor. «Nein», sagte Andreas Roschek schließlich. «Ich würde zwar keinen Eid darauf schwören, aber ich bin mir ziemlich sicher. An diesem Wochenende dachte ich noch, er ist vielleicht weggefahren.»

Von einem Kampf oder einem gewaltsamen Eindringen in die Nachbarwohnung hatte keiner der Roscheks etwas mitbekommen. Die Hündin hätte seit einer knappen Woche immer an Wallners Tür geschnüffelt, aber das sei auch früher schon vorgekommen. «Er hatte es nicht so mit der regelmäßigen Müllentsorgung.» Von draußen drangen bekannte Stimmen durch die Tür – das Haus war wirklich hellhörig und Drasches Bass unverkennbar. Als Beatrice und Florin auf den Gang hinaustraten, lehnte er im Türrahmen zu Wallners Wohnung, in seinem weißen Schutzanzug mit den türkisfarbenen Schuhüberziehern. «Ich mache nur eine kurze Pause», verkündete er. «Euch beide kann ich da drin noch nicht brauchen.»

Sie klopften also an der Tür der Nachbarn zur Linken. Eine alleinerziehende Mutter mit einem vier- und einem einjährigen Mädchen, die nur schlecht Deutsch sprach, doch das Ergebnis war das Gleiche wie bei den Roscheks: Markus Wallner war ein unfreundlicher, aggressiver Widerling gewesen. Laut, rücksichtslos. Hämmerte gegen die Wand, wenn das Baby schrie, obwohl es sein eigener Krach war, der es geweckt hatte. Auch diese Nachbarin hatte nichts Auffälliges bemerkt. Nur den Geruch, seit ein paar Tagen.

Als sie sich von der Frau wieder verabschiedeten, war Drasche so weit fertig, dass er die Wohnung für die anderen Kollegen freigab. Ebner fotografierte noch, vor allem die Blutspuren als Gesamtbild und im Detail.

«Für die Todesursache brauchen wir diesmal keinen Rechtsmediziner», stellte Drasche fest. «Kehle durchgeschnitten, und zwar da, wo der arme Kerl immer noch sitzt. Wir haben fächerförmige Spritzmuster an der rechten Wand, die genau zur Position des Opfers passen. Ich bin sicher, Vogt wird jede Menge eingeatmetes Blut finden. In den Blutlachen da …», er wies mit dem behandschuhten Zeigefinger auf den Parkettboden, «… sind massenhaft Bubbles und Auflagerungen von Speiseröhrensekret. Ziemlich eindeutige Sachlage, wenn ihr mich fragt.» Er nickte ihnen kurz zu und fuhr dann fort, Fingerabdrücke von dem Stuhl zu nehmen, an den der Tote immer noch gefesselt war.

Beatrice ging vorsichtig ein paar Schritte weiter ins Zimmer hinein. Der Zustand der Wohnung ließ sich sehr gut mit den Aussagen der Nachbarn zu einem Bild verbinden. An mehreren Stellen hing die Tapete in Fetzen von den Wänden, der Staub bildete an manchen Stellen eine zarte graue, anderswo eine fettig verschmierte Schicht auf den Möbeln. Sie zählte allein vier leere

Pizzakartons, die zwischen schmutzigen Kleidungsstücken, alten Zeitungen und diversem undefinierbarem Gerümpel auf dem Boden lagen.

Ein Blick in die Küche: Dort quoll der Mülleimer über; am ordentlichsten wirkten die leeren Bierflaschen, die in einer Dreierreihe vor der Längswand aufgestellt standen. Natürlich, Wallner wollte sich das Pfand zurückholen.

Ein winziges Schlafzimmer mit einem furnierten Doppelbett und fleckigem Bettzeug. Beatrice kehrte in den Wohnraum zurück, dort waren Drasche und Ebner dabei, den Leichnam vom Stuhl zu schneiden. Durch die Bewegung wurden weitere Gase frei. Unwillkürlich legte Beatrice eine Hand vor Mund und Nase.

Den Schreibtisch hatte sie noch nicht inspiziert. Im Vergleich zum Rest der Wohnung wirkte er beinahe aufgeräumt. Ein alter Computer, jede Menge Papier. Korrespondenz. Auf dem obersten Briefumschlag stand in roten Lettern das Wort *Mahnung*, und Beatrice nahm an, dass es sich in dem Stapel von Briefen noch häufiger finden würde.

An die Wand neben dem Schreibtisch waren Fotos gepinnt, die aus mehreren Jahrzehnten zu stammen schienen. Eines musste kürzlich entfernt worden sein – das winzige Loch, das der Reißnagel hinterlassen hatte, war noch deutlich zu sehen, ebenso wie der Umriss des Bildes. Ein rechteckiger, hellerer Fleck auf der Tapete.

Konnte es sein, dass …

Der Gedanke versandete auf halber Strecke. Beatrices Blick war an einem der Fotos hängengeblieben. Nun wusste sie, woher der Name Markus Wallner ihr so bekannt vorgekommen war.

Es war lange her. Sie war bereits mit Achim verheiratet gewesen und im dritten Monat schwanger; kurz darauf hatte sie die Schwangerschaft ihrem Vorgesetzten gemeldet und war in den Innendienst versetzt worden. Markus Wallner hatte einen

Mann auf der Straße niedergeschlagen, als der ihn zur Rede stellen wollte, weil Wallner seine Freundin belästigt hatte. Was er natürlich vehement abstritt, als sie und ihr Kollege Herbert ihn befragten.

Der Mann, den er angegriffen hatte, lag mit Schädelbruch im Krankenhaus. Das Mädchen, um das es ging, hatte ihre blauen Flecken und Quetschungen dokumentieren lassen. Hatte eine versuchte Vergewaltigung angezeigt, die Anzeige aber nach zwei Tagen wieder zurückgezogen.

Dieses Gesicht. Beatrice konnte die Augen kaum von diesem einen Foto wenden. Wallner grinsend, er prostete dem Fotografen mit einem Bierglas zu.

Genau so hatte er dreingesehen, als sie ihn zur Vernehmung aufs Präsidium hatten bringen wollen. Beatrice war gemeinsam mit einem jungen Kollegen bei Wallners damaliger Wohnung aufgetaucht. Der Mann war betrunken gewesen, hatte sich aber trotzdem blitzschnell bewegt. Hatte sie am Handgelenk gepackt, sie über die Schwelle gezogen, an die Wand gedrängt und ihr über den Hals geleckt, hinauf bis zum Ohr.

Sie hatte sich unfassbar überrumpelt gefühlt. Dreckig. Wie gelähmt. Seine Hand hatte sich um ihre rechte Brust gelegt und zugedrückt, bis sie vor Schmerz aufgeschrien hatte, dann erst war es ihrem Kollegen gelungen, Wallner zu überwältigen.

Der Vorfall war ihr lange nachgegangen. Ja, sie war noch nicht allzu erfahren gewesen; ja, es hätte auch jemand anders passieren können, aber die Verunsicherung war geblieben. Wieso hatte sie nicht schneller reagiert? Souveräner? Und wieso konnte sie dieses Erlebnis nicht einfach ad acta legen und daraus lernen, statt die Bilder wieder und wieder im Kopf abzuspulen?

Sie hatte mehrfach mit Achim darüber gesprochen, ebenso wie mit ihrer Therapeutin. Achims Reaktion war immer die gleiche gewesen: Der Beruf sei eben nichts für eine Frau, schon gar nicht für eine, die verheiratet sei und bald Mutter werden würde. Nicht sehr hilfreich.

Die Therapeutin hatte irgendwann den richtigen Ansatz gefunden. Stärkung des Selbst, Imaginieren besserer Handlungsweisen. Das hatte geholfen.

Beatrice drehte sich um; Wallner lag jetzt auf dem Boden, zwei Männer trugen gerade einen Aluminiumsarg herein. Sie blickte in das schwarz verfärbte Gesicht, auf die klaffende Wunde am Hals, ebenfalls schwarz.

Es war nicht schwierig, sich vorzustellen, dass jemandes Hass auf Wallner ausgereicht hatte, um ihn zu töten. Sie würden eine unerfreulich große Anzahl an Verdächtigen haben.

Beatrice wartete, bis sie wieder im Auto saßen und Florin den Motor startete. «Ich hatte schon einmal mit dem Mann zu tun. Mit Markus Wallner», sagte sie, den Blick nach vorne gerichtet. «Das ist mir aber erst klargeworden, als ich die Fotos gesehen habe. Die Nachbarn haben recht. Er war wirklich ein Arschloch.»

Florin hielt mitten im Ausparken inne. «Du kanntest ihn?»

«Kennen ist zu viel gesagt.» Sie erzählte ihm die ganze Geschichte; alles, woran sie sich erinnerte. Während sie sprach und Florin fuhr, brachte ihr Gedächtnis Details zum Vorschein, die sie längst vergessen zu haben glaubte. Wie sehr ihr die Schwangerschaftsübelkeit zu schaffen gemacht hatte, als sie in Wallners Wohnung gestanden hatten, zum Beispiel. Dass sie gedacht hatte, sie würde sich über ihn erbrechen, als er sie anfasste. «Das ist über dreizehn Jahre her, aber ich habe mir überlegt, dass es vielleicht trotzdem sinnvoll wäre, die Frau zu vernehmen, die ihn damals angezeigt hat. Und den verprügelten Freund.»

Florin seufzte. «Ja, und ich gehe jede Wette ein, dass wir ganze Aktenordner voll mit Anzeigen gegen Wallner finden werden. Aber bevor wir uns der Vergangenheit zuwenden, sollten wir uns seine aktuellen Kontakte ansehen. Drasche hat sein Handy sichergestellt, und die Freigabe seiner Verbindungsprotokolle ist auch schon beantragt.»

«Das ist gut.» Das schwarz verfärbte Gesicht des Toten stand Beatrice wieder vor Augen. Jemand hatte ihn gefesselt und ihm die Kehle durchgeschnitten. Wer weiß, wie lange er sich damit Zeit gelassen hatte, um die Angst seines Opfers auskosten zu können …

Sie fand es schwer vorstellbar, dass die Nachbarn nichts von dem Geschehen in der Wohnung mitbekommen hatten, dennoch schien es so zu sein. Wahrscheinlich hatten sie ein wenig Gerumpel überhaupt nicht wahrgenommen, zumal der Lärmpegel in Wallners Wohnung ohnehin immer hoch war. Gut möglich auch, dass der Täter einfach die Anlage aufgedreht und die übliche Musik durch die Etage hatte wummern lassen.

Aber jedenfalls war er geschickt vorgegangen. Beatrice seufzte. Wenn sich nicht eine schnelle und naheliegende Lösung für diesen Fall fand, würden sie um eine Zusammenarbeit mit Vasinski nicht herumkommen.

3. Kapitel

Die Fotos, die Ebner am Tatort geschossen hatte, lagen noch am gleichen Nachmittag vor. Beatrice klickte sich durch die Dateien, blieb wieder lange an Wallners Gesicht hängen. Aufgequollen, dunkel, kaum erkennbar. Aber er war es, daran hatte sie keinen Zweifel. Sie betrachtete eines nach dem anderen, vergrößerte die Details auf dem Bildschirm, merkte kaum, wie kalt der Kaffee in ihrer Tasse schon geworden war.

Etwas war diesmal anders als sonst, und es brauchte einige Zeit, bis sie wusste, was es war: Sie empfand keinerlei Mitgefühl für das Opfer. Wallner war einen schrecklichen Tod gestorben, und normalerweise ließ Beatrice so etwas bei aller Professionalität nicht kalt. Doch diesmal fand sie in sich keinen Funken Mitleid.

Sie klickte weiter. Eine Nahaufnahme der gefesselten Hände, eine des gebeugten Nackens, in den eine Zombiefratze tätowiert war.

Nach den Bildern des Opfers folgten die der Wohnung. Die Zimmer im Überblick und im Detail, all der Dreck und das Chaos. Da waren der Schreibtisch und darüber die Fotos; das helle Rechteck, an dem bis vor kurzem noch etwas die Tapete verdeckt haben musste, war gut zu erkennen. Beatrice machte sich eine Notiz – falls das fehlende Foto unter Wallners Habseligkeiten nicht auftauchte, war es zumindest möglich, dass der Täter es mitgenommen hatte.

Weil er selbst mit drauf war?

Sie klickte sich jetzt schneller durch die Bilder, später würden sie sie ohnehin noch einmal genauer durchgehen müssen und mit den sichergestellten Gegenständen abgleichen, aber …

Sie stutzte. Ging ein paar Fotos zurück; da war etwas gewesen, an dem ihr Unterbewusstsein sich festgehakt hatte. Ein Fremdkörper, etwas, das nicht in Wallners Wohnung gehörte, sondern in eine andere Zeit, ein anderes Universum.

Die Hand, mit der Beatrice die Maus hielt, war plötzlich ganz klamm und fast gefühllos, wie bei einem Schock, ihr Puls hatte sich beschleunigt, als wisse ihr Körper etwas, das ihr Geist noch nicht begriffen hatte.

Und dann sah sie es. Auf einem Foto, das den Schlafzimmerboden zeigte, übersät mit Schmutzwäsche, alten Verpackungen … und Zeitungen.

Sie kannte dieses eine Titelblatt so gut, sie hatte es selbst aufbewahrt, damals, es immer wieder hervorgeholt. Es wurde von einem Foto beherrscht, das sie eigenhändig geschossen hatte, vor langer, langer Zeit, und das sich unauslöschlich in ihr Bewusstsein eingebrannt hatte.

Evelyn. Ihre wilde, rothaarige Freundin, die nach einer fröhlichen Partynacht von einem Unbekannten ermordet worden war.

Nicht einfach nur getötet. Zerfleischt. Beatrice war es gewesen, die die Leiche gefunden hatte, an einem sonnigen Morgen im Mai. Danach war ihr Leben nie wieder so gewesen wie zuvor.

Sie vergrößerte die Aufnahme, bis Evelyns Gesicht den ganzen Bildschirm ausfüllte.

Grausamer Mord an Wiener Studentin (23), lautete die Headline. Die Zeitung war sechzehn Jahre alt; dass Wallner sie rein zufällig bei sich zu Hause liegen hatte, war so gut wie unmöglich. Er hatte sie aufbewahrt, er musste sie sogar aus seiner früheren Wohnung mitgenommen haben, und das ergab nur dann Sinn, wenn er Evelyn entweder gekannt oder etwas mit ihrem Tod zu tun hatte.

Beatrice fühlte ihr Herz im ganzen Körper schlagen. War das

denkbar? War sie eben auf Evelyns Mörder gestoßen, auf den Mann, nach dem der ganze Wiener Polizeiapparat jahrelang gesucht hatte? Von ihr selbst ganz zu schweigen, auch wenn ihr damals keinerlei Mittel zur Verfügung gestanden hatten. Stundenlang war sie durch die Straßen gelaufen, hatte jedem ins Gesicht geblickt, auf unvernünftige Weise davon überzeugt, sie würde Evelyns Mörder erkennen, wenn sie ihn sähe. Das war die einzige Möglichkeit gewesen, mit dem Geschehenen zurechtzukommen. Mit ihren eigenen Schuldgefühlen. Denn Evelyn hatte sie gebeten, sie von der Party abzuholen, sie war nur deshalb auf die Idee verfallen, per Anhalter nach Hause zu fahren, weil Beatrice nein gesagt hatte. Weil sie so unsagbar verliebt gewesen war und nicht bereit, sich aus Davids Armen zu lösen.

Zu ihrem eigenen Erstaunen fühlte sie das schlechte Gewissen erneut pochen, zwischen Brust und Magen. Was würde Evelyn heute tun, wenn sie noch am Leben wäre? Sie hatte immer von einer Karriere als Anwältin geträumt und hatte ihr Studium bei aller Lebensfreude sehr effizient durchgezogen.

«Bea?»

Sie schreckte hoch. Hatte Florins Anwesenheit fast vergessen. «Ja?»

Kurz und genervt, so hörte sie sich an. Es tat ihr sofort leid, als Florins irritierter Blick sie traf. «Entschuldige bitte, ich war nur gerade so … konzentriert.»

«Konzentriert?» Er stand auf, kam um den Schreibtisch herum. Hastig klickte sie das Bild weg.

«Du hast eher gequält gewirkt. Ist alles in Ordnung?»

«Ja. Sicher.» Zu lächeln kostete Beatrice Mühe, aber sie wollte jetzt nicht ausgefragt werden, sie wusste nicht, ob sie Florin von ihrer Entdeckung erzählen sollte.

Nein. Jedenfalls im Moment noch nicht. Erst musste sie sich überlegen, wie sie mit diesem Fund umgehen wollte. Ob man sie nicht vielleicht von dem Fall abziehen würde, wenn die Möglichkeit bestand, dass er sie zu stark persönlich berührte.

Allein der Gedanke war inakzeptabel. Evelyns Tod war es gewesen, der Beatrice auf Umwegen zu ihrem Beruf geführt hatte – wenn sich jetzt auch nur die kleinste Chance ergeben sollte, diesen Mord doch noch aufzuklären, dann wollte sie dabei sein. Niemand anders würde sich so in die Sache verbeißen wie sie.

«Wallner wird heute noch obduziert.» Florin wirkte nicht, als wären Beatrices Beschwichtigungsversuche erfolgreich gewesen. «Ich muss gleich los, und ich schätze, es genügt, wenn nur ich dabei bin, außer, es wäre dir aus irgendeinem Grund wichtig …»

«Nein, schon gut. Ich bin froh, wenn ich das hier in Ruhe zu Ende bringen kann.» Sie deutete auf den Bildschirm, auf dem jetzt ein Foto der blutbespritzten Wand zu sehen war.

«Okay.» Er trat zu ihr, drückte ihr einen Kuss auf den Scheitel. «Und du bist sicher, es ist alles in Ordnung?»

Sie zwang sich zu einem Lächeln, spürte im gleichen Moment, dass sie es übertrieb – warum war sie so schlecht darin, Dinge zu verbergen? «Alles bestens. Ich ruf dich an, wenn die Kinder im Bett sind.»

Er nickte, strich ihr sanft über die Wange. «Tu das. Ich werde dich vermissen, heute Nacht.»

Er würde ihr auch fehlen, das wusste Beatrice, aber ein Großteil ihrer Gedanken würde um Wallner kreisen. Sie wartete, bis Florin die Tür von außen hinter sich geschlossen hatte, dann klickte sie das Foto wieder auf.

Evelyns Mörder war damals sehr geschickt gewesen. Er hatte keine verwertbaren DNA-Spuren hinterlassen, kein Material, das man mit dem von Wallner würde abgleichen können. Aber vielleicht fanden sich in der Wohnung ja noch weitere Hinweise,

Indizien, irgendetwas. Möglicherweise ließ sich herausfinden, ob Wallner am Tag von Evelyns Ermordung in Wien gewesen war.

Beatrice druckte das Foto mit der Zeitung aus, faltete es zusammen und steckte es in ihre Handtasche. Sie würde aufpassen müssen, dass sie dem alten Fall nicht viel mehr Aufmerksamkeit schenkte als dem neuen.

«Er wollte sich helfen lassen. Er hatte es mir versprochen.» Sowohl Stimme als auch Blick des Mannes waren anklagend, als mache er Beatrice persönlich dafür verantwortlich, dass sein Bruder diesen Vorsatz nicht in die Tat umgesetzt hatte.

Tobias Wallner war der einzige lebende Verwandte des Opfers, von einer elfjährigen Tochter, die mit ihrer Mutter in Deutschland wohnte, einmal abgesehen. Die beiden Brüder hätten unterschiedlicher nicht sein können. Während Markus Wallners Leben von Rechtsbrüchen, Chaos und Konflikten geprägt gewesen war, wirkte Tobias Wallner wie die fleischgewordene Definition des Begriffs «bieder».

Er trug Anzug und Krawatte, beides geschmacklos, aber nicht in auffälliger Weise. Sein Kopf war, bis auf einen blonden Haarkranz, kahl, und er neigte zu Übergewicht.

«Setzen Sie sich doch.» Florin wies auf einen der Stühle. Es war Wallners Wunsch gewesen, seine Aussage im Polizeigebäude abzugeben – seine Frau würde sich über das *Thema Markus* bloß aufregen, und die Kollegen bei der Versicherung sollten möglichst nichts von dem mitbekommen, was vorgefallen war.

«Er war schon als Kind streitsüchtig. Und brutal.» Tobias Wallner knetete seine linke Hand mit der rechten. «Meistens hat er seine Aggressionen an mir ausgelassen, und obwohl ich der Ältere war, hatte ich nur selten eine Chance, mich zu wehren. Er hat einfach immer sofort dorthin geschlagen, wo es am schlimmsten geschmerzt hat.»

Beatrice dachte an ihre einzige Begegnung mit dem Opfer zu dessen Lebzeiten. An die Hand, die ihre Brust zusammengequetscht hatte. «Wie war Ihr Verhältnis zu ihm in den letzten Jahren?»

Tobias Wallner schnaubte. «Welches Verhältnis? Wir haben uns kaum gesehen, er hat sich nur gemeldet, wenn er etwas brauchte. Meistens Geld. Und ganz ehrlich, es war mir auch lieber so.» Sein Blick senkte sich auf die Tischplatte. «Es ist schlimm, so etwas über den eigenen Bruder sagen zu müssen, aber er war ein furchtbarer Mensch. Er war immer wieder im Gefängnis, das wissen Sie sicher, meistens wegen Einbruch oder Körperverletzung.»

In Beatrices Kopf arbeitete es. War es denkbar, dass jemand, der sich bei vergleichsweise harmlosen Delikten immer wieder fassen ließ, einen Mord beging und damit davonkam?

Ihr Instinkt sagte nein. Trotzdem …

«Hat Ihr Bruder immer in Salzburg gelebt? Oder irgendwann auch anderswo?» Sie spürte Florins irritierten Blick von der Seite; das war keine der Fragen, die jetzt Vorrang hatten.

Wallner dachte kurz nach. «In München, ein halbes Jahr lang, das war … 2009. Und davor einmal in Düsseldorf, aber wann genau das war – keine Ahnung mehr, tut mir leid.»

«Macht nichts.» Beatrice verbarg ihre Enttäuschung darüber, dass er Wien nicht genannt hatte, hinter einem hoffentlich überzeugenden Lächeln. Markus Wallner hatte nie in Wien gelebt, schön, deswegen konnte er aber trotzdem dort einen Mord begangen haben.

Sie wollte weiterfragen, doch Florin kam ihr zuvor. «Fällt Ihnen jemand ein, der Ihren Bruder so gehasst hat, dass er ihn töten wollte? Oder jemand, mit dem er regelmäßig Streit hatte?»

Wallner schnaubte und hob die Arme, nur um sie in einer ratlosen Geste wieder fallen zu lassen. «Wahrscheinlich alle, die ihn kannten. Wenn ich Sie wäre, würde ich unter seinen Gefängnisbekanntschaften suchen, da hat er immer wieder mal jemandem Geld geschuldet.»

Beatrice und Florin wechselten einen schnellen Blick. Ja, die Szenerie, in der sie den Toten vorgefunden hatten, sprach für einen Täter mit Erfahrung und ohne Skrupel. Wenn Markus Wallner beispielsweise der russischen Mafia in die Quere gekommen war …

Dann war sein Mörder längst außer Landes. Aber die Auftraggeber vermutlich nicht.

«Vielen Dank, Herr Wallner.» Florin erhob sich und streckte dem Mann die Hand hin. «Es kann gut sein, dass neue Fragen auftauchen, dann melden wir uns bei Ihnen.»

Wallner verabschiedete sich hastig, die Erleichterung darüber, dass er so schnell in sein geordnetes Leben zurückkehren durfte, war ihm anzusehen.

Wieder im Büro, vertiefte Beatrice sich sofort in ihre Unterlagen, aber sie entging Florins Frage trotzdem nicht. «Warum hast du dich nach Markus Wallners Wohnorten erkundigt? Irgendein spezieller Grund?»

Sie zögerte ein wenig zu lange, bevor sie mit den Achseln zuckte. «Es kam mir gerade in den Sinn. Keine Ahnung, wieso.»

Er glaubte ihr nicht, sie sah es an seinem Blick, aber er fragte nicht weiter nach, sondern schaltete die Espressomaschine ein. Während sie schnarrend zum Leben erwachte, drehte er sich wieder zu Beatrice um. «Ich schicke Stefan und Bechner noch einmal zu den Nachbarn, es kann einfach nicht sein, dass niemand etwas mitbekommen hat.»

«Ja, gute Idee», sagte Beatrice, obwohl sie nur mit einem Ohr hingehört hatte. Ob es eine Möglichkeit gab, die Kollegen aus Wien dazu zu bringen, ihr die Ermittlungsunterlagen zum Mord an Evelyn zur Verfügung zu stellen? Am besten so, dass nicht alle es mitbekamen?

Florin hatte wieder etwas gesagt, diesmal hatte sie definitiv kein Wort verstanden. «Entschuldige bitte, ich war abgelenkt. Kannst du das noch einmal wiederholen?»

Er lächelte und runzelte gleichzeitig die Brauen. «Das Wochenende, Bea. Du hast diesmal die Kinder, nicht wahr?»

«Das weißt du doch.»

Er stellte ihren Cappuccino auf einer der wenigen freien Stellen des Schreibtisches ab. «Findest du nicht, wir sollten langsam anfangen, mit offenen Karten zu spielen? Was spricht denn dagegen, dass wir an einem der Tage etwas gemeinsam unternehmen? Irgendwann müssen deine Kinder doch sowieso erfahren, was los ist.» Er trat hinter sie, streichelte ihr übers Haar. «Und Achim.»

Florin hatte recht, natürlich hatte er das, aber sie wollte daran jetzt nicht denken, schon gar nicht nach dem Telefonat heute Morgen. Weil sie sich in allen Details ausmalen konnte, wie furchtbar es werden würde. Achim würde es aufnehmen wie eine Kriegserklärung, würde verkünden, dass er es schon immer gewusst habe und dass das sicher schon seit Jahren so ging …

Beatrice drehte sich zu Florin herum. «Ich verstehe dich. Wirklich. Und wir regeln das, sobald sich eine gute Gelegenheit ergibt, aber im Moment – ganz ehrlich, Florin, das schaffe ich nicht. Mit diesem speziellen neuen Fall auf dem Tisch und so … ich möchte mir meine Kraft einteilen.»

Er war immer bereit, sie zu schonen, wo es nur ging. Mehr als das, er bat sie regelmäßig, sich nicht zu viel zuzumuten. Doch diesmal sah Beatrice ihn zögern.

«Das ist ein ganz normaler Fall, Bea. Brutal, ja, aber da hatten wir schon viel Schlimmeres zu bewältigen.» Er lächelte sie an, und zum ersten Mal sah sie so etwas wie Resignation in seinem Blick. «Du möchtest diesen Schritt nicht tun, also warten wir. In Ordnung. Aber du musst nichts vorschieben, okay?»

Es war dumm von ihr gewesen, den Fall ins Spiel zu bringen

– was Florin sagte, war völlig richtig –, wenn man die sechzehn Jahre alte Zeitung in Wallners Schlafzimmer außer Acht ließ. Wenn man keine Verbindung zu Evelyn sah.

«Vielleicht in zwei Wochen», sagte sie. «Ich möchte nichts falsch machen. Euer Start soll gut sein, verstehst du das?»

«Natürlich.» Er sah auf die Uhr. «In ein paar Minuten muss ich zu Hoffmann rüber. Gehen wir danach gemeinsam mittagessen?»

«Ja, unbedingt.» Sie streichelte Florin über den Arm. Fragte sich zum wiederholten Mal, warum er sich diese Sache mit ihr antat, warum er nicht eine Beziehung mit einer kinderlosen, unbeschwerten Frau einging. Er konnte es so viel einfacher haben.

Zumindest sollte sie ihm erklären, was sie beschäftigte. Was in ihr vorging. Sie sollte ihm von ihrer Entdeckung erzählen. Und das würde sie auch tun. Bald, wenn sie klarer sah.

Ihre Erleichterung, als er zu der Besprechung mit Hoffmann aufbrach, erfüllte sie mit schlechtem Gewissen; gleichzeitig listete sie im Kopf bereits die Wiener Kollegen auf, die ihr am ehesten behilflich sein konnten. Auf keinen Fall würde sie jemanden fragen, der damals mit den Ermittlungen betraut gewesen war. Sie hatte so oft bei der Polizei angerufen und nachgefragt, ob es schon einen Verdächtigen gebe, dass sie fürchtete, man würde sie wiedererkennen. Trotz der vielen Zeit, die vergangen war, und obwohl ihr Nachname sich geändert hatte.

Beatrice wog die Möglichkeiten ab, die sich ihr boten. Da hatte es eine Anita Behringer gegeben, mit der sie vor ein paar Monaten mehrmals zu tun gehabt hatte, in Zusammenhang mit der Fahndung nach einem Mann, der Strichjungen schwer misshandelte. Er hatte sich von Wien nach Salzburg abgesetzt, und sie hatten ihn in einer verlassenen Wanderhütte gefunden. Die Zusammenarbeit war angenehm und reibungslos gewesen; die Kollegin sympathisch und unkompliziert.

Behringers Nummer hatte Beatrice gespeichert, und sie überlegte nicht lange; sie wollte dieses Gespräch beendet haben, wenn Florin zurückkam.

«Bea, hey, schön, von dir zu hören!» Anitas Stimme war dunkel und warm und von unverkennbarem Wiener Dialekt geprägt.

«Hallo, Anita. Wie geht es dir?»

«Alles bestens. Was kann ich für dich tun?»

Unwillkürlich musste Beatrice grinsen. Sie und Behringer waren aus ähnlichem Holz geschnitzt; keine wäre auf die Idee gekommen, nur anzurufen, um Smalltalk zu machen. «Wir haben einen Mordfall, und es könnte sein, dass es Verbindungen zu einem anderen, einem alten Fall gibt. In Wien.»

Papierrascheln am anderen Ende der Leitung. «Aha. Wie alt ist alt?»

«Sechzehn Jahre. Das Opfer damals hieß Evelyn Rieger, der Täter wurde nie gefunden. Aber in der Wohnung unseres aktuellen Opfers lagen Zeitungsartikel zu Riegers Tod herum.» Damit hatte sie Anita mehr verraten als Florin. Das schlechte Gewissen meldete sich erneut, ein Ziehen auf Höhe des Zwerchfells. «Ich würde mich gern in die Akten von damals einlesen, vielleicht kannten die beiden sich.» Sie merkte, dass sie schneller sprach als sonst, hoffentlich klang es bloß nach Stress, nicht nach Verlegenheit. «Aber das ist nur so eine Idee», fügte sie mit einem kleinen Lachen hinzu.

«So, wie es sich anhört, keine schlechte Idee», meinte Anita. «Da würde ich auch nachhaken. Ich seh zu, dass du die Unterlagen bekommst. Oder – willst du nicht bei uns vorbeikommen? So weit ist Wien auch wieder nicht entfernt, wir könnten Kaffee trinken, und du könntest mit ein paar Kollegen reden, die damals bei den Ermittlungen dabei waren.»

Bloß das nicht. «Ich würde gerne, aber im Moment ist es

schwierig, hier wegzukommen. Mir wäre es lieber, du könntest mir die Sachen mailen.»

Ihre Kollegin zögerte. «Sechzehn Jahre, sagst du? Ich fürchte, dann wird das nichts mit der Mail. Die Unterlagen sind vermutlich nicht digitalisiert, das heißt, du wirst dich durch jede Menge Papier kämpfen müssen. Aber ich schicke es dir gern.»

«Du bist ein Schatz, danke.»

«Keine Ursache. Du hörst von mir!»

Das Gespräch ließ Beatrice in einer seltsamen Mischung aus Zufriedenheit und Unbehagen zurück. Ein Gefühl ähnlich dem, das sie als Kind gehabt hatte, wenn sie Eiswaffeln aus der Gasthausküche ihrer Mutter entwendet hatte, ohne dabei erwischt worden zu sein.

Unsinn. Was sie tat, konnte durchaus für den Fall relevant sein. Aber mit den anderen besprechen würde sie es erst, wenn klar war, dass sie keinem Hirngespinst nachjagte. Sie würde ihre eigenen alten Wunden aufreißen, aber Hoffmann erst dann die Gelegenheit geben, darin herumzuwühlen, wenn sie sicher sein konnte, dass es sinnvoll war.

Beatrice wollte gerade ihre leere Kaffeetasse zum Waschbecken tragen, als das Telefon klingelte.

«Hallo, hier spricht Bremmayer, Mordkommission Lübeck.»

Lübeck? Es dauerte einen Moment, bis Beatrice den Zusammenhang einordnen konnte. Wallners frühere Lebensgefährtin, die Mutter seiner Tochter, lebte in Lübeck. «Guten Tag, Herr Bremmayer. Was haben Sie für mich?»

Er ging auf ihren lockeren Ton ein. «Ein Alibi für Jessica Singer. Sie war in der fraglichen Zeit ganz sicher nicht in Salzburg, sondern ist jeden Tag auf der Arbeit erschienen. Sie ist Kassiererin in einem Drogeriemarkt. Die Wochenenden hat sie mit Kind und ihrem neuen Mann verbracht, das konnten sowohl Nachbarn als auch Freunde bezeugen. Und …» Er legte eine effektvolle Pause ein. «… sie ist im siebten Monat schwanger. Zwei Wochen noch, dann beginnt ihr Mutterschutz.»

Beatrice war nicht davon ausgegangen, dass Wallners Ex-Freundin die Tat begangen hatte, trotzdem war es gut, sie von der Liste der Möglichkeiten streichen zu können.

«Vielen Dank, Herr Bremmayer. Sagen Sie, könnten Sie mir die Telefonnummer von Frau Singer geben? Ich würde sie gern ein paar Dinge zu Markus Wallner fragen. Immerhin kannte sie ihn ziemlich gut.»

Bremmayer lachte. «Ich habe ihr schon angekündigt, dass sich die österreichischen Kollegen wahrscheinlich bei ihr melden werden, und sie ist einverstanden. Mehr als das, um genau zu sein.» Er diktierte Beatrice eine Mobiltelefonnummer und verabschiedete sich. Da sie den Hörer schon in der Hand hatte, tippte Beatrice die Nummer umgehend ein, auch wenn die Chancen, Singer zu erwischen, gering waren. Als Kassiererin arbeitete sie sicher zu dieser Tageszeit – aber einen Versuch war es dennoch wert.

Wie zu erwarten, hob niemand ab, sondern die Sprachbox sprang an, schon nach dem zweiten Läuten. Beatrice hinterließ eine Nachricht und ihre Telefonnummer plus Durchwahl, dann wandte sie sich Drasches Bericht zu.

Die Tatwaffe war nicht gefunden worden, aber Schnitträndern und Schnitttiefe zufolge schien es sich um ein sehr scharfes Messer mit langer Klinge gehandelt haben. Ein Kochmesser, mutmaßte Drasche, und Vogt, der Gerichtsmediziner, schloss sich seiner Vermutung an. Der Schnitt hatte die Carotis und die Jugularis ebenso durchtrennt wie die Luftröhre, und er war in einem Zug geführt worden. Ohne abzusetzen.

Der Täter wusste genau, was er wollte, und zog es im wahrsten Sinn des Wortes durch, dachte Beatrice, als wieder ihr Telefon klingelte.

«Ich habe eben Ihre Nachricht gehört. Hier ist Jessica Singer, Sie wollten mich sprechen?»

Das war wesentlich schneller gegangen, als Beatrice erwartet hatte. «Ja, danke, dass Sie sich melden.» Sie griff nach Block und Kugelschreiber; versuchte ihre Gedanken von durchschnittenen Blutgefäßen loszureißen und auf die Fragen zu richten, die sie der Frau stellen wollte. Doch die wartete nicht einmal, bis Beatrice Luft geholt hatte.

«Wissen Sie, ich bin ja echt erstaunt, dass erst jetzt jemand das Arschloch gekillt hat. Eigentlich dachte ich, das würde viel früher passieren.» Singers Stimme kippte immer wieder nach oben. Schwer zu sagen, ob das die Aufregung oder eine Eigenheit von ihr war. «Und ich wünsche Ihnen, dass Sie den Täter finden, aber irgendwie hat er die Welt besser gemacht. Sie ist besser ohne Markus. Wissen Sie, was ich meine?»

«Ich denke schon», sagte Beatrice und fragte sich, ob die Frau auch so offen gewesen wäre, hätte sie nicht ein derart wasserdichtes Alibi gehabt. «Erzählen Sie mir doch ein bisschen. Wie lange haben Sie mit Herrn Wallner zusammengelebt?»

«Zu lange.» Die Antwort kam, noch bevor Beatrice ihr letztes Wort fertig gesprochen hatte. «Ich war echt dumm. Hab mir viel zu viel gefallen lassen, Sie können sich gar nicht vorstellen, was alles. Er hat mich geschlagen und bedroht und eingesperrt. Ich bin trotzdem bei ihm geblieben. Fragen Sie mich nicht, warum, ich verstehe es heute auch nicht mehr.»

Beatrice nutzte Singers Atempause, um das Wort zu ergreifen. «Gab es damals jemanden, der einen Grund gehabt hätte, Markus Wallner zu töten?»

Ihre Gesprächspartnerin lachte auf. «So ungefähr jeder Zweite, der ihn kannte. Er hat die meisten seiner Freunde in irgendwelche illegalen Sachen verwickelt und ein paar von ihnen um viel Geld gebracht. Er ist immer wieder grob geworden, wenn ihm etwas nicht gepasst hat. Einmal hat er mit einem Ziegelstein die Motorhaube eines Toyota zerbeult, nur weil der Fahrer ihm den Parkplatz weggenommen hat. Das war ein alter Mann, und Markus hat gesagt, wenn der die Polizei ruft, geht der nächste Schlag nicht auf sein Auto, sondern auf seinen Schädel ...» Beatrice hörte sie schlucken.

«Man kann sich das fast nicht vorstellen. Aber wenn Sie ihn gekannt hätten, wüssten Sie, was ich meine.»

Habe ich und weiß ich, dachte Beatrice. «Wie hat es zwischen Ihnen geendet? Hat er Sie rausgeworfen, oder sind Sie gegangen?»

Zum ersten Mal antwortete die Frau nicht sofort, und als sie dann sprach, war ihre Stimme viel leiser. «Er hat Tammy aus dem Fenster im dritten Stock gehalten, da war sie ein halbes Jahr alt. Hat gesagt, er lässt sie fallen, wenn ich nicht endlich tue, was er will. Am nächsten Tag bin ich abgehauen, ganz früh am Morgen.»

Beatrices Bild von Wallner hatte eben eine weitere ekelerregende Komponente hinzugewonnen. «Hat er Sie danach in Ruhe gelassen?»

Sie schnaubte. «Er wusste nicht, wo ich bin. Ich komme eigentlich aus Nürnberg, bin aber extra nicht dorthin zurückgegangen, sondern ganz weit in den Norden gezogen. Zuerst zu einer Tante, die hier wohnt, und dann habe ich Dennis kennengelernt. Markus hat mich nicht gefunden, aber ich weiß von Freunden, dass er es lange Zeit über versucht hat.»

Freunde. Das war ein gutes Stichwort. «Können Sie mir ein paar Namen nennen? Von gemeinsamen Bekannten, die vielleicht ihre Probleme mit Markus hatten? Oder von seinen früheren Kollegen?»

Singer zögerte. Offenbar hielt sie es tatsächlich für möglich, dass jemand aus ihrem österreichischen Freundeskreis Wallner auf dem Gewissen hatte, und wollte niemanden an die Polizei verpetzen.

«Thomas Prokop und Ahmed Erdem. Mit den beiden würde ich sprechen, wenn ich an Ihrer Stelle wäre. Thomas hat Markus immer wieder Geld geliehen, es aber fast nie zurückbekommen, und mit Ahmed hat er sich zweimal geprügelt. Soweit ich es weiß, vielleicht war es auch öfter.»

Beatrice notierte sich die Namen und vergewisserte sich, dass die Schreibweise stimmte; von Erdem hatte Jessica Singer sogar die Adresse. Die eine Frage, die ihr am heftigsten unter den Nägeln brannte, hatte sie sich bis zum Schluss aufgespart. «Hat Herr Wallner Ihnen gegenüber je angedeutet, dass er schon einmal jemanden getötet hat? Vielleicht auch nur im Scherz? Erinnern Sie sich an eine Bemerkung dieser Art?»

Die Frau überlegte kurz. «Nein. Ich glaube, das hätte ich mir gemerkt.»

«Hat er je eine Evelyn Rieger erwähnt?»

Wieder zögerte sie. «Keine Ahnung, ehrlich gesagt. Er hat mir oft von seinen früheren Frauengeschichten erzählt, aber ich kann mich an keine Namen erinnern.»

Beatrice rieb sich über die Stirn, in der Hoffnung, damit die beginnenden Kopfschmerzen zu vertreiben. «Das war's fürs Erste. Wenn neue Fragen auftauchen, würde ich mich gerne noch einmal melden. Bis dahin danke. Und alles Gute für Sie.»

Die Kopfschmerzen waren jetzt nicht mehr zu verleugnen, und sie waren gleichzeitig ein guter Vorwand, ein paar Dinge zu delegieren. Beatrice gab die Namen, die Singer genannt hatte, an Stefan weiter, bat ihn, herauszufinden, ob die beiden Männer noch in Salzburg lebten.

Ihr Mittagessen mit Florin verlief entspannter, als sie befürchtet hatte. Die Gespräche kreisten um Jakobs Rechtschreibprobleme, Beatrices neues Handy und darum, dass Hoffmann immer mehr abbaute. Um alles, nur nicht um den Fall und schon gar nicht um Evelyn.

Sie verbrachte den Nachmittag allein im Büro. Florin saß gemeinsam mit Hoffmann und der Staatsanwältin in einer Besprechung. Als es an der Tür klopfte und Vasinski den Kopf hereinstreckte, war Beatrice beinahe dankbar für die Gesellschaft.

«Ich will nicht stören. Aber wenn Sie fünf Minuten Zeit haben?»

«Natürlich.» Sie stand auf und schüttelte ihm die Hand. Es war wohl vernünftig, sich auf eine Zusammenarbeit mit ihm einzustellen, zumindest für die nächsten Wochen. Falls sich das als überflüssig erwies, weil sie einen richtigen Profiler zur Verfügung gestellt bekommen würden, umso besser. «Möchten Sie einen Kaffee?»

Er lächelte, sichtlich überrascht, sie so viel freundlicher vorzufinden als zuletzt. «Sehr gerne. Ich bin froh, dass wir uns kurz unter vier Augen unterhalten können, Beatrice. Mir ist klar, dass Sie mich nicht für die ideale Ergänzung des Teams halten, aber ich habe vor, mich wirklich in diesen Fall hineinzuknien. Cappuccino, bitte.»

Sie holte den Milchbehälter aus dem kleinen Kühlschrank und schloss ihn an die Espressomaschine an. «Geht das denn überhaupt?», erkundigte sie sich, bemüht, das Gespräch auf Smalltalk-Niveau zu halten. In Gedanken war sie schon wieder bei der alten Zeitung aus Wallners Wohnung, bei der Akte aus Wien. «Haben Sie denn die Zeit? Bei unserer Besprechung sagten Sie, Sie seien voll ausgelastet.»

Die Milch schäumte, Vasinski hob die Schultern. «Das ist relativ. In der Klinik habe ich derzeit nur eine halbe Stelle, ansonsten arbeite ich an einer Studie, aber ohne großen Termindruck.»

Beatrice reichte Vasinski seine Tasse und setzte sich zurück an ihren Platz. «Eine Studie?», sagte sie. Die zehn Minuten, bis er ausgetrunken hatte, mussten sie ja irgendwie überbrücken. «Worum geht es?»

«Posttraumatische Belastungsstörung», sagte er, als wäre das etwas ähnlich Erfreuliches wie Urlaub. «Lag ja nahe, zumal ich so lange an der Traumaklinik gearbeitet habe. Es ist eine Evaluierung von verschiedenen Therapieansätzen bei schwer traumatisierten Patienten. Bedeutet vor allem, dass ich sehr viel lesen muss. Therapieberichte, Krankengeschichten – ich habe derzeit Berge von Papier zu Hause.»

Beatrice hatte nur mit einem Ohr zugehört, stutzte aber dennoch. «Therapieberichte? Haben Sie da die Einwilligung der Patienten?»

«Ist natürlich alles anonymisiert. Anders wäre es nicht vertretbar, da haben Sie recht.»

Nachdenklich kaute Beatrice an ihrem Bleistift. «Denken Sie, es gibt eventuell auch zu Wallner therapeutische Daten, die uns nützen könnten? Vom Gefängnispsychologen beispielsweise?»

Vasinski nippte an seinem Kaffee. «Möglich, aber um da Einsicht zu bekommen, brauchen wir einen guten Grund und einen Beschluss der Staatsanwaltschaft. Er ist Opfer, nicht Täter – das heißt, es wird vermutlich schwierig.»

Da hatte er recht, leider. Versuchen konnten sie es trotzdem – was, wenn er in einem der Gespräche Evelyn erwähnt hatte? Sie schrieb sich eine entsprechende Notiz. Vasinski nickte, als hätte er nichts anderes erwartet. «Nebensächlichkeiten wichtig nehmen, das ist möglicherweise das Geheimnis Ihres Erfolgs, Beatrice. Ist mir schon aufgefallen, als Sie bei uns an der Klinik ermittelt haben.»

Vielleicht würde sie sich ja doch noch an ihn gewöhnen. Sie erwiderte sein Lächeln. «Ja, und am besten wenig Zeit vertrödeln.»

Er verstand ihren Wink, lachte auf und trank den Rest seines Kaffees auf einen Zug aus. «Sie haben absolut recht, ich möchte Sie auch gar nicht länger aufhalten. Grüßen Sie Herrn Wenninger von mir. Bis bald!» Vasinski deutete auf die leere Tasse. «Und – danke.»

4. Kapitel

Die Akte aus Wien traf am nächsten Morgen ein, zehn Minuten nachdem Beatrice im Büro angekommen war. Sechs umfangreiche, blaue Ordner in einem Karton. Unmengen an Papier.

Viel Erfolg und liebe Grüße, hatte Anita Behringer auf ein Post-it geschrieben, das auf dem obersten Ordner klebte. Beatrice hob ihn heraus, brachte es aber nicht über sich, ihn zu öffnen.

Die Erinnerung an diesen Tag, an dem sie Evelyn gefunden hatte, war einerseits schmerzhaft scharf, manche Details standen ihr auch nach sechzehn Jahren noch plastisch vor Augen, wie etwa der silbrige Nagellack ihrer toten Freundin. Oder ihr leuchtend rotes Haar, dessen Farbe vom Kinn abwärts den schwarzbräunlichen Ton antrocknenden Blutes angenommen hatte.

Andererseits hatte sich etwas wie ein Schleier über die Bilder gelegt, schon damals, hatte ihnen etwas Surreales verliehen. Wie bei einem abstrakten Gemälde, dessen Inhalt sich erst nach längerem Betrachten erschloss.

So erinnerte sich Beatrice etwa an einen schlauchartigen Bogen in schimmerndem Grau, der sich aus all dem Rot erhob. Erst viel, viel später hatte sie begriffen, dass es sich wohl um eine Darmschlinge gehandelt hatte.

Wenn sie gleich die Tatortfotos öffnete, würde sie es genau wissen, würde diesen gnädigen Schleier für immer wegreißen. Sie würde zum ersten Mal in allen Einzelheiten sehen, was der Täter wirklich mit Evelyn angestellt hatte. In Totale. In Nahaufnahmen. Sie würde den Bericht des Gerichtsmediziners lesen, der seine Rückschlüsse aus den Wunden zog, und das Beschriebene dabei vor Augen haben.

Mit dem Gefühl, auf dem Trockenen zu ertrinken, legte Beatrice den Ordner zurück und schob die Kiste unter den Schreibtisch, bis sie an die Heizung stieß. Sie hatte in den letzten Jahren so viele Tote gesehen, manche von ihnen nicht weniger schlimm zugerichtet als Evelyn. Trotzdem fiel ihre Ermordung in eine ganz andere Kategorie: Es war dieses Ereignis gewesen, das Beatrices Leben von Grund auf umgekrempelt und sie in ihrem Wesen verändert hatte. Nichts war danach gewesen wie zuvor. Mit diesem einen Schritt, den Beatrice in die rote Hölle von Evelyns Schlafzimmer getan hatte, war die Welt eine andere geworden.

Sie würde sich damit konfrontieren, sagte sie sich, sie würde ihre ganze Professionalität zusammenkratzen und die Bilder als das sehen, was sie waren: Tatortfotos wie andere auch. Immerhin war sie mittlerweile Polizistin, verdammt, und keine verschreckte Studentin mehr, die dachte, das Leben sei eine einzige Abfolge von Happy Ends.

Aber noch war sie nicht bereit. Vielleicht heute Nachmittag. Sie würde es wissen, sobald ihre innere Mauer stark genug war.

Beatrice schrieb Anita Behringer per Mail ein kurzes, herzliches Dankeschön, dann widmete sie sich den Unterlagen zu Markus Wallner, die sich rasend schnell vermehrten.

Stefan und Bechner hatten gestern begonnen, Wallners Kontakte abzuarbeiten. Bei jedem Gespräch fielen neue Namen, die es zu überprüfen galt, denn wie es aussah, hatte der Mann sich buchstäblich mit allen angelegt, die ihm über den Weg gelaufen waren. In sämtlichen Vernehmungsprotokollen fand sich bislang kein freundliches Wort über den Toten – sehr ungewöhnlich. Normalerweise gaben sich die Befragten bestürzt und bemühten sich, nur positive Dinge über das Opfer zu sagen, schon um nicht verdächtig zu wirken. Bei Wallner machte sich niemand die Mühe zu heucheln.

Bevor er seine erste Gefängnisstrafe antrat, hatte er als LKW-

Fahrer gearbeitet, danach war er arbeitslos geblieben. Immer wieder wurde er mit Eigentumsdelikten in Verbindung gebracht, die man ihm aber nie nachweisen konnte, die aber erklärt hätten, wie er ohne Job so gut über die Runden kam.

In dem Jahr von Evelyns Tod war Wallner für eine Spedition gefahren, erst zwei Jahre später war er hinter Gitter gekommen.

Etwas fügte sich in Beatrices Kopf zusammen. Evelyn hatte in ihrem letzten Telefongespräch, mitten in der Nacht, angekündigt, dass sie per Anhalter nach Hause kommen wollte.

LKW-Fahrer. Autostopp.

Beatrice schloss die Augen und rieb sich die Schläfen, hinter denen ihr Puls wieder schmerzhaft zu hämmern begann. Voreilige Schlüsse zu ziehen war ein Anfängerfehler, den sie keinesfalls begehen durfte. Es gab keinerlei Hinweise auf Wallner als Täter, wenn man von der Zeitung in seinem Schlafzimmer absah. Und seinem widerlichen Charakter. Und einem Beruf, der ins Schema passte.

Es war nicht genug, um ihn ernsthaft als Evelyns Mörder in Betracht ziehen zu dürfen, aber das änderte nichts daran, dass er Beatrices Gefühl nach immer mehr dazu wurde.

Und … falls das so war: Mussten sie dann nicht auch in Evelyns früherem Umfeld nach dem Täter suchen? Es war doch denkbar, dass jemand klüger als die Polizei gewesen war und seinen eigenen Rachefeldzug gestartet hatte. Dazu passte die Art des Mordes, die Ähnlichkeit zu einer Hinrichtung. Der Täter – oder war es womöglich eine Täterin? – hatte eine Situation geschaffen, die Gelegenheit bot, das Opfer begreifen zu lassen, was gleich passieren würde. Und warum. So etwas tat niemand im Affekt, das war geplant gewesen. Jemand wollte Wallner spüren lassen, wie es war, Angst davor zu haben, das eigene Leben zu verlieren, auf grausame, schmerzvolle Weise.

Beatrice bremste sich, unter Aufbietung ihrer gesamten Willenskraft. In ihrem Kopf hatte sie Wallner bereits schuldig gesprochen, und das nur aufgrund von ein paar selbstgestrickten Schlussfolgerungen. Hoffmann würde sie zu Recht auslachen, es war also viel besser, sich bei der Besprechung in zehn Minuten ausschließlich an die Fakten zu halten. Das Gespräch mit der Ex-Lebensgefährtin, die Aussagen der Nachbarn. Den Löwenanteil würden ohnehin Drasche und Vogt bestreiten, und vielleicht widerlegten die Erkenntnisse von Spurensicherung und Gerichtsmedizin Beatrices Überlegungen, ohne dass sie sie aussprechen musste.

Hoffmann hatte Vasinski dazugeholt, womit Beatrice halb und halb gerechnet hatte, trotzdem senkte sein Anblick ihre Laune noch weiter. Der Psychiater unterhielt sich mit Stefan und nickte nur kurz zur Begrüßung. Vogt eröffnete die Sitzung, sprach über Schnitttiefe und Fesselungsmale, erwähnte, dass Wallner leicht alkoholisiert gewesen war und als letzte Mahlzeit Brot mit Leberwurst gegessen hatte. Der Todeszeitpunkt ließ sich nicht einmal mehr auf den Tag genau feststellen, geschweige denn auf die Stunde, aber am wahrscheinlichsten waren der dritte oder vierte Oktober.

Als danach Drasche damit begann, die Tatortfotos per Beamer an die Wand zu werfen, fühlte Beatrice, wie sie unwillkürlich ihre Muskeln anspannte. Irgendwann würde das Foto vom Schlafzimmer kommen, auf dem man die Zeitung mit Evelyns Bild sehen konnte, inmitten des anderen Krams, der den Boden bedeckte. Es würde niemandem auffallen, oder? Nicht einmal Florin, der als Einziger die Geschichte kannte und wusste, welche tiefe Kerbe dieser Mord in Beatrices Leben geschlagen hatte.

Bei jedem neuen Foto hielt sie unwillkürlich die Luft an. Und stieß dann trotzdem einen überraschten Laut aus, beim Anblick eines der Bilder.

Es war nicht das Foto mit der Zeitung, sondern eines, das ein Regal in Wallners Küche zeigte. Aufgereihte Bierdosen, manche von ihnen eingedrückt. Eine Ketchupflasche, ein paar Korken, ein Wollhandschuh – und daneben eine Haarspange. Lang und schmal, aus schwarzem Kunststoff, besetzt mit Strasssteinchen, die das Wort *Bellevue* bildeten.

Es lag nicht an der Tatsache, dass diese Spange das einzige Objekt war, nach dem man hätte schließen können, dass jemals eine Frau diese Wohnung betreten hatte. Sondern dass Beatrice selbst einmal genau so eine Haarspange besessen hatte. Sie hatte sie ständig getragen, weil sie exakt die richtige Größe gehabt hatte und nie rutschte. Zwei Strasssteinchen fehlten, das war bei ihrer Spange ebenso gewesen.

«Ist etwas?» Drasche sah mit hochgezogenen Augenbrauen zu ihr hinüber, doch sie winkte ab.

«Nein, alles okay. Ich dachte, ich hätte etwas gesehen, aber ich habe mich geirrt.»

Als schließlich das Bild mit der Zeitung an der Reihe war, achtete Beatrice kaum noch darauf, sie war ausschließlich darauf konzentriert, sich zu erinnern. Wann hatte sie die Spange zum letzten Mal in der Hand gehabt? Es war ewig her, musste noch in Wien gewesen sein. Dazwischen lagen über fünfzehn Jahre und drei Umzüge. Vermisst hatte sie das Teil nie, Dinge wie diese verschwanden eben manchmal.

Es war auch ganz und gar nicht gesagt, dass die Spange auf dem Bild ihre war. Ein Massenartikel, billig und überhaupt nichts Besonderes. Nur in Zusammenhang mit dem ersten Fund … ein bisschen zu viel Zufall. Zu viel Vergangenheit.

Beatrices Blick war die ganze Zeit über auf die Projektionen an der Wand gerichtet gewesen, nun schenkte sie ihnen auch endlich wieder Aufmerksamkeit. Achtete auf jedes Detail, halb und halb darauf gefasst, noch etwas Vertrautes zu entdecken.

Aber das geschah nicht. Da war nichts als Unordnung, Schmutz und Blut.

Beatrice überredete Florin dazu, die Mittagspause nicht in der Kantine, sondern in einem der nahe gelegenen Cafés zu verbringen. Sie orderten eine große Flasche Wasser und je einen Salat mit Putenstreifen, während Beatrice innerlich nach einer guten Eröffnung für das suchte, was sie sagen wollte. Florin wartete, das war nicht zu übersehen. Am besten, sie sagte es so direkt wie …

«Wenn dir mein Vorschlag, die Kinder zu informieren, immer noch Kopfzerbrechen macht – wir können damit warten, Bea.» Er griff nach ihrer Hand und nahm sie zwischen seine Hände, die viel wärmer waren. «Ich wollte dir keinen Druck machen, ich dachte nur, auf längere Sicht wird es dann einfacher.»

«Das war es nicht, worüber ich mit dir reden wollte.» Sie wartete, bis die Kellnerin das Mineralwasser und die Gläser am Tisch abgestellt hatte und wieder gegangen war.

«Es ist – ich habe auf einem der Tatortfotos etwas entdeckt und frage mich seitdem, warum Wallner es in seiner Wohnung hatte.» Sie blickte zur Seite. «Eine uralte Zeitung. Lag gemeinsam mit einer ganzen Menge Kram auf dem Boden seines Schlafzimmers.» Warum störte es sie so sehr, dass es ausgerechnet im Schlafzimmer gewesen war?

«Eine Zeitung?» Wie erwartet wirkte Florin nicht allzu beeindruckt. «Da musst du aber sehr genau hingesehen haben.»

«Sie ist mir schon gestern aufgefallen, aus einem einfachen Grund: Ich kannte diesen Artikel, in- und auswendig. Die Zeitung war vom 18. Mai 2001, und in der Covergeschichte ging es um den Mord an meiner Freundin Evelyn.»

So, jetzt war es raus. Florins Augen weiteten sich ein Stück. «Das ist allerdings merkwürdig.»

Beatrice fiel ein Stein vom Herzen. Insgeheim hatte sie gefürchtet, er würde es als Zufall abtun, aber sie hätte es besser wissen müssen. Das hier war Florin.

«Und heute, bei der Besprechung – auf einem der Fotos war eine Haarspange zu sehen, zwischen Bierdosen und Senftuben, auf einem Küchenregal. Genau so eine Spange hatte ich einmal, damals, als ich in Wien studiert habe. Exakt diese.» Aus den Augenwinkeln sah sie, dass die Kellnerin mit den zwei Salatschüsseln und einem Korb voll Weißbrot auf sie zukam.

«Ich glaube, es ist tatsächlich meine Spange», sagte sie und griff nach der Gabel. Florin schüttelte leicht den Kopf, als wolle er unwillkommene Gedanken daraus vertreiben. «Wenn es so wäre», fragte er, «was ist deine Erklärung dafür?»

«Dass er es war, der Evelyn getötet hat. Die Haarspange hat er als Trophäe aus unserer gemeinsamen Wohnung mitgenommen, wahrscheinlich dachte er, es ist ihre.»

Florin lehnte sich in seinem Stuhl zurück. «Das ist ein ziemlich gewagter Rückschluss.»

«Ich weiß. Es ist auch bloß ein … Gefühl. Kann sein, dass ich völlig falschliege, aber ich habe keine andere Erklärung parat.»

Nachdenklich zupfte Florin an seiner Unterlippe. «Gut, dass du es mir gesagt hast. Wir werden uns diese Fundstücke genauer ansehen – vielleicht kommen ja neue dazu. Wenn er Zeitungsberichte zu seiner Tat aufbewahrt hat, müssten wir eigentlich mehr davon finden.»

Da gab es noch etwas, das Beatrice auf der Seele lag. Es kam ihr nur schwer über die Lippen, weil sie es selbst für unprofessionell hielt, trotzdem hoffte sie, dass Florin ihr die Bitte erfüllen würde. «Könnten wir meine Beobachtung erstmal für uns behalten? Der Gedanke, dass dann alle in meiner Vergangenheit herumwühlen, meine alten Vernehmungsprotokolle lesen … Wenn es sinnvoll ist, natürlich, aber bis wir das wissen, könnte es unter uns beiden bleiben. Oder?»

Florin lächelte, dennoch war ihm anzusehen, dass ihm ihr Wunsch nicht gefiel. «Da ist doch nichts, wofür du dich schämen müsstest.»

Sie sah ihn eindringlich an. «Bitte.»

«Okay, Bea. Auch wenn ich nicht ganz verstehen kann, warum.» Er nahm sein Besteck wieder auf, aß weiter. Den Rest der Mittagspause sprachen sie über Unverfängliches – die Hüftoperation, der Florins Vater sich unterzogen hatte und die Tatsache, dass Hoffmann immer gleichgültiger wirkte. Beatrice nahm an, dass es nicht mehr lange dauern würde, bis er sich aus dem aktiven Dienst zurückzog.

Zurück im Büro schloss Beatrice die Tür hinter ihnen. Am liebsten hätte sie abgesperrt, was natürlich nicht in Frage kam.

Dann holte sie den ersten der blauen Ordner aus der Kiste und schlug ihn auf.

Nichts ist so berauschend, wie das Gefühl, jemanden zu besitzen. Vollkommene Macht über ihn zu haben, über Körper und Seele – oder eben das, was man im landläufigen Sinn unter Seele versteht. Die Gedanken. Die Wünsche. Die Ängste.

Ich besitze den Körper dieser Frau. Nicht im sexuellen Sinn, das ist mir bei ihr nicht wichtig. Nein, ich besitze ihn wie einen Gegenstand, mit dem ich tun und lassen kann, was ich möchte. Ihn erhalten oder zerstören. Ihn bedecken oder entblößen. Ihn verformen. Teile davon entfernen.

Ich muss gestehen, das reizt mich tatsächlich. Wir sind hier sehr allein, ich kann mir bei aller Vorsicht größere Freiheiten erlauben.

Wir haben uns bereits eingehend unterhalten, sie und ich, und ich schätze die Offenheit, mit der sie mir begegnet. Sie versucht nicht, mir zu gefallen, sie taktiert nicht bei den Antworten, die sie auf meine Fragen gibt. Ich kann in ihren Augen die Hoffnung sehen, dass es mir umso schwerer fallen wird, ihr etwas anzutun, je mehr ich über sie weiß.

Zum Beispiel hat sie mir anvertraut, dass sie bei ihrem Mann bleibt, obwohl er sie betrügt. Das hat sie bereits vor zwei Jahren mitbekommen, und sie duldet es schweigend, weil sie ihn als Gefährten nicht verlieren will.

Ich habe ihr aufmerksam zugehört und vermute, sie sagt die Wahrheit.

Das Schmerzhafteste, das sie je erlebt hat, war, ein sterbendes Kind in den Armen zu halten und es nicht retten zu können. Viermal sei ihr das passiert, aber daran könne man sich nicht gewöhnen.

Der beste Moment ihres Lebens?

Da muss sie nachdenken. Zum ersten Mal argwöhne ich, dass sie mir etwas verschweigen möchte, und ermuntere sie, spontan zu sein. In ihrem Blick flackert Panik auf, als ich das Schlachtmesser von der Tischkante zur Mitte schiebe. Ich schüttle beruhigend den Kopf. Keine Sorge.

Es habe viele gute Momente in ihrem Leben gegeben. Ihre erste Liebe. Die Geburt ihrer Tochter. Eine Reise nach Korsika, jeder Tag getränkt mit Glück.

Ich bin froh, dass sie mir all das erzählt. Ich werde kein leeres Leben beenden, sondern eines, das sich gelohnt hat. Natürlich bleiben einige Dinge offen, aber das werden kaum noch Höhepunkte sein. Nur die Quälereien, die das Alter mit sich bringt – Gelenksschmerzen, Gebrechlichkeit, Demenz. Vielleicht Krebs, in ein paar Jahren.

Nicht, dass es mein Bestreben ist, sie zu erlösen oder ihr all das zu ersparen. Meine Absichten haben mit ihr persönlich rein gar nichts zu tun, sie ist nur ein weiterer Wurm am Haken. Markus Wallner habe ich das wissen lassen, dieser Frau hier werde ich es verschweigen.

Irgendwann frage ich sie, ob sie lieber verbrennen oder ertrinken würde. Es ist eine Frage, wie man sie nach einigen Gläsern auf Partys in die Runde wirft, entspannt, weil jeder davon ausgeht, dass weder das eine noch das andere je eintreten wird.

Die Frau hat Tränen in den Augen. Bitte, sagt sie. Bitte nicht.

Ich lächle ihr aufmunternd zu. Lobe sie dafür, dass sie doch bisher so kooperativ war. Wiederhole meine Frage.

Sie schüttelt den Kopf. Ertrinken, flüstert sie schließlich.

Na geht doch. Wieder lobe ich sie, wische ihr übers Gesicht, streichle über ihr Haar. Ertrinken also. Eine gute Wahl, denn genau das wird sie.

5. Kapitel

Beatrice hatte gewartet, bis Florin außerhalb zu tun hatte, und begann dann mit dem Einfachsten: dem Bericht der drei Polizisten, die nach dem Notruf als Erste am Tatort angelangt waren. Ihr damaliger Nachbar hatte um Hilfe telefoniert. Holger, genau, so hatte er geheißen. Man konnte kaum ein Wort von dem verstehen, was er von sich gab, weil seine Stimme zu gleichen Teilen schwankte und zitterte.

Beatrice hatte sich kurz zuvor erbrochen, sie krümmte sich auf dem Boden, den Kopf von dem Zimmer abgewandt, in dem ihre tote Freundin lag. Ihr Herz fühlte sich an wie eine geballte Faust, die von innen gegen die Rippen schlug, schmerzhaft heftig.

Sie erinnerte sich noch an einen Sanitäter, der bei ihr kniete und auf sie einsprach; sie hörte seine Stimme, verstand aber die Worte nicht.

Von alldem stand nichts in dem Bericht. Nur *Zeugin: Beatrice Lang, 22, aufgrund eines psychogenen Schocks nicht sofort vernehmungsfähig.*

Doch sie hatte sich erholt, bevor man sie ins Krankenhaus brachte. Eine Polizistin hatte mit ihr gesprochen, geduldig und einfühlsam, während die Spurensicherung in Evelyns Zimmer arbeitete. Beatrice erzählte, was sie wusste, obwohl ihr Kopf nicht richtig mitspielte und ihr Informationen verweigerte. Alles war von ihr abgerückt, war viel weiter entfernt als sonst, sogar ihre eigenen Gedanken.

Trotzdem spürte sie das Entsetzen der Polizistin, deren Blick immer wieder zu der Tür wanderte, hinter der Evelyn lag. Oder das, was einmal Evelyn gewesen war. Kein Jemand. Ein Es.

Beatrice hatte die Beamtin dafür verabscheut. Für diese Mischung aus Ekel und Neugierde, die sie in ihrem Gesicht las.

Heute begriff sie, was in der Frau vorgegangen war. Dass die Brutalität des Verbrechens sie selbst schockiert und zu sehr mitgenommen hatte, als dass sie es völlig hätte verbergen können.

Langsam blätterte Beatrice weiter vor, bis zu ihrem eigenen Vernehmungsprotokoll, las ihre Worte von damals, und mit einem Mal schien es ihr, als sei seitdem keine Woche vergangen.

Wann haben Sie das letzte Mal von Frau Rieger gehört?
Beatrice Lang: Heute Nacht, so um halb vier. Sie hat mich angerufen, weil sie wollte … dass ich sie abhole. Von einer Party.

War es üblich, dass Frau Rieger sie wegen solcher Dinge noch so spät kontaktierte?
Beatrice Lang: Ja. Nein, nur manchmal. Es war diesmal anders, ich hätte auch auf der Party sein sollen, und wir wären gemeinsam mit dem Auto nach Hause gefahren. Aber so wusste sie nicht, wie sie heimkommen sollte. Und ich …

Wenn es Ihnen nicht gutgeht, können wir gern später weitersprechen.
Beatrice Lang: Ich hätte mich doch nur ins Auto setzen müssen, in einer halben Stunde wäre ich dort gewesen. Aber ich wollte nicht, ich habe mich sogar geärgert, dass sie mich geweckt hat. Mein Gott, warum bin ich nicht gefahren? Dann wäre Evelyn nicht tot, dann …

Beatrice konnte sich noch genau erinnern, wie sie sich vor Schmerz gekrümmt, wie sie keine Luft mehr bekommen hatte. Die Worte, die sich jetzt so flüssig lasen, hatte sie stockend und zwischen Schluchzern ausgestoßen, jedes unter riesiger Anstrengung.

Sie war gerade noch in der Lage gewesen, der Polizistin auf Nachfrage zu erklären, dass Evelyn per Autostopp nach Hause hatte fahren wollen, dann war sie zusammengeklappt, buchstäblich. Sie wollte ins Badezimmer, kam aber nur zwei Schritte weit, dann gaben ihre Beine unter ihr nach. Unkontrollierbar. Sie war gestürzt und hatte gewusst, dass sie nie wieder würde aufstehen können. Sie war nicht einmal mehr imstande gewesen, einen Arm zu heben, oder den Kopf.

«Wir holen Ihnen psychologische Hilfe», hatte die Beamtin gesagt.

Irgendwann war ein Arzt gekommen und hatte ihr eine Spritze gegeben, hatte ihr gnädiges Vergessen injiziert. Zumindest für kurze Zeit.

Und nun war all das wieder greifbar. Beatrice hatte nicht gedacht, dass der alte Schmerz zu neuem Leben erwachen würde – nicht in dieser Intensität. Sechzehn Jahre, die dazwischenlagen, davon sechs Monate intensivster Psychotherapie, und auch danach immer wieder psychologische Begleitung – war das alles umsonst gewesen? Hatte sie Evelyns Tod nur verdrängt, nicht verwunden?

Sie rief sich selbst zur Ordnung, stand auf, ging ein paar Schritte, holte sich einen Kaffee aus der Maschine, mit dem sie auf den Gang hinaustrat. Es half. Die Vergangenheit kehrte dahin zurück, wo sie hingehörte.

Distanz, sagte sich Beatrice. Distanz war wichtig. Sie musste es schaffen, Evelyns Akte mit dem gleichen professionellen Blick durchzugehen wie die jedes anderen Falls, sonst konnte sie sich die Mühe ebenso gut sparen. Es ging hier nicht um eine Geisterbahnfahrt durch ihre persönlichen Traumata, sondern darum, Hinweise auf Wallner als Täter zu finden.

Sie schaute kurz bei Stefan und Bechner hinein, wechselte ein paar freundliche Worte und staunte über Bechners ungewöhnlich gelöste Stimmung. Danach fühlte sie sich bereit. Egal, ob die Bilder sie wieder bis in ihre Träume verfolgen würden, egal, ob sie sich bei dem Anblick übergeben musste – sie würde sich dem jetzt einfach stellen.

Der Ordner mit den Tatortfotos lag zuunterst in der Kiste. Beatrice räumte den Kleinkram auf ihrem Schreibtisch zur Seite und legte die Mappe ab. Atmete tief durch und öffnete sie.

Das erste Bild vermittelte ihr den grotesken Eindruck, es sei direkt aus ihrem Kopf projiziert und auf Fotopapier gebannt worden. Exakt so hatte sie die Szenerie wahrgenommen, als sie nach dieser wunderschönen Nacht mit David nach Hause gekommen war.

Ein Schlachtfeld. Alles rot. Die Wände, der Boden, und vor allem das Bett, in dem das lag, was einmal Evelyn gewesen war.

Beatrice hatte sie damals erst auf den dritten Blick erkannt, und auch jetzt musste sie sich konzentrieren, um nicht einfach nur zerschnittenes Fleisch zu sehen.

Da war Evelyns Hand, die schlaff über die Bettkante hing, vergleichsweise unversehrt. Sie hatte Stiche in der Brust und mehrere, tiefe Schnitte quer über den Bauch. Das, was Beatrice in ihrer Erinnerung nie wirklich hatte einordnen können, war tatsächlich eine Darmschlinge gewesen.

Sie starrte auf das Foto. Horchte in sich hinein, fühlte ihr Herz schlagen, schneller als sonst, aber nicht panisch. Es ging, sie würde das durchstehen.

Das nächste Bild, aus größerer Nähe, doch erst auf dem dritten Foto konnte man Evelyns Gesicht sehen. Verzerrt, durch den Knebel, der den Mund so weit aufspreizte, dass der Unterkiefer wie ausgerenkt wirkte. Ein Auge war geschlossen, das andere halb geöffnet.

Ein tiefer Schnitt zog sich durch die Kehle, Anfang und Ende waren nicht zu erkennen. Ähnlich wie bei Wallner, sehr ähnlich.

Beatrice merkte erst, dass sie an der Nagelhaut ihres Daumens herumbiss, als sie bereits blutete. Fluchend zog sie ein Papiertaschentuch aus der Box und wickelte es um den Finger.

Sie durfte nicht zu sehr in den Bildern versinken. Besser war es, zwischendurch immer wieder hochzusehen, sich zu vergewissern, dass die Gegenwart eine andere war, und sich bewusst zu machen, dass auch Beatrice selbst eine andere als damals war, schon längst.

Vor Evelyn hatte sie nie eine Leiche gesehen. Inzwischen konnte sie ihre Toten kaum noch zählen.

Sie senkte ihren Blick zurück auf die Bilder. Das Bett von rechts, von links. Eine Nahaufnahme der geöffneten Bauchdecke, der Schnittwunde am Hals, der Hände, der Füße. Die Spuren am Boden, jede mit einem nummerierten Aufsteller versehen. Hauptsächlich Kleidungsstücke, aber auch eine CD-Hülle, ein umgekipptes Glas, eine Bürste, ein Buch.

Das Buch hatte Evelyn sich von Beatrice geliehen: *High Fidelity* von Nick Hornby. Die untere Hälfte des Covers war voller Blut, am Schnitt hatten die Seiten sich bereits damit vollgesogen.

Und dann lag da die kleine Papiertüte mit Croissants, die Beatrice auf dem Nachhauseweg gekauft hatte, für das gemeinsame Frühstück. Sie trug die Spurennummer 9, und ihr Anblick war plötzlich schlimmer als all die Fotos des zerstörten Körpers. Sie war Beatrice aus der Hand geglitten und in einer Blutlache gelandet.

Es war ein Symbol für das, was mit ihrem Leben passiert war. Nicht nur dieses Frühstück, sondern alles, was sie für ihr Leben geplant hatte, war von da an mit Evelyns Blut durchtränkt gewesen und von ihrer, Beatrices, eigener Schuld. Ihr Studium, ihre frisch begonnene Beziehung zu David, jedes Buch, das sie zu lesen versuchte, jede dümmliche Fernsehserie – alles.

Jetzt plötzlich fühlte es sich wieder unerträglich an. Als wäre der Schmerz nicht mit den Jahren erodiert und geglättet, sondern stattdessen scharf geschliffen worden.

Wieder stand Beatrice auf. Ging zum Fenster, schaute hinaus auf die parkenden Autos. Bisher war es sinnlose Quälerei gewesen, sich die Unterlagen anzusehen. Sie hatte keinen Hinweis auf Wallner als Täter gefunden und fragte sich, was sie eigentlich erwartet hatte. Welches verräterische Detail die Fotos ihr überhaupt offenbaren konnten. Insgeheim hatte sie auf einen Moment gehofft wie beim Betrachten der Bilder aus Wallners Wohnung: dass ihr Blick an irgendetwas hängen bleiben würde, das einen Geistesblitz auslöste, eine Assoziation. Doch das war nicht passiert, sie war nur kopfüber in den schlimmsten Moment ihres Lebens zurückgetaucht.

Beatrice schlug die Mappe zu und zog sich die nächste heran. Zuoberst fand sie eine Liste der in der Wohnung sichergestellten Gegenstände. Alles persönliche Gegenstände ihrer toten Freundin. Handtasche, Handy, Computer und – ein Tagebuch.

Das war zumindest eigenartig. Davon, dass sie Tagebuch führte, hatte Evelyn nie gesprochen. In Beatrices Augen war sie dafür auch überhaupt nicht der Typ gewesen, viel zu lebendig, fast hektisch. Keine Spur von verträumt.

Die Vorstellung, einen Eindruck von Evelyns letzten Tagen zu bekommen, aus ihrer eigenen Sicht, war elektrisierend. Und vielleicht verbarg sich darin etwas, das Beatrice in den Fotos nicht gefunden hatte. Ein Anhaltspunkt. Ein Hinweis.

Sie suchte nach einem Vermerk, der besagte, was mit dem Tagebuch passiert war, obwohl sie eigentlich wusste, dass die Hoffnung, darin etwas Aufschlussreiches zu finden, Unsinn war. Evelyn war per Anhalter gefahren und an einen Sexualverbrecher der schlimmsten Sorte geraten – keiner ihrer Tagebucheinträge würde darauf Bezug nehmen können.

Trotzdem.

Da. Da stand es. Das Buch war der Mutter zurückgegeben worden.

Beatrice zögerte nur kurz. Die Nummer, die sie brauchte, fand sie online und wählte sie, obwohl sich ihr Magen bei dem Gedanken an das bevorstehende Gespräch zusammenkrampfte.

«Rieger?»

Ja. Sie erinnerte sich an die Stimme. Der Tonfall war Evelyns sehr ähnlich – ein bisschen weniger forsch vielleicht.

«Hallo, hier spricht Beatrice. Beatrice Kaspary, früher habe ich Lang geheißen. Ich war sehr ...» Sie stockte. Nahm einen neuen Anlauf. «Ich war sehr gut mit Evelyn befreundet. Wir haben über ein Jahr zusammengewohnt.»

Die Frau am anderen Ende der Leitung lachte kurz auf. «Beatrice! Natürlich erinnere ich mich an dich. Wie geht es dir?»

Einen Moment lang war Beatrice überrumpelt. Ohne dass sie genauer darüber nachgedacht hatte, war sie davon überzeugt gewesen, dass Evelyns Mutter immer noch verzweifelt oder zumindest bedrückt sein würde.

Aber es waren sechzehn Jahre vergangen. Viel Zeit, um zu trauern und sich danach, irgendwann, wieder dem Leben zuzuwenden.

«Mir geht es gut, danke. Wissen Sie, dass ich bei der Polizei arbeite?»

«Ja, davon habe ich gehört.»

Gut. Nun kam der schwierige Teil. «Ich würde Sie gerne um etwas bitten, Frau Rieger, das mit einem aktuellen Fall zu tun hat – und auch wieder nicht. Evelyn hat ein Tagebuch geführt, nicht wahr?»

Die Frau antwortete nicht sofort. Als sie wieder sprach, klang ihre Stimme ein wenig angestrengter als zuvor. «Ja. Das hat die Polizei damals aber intensiv auf Hinweise untersucht. Leider ohne Erfolg.»

Beatrice nahm innerlich Anlauf. «Dürfte ich dieses Tagebuch noch einmal haben, nur für kurze Zeit? Es gibt möglicherweise Parallelen zu unserem aktuellen Fall …»

Was sie sagte, war nicht logisch, und sie wusste es. Evelyn konnte nichts niedergeschrieben haben, was für ihren eigenen oder irgendeinen anderen Mordfall von Relevanz war. Selbst wenn es wirklich Wallner gewesen war, der sie mit dem LKW mitgenommen hatte – er konnte in dem Tagebuch keine Erwähnung gefunden haben, weil Evelyn wenige Stunden nach ihrem Zusammentreffen tot gewesen war.

«Du möchtest es dir ausleihen?» Wieder war Frau Riegers Stimme eine Spur dünner geworden.

«Ja. Bitte. Sie bekommen es unversehrt zurück, das verspreche ich.»

Sie zögerte. «Ja. Das glaube ich dir. Ich weiß nur nicht … ob es Evelyn recht gewesen wäre. Dass du es liest, verstehst du?»

Der Einwand traf Beatrice unvorbereitet und härter, als sie gedacht hätte. Evelyn hatte alles von ihr gewusst, und sie hatte immer geglaubt, umgekehrt wäre es ebenso gewesen. Sie schluckte, suchte nach einer professionellen Antwort. «Ich will nicht in Evelyns Geheimnissen schnüffeln, sondern nur nach Hinweisen suchen, die uns bei unserem aktuellen Fall vielleicht weiterhelfen.»

Gelogen. Beatrice fühlte, wie ihr das Blut ins Gesicht stieg, obwohl niemand im Raum war. Sie hatte schon den Mund geöffnet, um einen Rückzieher zu machen, doch Evelyns Mutter kam ihr zuvor.

«Na gut. Nimm es dir für ein paar Tage. Aber hol es bitte persönlich ab, ich will es nicht mit der Post schicken – es gehen immer wieder Päckchen verloren, und in dem Fall wäre das …»

«Ja. Natürlich.» Das schlechte Gewissen ebbte erstaunlich schnell wieder ab. «Sie sind in der Nähe von Linz zu Hause, nicht wahr? Da brauche ich von Salzburg nur eine Stunde, und ich komme wirklich gern vorbei.»

Sie verabredeten sich für den nächsten Nachmittag.

«Was versprichst du dir eigentlich davon?» Florin lehnte mit locker verschränkten Armen am Schreibtisch. Er war kaum zur Tür herein gewesen, da hatte Beatrice ihm schon von ihrem Vorhaben erzählt.

«Das Tagebuch könnte ein Puzzlestein sein. Damals haben sie es mir nicht gezeigt, ich wusste gar nicht, dass Evelyn eines geführt hatte.» Sie sah zu ihm hoch, erwiderte seinen skeptischen Blick.

«Ein Puzzlestein wofür?», fragte er. «Ich kann mir nicht vorstellen, dass es uns bei dem Mord an Wallner auch nur einen Millimeter weiterhilft. Wenn du das für dich tun willst, Bea, kann ich es verstehen. Aber dann sag es auch.»

Sie betrachtete ihre Hände. «Das spielt sicher mit, aber es ist nicht der einzige Grund. Ich hätte auf ewig das Gefühl, vielleicht einen entscheidenden Hinweis verpasst zu haben.»

Beatrice hatte Dorothea Rieger zum letzten Mal beim Begräbnis ihrer Tochter gesehen und damals erwartet, dass die Frau ihren ganzen Schmerz und Zorn an ihr auslassen würde. Warum hast du Evelyn den Gefallen verweigert, um den sie dich gebeten hat? Warum hast du sie sterben lassen?

Die Fragen, die Beatrice sich selbst Tag und Nacht gestellt hatte. Sie war darauf vorbereitet gewesen und hätte es als fair empfunden, als gerechte Strafe. Doch Dorothea Rieger hatte ihr nur wortlos zugenickt. Sie hatte ganz vorne in der Einsegnungskapelle gesessen, den Blick auf den Sarg gerichtet. Ein unerschöpflicher Quell stummer Tränen.

Die ganze Fahrt über war Beatrice nervös gewesen. Hatte sich erste Sätze zurechtgelegt und wieder verworfen. Nun stand sie vor der Gegensprechanlage des Mehrfamilienhauses am Linzer Stadtrand und zögerte. Wäre es doch besser, die Vergangenheit ruhen zu lassen?

Nein, albern. Sie atmete durch und drückte den Knopf neben dem messingfarbenen Namensschild. Der Türöffner summte knapp fünf Sekunden später.

Evelyns Mutter machte es ihr leicht. Sie stand im Türrahmen, und statt Beatrice die Hand zu schütteln, umarmte sie sie, nahm sie am Arm und zog sie in die Wohnung.

Das Tagebuch lag auf dem Couchtisch. Ein schwarz-weiß karierter Leineneinband, abgewetzt an den Ecken. Daneben standen zwei Porzellantassen und Kuchenteller. «Ich habe gebacken, du magst doch Marmorkuchen?»

Beatrice nickte, sie hätte auch Stacheldraht heruntergewürgt, um der Frau eine Freude zu machen. Dorothea Rieger kam mit dem Kuchen und einer großen Kaffeekanne aus der Küche, füllte beide Tassen und setzte sich. «Erzähl mir ein bisschen von dir. Du bist bei der Polizei? Seit wann?»

War es echtes Interesse, oder wollte sie das Gespräch über Evelyn hinauszögern?

Beatrice schaute Dorothea Riegers Händen beim Kuchenaufschneiden zu und begann zu reden. Über die Arbeit, die Kinder, Jakobs Leseschwäche, alles, was ihr spontan einfiel.

«Bist du verheiratet?», warf Rieger ein. Es klang nicht neugierig, eher mitfühlend.

«Geschieden.»

«Ah. Ich auch. Nicht lange, nachdem Evelyn gestorben war, so etwas hält keine Ehe aus.»

Nun war es also so weit, der Name war gefallen. Beatrice legte ihre Kuchengabel beiseite. «Das wusste ich nicht, tut mir sehr leid.»

«Ach was. Es geht mir gut.» Die graugrünen Augen der Frau ließen sie nicht los. «Es ist, als hätte man mir etwas amputiert, das immer fehlen wird, aber ich habe gelernt, damit zu leben. Wie mit einer körperlichen Einschränkung, verstehst du?»

«Ich glaube schon.»

Rieger lächelte, und mit einem Mal war die Ähnlichkeit zu Evelyn unübersehbar. «Ich weiß, dass ihr Tod dich damals sehr getroffen hat. Hast du einen Weg gefunden, damit umzugehen?»

Ja, einen steinigen, mit abschüssigen Rändern und Schlaglöchern, auf dem ich immer wieder zu Fall komme. Sie zögerte mit ihrer Antwort. «In gewisser Weise schon. Wahrscheinlich auch durch meinen Beruf.»

Rieger nickte, als begreife sie völlig, was Beatrice meinte. «Ich gebe dir Evelyns Tagebuch gern, ich weiß, ich kann mich darauf verlassen, dass du es mir zurückbringen wirst. Vermutlich wirst du vieles von dem, was sie geschrieben hat, besser verstehen als ich, immerhin habt ihr die gleichen Leute gekannt.» Sie hielt inne, als sei sie nicht sicher, ob sie weitersprechen sollte. «Aber was ich am Telefon gesagt habe, war ernst gemeint. Möglicherweise hätte Evelyn nicht gewollt, dass du es liest. Und vielleicht wirst du nicht alles mögen, was du darin findest. Ich dachte, ich sage dir das lieber.»

«Danke.» Nichts hätte Beatrice davon abhalten können, die Aufzeichnungen zu lesen, aber der neuerliche Einwand irritierte sie trotzdem. Sie legte ihre Hand auf das Tagebuch, als hoffte sie, einen Herzschlag zu fühlen. «Sie mochte mich doch, oder? Evelyn? Wir waren so viel zusammen, wir waren Freundinnen – sie hat mich gemocht, nicht wahr?»

«Natürlich.» Dorothea Rieger griff nach Beatrices Hand und nahm sie zwischen die ihren. «Das hat sie ganz sicher getan. Auf ihre Art.»

6. Kapitel

Während der Rückfahrt lag das Tagebuch neben Beatrice auf dem Beifahrersitz wie ein ungesicherter Sprengsatz. Sie hatte sich verboten, hineinzusehen, bevor sie im Büro war, möglichst ungestört. Was Evelyns Mutter gesagt hatte, ging ihr nicht aus dem Kopf. *Auf ihre Art.* Beatrice wollte und konnte sich nicht vorstellen, dass ihre Freundschaft zu Evelyn einseitig gewesen sein sollte. Sie waren doch so gut wie unzertrennlich gewesen.

Es lagen noch etwa fünfundzwanzig Kilometer bis zur Salzburger Stadtgrenze vor ihr, als das Handy klingelte. *Florin,* zeigte das Display der Freisprechanlage an.

«Hallo. Ich bin schon fast da, bist du im Büro?»

Sie konnte hören, dass er rannte. «Am besten», sagte er keuchend, «du fährst schon vorher von der Autobahn ab. Wir haben eben einen Anruf bekommen, eine tote Frau in einem Waldstück oberhalb von Hintersee. Ich bin auf dem Weg zum Auto.» Er gab ihr eine Wegbeschreibung durch, und Beatrice gab sich Mühe, sie sich zu merken.

«Weiß man schon Genaueres? Ein Wanderunfall?»

«Möglich. Eventuell ein Herzinfarkt, kann aber auch Fremdverschulden gewesen sein. Sie ist in einem Bach ertrunken.» Beatrice kannte die Gegend, in der man die Frau gefunden hatte. Im Winter konnte man ganz in der Nähe Ski fahren, abseits der Touristenströme. Sie bog in das Tal ab und konzentrierte sich darauf, die richtige Abzweigung nicht zu verpassen.

Das Wiedersehen mit Evelyn würde warten müssen. Vorerst hatte eine andere Tote Priorität.

Es kam selten vor, dass Beatrice als Erste aus dem Team bei einem Opfer eintraf, und sie mochte es nicht besonders. Die erwartungsvollen Blicke der drei Uniformierten, die eben damit fertig wurden, den Ort mit rot-weißen Bändern abzusperren, irritierten sie. Sie wollte sich lieber erst in Ruhe ein Bild von der Lage machen können.

«Kaspary, LKA», sagte sie und streckte einem der Männer die Hand hin. «Wer hat die Tote gefunden?»

Der Beamte deutete mit dem ausgestreckten Zeigefinger auf das Waldstück zur Rechten. «Die alte Frau Egger. Sie hat ihren Hund von der Leine gelassen, und der ist schnurstracks hergelaufen.»

Was kein Wunder war. Schon bei ihrer Ankunft hatte ein kurzer Windhauch den unverwechselbaren Geruch von Verwesung in Beatrices Richtung getragen. Die Frau konnte nicht erst heute gestorben sein.

«Machen Sie das ganz alleine?», fragte der Uniformierte skeptisch, als Beatrice auf den abgesperrten Bereich zuging und unter dem Band hindurchtauchte. «Ich dachte immer …»

«Meine Kollegen sind gleich da.»

Mit jedem Schritt, den Beatrice auf die Tote zumachte, wurde der Geruch intensiver. Die Stelle war schwer einzusehen, vom Weg aus eigentlich gar nicht, hier war der Bach von dichten Büschen abgeschirmt. Erst als Beatrice die Äste zur Seite bog, sah sie die Frau. Sie lag auf dem Bauch, das Gesicht zur Seite gedreht und bis zur Unkenntlichkeit aufgequollen. Darüber hinaus schauderhaft verstümmelt. Ein Großteil der Nase fehlte, ebenso Teile der Wange.

Soweit Beatrice das auf den ersten Blick beurteilen konnte, war das allerdings nicht das Werk eines Menschen, sondern ein Nebeneffekt des Sterbens in freier Natur. Tierfraß.

Sie betrachtete die linke Hand der Frau, die neben dem Gesicht lag. Ja, auch da fehlten zwei Finger. Meistens waren es Füchse und Vögel, die für Fraßspuren dieser Art verantwortlich waren. Drasche würde ihnen Genaueres sagen können.

«Haben Sie die Frau aus dem Bach gezogen?», fragte Beatrice den ranghöchsten der drei Polizisten.

«Nein, das hatte schon Frau Egger erledigt. Sie dachte, dass sie vielleicht noch helfen könnte … es geht ihr jetzt übrigens gar nicht gut. Sie hat das Gesicht der Toten gesehen. Ihre Tochter sagt, sie ist kaum zu beruhigen.»

Tochter, das war ein gutes Stichwort. Beatrice ging ein paar Schritte zur Seite und zog ihr Handy aus der Hosentasche. Nach zweimaligem Läuten hob ihre Mutter ab.

«Mama? Hallo. Kannst du mir einen Gefallen tun?»

Lachen am anderen Ende der Leitung, ein Geräusch, das so gar nicht zu dem grausigen Szenario vor Beatrices Augen passte. «Hallo, mein Schatz. Du willst, dass ich die Kinder abhole?»

«Ja. Bitte. Bei mir wird es heute länger …»

«… weil ihr einen neuen Fall habt», fiel ihre Mutter ihr ins Wort. «Ist okay. Soll ich sie über Nacht dabehalten?»

Jakob würde sich darüber freuen, Mina protestieren und es bei der nächsten sich bietenden Gelegenheit Achim erzählen. Dessen Reaktion würde Beatrice simultan mitsprechen können.

Du hast sie wieder abgeschoben, ja? In diese Wirtsstube, wo sie den Abend unter Besoffenen verbringen. Sehr verantwortungsvoll, aber das kennen wir ja alle von dir.

«Das wäre toll, Mama, bitte.» Achim konnte sie mal. «Danke. Ich melde mich später noch einmal, okay?»

Sie hörte das Motorengeräusch unmittelbar, nachdem sie aufgelegt hatte. Eine knappe Minute später sah sie die Autos neben ihrem eigenen halten, oben am Weg. Florin, Drasche und Vogt. Sie ging ihnen entgegen, fühlte flüchtig Florins Finger über ihre Hüfte streichen. «Lässt sich etwas sagen?», fragte er.

Sie schüttelte den Kopf. «Nur, dass die Tote schon länger als ein paar Stunden hier liegt. Vielleicht sollten wir Gerd und Vogt ihre Arbeit machen lassen und uns mit der Frau unterhalten, die sie gefunden hat?»

Sie nickte im Vorbeigehen Drasche zu, der dabei war, in seinen Spurensicherungsanzug zu steigen. «Ich hoffe, du hast dort vorne nichts niedergetrampelt, Kaspary.»

Er erwartete keine Antwort, und sie gab ihm keine, sondern folgte einem der uniformierten Polizisten ins Haus von Gerlinde Egger, das offen stand, wie es bei Höfen in der Gegend oft der Fall war.

Auf den ersten Blick wirkte Gerlinde Egger bäuerlich robust, obwohl sie in sich zusammengesunken an ihrem Küchentisch saß. Eine zweite Frau, unzweifelhaft die Tochter, saß neben ihr und hatte die Hände gefaltet, es machte den Eindruck, als würde sie beten.

«Frau Egger?»

Sie hob den Kopf, zeigte ein Gesicht mit tiefen Falten und kleinen, geröteten Augen. «Ja. Sie sind von der Polizei?»

Beatrice zog sich einen der geschnitzten Holzstühle heran. «Ja. Und wir würden Ihnen gern ein paar Fragen stellen.»

«Über die tote Frau?»

«Richtig. Wie haben Sie sie gefunden?»

Eggers Blick wanderte zu einer karierten Decke, die neben dem Kühlschrank lag. «Mein Hund. Tommy. Er hat mich zu ihr geführt.»

Florin sah sich um, als frage er sich, wo Tommy im Moment steckte. «Erst heute? In den letzten Tagen wollte er nicht an diese Stelle laufen?»

Zögernd kratzte die Frau sich am Bein. «Wir gehen sonst immer einen anderen Weg, wenn wir die Nachbarn besuchen oder die Zäune kontrollieren. Heute war eine Ausnahme, weil ich eine der Selbstversorgerhütten für Gäste fertig machen wollte, die am Wochenende kommen.» Sie rieb sich über die Stirn. «Betten überziehen und einheizen.»

Ein paar Sekunden herrschte Schweigen, nur unterbrochen durch das laute Ticken einer Wanduhr und das Summen einer Fliege.

«Haben Sie die Frau gekannt?», fragte Beatrice dann. «Ich weiß, sie sieht sehr verändert aus, aber vielleicht ist Ihnen ja etwas an ihr vertraut vorgekommen.»

Eggers Gesichtsausdruck wechselte von dumpfer Betroffenheit zu blankem Entsetzen. «Sie gekannt? Denken Sie, es ist jemand von hier? Oh Gott ...» Es war ihr anzusehen, wie sie im Kopf eine Möglichkeit nach der anderen durchging, voller Angst, einen Treffer zu landen. Ihre Tochter griff nach ihrer Hand. «Reg dich nicht so auf, Mama.» Sie warf Beatrice einen Blick zu, in dem ein deutlicher Vorwurf zu lesen war. «Sie hat Probleme mit dem Blutdruck, wissen Sie?»

Gerlinde Egger schüttelte resolut den Kopf. «Blödsinn, mir geht es gut. Ich bin nur gar nicht auf die Idee gekommen, dass die ... die arme Frau jemand sein könnte, den ich kenne.»

Als sie zum Fundort zurückkehrten, war Drasche mit seiner Arbeit fast fertig, er untersuchte das abschüssige Bachufer auf Spuren, während Vogt mit der Leiche beschäftigt war.

«Gibt es Hinweise auf ihre Identität?», rief Beatrice zu ihnen hinunter.

«Nein. Kein Ausweis, kein Portemonnaie.» Mit seinen behandschuhten Fingern fischte Drasche eine zerbeulte Bierdose aus dem hohen Gras und ließ sie in einem seiner Spurensicherungsbeutel verschwinden. «Die Leute sind alle Schweine», murmelte er dabei, «aber manche dreckiger als andere.»

Wie Beatrice Drasche kannte, bezog er das nicht darauf, dass möglicherweise ein Mord vorlag, sondern auf die Tatsache, dass jemand seinen Müll in die Landschaft geworfen hatte. Sie wandte sich Vogt zu.

«Können Sie uns schon etwas Genaueres sagen?»

Der Gerichtsmediziner zog eben mit einer Pinzette etwas aus der Mundhöhle der Frau und ließ es in ein flüssigkeitsgefülltes Röhrchen fallen. «Ich habe verschiedene Madenarten gefunden, das heißt, wir werden den Todeszeitpunkt relativ genau bestimmen können. Zur Ursache kann ich Ihnen nichts sagen, bevor ich die Frau nicht auf dem Tisch habe.»

Beatrice rieb sich die Oberarme. Der Nachmittag war kühl geworden, besser, sie holte sich die dickere Jacke aus dem Auto.

Florin, der mit den Uniformierten gesprochen hatte, ging ihr kurz darauf nach. «Du musst fahren, oder? Mach dir keine Gedanken, ich ...»

«Nein», unterbrach sie ihn. «Meine Mutter nimmt die Kinder, ich bleibe hier.»

Sie liebte dieses Leuchten, das über sein Gesicht ging. Halb hatte sie damit gerechnet.

«Wenn sie über Nacht bleiben – bleibst du dann auch? Über Nacht? Bei mir?»

Sie nickte nach kurzem Zögern, lächelnd, obwohl sie ihr schlechtes Gewissen nicht ganz unterdrücken konnte. Mama nahm die Kinder, damit Beatrice ihrem Beruf gerecht werden konnte und nicht, um ihr mehr Zeit für Zweisamkeit mit ihrem Kollegen zu verschaffen. Von dessen neuer Rolle in ihrem Leben sie noch gar nichts wusste.

Der Leichenwagen kam eine halbe Stunde später. Beatrice hatte sich vorgenommen, heute noch die Vermisstenanzeigen durchzugehen – mindestens drei Tage war die Frau tot, so weit war Vogt bereit gewesen, sich festzulegen. Nach drei Tagen sollte sich eigentlich schon jemand aus ihrer Familie gefragt haben, wo sie steckte.

Sie traf als Erste im Büro ein. Stefan war gerade auf dem Weg nach draußen, legte aber eine Kehrtwendung hin, um sich von Beatrice ins Bild setzen zu lassen. Zweimal klingelte in dieser Zeit sein Handy, aber er drückte das Gespräch jedes Mal weg, wenn auch mit einem Ausdruck heftigen Bedauerns im Gesicht. Sie versetzte ihm einen freundschaftlichen Rempler gegen die Schulter. «Los, lass dein Date nicht warten. Im Groben war's das, den Rest erfährst du morgen.»

Zwei gelbe Post-its klebten an ihrem Computermonitor. Beide von Hoffmann. Auf einem forderte er den Bericht zu dem toten Ehepaar ein, auf dem anderen verlangte er, dass sie Vasinski in den aktuellen Fall mit einbeziehen sollten.

Dass der Chef damit die Sache rund um Wallner meinte, war offensichtlich. Die tote Frau im Bach würde sich hoffentlich in Kürze als Unfall entpuppen, dann konnten sie sie schnell ad acta legen.

Kein sehr menschenfreundlicher Gedanke.

Leicht beschämt schaltete Beatrice ihren Computer ein und rief die interne Datenbank mit den Vermisstenanzeigen auf. Die Chancen auf einen Treffer waren mäßig. Das Gesicht der Toten war unkenntlich gewesen, ihr Alter nur schwer zu schätzen. Über fünfzig, vermutlich, aber auch das schloss Beatrice nur aus der Art, wie sie gekleidet war.

Sie würde ihren Suchradius auf Meldungen eingrenzen, die maximal acht Tage alt waren. Vielleicht kam der Zufall ihr zu Hilfe, und es waren ruhige Tage gewesen.

Eine Rentnerin aus Bayern, zweiundsechzig Jahre alt, Alzheimerpatientin. Beatrice las die Beschreibung durch, betrachtete das Bild und klammerte die Frau aus dem Kreis der möglichen Personen aus. Ebenso wie die dreiundzwanzigjährige Kellnerin aus Hallein, die von einer Party nicht mehr nach Hause gekommen war.

Bei der dritten Person blieb sie hängen. Nicht nur, weil die Beschreibung von Körperbau und Frisur zu der Frau am Bach passte, nein. Der Name. Das Foto.

Andrea Martinek, vierundfünfzig Jahre alt. Lebte am östlichen Stadtrand von Salzburg. Ihre Tochter hatte sie vermisst gemeldet, vor drei Tagen, nachdem sie sie schon die beiden vorhergehenden Tage nicht hatte erreichen können und schließlich mit dem Zweitschlüssel in ihre Wohnung gegangen war, wo noch das Frühstücksgeschirr auf dem Tisch stand. Nichts wies darauf hin, dass Martinek für längere Zeit hatte wegbleiben wollen.

Ihr Ehemann war laut der Tochter für drei Wochen mit ein paar Freunden auf Madeira und würde erst in acht Tagen zurückkommen. Dieses Gesicht … Auf dem Bild hielt die Frau ein Glas Weißwein in der Hand und lächelte, aber es wirkte, als täte sie das nur wegen der Kamera, die auf sie gerichtet war. Das Haar trug sie kurz, und sie färbte es ganz offensichtlich nicht. Graue und braune Strähnen hielten einander in etwa die Waage.

Ich kenne sie, dachte Beatrice. Aber ich habe keine Ahnung, woher. Martinek …

Sie betrachtete das Gesicht, die tiefen Falten um die Mundwinkel, die haselnussbraunen Augen. Der Funken einer Erinnerung blitzte auf, zu schnell, als dass Beatrice ihn hätte einfangen können.

Ihrem Gefühl nach war es keine berufliche Begegnung gewesen, sondern eine private. Sie schloss die Augen, versuchte, sich die Frau in einer passenden Umgebung vorzustellen …

Und plötzlich wusste sie es. Sie waren sich mehr als nur einmal begegnet, und immer hatte sich Beatrice dabei unwohl in ihrer Haut gefühlt. In ihrer überaus gedehnten Haut, denn sie war damals schwanger gewesen, im achten Monat.

Andrea Martinek war Hebamme, Achim hatte den Geburtsvorbereitungskurs bei ihr ausgewählt, und Beatrice hatte sie von Beginn an nicht leiden können. Eine selbstgefällige Frau mit schneidender Stimme, die neben ihrer eigenen keine andere Meinung gelten ließ.

Der Kurs war nicht allzu gut besucht gewesen, was in Anbetracht der Leiterin kein Wunder war, aber Achim war gegen einen Wechsel gewesen. «Du musst sie nicht mögen, du sollst nur etwas lernen», hatte er gesagt und dabei den Bauch gestreichelt, in dem Mina heranwuchs. «Ich finde, sie macht das sehr effizient, gibt klare Tipps, schwafelt nicht um den heißen Brei herum. Jemanden wie sie hätte ich gern in einer Situation dabei, in der man die Nerven bewahren muss.»

Effizient, ja, das mochte sein. Aber gleichzeitig alles andere als warm und freundlich. Beatrice hatte einer Bekannten, die ebenfalls gerade schwanger war, davon abgeraten, Martineks Kurs zu buchen, wenn sie sich auch nur ein bisschen ermutigt und geborgen fühlen wollte.

Irgendwie war das bis zu der Hebamme durchgedrungen, und sie hatte Beatrice zur Rede gestellt. Ob ihr eigentlich klar sei, dass ihr Verhalten geschäftsschädigend sei. Dass sie sich rechtliche Schritte überlege. Warum Beatrice überhaupt noch komme, wenn ihr die *Geborgenheit* hier fehle.

Es war unendlich peinlich und das letzte Mal gewesen, dass sie Martinek begegnet war. Danach hatte sie sich geweigert, noch einmal in den Kurs zu gehen, was Achim widerwillig akzeptieren musste.

Entbunden hatte sie schließlich bei einer Hebamme, die im Krankenhaus zufällig gerade Dienst hatte, mit starkem tschechischem Akzent sprach und ihr das unerschütterliche Gefühl gab, dass nichts schiefgehen konnte.

Beatrice leckte sich über die trockenen Lippen. Sie klickte

sich weiter durch die Vermisstenanzeigen – viele waren es nicht mehr –, kehrte aber bald wieder zu der von Martinek zurück.

Natürlich konnte sie sich nicht vollkommen sicher sein. Aber das änderte nichts daran, dass sie im Grunde überzeugt davon war, die Identität der Toten im Bach ergründet zu haben.

«Erde an Bea?» Florin hatte seine Hand unter ihr Kinn gelegt und den Kopf sanft angehoben. «Dein Essen wird kalt.»

«Oh. Ja. Sorry.» Sie wickelte Pesto-Tagliatelle um ihre Gabel und steckte sie in den Mund. Kaum noch lauwarm, er hatte recht.

Sie saßen bei einem der Italiener in der Innenstadt, nur ein paar Schritte von Florins Nobelwohnung entfernt. Beatrice spürte den Tag, der hinter ihr lag, in allen Knochen, und sie hatte schon vor dem Verlassen des Büros gewusst, dass es wohl ein Fehler gewesen war, sich von Florin für den Abend verplanen zu lassen.

Ihre Gedanken waren überall, nur nicht bei ihm. Das Tagebuch, das immer noch im Auto lag, war wie eine juckende Stelle in ihrem Bewusstsein, an der sie sich nicht kratzen konnte. Es beschäftigte sie ebenso intensiv wie die tote Frau im Bach. Vielleicht Andrea Martinek. *Wahrscheinlich* Andrea Martinek.

Beatrice hoffte inständig, dass der Tod der Frau sich als Unfall entpuppen würde. Denn wenn nicht, gab es zwischen den beiden Toten der letzten Tage bislang nur ein einziges Verbindungsglied: Beatrice selbst. Sie war sowohl Wallner als auch Martinek schon einmal begegnet und hatte beide nicht leiden können.

«Willst du mir sagen, was dich beschäftigt?» Florin war mit seiner Mahlzeit längst fertig und drehte sein langstieliges Rotweinglas zwischen den Fingern.

«Nichts. Ich bin nur müde.»

«Wie war es bei Evelyns Mutter? Du hast noch gar nichts erzählt.»

Das war untypisch, sie wusste es. Und unfair war es darüber hinaus, immerhin hatte Florin ihr den Rücken freigehalten. «Sie war sehr nett zu mir. Hatte extra Kuchen gebacken.»

Er schwieg, wartete. Beatrice atmete tief durch.

«Ich habe ihr von den Kindern erzählt und von der Arbeit. Sie selbst ist geschieden, die Ehe ist nach Evelyns Tod kaputtgegangen. Aber das scheint ihr nicht allzu viel auszumachen. Nicht mehr, jedenfalls.»

Florin griff nach Beatrices Hand. «Und das Tagebuch?»

«Das hat sie mir gegeben. Ich habe aber noch nicht reingesehen. Der Nachmittag war ja ein bisschen turbulenter als gedacht.»

Er nickte. «Bist du deshalb so in Gedanken? Würdest du gern lesen?» Er streichelte mit dem Daumen ihre Handinnenfläche. «Mir würde es an deiner Stelle ganz sicher so gehen.»

Beatrice zögerte. Einerseits wollte sie nichts lieber, als in Evelyns Gedankenwelt abtauchen, endlich, auch wenn sie vielleicht Dinge erfuhr, die sie irritieren würden. Oder sogar treffen.

Andererseits wollte sie dabei auf jeden Fall allein sein. Und sie brachte es nicht übers Herz, den Abend mit Florin jetzt einfach zu beenden. Sie hatten außerhalb des Jobs so wenig Zeit miteinander, und das lag ausschließlich an ihr.

«Nein, schon okay. Das Tagebuch läuft mir nicht davon. Bestellst du mir noch ein Glas von dem Sangiovese?»

Im Laufe des zweiten Achtels gelang es Beatrice, ihre Grübeleien beiseitezuschieben und den Abend tatsächlich zu genießen. Sie hatte ihr Handy auf dem Tisch liegen und warf immer wieder flüchtige Seitenblicke auf das Display – falls Achim bereits wusste, dass die Kinder bei ihrer Großmutter waren, würde er sich hundertprozentig melden. Doch die hasserfüllte SMS blieb aus.

Sie verließen den Italiener gegen halb elf und schlenderten eng umschlungen zu Florins Wohnung. Später, als sie nackt nebeneinander im Bett lagen, ihr Kopf an seiner Schulter, seine Arme eng um sie geschlungen, hatte sie noch einmal das Gesicht der Toten vor sich. Aufgequollen und augenlos, mit abgefressener Nase. Es war keinesfalls ausgeschlossen, dass es sich um dieselbe Person handelte.

«Stimmt etwas nicht?» Florin drückte sie fester an sich.

«Nein, alles in Ordnung.» Woran merkte er das? Hatte sie sich verkrampft, ohne es zu merken? «Ich dachte nur eben an die Tote von heute Nachmittag. Wie schnell es manchmal geht. Wahrscheinlich war sie bloß wandern und ist abgerutscht und unglücklich gestürzt. Sie hat bestimmt noch nicht ans Sterben gedacht.»

Florins Hand streichelte ihre Stirn, ihre Wange, ihr Haar. «Wahrscheinlich.»

Sie war nur Millimeter davon entfernt, es ihm zu sagen. Ihm von Andrea Martinek zu erzählen. Aber es war besser zu warten, bis erwiesen war, dass es sich wirklich um die Frau handelte und nicht um jemand völlig anderen, dessen Abwesenheit bloß noch niemandem aufgefallen war.

7. Kapitel

Vasinski klopfte, bevor er ihr Büro betrat, und stellte ein Körbchen mit süßen Brezeln auf den Tisch. «Die habe ich eben auf dem Markt gekauft. Ein kläglicher Versuch, Frau Kaspary milde zu stimmen, aber ich dachte, ich nutze auch die kleinste Chance.»

Sie nahm ihm seine Unterwürfigkeit keine Sekunde lang ab, aber – immerhin war es eine nette Geste. Und sie hatte Hunger, das Frühstück bei Florin war hastig und nicht besonders ausgiebig gewesen. «Danke.» Sie deutete auf die Espressomaschine. «Wollen Sie einen Kaffee?»

«Sehr, sehr gerne. Und wenn Sie möchten, erzähle ich Ihnen dann, was ich vom Fall Wallner halte.»

Dass er ihr eine Wahl ließ, war ein weiterer geschickter Zug. Während Beatrice einen doppelten Espresso für ihn aus der Maschine laufen ließ, nahm sie sich vor, sich nicht einwickeln zu lassen. Sie erinnerte sich genau daran, wie arrogant er als stationsführender Oberarzt gewesen war. Wie eitel. Davon war jetzt nichts mehr zu spüren, aber es war klar, dass er sich in so kurzer Zeit nicht von Grund auf verändert haben würde.

«Ich könnte mir vorstellen», sagte Vasinski und drehte die Tasse zwischen den Händen, «dass der Täter lange darauf gewartet hat, auf diese Weise zuschlagen zu können. Ich glaube nicht, dass er zu Wallners Gefängnisbekanntschaften gehört, die hätten ihn bei Bedarf anders aus dem Weg geschafft. Und andere Dinge zurückgelassen.»

Mit einem Ruck richtete Beatrice sich in ihrem Stuhl auf. War es möglich, dass ausgerechnet Vasinski die alte Zeitung aufgefallen war? «Welche Dinge meinen Sie?»

Er zog sich den Besucherstuhl heran und deutete auf den Computer. «Können Sie mir die Tatortfotos öffnen? Das, das mir besonders ins Auge gestochen ist, hat die Nummer 24, glaube ich.»

Beatrice öffnete den Ordner, fand das Bild. Stellte halb erleichtert, halb enttäuscht fest, dass es sich nicht um das Schlafzimmerfoto mit der Zeitung handelte, sondern um eines, das ein Stück des Wohnzimmerbodens zeigte. Blutgetränkter Teppich, zwei leere Bierdosen, eine zusammengeknüllte Unterhose.

«Sehen Sie das?» Vasinski wies auf etwas Eckiges, das zu einem Drittel von den Boxershorts bedeckt wurde. «Können Sie es größer machen?»

Sie zog das Bild auf zweihundertfünfzig Prozent auf und rückte die Stelle, auf die Vasinski deutete, in die Mitte.

Sobald sie sah, was er meinte, wurde ihr kalt.

«Eine CD, das *Stabat Mater* von Rheinberger. Herr Drasche wird Ihnen bestätigen, dass obenauf keine Blutspuren zu finden sind, sehr wohl aber darunter. Ich denke, das heißt, die CD wurde erst nach dem Mord an diesen Platz gelegt.»

Rheinberger. Die Musik, die bei Evelyns Begräbnis gespielt worden war. Niemals war das ein Zufall.

«Ich habe die Fotos genau studiert. In Wallners ganzer Wohnung gibt es sonst nichts, was auf kulturelles Interesse schließen lässt», fuhr Vasinski fort. «Kein einziges Buch, nicht einmal ein schlechtes. Er besaß auch keine Stereoanlage, auf der er diese CD hätte abspielen können.»

All das drang nur wie durch einen Nebel bis zu Beatrice hindurch. Es gab hier eine Verbindung zu Evelyn, ganz ohne Zweifel. Die Zeitung war bewusst platziert worden, ebenso wie dieser Tonträger.

«Könnte es ein Mord aus Rache gewesen sein?», hörte sie sich selbst fragen.

Vasinski war offensichtlich geschmeichelt davon, dass sie zum ersten Mal von sich aus seine Meinung hören wollte. «Durchaus», sagte er. «Rache wäre denkbar, wobei in dem Zusammenhang der Wunsch, Objekte am Tatort zu hinterlassen, eher ungewöhnlich ist.» Er blickte sinnierend auf den Bildschirm. «Ohnehin ist es üblicher, dass ein Täter Trophäen an sich nimmt, als dass er Gegenstände zurücklässt. Außer, er legt Wert darauf, es der Polizei leichter zu machen.»

Oder sie zu verwirren, dachte Beatrice.

«Doch das wissen Sie natürlich alles selbst, davon bin ich überzeugt», sagte Vasinski nach einer kurzen Pause. «Aber ich könnte versuchen, Ihnen eine erste psychologische Einschätzung des Täters zu geben. Meiner Meinung nach deutet alles darauf hin, dass er an einer narzisstischen Persönlichkeitsstörung leidet. An einigen anderen Dingen vermutlich auch, aber den Narzissmus kann man als gegeben nehmen.» Vasinski lehnte sich im Stuhl zurück. «Dass er bewusst Spuren am Tatort hinterlässt, ist ein ganz klares Zeichen dafür, für wie überlegen er sich hält. Er glaubt nicht, dass wir sie entdecken oder gar richtig interpretieren können. Das Einzige, was ihm derzeit zu schaffen machen dürfte, ist, dass er uns nicht vor Augen führen kann, wie blind wir wirklich sind. Und er würde viel dafür geben, Zeuge unseres Herumrätselns werden zu können. Und unserer Bewunderung.»

Beatrices Blick war auf das CD-Cover gerichtet, wo eine Maria mit Heiligenschein auf dem Hügel von Golgatha saß und zu ihrem toten Sohn am Kreuz hochblickte. «Was denken Sie, nach welchen Kriterien er seine Hinterlassenschaften aussucht?»

Diesmal dachte Vasinski etwas länger nach. «Das kann ich Ihnen nicht mit Sicherheit sagen. Ich schätze schon, dass er eine Botschaft sendet, aber er geht davon aus, dass niemand sie verstehen wird. Weil wir ja alle so viel dümmer sind als er.» Mit dem Zeigefinger deutete er auf die CD-Hülle. «Das könnte zum Beispiel einen religiösen Bezug haben. Oder für ein Erlebnis stehen, das ihn mit dem Opfer verbindet.»

«Wer weiß», murmelte Beatrice.

«Ein weiteres Merkmal für eine narzisstische Persönlichkeitsstörung ist absolute Empathielosigkeit. Die Gefühle und hier vor allem die Angst des Gegenübers hat der Täter vermutlich nicht als störend wahrgenommen. Andere Menschen sind bloß Statisten in seinem Leben, austauschbar und unbedeutend.» Vasinski fehlte die eine, die wichtige Information, und Beatrice konnte sich nicht überwinden, sie ihm zu geben: dass die Hinweise, die der Täter streute, bisher alle auf Evelyn deuteten. Dass es tatsächlich so aussah, als hätte jemand mit sechzehn Jahren Verspätung Rache für ihren Tod genommen.

«Die Tote aus dem Bach wird euch mehr Arbeit machen, als euch lieb ist.» Vogts Stimme drang völlig mitleidslos über den Lautsprecher des Telefons; im Hintergrund lief das Radio. Robbie Williams. *Feel.*

«Sie ist ertrunken. Wir haben alle Anzeichen gefunden: Schaumpilz, Lungenemphysem, Kieselalgen in den Organen. Dafür keinen Hinweis auf Herzinfarkt oder Schlaganfall.»

«Gibt es Anhaltspunkte dafür, dass sie ausgerutscht und unglücklich gestürzt ist?», fragte Florin, nach Vogts Ankündigung nicht mehr sehr hoffnungsvoll.

«Nein. Dafür aber Male an den Handgelenken, die Fesselungsspuren sein könnten. Zwei Hämatome an Schulter und Kinn, die mindestens einen halben Tag vor ihrem Tod entstanden sein müssen. Druckstellen im Nacken.» Vogt räusperte sich. «Jemand hat sie ersäuft, ihr Lieben.»

Verdammt. Beatrice schloss die Augen. Blieb nur zu hoffen, dass diesen Fall ein anderes Team übernehmen würde, allerdings standen die Chancen nicht allzu gut. Sie waren es gewesen, die man zu der Leiche gerufen hatte, damit gehörte sie ihnen, gewissermaßen. Zumindest sah Hoffmann das üblicherweise so.

«Wir wissen noch nicht einmal, wer sie ist», stellte Florin müde fest, nachdem Vogt aufgelegt hatte.

«Richtig.» Es hatte keinen Sinn, fand Beatrice, ihre Vermutung länger für sich zu behalten. «Aber wenn wir uns die Vermisstenanzeigen ansehen, sieht eine davon wie ein Treffer aus.» Sie schob ihm den Ausdruck hinüber, den sie von der Martinek-Meldung gemacht hatte. «Alter, Haarfarbe und Größe passen, der Zeitraum auch.»

Florin las sich die Daten durch und nickte langsam. «Hast du schon die Tochter nach Material für den Genabgleich gebeten?»

«Nein.»

Er blickte hoch. «Wieso nicht?»

«Weil ich ein bisschen mehr wissen wollte, bevor ich die Pferde scheu mache.» Sie seufzte. «Aber du hast natürlich recht.»

Meistens fragten die Verwandten, ob sie die fragliche Leiche sehen durften, in der Hoffnung, mit einem schnellen Blick beruhigende Klarheit schaffen zu können. Nur würde Beatrice ein solches Anliegen diesmal ablehnen, und die Frage nach dem Warum möglichst schonend beantworten müssen. Der Anblick der entstellten Leiche konnte einem auch dann den Schlaf rauben, wenn es sich dabei nicht um die eigene Mutter handelte.

Zum Glück erwies die Tochter sich als praktisch denkende Frau und erklärte sich nach einer ersten Schrecksekunde bereit, Kamm und Zahnbürste der Vermissten zur Verfügung zu stellen.

Doch wie es aussah, würde die Identität der Toten schon vor Abschluss der Tests ziemlich klar sein, denn eine knappe Stunde nach dem Telefonat rauschte Drasche ins Büro, und was er bei sich hatte, ließ kaum noch Platz für Zweifel.

«Wir haben die Selbstversorgerhütten in der Umgebung gecheckt, und eine davon war aufgebrochen.» Er zog mehrere Klarsichtbeutel aus seinem Koffer und legte sie nebeneinander auf den Schreibtisch. «Auf einem Stuhl lag dieser Rucksack. Kein Handy drin, kein Ausweis, aber ein Portemonnaie. In dem wir das hier gefunden haben.» Er hob den ersten Beutel hoch.

Kundenkarten, in allen Farben des Regenbogens. Drogeriemarkt, Automobilclub, Bekleidungskette, Möbelhaus, zwei Bankkarten. Alle ausgestellt auf den Namen Andrea Martinek.

Dass sie mit ihrer Vermutung richtiggelegen hatte, verschaffte Beatrice nicht die geringste Befriedigung. Im Gegenteil: Die Erkenntnis drückte ihr fast die Luft ab. War es tatsächlich möglich, dass sie durch blinden Zufall beide Opfer kannte? Und nicht hatte leiden können?

Die Option *Zufall* eliminierte Drasche umgehend, indem er den nächsten Beutel hochhob und mit dem Finger auf den Inhalt deutete. «Und hier treffen wir einen guten Bekannten wieder. Na? Erkennt ihr ihn?»

Es war ein Foto. Wallner und zwei Frauen, die deutlich jünger waren als er. Eine blond, die andere dunkelhaarig. Er hatte ihnen die Arme um die Schultern gelegt und grinste in die Kamera.

Also hatten die beiden sich gekannt, er und Martinek? Oder war eine der abgebildeten Frauen ihre Tochter? Oder –

Mit einem Mal stand Beatrice wieder Wallners Wohnung vor Augen. Die Wand neben dem Schreibtisch, an die zahllose Fotos gepinnt waren. Und der helle Fleck, der darauf hinwies, dass hier etwas fehlte.

Wortlos nahm Beatrice Drasche den Beutel aus der Hand und hielt ihn gegen das Licht. Ja, tatsächlich, in dem Foto war ein kleines Loch wie von einer Nadel, oben in der Mitte.

Jede Wette, dass dieses Bild exakt in die Umrisse der sauberen

Stelle an Wallners nikotingelber Wand passte. Und dass sich genau unterhalb des kleinen Nadelstichs im Bild ein ebenso kleines Loch in der Mauer finden würde.

Mina war ein einziger Vorwurf, so wie sie da gegen die Schulmauer gelehnt stand, die Arme vor der Brust verschränkt, den Kopf zur Seite gewendet. Demonstrativ nicht daran interessiert, ob und wann Beatrice eintreffen würde.

Jakob dagegen winkte, sobald er das Auto um die Ecke biegen sah. Er stieg hinten ein und schlang ihr seine Arme so fest um den Hals, dass er sie beinahe würgte. «Oma hat gesagt, ich soll dir den hier geben!» Er drückte ihr einen feuchten Kuss zwischen Ohr und Wange.

Mittlerweile hatte Mina die Beifahrertür geöffnet und sich auf den Sitz neben Beatrice gleiten lassen. Ihr Blick war dabei fest auf das Display ihres Smartphones gerichtet, sie tippte blitzschnell mit dem Daumen ihrer rechten Hand.

«Hallo, mein Schatz.» Beatrice legte ihr einen Arm um die Schultern und zog sie an sich, doch Mina schüttelte unwillig den Kopf. «Nicht jetzt.»

Jede, wirklich jede Reaktion darauf würde Streit nach sich ziehen, das war seit Monaten so. Dafür hatte Beatrice heute nicht die Kraft, sie wünschte sich nichts als ein paar friedliche Stunden mit ihren Kindern.

Und anschließend Zeit für das Tagebuch.

Dank Jakob hatte die Atmosphäre während der Fahrt gar keine Chance, eisig zu werden. Er berichtete ausführlich vom letzten Abend, von den Leuten, mit denen er in der Gaststube gesprochen hatte, von der Hauskatze, die vier Junge geworfen hatte, von Omas neuem Tortenrezept. Wenn man ihm zuhörte, konnte man denken, er hätte eine Bilderbuchkindheit.

Zu Hause angekommen, verzog Mina sich sofort ins Kinderzimmer. Die Lautstärke, mit der sie die Tür zuknallte, war ein Signal an Jakob: Komm bloß nicht rein.

Beatrice fing den verletzten Blick ihres Sohnes auf und zog ihn hinter sich in die Küche. Ließ ihn Karotten schneiden und die Hitze am Herd regulieren und ertappte sich bei dem Gedanken, wie einfach es wäre, nur mit ihm zurechtkommen zu müssen.

In exakt dem Moment, als sie begann, die Putenstreifen ins heiße Öl zu legen, klingelte ihr Handy. «Das ist Papas Ton», juchzte Jakob, lief ins Wohnzimmer und hielt ihr das Telefon entgegen.

«Ich kann jetzt nicht, gehst du für mich ran?»

«Okay.» Er drückte auf das grüne Symbol am Display. «Hier spricht Jakob Kaspary. Hallo Papa!»

Sie konnte die kurze Pause hören, in der Achim noch einmal innehielt, und den schroffen Ton, mit dem er Beatrice hatte anbellen wollen, gegen väterliche Freundlichkeit tauschte.

«Hallo, mein Großer», drang es dumpf durch den Hörer. «Wo steckt denn Mama?»

«Hier. Wir sind in der Küche.»

«Gibst du sie mir, bitte?»

Wieder hielt Jakob ihr das Handy entgegen, doch sie schüttelte den Kopf. «Sag Papa bitte, ich rufe ihn zurück, wenn wir fertig gekocht und gegessen haben.»

Er presste sich das Telefon wieder ans Ohr. «Hast du gehört, Papa? Mama muss noch fertig kochen, und dann ... » Er kicherte.

«Papa sagt, Fertiggerichte in der Mikrowelle aufwärmen ist nicht dasselbe wie Kochen.»

Beatrice öffnete den Mund und schloss ihn wieder. Weder die Rechtfertigung noch die bissige Antwort, die ihr beide gleichzeitig auf der Zunge lagen, würden irgendetwas ändern. Jakob begriff noch nicht, dass die Bemerkungen seines Vaters Angriffe waren. Je länger er sie harmlos fand, desto besser.

«Ich rufe ihn zurück, sag ihm das bitte noch einmal. Und dann leg auf und hilf mir rühren.»

Die Aussicht auf das bevorstehende Telefonat verdarb ihr den Appetit aufs Abendessen, aber den halben Teller schaffte sie – ebenso wie Mina. Die sprach während des Essens immerhin ein paar Sätze, und zweimal lächelte sie sogar, was Beatrice mit beschämender Dankbarkeit erfüllte.

Erst als sie alle Teller und Gläser in den Geschirrspüler geräumt hatte, ging Beatrice ins Schlafzimmer und öffnete die Kontaktliste ihres Handys. Starrte Achims Namen an, als könne er dadurch verschwinden, und drückte schließlich auf *Wählen.*

Das erste Freizeichen war kaum verklungen, als Achim schon abhob. «Kaspary.»

Als ob er von seinem Handy nicht ablesen konnte, von wem der Anruf kam. Früher hätte sie «Hier auch Kaspary» gesagt, aber seit der Scheidung fühlte es sich nur noch unangenehm an, den Namen mit ihm zu teilen. Unangenehm und falsch. Als hätte sie aus ihrer Ehe etwas zurückbehalten, das über hässliche Erinnerungen hinausging.

«Hier ist Beatrice. Du wolltest mich sprechen?»

«Oh ja. Allerdings.» Da war wieder dieser überhebliche Ton, der sie schon wütend machte, bevor Achim noch irgendetwas gesagt hatte. «Ich habe gestern mit Mina telefoniert – du hast sie schon wieder zu deiner Mutter abgeschoben?»

Abgeschoben! Beatrice riss sich zusammen, um nur ja nichts Unüberlegtes zu sagen. «Ich habe Mama gebeten, die beiden für eine Nacht zu nehmen. Wir haben einen neuen Fall, der schwierig aussieht. Ich glaube übrigens nicht, dass Übernachtungen bei ihrer Großmutter die Kinder traumatisieren.»

«Natürlich nicht, das zu glauben, wäre ja auch unbequem für dich.» Er lachte höhnisch auf. «Aber hast du mal Mina gefragt? Sie hat mir gesagt, dass sie das Hin- und Hergeschiebe furchtbar findet. Ständig anderswo schlafen, ohne Mitspracherecht.»

Beatrice rollte sich auf ihrem Bett zusammen. Hatte Mina das wirklich gesagt? «Ich rede mit ihr», erklärte sie, so fest sie konnte. «Ich will das von ihr selbst hören.»

Wieder lachte Achim. «Na, dann tu das doch. Und sag ihr, ich werde für sie kämpfen. Ich werde ihr das Zuhause geben, das sie verdient. Schönen Abend noch.» Damit legte er auf.

Zehn, zwanzig Sekunden lang starrte Beatrice die Wand an, innerlich taub, bevor sie aufstand und das Schlafzimmer verließ. Sie ging an Jakob vorbei, der auf der Couch saß und gebannt den Zeichentrickfilm im Kinderkanal verfolgte. Ohne zu klopfen öffnete sie die Kinderzimmertür.

Mina saß im Schneidersitz auf ihrem Bett und textete. Beatrice setzte sich neben sie. Streichelte ihr übers Haar. Sie war nun dreizehn und begann, ihre kindlichen Züge zu verlieren.

Äußerlich wie innerlich, dachte Beatrice.

«Du, mein Schatz. Sag mal, ist es wirklich so schlimm für dich, wenn du bei Oma übernachten sollst? Ich habe immer geglaubt, du bist gern da.»

Mina blickte nicht auf, wich aber der streichelnden Hand aus. «Ist mir egal.»

«Ich versuche, euch zu holen, wann immer es geht, aber manchmal kann ich einfach nicht rechtzeitig weg.»

Schulterzucken. «Ich weiß.» Es klang ungnädig.

«Du bist eigentlich alt genug für einen eigenen Wohnungsschlüssel. Dann könntest du nach der Schule selbständig nach Hause fahren, und es ist kein Problem, wenn ich mal eine halbe Stunde länger brauche.»

Zum ersten Mal blitzte etwas wie Interesse in ihren Augen auf. «Ein eigener Wohnungsschlüssel?»

«Ja. Ist höchste Zeit, finde ich.»

«Das wäre toll. Obwohl – muss ich dann die Aufpasserin für Jakob machen?»

Beatrice seufzte innerlich. «Nur im Notfall.»

Sichtlich genervt verdrehte Mina die Augen. «War ja klar.»

Doch als Beatrice aufstehen und sie wieder ihrem Chat überlassen wollte, nahm Mina ihre Hand. Das war seit Monaten nicht mehr passiert. Sie kämpfte sichtlich mit sich, und als sie sprach, kamen die Worte stockend heraus.

«Wenn wir alle wieder … zusammen wären. Also du und ich und Jakob und Papa – dann wäre es doch auch für dich viel einfacher, oder nicht? Wenn du länger arbeiten müsstest, wäre immer jemand zu Hause, und du müsstest dich nicht so hetzen.» Nun sah sie Beatrice direkt ins Gesicht. «Papa würde das gut finden. Hat er gesagt. Und es wäre doch echt eine Lösung für … alles. Oder?»

Langsam und vorsichtig nahm Beatrice ihre Tochter in die Arme. Es würde wahrscheinlich für längere Zeit das letzte Mal sein, weil sie ihr nichts vorlügen konnte und Mina ihr die Wahrheit übelnehmen würde. Schließlich war sie diejenige, die das Happy End torpedierte. Achim hatte ihr wieder einmal den schwarzen Peter zugeschoben, er wusste genau, dass Beatrice niemals zu ihm zurückkehren würde, also konnte er diesen Vorschlag machen, ohne das geringste Risiko einzugehen.

«Ich kann so gut verstehen, dass du dir das wünschst. Aber Papa und ich sind zu unterschiedlich. Wenn wir fünf Minuten im gleichen Raum sind, streiten wir. Du erinnerst dich doch noch. Du hast es schrecklich gefunden.»

Wie erwartet schob sie Beatrice von sich weg. «Und wenn ihr euch ein bisschen Mühe gebt? Das verlangst du doch auch immer von mir, wenn ich Jakob nicht mehr aushalte.»

Das Argument war schwer auf eine Weise zu entkräften, die einer Dreizehnjährigen einleuchten würde. *Das ist etwas Anderes* würde nur Hohngelächter hervorrufen. Zu Recht.

«Wenn es ginge, würde ich es tun», flüsterte Beatrice.

«Du willst es also nicht einmal versuchen.» Mina lachte auf, in einer Weise, die Beatrice unangenehm vertraut vorkam, legte sich bäuchlings aufs Bett und widmete sich wieder ihrem Smartphone.

Kein Fall in ihrer gesamten Berufslaufbahn hatte Beatrice je so in Ratlosigkeit versetzt wie das Verhalten ihrer Tochter. Egal, was sie tat – sie konnte nicht gewinnen. Sie konnte nicht ihren Kindern zuliebe die Zähne zusammenbeißen und sich auf dieses fürchterliche Arrangement einlassen. Weil sie wusste, wie es enden würde. Schnell und hässlich. Mit noch mehr Tränen und Unverständnis, vor allem von Minas Seite.

Sie stand auf. «Es hat keinen Sinn etwas zu versuchen, von dem man weiß, dass es schiefgehen wird. Das tut dann allen nur noch ein bisschen mehr weh.»

Und dabei hatte sie noch nicht einmal Florin mit ins Kalkül gezogen, der so gerne wollte, dass sie den Kindern reinen Wein einschenkte.

Sie zog die Kinderzimmertür hinter sich zu und setzte sich auf die Couch neben Jakob, der sich sofort an sie kuschelte.

Es gab keinen vernünftigen Ausweg aus diesem ganzen Dilemma. Egal in welche Richtung sie sich wandte, überall öffneten sich nur Sackgassen.

Ein paar Minuten vor zehn war auch bei Mina endlich das Licht aus. Beatrice hatte kurz davor noch einen Anlauf gestartet, hatte versucht ihr zu erklären, was in ihr vorging. Dass man Fehler nicht zweimal machen durfte. Sie war an Minas Schweigen abgeprallt wie an einer Mauer.

Nun war die Wohnung ruhig. Vor Beatrice am Couchtisch lag ihr Handy, neben einem halb geleerten Glas Rioja. Üblicherweise war das der Moment, in dem sie Florin anrief, ihm von ihrem

Abend erzählte und davon, dass sie ihn vermisste. In dem sie sich an seiner Stimme wärmte und das Gefühl genoss, dass es ihn in ihrem Leben gab.

Heute war sie zum ersten Mal unschlüssig, ob Schweigen nicht die bessere Variante war. Sie wollte nicht gezwungen sein, ihm fröhliche Unbekümmertheit vorzuspielen, aber ebenso wenig wollte sie ihr ganzes familiäres Dilemma vor ihm ausbreiten.

Und in ihrer Handtasche steckte das Tagebuch. Ja, das war für heute die klügere Entscheidung. Abtauchen in Evelyns Welt und in ihre eigene, frühere. In der sie Achim noch nicht begegnet war.

Sie strich über den schwarz-weißen Stoff des Einbands und schlug das Buch dann auf. Begann ganz von vorne, beim ersten Eintrag. Am 17. April 1999.

Da hatten sie schon die gemeinsame Wohnung gehabt, diese wunderbaren drei Zimmer Altbau im dritten Stock, und offenbar hatten sie am Abend zuvor eine Party gefeiert.

Kopfschmerzen wie nicht von dieser Welt, schrieb Evelyn. *Liege seit Mittag flach, mit nassem Handtuch auf dem Kopf. Vielleicht kein guter Zeitpunkt, um ein neues Tagebuch zu beginnen, aber bevor ich ihn vergesse, setze ich dem Kerl von gestern Nacht noch ein schnelles Denkmal. Er war göttlich und hieß, glaube ich, Paul. Danke, Paul, falls das mein Ende sein sollte (und so fühlt es sich an) – du hast sowohl aus mir als auch aus den letzten Stunden wirklich alles rausgeholt.*
Wünschte, dass Hase aufhören würde, in der Küche mit dem Geschirr zu klappern. Braves Mädchen, beseitigt die Spuren der Schlacht, aber mein Kopf …

Hase. Das war von jeher Evelyns Spitzname für Beatrice gewesen.

Sie versuchte, sich an diesen speziellen Abend zu erinnern. An

Paul, mit dem Eve irgendwann in ihrem Zimmer verschwunden war. Ja, da hatte es jemanden mit diesem Namen gegeben, aber Beatrice hatte kein passendes Gesicht mehr vor Augen. Das war kein Wunder. Mindestens einmal pro Woche hatten sie die Wohnung voller Leute, die, von einem harten Kern abgesehen, ständig wechselten. Beatrice wurde es manchmal zu viel, aber Evelyn liebte es, Hof zu halten.

Kathrin hat sich, glaube ich, im Lauf des Abends mit Stormy verdrückt, wahrscheinlich in sein Auto. Wahrscheinlich habe ich sie in einer Stunde heulend am Telefon hängen, weil er ihr spätestens nach der vierten Nummer erklärt haben wird, dass das alles war, was er von ihr wollte.
So ist der. War er immer schon.

Kathrin, an die erinnerte Beatrice sich. Ein hübsches Mädchen, ziemlich klein, mit dunklem Pagenkopf und riesigen Augen. Keine Abenteurerin, die etwas Schnelles für eine Nacht suchte. Und Stormy ... meine Güte, Evelyns Schwäche für Spitznamen ... wie war sein richtiger Name gewesen?

Thomas? Nein, Tibor. Tibor Engelbrecht, ein Energiebündel, Schauspielstudent am Reinhardt-Seminar. Beatrice erinnerte sich noch lebhaft daran, wie er einmal, spätnachts, den Monolog des Melchior aus «Frühlings Erwachen» zum Besten gegeben hatte. Sich dabei auf dem Tisch geräkelt und Gläser umgeworfen hatte, dann plötzlich hochgeschnellt war, um nach Beatrice zu greifen. «Ihre Seidenrobe war hinten und vorn ausgeschnitten. Hinten bis auf den Taillengürtel und vorne bis zur Bewusstlosigkeit», hatte er ihr seinen Text ins Ohr gezischt, den Ausschnitt ihrer Bluse gepackt und so fest daran gerissen, dass bis auf den untersten alle Knöpfe abgesprungen waren.

Beatrice hatte, ohne es wirklich zu merken, Block und Kugelschreiber zu sich herangezogen und *Tibor Engelbrecht* in die oberste Zeile geschrieben. Wenn die aktuellen Morde etwas mit Evelyns Tod zu tun hatten, dann war es naheliegend, die Menschen, mit denen sie sich in den Wochen und Monaten zuvor umgeben hatte, zumindest einmal oberflächlich unter die Lupe zu nehmen.

Wenn ich bis heute Abend wieder aufrecht stehen kann, gehen wir Pizza essen. Hase, Vera, Pesto und ich. Toller Gedanke. Dreht mir gerade den Magen von innen nach außen.

Damit endete der Eintrag. Beatrice zückte ihren Stift. Vera hatte mit Nachnamen Zobel geheißen, aber das konnte sich längst geändert haben. Pesto …

Mist. Sie hatte keine Ahnung mehr, wie sein richtiger Name gewesen war. Da war noch eine dunkle Erinnerung an einen schlanken, blonden Endzwanziger, der wunderbar gekocht hatte. Meist Nudeln mit selbstgemachtem Pesto.

Sie schrieb ihn trotzdem auf die Liste, in der Hoffnung, dass ihr Unterbewusstsein den Namen irgendwann wieder an die Oberfläche spülen würde.

Der nächste Eintrag. Fünf Tage später.

Phantastische Nacht mit Paul gehabt, bei ihm zu Hause. Er ist nicht nur ein Künstler am Cello, sondern auch –

Das Klingeln des Handys riss Beatrice aus dem Lesefluss. Es war Florin, und er klang besorgt. «Ist alles okay bei dir?»

Sie sank auf der Couch zurück, schloss die Augen. «Es geht. Mina war anstrengend, und Achim hat angerufen. Du kannst es dir vorstellen.» Konnte er in Wahrheit natürlich nicht. Aber sie wollte keine Details breittreten.

«O weh. Tut mir leid.»

«Nicht so schlimm.» Warum belog sie ihn eigentlich? Immer noch aus der Befürchtung heraus, dass er plötzlich merken könnte, wie schwierig ihre Umstände waren? Als ob er das nicht längst wusste.

«Ich wollte dich später anrufen.» Eine weitere Lüge. «Aber ich sitze gerade über Evelyns Tagebuch und versuche, daraus schlau zu werden.»

«Das ist gut.» Sie konnte an seiner Stimme hören, dass er lächelte. Kurze Pause. «Du fehlst mir.»

«Du mir auch.» Das immerhin war absolut wahr. Jetzt seine Arme spüren, von hinten um ihren Körper geschlungen, während sie sich durch die Erinnerungen ihrer toten Freundin kämpfte – das wäre wundervoll. So viel weniger einsam.

«Wenn ich mich aufs Bett lege und die Augen schließe, ist es fast, als wärst du hier.» Florins Stimme hatte dieses samtweiche, tiefe Timbre angenommen, dem sie hilflos gegenüberstand, jedes Mal. «Alles duftet nach dir.»

«Bald», sagte sie. «Bald wieder.»

Sie hörte ihn seufzen. «Wir könnten das jeden Tag haben, Bea. Jeden Abend, jede Nacht. Ich will dich nicht drängen, das weißt du, aber ich habe das Gefühl, du wartest auf einen perfekten Moment, der vielleicht nie kommt.»

Ich warte darauf, dass Achim der Schlag trifft, dachte sie. «Nein, nicht perfekt. Aber besser als jetzt. Mina hat derzeit eine Phase, in der ich nichts richtig machen kann, dafür vergöttert sie ihren Vater. Wenn ich ihr unter diesen Voraussetzungen erzähle, dass wir zusammen sind …»

«… wird sie mich erstmal nicht leiden können. Verstanden. Aber das halte ich aus, Bea.»

Ja, du vielleicht. Sie rieb sich über die Stirn, bedauerte, dass das Thema überhaupt aufgekommen war. «Lass uns warten, bis ich mich der ganzen Sache besser gewachsen fühle. Ich weiß, ich bin feige, aber hab bitte noch ein bisschen Geduld.»

Sie konnte ein helles Geräusch am anderen Ende der Leitung hören. Glas auf Glas. Florin hatte seinen Wein abgestellt. «Du bist alles andere als feige. Tut mir leid, falls ich dich unter Druck gesetzt habe. Das war das Letzte, was ich wollte. Ich dachte nur, es wäre alles leichter durchzustehen, wenn … wir zu zweit wären.»

Sie wünschte sich sehr, es ihm besser begreiflich machen zu können. Dass ihre Angst, etwas kaputt zu machen, das sich nie mehr kitten ließ, derzeit alles andere überlagerte. Dass Mina ihr mit jedem Tag fremder wurde und sie erst wieder eine Basis mit ihr haben wollte.

«Du hast recht, es wäre viel leichter zu zweit», sagte sie. «Und das wird es sein. Bald.»

Nachdem Florin aufgelegt hatte, starrte Beatrice mehrere Minuten lang auf das aufgeschlagene Tagebuch. Betrachtete Evelyns schwungvolle Schrift, als wären die Seiten ein Gemälde und die Bedeutung der Worte bloß Nebensache. Sie blätterte ein Stück nach vorn, da war etwas eingeklebt: ein Weinetikett, von einem 1998er Brunello di Montalcino. Evelyn hatte einen dicken Pfeil gemalt, der direkt auf das Etikett wies und dazu geschrieben: *Er sagt, guter Wein muss rot sein wie Blut aus einem frisch durchbohrten Herzen.*

Etwas an dem Satz gefiel Beatrice nicht. Nicht in Anbetracht des Schlachtfelds, das ihr sofort wieder vor Augen stand. Das Rot war allgegenwärtig gewesen und keinesfalls mit Wein zu verwechseln, und es war deutlich mehr durchbohrt worden als nur ein Herz.

Er. Sie blätterte zurück. Der Einzige, um den es sich damals immer wieder drehte, war dieser Paul gewesen. Cellist, offenbar. Einer aus der Künstlerclique, die Beatrice zwar fasziniert, aber gleichzeitig auch eingeschüchtert hatte. Sie selbst war der praktische Typ, konnte weder besonders gut singen, zeichnen oder schreiben. Menschen, die darin herausragend waren, erfüllten sie mit einem ähnlichen Erstaunen wie Spitzensportler und Zirkusartisten.

Paul. Sie würde seinen Namen herausfinden; ganz sicher hatte man in Wien damals alle Personen überprüft, die im Tagebuch aufgeführt waren. Sehr wahrscheinlich also, dass Paul aufgespürt, vernommen und als unverdächtig wieder laufen gelassen worden war. Egal, was er so über durchbohrte Herzen sagte.

Morgen würde sie den nächsten Ordner aus Wien durchgehen und dort hoffentlich auf Pauls vollen Namen stoßen.

Der kahle Vernehmungsraum unterstrich in gewisser Weise die schmucklose Erscheinung, die ihnen auf der anderen Seite des Tisches gegenübersaß. Blass, mit kurzem Haar und einem ungewöhnlich kantigen Kinn. «Ich weiß nicht, ob Mama wandern gehen wollte.» Valerie Martinek war zu ihnen gekommen, das sei ihr lieber als ein Gespräch bei ihr zu Hause, hatte sie gesagt.

«Ab und zu hat sie kleine Touren gemacht, aber eigentlich immer mit Freunden.»

Es fiel Beatrice schwer, die Frau nicht ständig anzusehen. Sie glich ihrer Mutter enorm, nicht nur was die Gesichtszüge, sondern auch was Mimik und Gestik betraf. Die Stimme war ebenfalls zum Verwechseln ähnlich.

«Es scheint leider so zu sein, dass es kein Unfall war, der Ihre Mutter das Leben gekostet hat.» Florin sprach leise und ließ die Frau dabei nicht aus den Augen. «Alles weist darauf hin, dass sie getötet wurde.»

Die Frau verbarg das Gesicht in den Händen. Verharrte einige Momente in dieser Haltung, doch als sie wieder aufsah, waren ihre Augen trocken. «Sie werden mich jetzt fragen, ob Mama Feinde hatte, nicht wahr? Die Antwort ist Ja. Es gibt ein Ehepaar, das sie für den Tod ihres Babys verantwortlich macht und sie seit Jahren immer wieder belästigt.»

«Ah.» Florin rückte das Aufnahmegerät näher an die Frau heran. «Wie ist der Name dieser Leute?»

«Fabian und Carina Plauer.» Martinek verschränkte die Finger ineinander. «Mama war Hebamme, aber das wissen Sie sicher schon. Sie hat den beiden damals von einer Hausgeburt abgeraten, weil das Kind ungünstig gelegen hat – aber die haben nicht auf sie gehört. Und dann ist alles schiefgegangen. Mama hat versucht, zu reanimieren, doch das Baby ist gestorben.»

In Beatrice lieferten sich die widersprüchlichsten Gefühle einen heftigen Kampf. Die Frau war ihr unsympathisch, einfach, weil sie ihrer Mutter so sehr ähnelte – so zu empfinden war allerdings unfair und, noch schlimmer, unprofessionell.

Gleichzeitig pochte in ihr etwas, das fatal an ein schlechtes Gewissen erinnerte. Sie hatte Florin immer noch nicht gestanden, dass die Tote ihr nicht unbekannt gewesen war.

Beatrice zog eine Vergrößerung des Fotos von Wallner und seinen zwei Begleiterinnen aus ihrer Mappe und schob es Valerie Martinek hin. «Kennen Sie eine dieser Personen?»

Die Frau studierte das Bild gewissenhaft. Ließ sich Zeit. «Nein.» Sie löste den Blick nicht von den drei Gesichtern. «Wieso fragen Sie?»

«Weil wir dieses Foto im Rucksack Ihrer Mutter gefunden haben.»

«Wirklich?» Irritiert hob Valerie Martinek den Kopf, nur um sich im nächsten Moment wieder auf das Bild zu konzentrieren. «Das sieht Mama überhaupt nicht ähnlich. Sie hat nicht einmal Fotos ihrer Enkel mit sich herumgetragen. Höchstens, wenn sie sie zufällig auf dem Handy hatte.» Zum ersten Mal, seit das Gespräch begonnen hatte, wurden ihre Augen feucht. «Sie ist … sie war nicht der sentimentale Typ, wissen Sie? Eher sachlich, das hat auch immer wieder für Schwierigkeiten gesorgt.» Ein trauriges Lächeln verjüngte das Gesicht der Frau, nur um sofort wieder zu verschwinden. «Viele der Schwangeren kamen damit nicht zurecht. Mama war ihnen zu wenig herzlich. Nicht warm genug. Es war ihnen auch egal, dass sie fachlich erstklassig war.»

Treffer. Genau so hatte Beatrice es empfunden. Sie senkte den Blick auf das Foto, das den gutgelaunten Wallner zeigte. «Und Sie sind sicher, dass Ihnen niemand hier bekannt vorkommt?»

Noch einmal nahm Valerie Martinek sich das Bild vor. Studierte es genau. «Ja, ganz sicher. Es könnte natürlich sein, dass Mama eine der Frauen entbunden hat oder sie in einem Geburtsvorbereitungskurs bei ihr war. Aber ... da habe ich leider keinen Überblick.»

«Das verstehe ich.»

Wieder ein flüchtiges Lächeln von Martinek. Ihr Blick richtete sich auf die Wand, dann auf die Tischplatte, am Ende auf Florin. «Ich würde gerne ... Denken Sie, ich könnte Mama sehen?»

Beatrice entging das kurze Zucken in Florins Hand nicht, der Impuls, sie auf die von Martinek legen zu wollen. «Ich möchte Ihnen wirklich davon abraten. Sie hat einige Zeit lang im Freien gelegen, bevor sie gefunden wurde, das geht an einem Körper nicht spurlos vorbei.»

Ihre Augen weiteten sich, fragend, und Florin schüttelte beruhigend den Kopf. «Wir kümmern uns um Ihre Mutter», sagte er. «Sie ist in guten Händen, Sie müssen sich keine Gedanken machen.» Valerie Martinek fiel es jetzt sichtlich schwer, die Fassung zu bewahren. Sie kramte nach einem Taschentuch, wischte sich über die Augen. Nickte. «Ich würde so gerne verstehen, warum», flüsterte sie. «Niemand hatte einen Grund, Mama umzubringen.»

Auf dem Weg vom Vernehmungsraum zurück zum Büro versuchte Beatrice, sich ihre Worte zurechtzulegen, gab es aber bald wieder auf. Der direkte Weg würde der beste sein.

«Ich habe sie gekannt», sagte sie, kaum dass sich die Tür hinter ihnen geschlossen hatte.

«Wen?»

«Andrea Martinek. Ich habe ihren Geburtsvorbereitungskurs besucht, vier- oder fünfmal. Dann nicht mehr, sehr zu Achims Ärger. Aber sie war mir so unsympathisch. Es war genau so, wie ihre Tochter es beschrieben hat.»

Florins Augenbrauen schoben sich in Richtung Haaransatz. «Und das ist dir eben erst eingefallen?»

Er kannte sie einfach zu gut, jetzt schon. Sie zögerte, schüttelte dann den Kopf. «Nein. Es war mir klar, seit ich die Vermisstenanzeige gesehen habe. Ich wollte nur …» Sie dachte an das Tagebuch.

«Die Vorstellung, dass ich das Bindeglied zwischen den Opfern sein könnte, ist vollkommen irre. Einerseits. Andererseits … war da diese uralte Zeitung in Wallners Wohnung. Und meine Haarspange. Und …»

Florin wollte etwas einwerfen, doch sie ließ ihn nicht zu Wort kommen.

«Ich habe beide Opfer gekannt und beide nicht gemocht. Okay. Aber was für eine Ermittlung lässt sich darauf aufbauen? Das alles ist verrückt, lächerlich und … angsteinflößend.»

Sie ließ sich auf ihren Drehstuhl fallen und sah zum Fenster hinaus, wo ein etwa zwölfjähriges Mädchen versuchte, einen störrischen Terrier hinter sich herzuzerren. Sekunden später fühlte sie Florins Hände auf ihren Schultern.

«Wir werden keine voreiligen Schlüsse ziehen», sagte er. «Aber dass wir es mit jemandem zu tun haben, der Evelyn kannte, sollten wir nicht ausschließen.»

Stormy.

Pesto.

Paul.

Den blauen Ordner mit den Vernehmungsprotokollen aus dem Jahr 2001 hatte Beatrice sich schon früh am Morgen bereitgelegt. Sie strich mit der flachen Hand darüber. «Wenn er Evelyn kannte, dann wahrscheinlich auch mich. Die einzig logische Erklärung, die mir in den Sinn kommt, ist die, dass derjenige Wallner für sich als Täter identifiziert und aus Rache getötet hat.»

Sie drehte sich zu Florin herum. «Aber warum dann Martinek?»

In seinen Augen sah Beatrice die gleiche Ratlosigkeit, die sie selbst ausfüllte. «Und nach so langer Zeit», fuhr sie fort. «Sechzehn Jahre, so lange hält doch niemand seine Rachegedanken warm.»

«Wer weiß.» Florins Hände glitten von ihren Schultern, was sie mit leichtem Bedauern erfüllte. «Fixe Ideen können mit den Jahren überlebensgroß werden. Aber es geht mir wie dir, ich kann keine Logik hinter der Wahl der Opfer erkennen.»

Beatrice schlug den Ordner auf. Es gab Befragungsprotokolle des gesamten Freundeskreises und aller Gäste, die damals auf Nolas Party gewesen waren. Der Party, von der Beatrice Evelyn nicht abgeholt hatte.

Sie begann zu lesen.

8. Kapitel

Es hätte mich auch gewundert, wenn Frau Kaspary nicht wieder einen Weg gefunden hätte, sich in den Vordergrund zu spielen.» In Hoffmanns Ton waren tatsächlich Spuren seiner alten Gehässigkeit zu finden. Erholte er sich etwa?

«Aber so plakativ haben Sie das bisher noch nie getan. Alle Achtung.» Er wandte sich von dem Foto ab, das sie eben an die Wand projiziert hatte. Ein vergrößerter Ausschnitt von Wallners Schlafzimmerboden, auf dem man die Zeitung mit Evelyns Foto ganz deutlich erkennen konnte.

«Es tut mir sehr leid, wenn meine Beobachtung Sie irritiert», gab Beatrice zurück. «Aber es lässt sich dummerweise nicht ändern. Ich kannte beide Mordopfer und auch die Frau, über deren Tod in dem Blatt berichtet wird.» Sie wechselte zum nächsten Foto. Die Haarspange auf dem Küchenregal. «Genau die gleiche habe ich besessen und oft getragen, zu der Zeit, als Evelyn Rieger ermordet wurde, aber das können Sie gern als Zufall abtun.»

Nächstes Bild. «Dr. Vasinski war so freundlich, mich auf dieses Detail hier aufmerksam zu machen. Eine CD mit einer Aufnahme von Rheinbergers *Stabat Mater.* Die einzige Musik-CD in der ganzen Wohnung, richtig, Gerd?» Drasche nickte. «Richtig. Wir haben auf Wallners Computer noch einiges an Musik gefunden, höchstwahrscheinlich illegal heruntergeladen. Aber nichts, was auch nur annähernd in diese Richtung gehen würde. Eher Hardrock und lustigerweise deutscher Schlager.»

«Das Stück wurde bei der Beerdigung von Evelyn Rieger gespielt. Es ist keines der allzu häufig aufgeführten Werke, ich glaube also, dass man da durchaus einen Zusammenhang sehen kann.»

Die Tatsache, dass Hoffmann offenbar der Einzige im Besprechungsraum war, der ihre Gedankenketten als Eitelkeit abtat, erfüllte Beatrice mit Genugtuung. «Das bedeutet aber nicht, dass ich mir irgendeinen Reim auf diese merkwürdigen Fundstücke machen kann. Also wäre ich sehr dankbar für eure Ideen.»

Stefan rubbelte sich das rechte Ohr, strich sich übers Haar. «Vielleicht hat Wallner den Täter von damals gekannt, ist ihm erst jetzt auf die Schliche gekommen und hat ihn erpresst? Und die Sachen waren ... Demonstrationsobjekte, um dem anderen klarzumachen, dass er wirklich etwas weiß?» Er wiegte den Kopf, als glaube er selbst nicht so richtig an seine Theorie. «Haut mich auch nicht vom Hocker, die Geschichte. Aber nach allem, was wir über Wallner wissen, war er einer von der Sorte, die so aggressiv ist, dass sie selbst nie damit rechnet, auf jemanden vom eigenen Kaliber zu stoßen. Wisst ihr, was ich meine?»

«Du meinst, dass er sich diesmal verschätzt und jemanden erpresst hat, der noch skrupelloser ist als er selbst», antwortete Florin. «Na ja. Da halte ich es noch für wahrscheinlicher, dass jemand ihn getötet hat, weil er ihn für Evelyn Riegers Mörder hielt.» Er seufzte. «Aber das alles erklärt immer noch nicht die Verbindung zu Andrea Martinek. Doch die gibt es. Das Foto von Wallners Wand muss auf irgendeine Weise in ihren Rucksack gekommen sein.»

Bechner blickte zögernd in die Runde, bevor er das Wort ergriff. «Wäre es denkbar, dass Martinek selbst es war, die Wallner getötet hat? Ein Schnitt durch den Hals, dafür braucht man keine Riesenkräfte. Und ihn festzubinden – na ja. Er hatte Alkohol im Blut, nicht?»

Drasche blätterte im Obduktionsbericht. «Vermutlich 1,2 Promille, das ließ sich so genau nicht mehr feststellen. Das war keinesfalls genug, um ihn auszuknocken.»

«Aber vielleicht genug, um ihn unvorsichtig werden zu lassen.» Bechner erwärmte sich sichtlich für seine Idee. «Sie tut, als wäre es Spaß, er steigt drauf ein, und das war's dann.»

Möglich, dachte Beatrice. Alles möglich. Nur – warum? Was hatte Martinek je mit Wallner zu tun gehabt? Oder mit Evelyn?

Nein, es fühlte sich einfach falsch an.

Wenigstens Drasche hatte etwas Handfestes zu bieten: Das Handy der Toten, das hundert Meter flussabwärts im Bach gefunden worden war. Allerdings hatte das Wasser dafür gesorgt, dass alle Daten verlorengegangen waren. «Der Provider schickt uns aber heute noch die Liste mit den Verbindungen des letzten Monats.»

Irgendwann im Lauf der Besprechung ertappte Beatrice sich dabei, dass sie nur noch mit einem Ohr zuhörte. Ihre Gedanken wanderten zu den alten Vernehmungsprotokollen zurück, deren Lektüre sie für diese Sitzung hatte unterbrechen müssen.

Das erste Drittel hatte sie gelesen, darunter Pauls Vernehmung. Paul Cervak, eine Zeitlang Evelyns Liebhaber, Musikstudent, ausgestattet mit einem unerschütterlichen Alibi. In der Nacht von Evelyns Tod war er bei seinen Eltern gewesen, sein Großvater lag nach einem Schlaganfall im Sterben. Aus dem Protokoll war herauszulesen, wie fassungslos Paul von so viel Tod auf einmal gewesen war.

Aber er lebte jetzt hier, spielte Cello bei der Camerata Salzburg, einem der besten Orchester der Stadt. War es möglich, dass Evelyns Tod ihn nicht mehr losgelassen hatte, so sehr, dass er bereit war, den zu töten, den er für den Mörder hielt?

Unwahrscheinlich, alles unwahrscheinlich.

Sie ertappte sich erst dabei, dass sie Kringel und Blüten auf ihren Notizblock kritzelte, als sie Vasinskis Blick bemerkte. Na bestens, dann hatte sie ihm ja Anlass für eine heimliche Analyse ihrer Arbeitseinstellung gegeben. Und ihrer Konzentrationsfähigkeit.

Sie warf den Kugelschreiber auf den Tisch, lehnte sich zurück und verschränkte die Arme vor der Brust. Hätte sie einzig ihrem Instinkt folgen dürfen, hätte ihr Hauptaugenmerk auf Evelyns Tod und seinen Umständen gelegen. Darauf, eine Verbindung zwischen ihr und Wallner beweisen zu können. Oder zwischen ihr und Martinek. Stattdessen würden sie nach dem Lehrbuch ermitteln, weil Hoffmann es so wollte, und es fiel Beatrice schwer zu glauben, dass sie damit auch nur das Geringste erreichen würden.

Sie war erleichtert, als Hoffmann die Besprechung eine halbe Stunde später beendete, und erstaunt, dass ausgerechnet Vasinski an der Tür auf sie wartete.

«Ich kann gut verstehen, dass Sie frustriert sind», sagte er, so leise, dass keiner der anderen es mitbekam. «Ihre Präsentation war das einzig Interessante an dem Meeting. Sehr schade, dass Ihrem Boss das Ausleben persönlicher Abneigungen offenbar wichtiger ist als eine Aufklärung des Falls.»

Beatrice sah ihn erstaunt an. «Sie denken, dass an meinen Vermutungen etwas dran ist?»

«Natürlich. Irgendetwas ganz bestimmt. Ab einer gewissen Häufung von Zufällen handelt es sich um keine Zufälle mehr.» Er lächelte und zuckte die Schultern. «Der Kollege Kossar hat oft von Ihrem Spürsinn geschwärmt und sich gewissermaßen persönlich bestätigt gefühlt, als Sie dann am Ende den Fall in unserer Klinik gelöst haben. Ich denke, ich verstehe jetzt, wie er das gemeint hat.»

Sie konnte sich ein Grinsen nicht verkneifen. «Sie wissen aber, dass mein Spürsinn ziemlich lange der Meinung war, Sie wären der Täter?»

«Warum auch nicht?», erwiderte Vasinski gutgelaunt. «Entscheidend ist doch, dass Sie am Ende die richtigen Schlüsse gezogen haben.» Er nickte Hoffmann freundlich zu, der seinerseits grußlos vorbeizog. «Normalerweise ist ein Team immer nur so gut wie sein Leiter», sagte er nachdenklich, als Hoffmann außer Hörweite war. «Was für ein Glück, dass es bei Ihnen und Ihren Kollegen anders ist.»

Evelyn war den ganzen Abend lang gut gelaunt, hatte jemand namens Marlies Gärtner ausgesagt. *Sie hat stundenlang getanzt. Ja, getrunken hat sie auch eine Menge, es gab eine ziemlich starke Erdbeerbowle, und jemand hatte ein paar Flaschen Wodka mit.*

Beatrice hatte sich unzählige Male gefragt, wie Evelyns letzter Abend ausgesehen haben mochte. Sie war nicht jedes Mal ausgelassen fröhlich gewesen, es hatte auch Partys gegeben, die sie schweigend mit einem Glas Wein in einer ruhigen Ecke verbrachte. Evelyn richtig einzuschätzen war immer Glückssache gewesen.

Doch an diesem Maiabend im Jahr 2001 hatte sie Spaß gehabt, darin stimmten alle Aussagen überein. Aber nur drei der Befragten hatten mitbekommen, wann und wie Evelyn gegangen war. Eine davon war Nola gewesen, die Gastgeberin.

Uli hat Evelyn angeboten, sie mit zurück zu nehmen, doch das war ihr zu früh. Sie ist erst kurz nach drei aufgebrochen, auf dem Boden schlafen wollte sie nicht, und die Gäste, die noch wach waren, sind ihr auf die Nerven gegangen. Sie meinte, sie würde noch jemanden anrufen, der sie vielleicht holen käme.

Ja. Mich. Beatrice schob die Akte beiseite. Die Traurigkeit von damals, das schlechte Gewissen – alles war wieder da.

Aber das half niemandem weiter. Sie stand auf, holte sich den dritten Kaffee des Tages aus der Maschine und nahm sich dann die weiteren Aussagen vor. Bemühte sich, ihr Kopfkino abzuschalten und die Protokolle so zu lesen, als gehörten sie zu einem Fall, der mit ihr selbst nichts zu tun hatte.

In gewisser Weise waren es Vasinskis aufmunternde Worte gewesen, die sie jetzt weitermachen ließen. Er hielt ebenso wenig von Zufällen wie sie.

Am Ende des Arbeitstages hatte sie eine Liste mit achtzehn Namen zusammengestellt: Lauter aktuelle Daten und Adressen von Personen, die damals mit Evelyn befreundet und zum Teil auch auf der Party gewesen waren.

Drei Adressen, die auf der Liste standen, befanden sich in der Stadt Salzburg. Eine nicht weit davon entfernt, in Hallein. Es hatte offenbar einige Leute aus Wien hierher gezogen.

Ein weiterer Name pochte noch in Beatrices Hinterkopf. Er gehörte niemandem, der an diesem bewussten Abend bei Nola gewesen war, sondern dem Mann, mit dem Beatrice damals ihre erste und letzte gemeinsame Nacht verbracht hatte. David. In den sie so unfassbar verliebt gewesen war. Das Gefühl war mit Evelyn gestorben, es war genauso wenig wiederzubeleben gewesen wie der zerfleischte Körper ihrer toten Freundin.

David Zimmermann. Sie gab den Namen zuallererst bei Google ein. Die Suchmaschine spuckte jede Menge Links aus und, ganz oben auf der Seite, fünf Fotos.

Da war er, lächelnd, auf dem ersten und zweiten Bild. Immer noch so attraktiv wie früher. Nein, eigentlich attraktiver, die beginnenden Fältchen in seinem Gesicht standen ihm. Beatrice klickte auf eines der Fotos und landete auf der Homepage einer Arztpraxis – seiner Arztpraxis. Dr. David Zimmermann, Facharzt für Orthopädie, orthopädische Chirurgie und Sportorthopädie.

Beatrice hatte den Kontakt zu David damals so endgültig abgebrochen, dass sie nicht einmal mehr mitbekommen hatte, was aus seinem Studium geworden war. Offensichtlich hatte er es beendet, im Gegensatz zu ihr. Seine Facharztausbildung gemacht, eine eigene Praxis eröffnet.

Vielleicht war es eine gute Idee, ihn anzuschreiben, sich für die rücksichtslose Art zu entschuldigen, mit der sie ihn damals aus ihrem Leben gedrängt hatte.

Sie suchte auf der Homepage nach der Adresse, klickte auf «Kontakt».

Warum, wusste sie nicht, aber halb und halb hatte sie erwartet, das zu sehen, was nun tatsächlich dastand.

Er lebte in Salzburg. Die Praxis befand sich in der Dreifaltigkeitsgasse, ganz nah beim Mirabellplatz. Sie musste schon Hunderte Male daran vorbeigegangen sein, ohne das Schild zu entdecken, ohne ihm zu begegnen.

Beatrice hatte die Unterlippe zwischen die Zähne gesogen und bemerkte erst allmählich, dass das schmerzte.

David stammte aus Wien. Seine Eltern lebten dort, ebenso wie fast alle seiner Freunde. Was hatte ihn nur nach Salzburg verschlagen?

An diesem Abend durchsuchte Beatrice das Tagebuch nach Davids erstem Auftauchen in ihrem Freundeskreis. Sie erinnerte sich genau, er war eines Tages mit Lucy bei einem Fest erschienen, und Beatrice hatte sie von der ersten Sekunde an dafür gehasst, dass sie ihren Arm um seine Taille geschlungen hatte und er den seinen um ihre Hüfte.

Es musste knapp vor Weihnachten gewesen sein, Beatrice wusste noch, dass sie einen Becher mit Punsch in der Hand gehabt hatte. Mit rumgetränkten Mandarinenspalten, die an der Oberfläche schwammen.

Sie blätterte vor. Dezember 1999. Nein, da war nichts. Die Aufzeichnungen wiesen immer wieder Lücken von mehreren Tagen auf, Evelyn hatte nur dann geschrieben, wenn ihr der Sinn danach stand. Trotzdem blieb Beatrice an einem Eintrag hängen. Dem vom 12.12.

Ich weiß, warum ich Hase so nenne, wie ich es tue. Sie duckt sich, bei jeder Gelegenheit. Wenn jemand laut wird, zuckt sie zusammen, und man kann ihr ansehen, dass sie gerne die Flucht ergreifen würde, hakenschlagend.
Kritik lässt sie erstarren, mein – zugegeben – derber Humor lässt sie erröten, und sie selbst lässt sich ausnutzen, ohne es zu merken. Auch von mir. Gerade von mir.
Ich mag sie. Aber ich würde sie gern schütteln, so circa einmal alle zwei Tage.

Beatrice starrte auf die Zeilen, fühlte, wie Hitze ihr ins Gesicht stieg. War das der Grund gewesen, aus dem Dorothea Rieger gezögert hatte, ihr das Tagebuch ihrer Tochter auszuhändigen? Sie musste geahnt haben, dass Beatrice verletzt sein würde, wenn sie das las.

Und dummerweise war sie es wirklich. Auch wenn sie mit der Studentin von damals kaum noch etwas gemein hatte. Nur … allein die Tatsache, dass Evelyn sie so wahrgenommen hatte, tat weh. Beatrice war immer der Meinung gewesen, sie hätten ein Team gebildet. Sich perfekt ergänzt. Eine introvertiert, die andere extrovertiert, aber die Freundschaft trotzdem auf Augenhöhe.

Sie rieb sich mit beiden Händen übers Gesicht. Schlafen gehen? Nein. Zumindest diesen Eintrag würde sie noch fertig lesen.

Jago findet sie allerdings zum Fressen. Hat er gesagt, wortwörtlich. So süß?, wollte ich wissen. Ja, meinte er. Süß und salzig und ein bisschen bitter, wenn niemand hinsieht.
Normalerweise halte ich wenig davon, dass Männer von anderen Frauen schwärmen, wenn sie gerade mit mir im Bett liegen, aber in diesem Fall musste ich lachen. Sie würde dir keine fünf Minuten lang Spaß machen, sagte ich. Ich wette, sie tut es nur im Dunkeln. Wenn überhaupt, ich wohne jetzt seit fast einem halben Jahr mit

ihr zusammen, und sie hat noch nie einen Kerl angeschleppt. Macht es sich wahrscheinlich nicht mal selbst und wenn doch, ist sie dabei so leise wie … ein Hase.

Jago hat nicht gelacht, nur wölfisch gelächelt. Was hast du gegen das Dunkel?, hat er gefragt. Es ist meine Welt. I'm the Prince of Darkness.

Na gut, wie du meinst, habe ich geantwortet und es ihm besorgt, dass ihm schwarz vor Augen wurde.

Beatrice klappte das Tagebuch zu, als könne sie damit die Schatten von früher bannen. Es war, als steckte ihr etwas im Hals, schmerzhaft, und sie war nicht sicher, ob es ein Lachen oder ein Weinen war. Oder ein Schrei.

«Vielleicht wirst du nicht alles mögen, was du darin findest», hatte Evelyns Mutter sie in Bezug auf das Tagebuch gewarnt. Ja. Das konnte man so sagen.

Aber es war albern, sich verraten zu fühlen. So viel Zeit war vergangen, und wahrscheinlich war sie damals wirklich so gewesen, wie Evelyn sie schilderte. Zurückhaltend. Nie unter jenen, die den Ton angaben. Zu höflich, zu rücksichtsvoll.

Ja, je länger sie darüber nachdachte, desto klarer stimmten ihre Erinnerungen mit diesem Bild überein. Wäre es anders gewesen, hätte sie Achim nicht so lange ertragen.

Nur, dass Evelyn ihr in der Zeit ihres Zusammenwohnens immer den Rücken gestärkt und ihr erklärt hatte, wie großartig sie sie fand. Dass sie mit ihren Liebhabern so über Beatrice gesprochen hatte, war ihr bis eben nicht vorstellbar gewesen.

Dieser Widerspruch war es, der jetzt so weh tat.

Aber das würde sich legen. Interessanter war, wer sich hinter dem Spitznamen *Jago* verbarg. Jemand, der sich selbst als Prince of Darkness bezeichnete und mehr Gefallen an Beatrice gefunden hatte, als es Evelyn lieb gewesen war.

Jago. Der Bösewicht aus Othello – vermutlich bezog sich der Name darauf. Oder aber er fuhr einen Jaguar oder hieß Jakob. Evelyns Assoziationen waren nicht immer nachvollziehbar gewesen.

Jetzt, wo sie auf diesen Namen stieß, erinnerte sie sich auch dunkel daran, dass die Polizei sie nach Evelyns Tod nach einem Jago gefragt hatte. Sie hatte damals nicht begriffen, warum.

Es war halb zwölf, als Beatrice endlich ins Bett ging. Ihr Handy hatte sie dabei. Konnte sie Florin jetzt noch anrufen? Er stellte es nachts nur selten lautlos, eigentlich nur, wenn sie bei ihm war.

Sie würde es versuchen. Zweimal klingeln lassen und dann auflegen, falls er nicht abhob. Doch er war schnell, wie meistens. «Bea. Schön, dass du dich noch meldest.»

«Hallo.» Sie schloss die Augen. Wollte nur seine Stimme in der Dunkelheit hören. Jago hatte recht gehabt, das Dunkel war gut. Es war wie eine zusätzliche Decke, die man über sich ziehen und unter der man verschwinden konnte.

«Wie geht es dir?»

Sie zögerte. «Ich weiß nicht. Ich habe in Evelyns Tagebuch weitergelesen. Darf ich dich etwas fragen?»

«Natürlich.»

«Hast du den Eindruck, ich lasse mich ausnutzen? Ducke ich mich? Ziehe ich mich bei Kritik zurück?»

Er antwortete nicht gleich, und Beatrice war froh darüber. Ein reflexhaftes «Nein» war das Letzte, was sie wollte.

«Du bist vor allem viel zu streng mit dir selbst», sagte Florin nach einigen Sekunden. «Aber du duckst dich doch nicht mal vor Hoffmann. Und Kritik setzt du um oder schmetterst sie zurück, wenn sie nicht berechtigt ist. So kenne ich es jedenfalls von dir.»

«Danke.» Mit einem Mal war die Sehnsucht nach ihm so groß, dass es fast nicht zu ertragen war. Ja, sie würden einen Weg finden müssen, das konnte und durfte nicht an Achim scheitern. Und auch nicht an Mina.

«Wir sehen uns morgen», flüsterte sie. «Ich freue mich auf dich.»

Jago also. Beatrice hatte den Ordner mit den Vernehmungsprotokollen vor sich liegen und blätterte ihn langsam durch. Bisher kein Mann, dessen Vor- oder Nachname mit J begann. Keiner, der als Schauspieler oder Sänger diese Rolle hätte verkörpern können – außer Tibor Engelbrecht, alias Stormy, doch der hatte seinen Spitznamen ja bereits gehabt. Nach dem «Sturm», von Shakespeare, aus dem er auch mit Vorliebe zitierte.

Als Beatrice am Ende der Aufzeichnungen angelangt war, begann sie noch einmal von vorne, nur um nach fünf Minuten innezuhalten.

Das war doch Blödsinn. Warum so viel Energie verschwenden, wenn jemand anders die Arbeit schon gemacht hatte?

Sie griff nach dem Telefon und wählte die Nummer ihrer Wiener Kollegin. «Anita? Hallo. Entschuldige bitte, aber ich bräuchte noch mal deine Hilfe. Du hast mir doch die Unterlagen zum Fall Rieger geschickt, da war auch die Rede von einem Tagebuch. Ich bin dabei, es durchzuarbeiten, aber ein paar Dinge sind mir unklar. Weißt du, wer sich damals damit beschäftigt hat?»

Sie hörte ein leises Auflachen am anderen Ende der Leitung. «Du bist ja in Fahrt! Auch hallo. Warte einen Moment ...» Klackern auf der Tastatur. «Das war vermutlich Ernst Halm. Der hat sich in diesen Fall ziemlich reingesteigert. Soll ich dich zu ihm durchstellen?»

Halm. Beatrice erinnerte sich an den Namen, er war einer der Beamten gewesen, mit denen sie einige Male telefoniert hatte. Ungeduldig, weil sie es nicht ertrug, dass die Polizei immer noch keinen Verdächtigen festgenommen hatte. Halm war freundlich gewesen. Voller Verständnis für ihre Beharrlichkeit; er war auch dann ruhig geblieben, wenn Beatrice die Grenzen der Höflichkeit überschritten hatte.

«Ja, wenn du mich mit ihm verbinden kannst – sehr gerne. Danke.»

Es dauerte kaum zwei Sekunden, bis Halm am Apparat war.

«Guten Tag, hier spricht Beatrice Kaspary.» Würde er sie an ihrer Stimme erkennen? Nein, Unsinn, dazu war es viel zu lange her. «Ich bin eine Kollegin, aus Salzburg. Abteilung Leib und Leben. Haben Sie ein paar Minuten für mich?»

«Aber sicher.» Die gleiche tiefe Stimme, die gleiche vertrauenerweckende Freundlichkeit wie früher. Einen Moment lang war Beatrice versucht, Halm zu sagen, wer sie war und dass sie sich kannten, zumindest telefonisch.

Nein. Je weniger Menschen wussten, wie persönlich ihr Interesse an dem Fall war, desto besser. «Wir haben hier zwei Fälle, bei denen es möglicherweise eine Querverbindung zu dem Mord an Evelyn Rieger gibt. Mai 2001, Sie erinnern sich?»

«Natürlich», grollte er. «Das war nichts, das sich so einfach vergessen lässt.»

«Es gab damals ein Tagebuch des Opfers, und man hat mir gesagt, Sie hätten es bearbeitet?»

«Das ist richtig.»

«Gut.» Beatrice atmete durch. Wieder eine Hürde genommen. «Im Moment habe ich das Tagebuch bei mir und versuche, mir auf einige Dinge einen Reim zu machen. Frau Rieger hatte offensichtlich eine Schwäche für Spitznamen, und die sind in den Akten den Klarnamen nicht zugeordnet.»

Halm lachte auf. «Oh ja, daran hatte ich lange zu knabbern. Lustiges Rätselraten. Warten Sie, meine Notizen von damals habe ich noch im Computerarchiv – Moment bitte.»

Beatrice ertappte sich dabei, wie sie schon wieder ihren

Schreibblock mit Blüten, Ranken und Kringeln verunzierte und eben damit begonnen hatte, einen Hai zu zeichnen. Wie war sie denn darauf gekommen?

«Also. Ich habe hier eine ganze Tabelle. Stormy war ein gewisser Tibor Engelbrecht. Die Frau, die sie durchgängig *Hase* nannte, hieß in Wahrheit Beatrice Lang. Dann gab es Blümchen, deren Name war Monika Eller. Schreiben Sie mit?»

«Ja.» Dass Halm sie so selbstverständlich in die Aufzählung mit einbezog, hatte sie kurz aus dem Konzept gebracht. «Einen ihrer Freunde hat Rieger Pesto genannt. Haben Sie dazu jemand Passendes?»

«Moment. Ja. Peter Eckart hieß der.»

Mein Gott, natürlich. Peter. Sie schrieb den Namen in großen, überdeutlichen Buchstaben auf ihren Block.

«Und – Jago? Wer war Jago?»

Kurze Pause. Dann ein Räuspern. «Das weiß ich nicht.»

«Sind Sie sicher?» Beatrice hatte so fest mit einer Antwort gerechnet, die sie weiterbringen würde, dass die Frage ihr einfach herausrutschte, obwohl sie völlig unsinnig war.

«Oh ja, glauben Sie mir, ich bin sicher. Ich habe wochenlang versucht, diesen Jago zu identifizieren, das können Sie sich doch denken, nach allem, was Rieger über ihn schrieb. Aber niemand aus dem gesamten Freundeskreis war ihm je begegnet oder wusste seinen richtigen Namen. Es passte auch keiner der männlichen Befragten ins Bild. Leider, wir hätten uns sehr gern mit ihm unterhalten. Aber allen damaligen Erkenntnissen zufolge ist die Frau einfach per Autostopp nach Hause gefahren und dabei vermutlich ihrem Mörder begegnet. Einem Fremden.»

Nach allem, was Rieger über ihn schrieb. Da kam also noch mehr. «Vielen Dank. Sie haben mir sehr weitergeholfen. Falls ich herausfinde, wer sich hinter Jago verbirgt, gebe ich Ihnen gern Bescheid.»

«Das wäre nett.» Man konnte das Lächeln in Halms Stimme hören. «Ich wünsche Ihnen viel Glück. Beatrice.»

Sie hatte das Tagebuch in ihrer Handtasche mitgenommen und focht einen heftigen inneren Kampf aus. Am liebsten hätte sie sofort weitergelesen, aber sie fand die Vorstellung unerträglich, dass einer der Kollegen sie dabei ertappen und das Buch anschließend von Hand zu Hand gehen würde. Weil es vielleicht für die Ermittlungen relevant war, schon klar. Trotzdem.

Nein. Es gab noch genügend andere Dinge zu tun. Wallners Gefängnisbekanntschaften überprüfen, zum Beispiel. Damit hatten Stefan und Bechner bereits angefangen, bisher ohne auf vielversprechende Spuren zu stoßen.

Aber das hieß ja nichts. Im Prinzip war es am wahrscheinlichsten, dass sie ihren Mörder in diesem Milieu finden würden, also mussten sie eigentlich ihre ganze Energie darauf konzentrieren.

Nur dass alles in Beatrices Innerem sich dagegen wehrte. Vielleicht lag das daran, dass sie nach so langer Zeit eine Möglichkeit witterte, Licht in die Umstände um Evelyns Tod zu bringen? Und damit in ihre eigene Vergangenheit? Schon denkbar, dass egoistische Motive ihr objektives Urteilsvermögen trübten.

«Was beschäftigt dich?»

Sie hatte Florins Anwesenheit fast vergessen, schon wieder. Einen Moment lang zögerte sie. Fragte sich, ob es klug war, ihm zu sagen, was ihr tatsächlich durch den Kopf ging. Andererseits – wem, wenn nicht ihm?

«Ich habe mir gerade überlegt, ob ich mich verzettele, weil ich mich so auf die Spuren konzentriere, die in die Vergangenheit führen. Zu Evelyns Tod.» Sie hoffte so sehr, dass er nein sagen würde. «Vasinski ist übrigens meiner Meinung», fügte sie hinzu, noch bevor Florin eine Antwort geben konnte. «Er meint auch, dass das alles kein Zufall sein kann.»

«Ah. Vasinski meint das also?» Man musste Florin gut kennen, um den Sarkasmus aus seinen Worten heraushören zu können. «Ich dachte bisher, du hieltest von seinen Einschätzungen nichts.»

«Außer natürlich, sie decken sich mit meinen.» In gespieltem Ärger warf Beatrice ihren Radiergummi nach ihm und verfehlte seinen Kopf genauso knapp, wie sie es beabsichtigt hatte. «Nein. Ernsthaft jetzt. Was denkst du?»

Er ließ sich einige Sekunden Zeit mit seiner Antwort. «Dass ich auch nicht an Zufall glaube. Irgendeine Verbindung besteht, aber das muss noch nicht heißen, dass sich darin die Lösung für einen der Fälle verbirgt, geschweige denn für beide.»

Das war richtig. Wallner konnte Evelyn von früher gekannt haben, vielleicht auch nur flüchtig, und deshalb die Zeitung, die über ihre Ermordung berichtete, aufbewahrt haben.

Aber die Haarspange? Die CD mit dem *Stabat Mater*? All das würde so viel mehr Sinn ergeben, wenn er selbst der Mörder gewesen war.

«Ich schlage vor, du lässt die Evelyn-Schiene nicht aus den Augen, aber wir arbeiten alle anderen Hinweise trotzdem mit der gleichen Gründlichkeit ab wie sonst.» Er tippte mit dem Finger auf seine Notizen. «Zum Beispiel sollten wir uns um dieses Paar kümmern: Fabian und Carina Plauer, die ihr Kind bei der Geburt verloren haben.»

Vor vielen, vielen Jahren. Beatrice nickte und versuchte, ihren Unwillen zu verbergen. «Okay. Ich suche ihre Adresse heraus, und wir nehmen sie uns vor.»

Ich möchte, dass Nummer drei etwas Besonderes wird. Eins und zwei waren ein schöner Auftakt, aber nun ist es Zeit für ein Crescendo, für das Aufbrüllen des gesamten Orchesters.

Mir stehen mehrere Möglichkeiten zur Verfügung, zwei davon locken mich wirklich sehr, und ich überlege mir seit Tagen, nach welchen Kriterien ich meine Wahl treffen soll.

Entscheide ich mich für Kandidat A, sind die Dinge völlig klar. Dann wird sich für niemanden mehr die Frage stellen, wo meine wahren Interessen liegen. Bei Kandidat B hingegen bleibt vieles offen, da ergibt sich ein großer, bunter Strauß von Möglichkeiten.

Dafür wäre A bei weitem das leichtere Opfer. Ahnungslos und ein bisschen selbstherrlich, soweit ich das bei unserer bisher einzigen Begegnung feststellen konnte. B wird eine größere Herausforderung, aber das lockt mich eher, als dass es mich abschreckt.

Gefährliche Haltung. Nur weil die Dinge bislang reibungslos abliefen, darf ich nicht davon ausgehen, dass es so bleibt. Übermut ist ein schlechter Ratgeber und ein noch schlechterer Komplize.

Aber manchmal liefert er trotzdem herrliche Ideen, so wie beispielsweise jetzt eben. Er hatte einen wunderbaren Vorschlag dafür, wo Kandidat B sein Leben lassen könnte. Einen übermütigen Vorschlag, ja, doch das liegt nun mal in seiner Natur.

Ich werde mir die Gegebenheiten heute noch ansehen, und erst danach meine Entscheidung treffen. Mit kühlem Kopf, ohne mich von der Vorfreude leiten zu lassen, so schwer mir das auch fällt.

9. Kapitel

Das Ehepaar Plauer befand sich seit eineinhalb Wochen auf Verwandtenbesuch in England, wie Beatrice innerhalb der ersten zehn Minuten ihrer Recherche herausfand. Mit dabei war Tochter Valeria, fünf Jahre alt.

Beatrice legte den Hörer auf und strich die Familie mit zwei knappen, kräftigen Strichen von ihrer Liste. «Keiner von ihnen könnte Martinek getötet haben, sie sind erwiesenermaßen nicht im Land. Und auch den Mord an Wallner können sie vom Zeitpunkt her nicht begangen haben – ganz davon abgesehen, dass sie mit dem Mann wohl nie etwas zu tun hatten.» Sie versuchte, sich die Erleichterung darüber nicht anmerken zu lassen, dass sie die ungeliebte Aufgabe so schnell ad acta legen konnte. «Und außerdem haben die beiden jetzt ein Kind. Ich bin sicher, sie haben ihren Groll gegen Martinek spätestens aufgegeben, als sie Eltern geworden sind.»

Sie stand auf, nahm ihre Jacke vom Haken und hängte sich die Handtasche über die Schulter. «Ich gehe jetzt einer anderen Sache nach, wenn du einverstanden bist. Ich möchte etwas ganz Bestimmtes herausfinden.»

Florin lächelte, es wirkte müde. «Wieder Begegnungen mit der Vergangenheit?»

«Genau.» Sie hatte die Türklinke schon in der Hand, ließ sie aber noch einmal los, ging zu ihm und küsste ihn erst auf die Stirn, dann auf die Lippen. «Bis später. Ich danke dir.»

Auf dem Weg zum Auto hatte sie die ganze Zeit über sein Gesicht vor sich. Zweifel und Erschöpfung standen darin, aber vor allem dieses Übermaß an Zuneigung. Sie fragte sich, warum ausgerechnet sie so viel Glück hatte. Und ob Florin ihr gleichermaßen den Rücken freihalten würde, wenn er nicht so viel für sie empfände.

Sie entsperrte den Wagen und warf ihre Handtasche auf den Beifahrersitz. Hatte plötzlich ein anderes Gesicht vor Augen. Jünger. Mit einem Lächeln, das ihr die Knie hatte weich werden lassen, vom ersten Moment an.

Sie war gespannt und nervös zu gleichen Teilen. Es war so unfassbar lange her.

Das Wartezimmer war in Cremetönen gestrichen. An den Wänden hingen alte Stiche, die Ansichten von Salzburg und Wien zeigten: die Festung, Schönbrunn, den Stephansdom, Schloss Mirabell. Ihre Stadt und seine Stadt.

Die Sprechstundenhilfe hatte Beatrice gebeten, um halb vier zu kommen, bis dahin sollte der Doktor den letzten Patienten für diesen Tag behandelt haben. Sie hatte sie unter Kaspary, Kriminalpolizei eingetragen, und Beatrice hatte sich den Satz, den sie eigentlich hatte sagen wollen, am Ende doch verkniffen: *Früher war mein Nachname Lang, Dr. Zimmermann und ich kennen uns aus Wien.*

Sie war sich nicht sicher, ob das klug gewesen war. Vielleicht hatte er ja auf verschlungenen Wegen erfahren, dass sie bei der Polizei arbeitete und mittlerweile Kaspary hieß, aber wenn nicht …

Die Tür öffnete sich, heraus kam eine etwa fünfzig Jahre alte Frau auf Krücken. David hielt ihr die Tür auf, sie lächelte über die Schulter zu ihm zurück. «Vielen Dank, Herr Doktor.»

Beatrice war aufgestanden und hatte sich ein angestrengtes Lächeln ins Gesicht gezwungen. Bescheuert, das war es gewesen, aus ihrer Identität ein Geheimnis zu machen. David hatte sich ihr zugewendet, nickte freundlich, streckte die Hand aus, um sie hereinzubitten … und erstarrte.

Sie ging auf ihn zu, schüttelte dabei über sich selbst den Kopf. «Es tut mir leid, ich hätte dich warnen müssen.»

«Bea?» Seine Stimme war heiser und kaum lauter als ein Flüstern. Er trat einen Schritt zurück, musterte sie forschend. «Entschuldigen Sie bitte, aber sind Sie –»

«Ja, David, ich bin es, und wir können gern weiterhin per du sein, wenn du damit einverstanden bist.»

Er betrachtete sie immer noch, als zweifle er an ihrer Existenz, dann bat er sie mit einer Geste in seine Praxis. «Bitte, nimm doch Platz. Tut mir leid, dass ich so sprachlos bin, aber …»

«Kein Problem. Ich verstehe das, außerdem ist es meine Schuld.» Meine Güte, waren sie höflich miteinander.

Sie setzte sich auf einen der beiden Patientenstühle und bemerkte sofort die kleinen Bilderrahmen, die mit dem Rücken zu ihr auf dem Schreibtisch standen. Familienfotos, jede Wette.

«Du bist bei der Polizei?» Er bemühte sich merklich, nicht allzu erstaunt zu klingen.

«Ja, schon ziemlich lange. Ich arbeite in der Abteilung Leib und Leben.»

Er nickte langsam. «Also hast du dich auf Gewaltverbrechen spezialisiert.»

«Gewissermaßen, ja.» Sie konnte ihm am Gesicht ablesen, dass er sofort eins und eins zusammenzählte. Dass er unmittelbar die Verbindung zwischen Evelyns Tod, der gleichzeitig das Ende ihrer eben erwachenden Beziehung gewesen war, und Beatrices ungewöhnlicher Berufswahl herstellte.

«Und … du bist wegen eines Falls hier?» Er klang eher fasziniert als besorgt, und über seiner Nasenwurzel bildete sich immer noch die gleiche steile Falte wie damals. Ein bisschen tiefer jetzt, aber trotzdem unendlich vertraut. Er hatte sich nur wenig verändert. Das Haar kürzer, aber noch fast ohne graue Strähnen. Diese wahnsinnig schönen, dunklen Augen.

«Ja, wir haben einen neuen Fall – genau genommen zwei, aber die scheinen zusammenzuhängen.»

Er faltete die Hände unter dem Kinn. «Die tote Hebamme?»

«Sie ist Opfer Nummer zwei. Kanntest du sie?»

Er stutzte, dann lächelte er. «Würde mich das verdächtig machen? Nein, ich kannte sie nicht, ich habe es nur in der Zeitung gelesen.»

Ja, natürlich. «Es könnte sein, dass es eine Verbindung zwischen den neuen Fällen und Evelyns Ermordung gibt. Einiges weist darauf hin, deshalb versuche ich, so viele ihrer damaligen Freunde zu kontaktieren wie möglich.» Sie merkte erst jetzt, dass sie einen der Kugelschreiber vom Schreibtisch genommen hatte und zwischen ihren Fingern drehte. Blau lackiertes Metall und darauf das Logo einer Pharmafirma. «Ich war ziemlich erstaunt, als ich gesehen habe, dass du jetzt auch in Salzburg lebst.»

Er betrachtete sie so eingehend, dass sie unter seinem Blick unruhig wurde. «Es ist eine solche Überraschung, dich wiederzusehen, Beatrice. Eine schöne Überraschung.»

«Aber ich bin ja wohl kaum der Grund für dein Weggehen aus Wien», entgegnete sie.

Er schmunzelte. «Nein. Nach allem, was passiert ist, habe ich fertig studiert und in Wien auch noch meinen Turnus gemacht. Für die Facharztausbildung bin ich nach Salzburg gegangen. Und hiergeblieben, als ich jemanden kennengelernt habe.» Er drehte eines der gerahmten Fotos um. Eine Frau mit sportlicher Figur und rotem Pagenkopf hielt einen etwa Fünfjährigen an der Hand, ein etwas älteres Mädchen lehnte sich lässig gegen ihre Hüfte und gleichzeitig gegen das Gipfelkreuz in ihrem Rücken. Strahlende Sonne vor blauem Himmel und grünen Wiesen.

«Wir waren sieben Jahre lang verheiratet. Sie arbeitet hier am Krankenhaus, im Zentrallabor.»

Wieso gab der Anblick des Fotos Beatrice einen Stich? Sie

wollte David nicht gegen Florin eintauschen, keine Sekunde lang – aber trotzdem, das hier auf dem Foto hätte sie sein können. Wäre Evelyn nicht gestorben und hätte Beatrice sich nicht die Schuld dafür gegeben, ihre Beziehung zu David hätte Bestand gehabt, da war sie sicher. Die Ehe mit Achim wäre nie zustande gekommen, und ihre Kinder trügen wahrscheinlich jetzt den Namen Zimmermann.

Vielleicht hätte auch diese Ehe nicht gehalten, aber sie wäre um so vieles besser gelaufen, als …

«Und du? Verheiratet?» Seine Nachfrage unterbrach ihren Gedankenfluss. Sie löste ihren Blick von seiner rothaarigen Ex-Frau.

«Auch geschieden. Zwei Kinder, Mina und Jakob.»

«Oh. Das ist sicher nicht einfach. Alleinerziehend, bei deinem Beruf. Kommst du gut zurecht?»

Die Frage war ihr eigentlich eine Spur zu persönlich, andererseits klang sie ehrlich interessiert.

«Meistens, ja. Wenn wir uns gerade mit einem Fall wie diesem jetzt herumschlagen, eher weniger gut.»

Er nickte. «Hilft dir dein Ex-Mann?»

Beatrice unterdrückte ein höhnisches Auflachen. Oh, und wie er ihr half. Aber das würde sie bestimmt nicht mit David besprechen. «Er nimmt die Kinder regelmäßig», sagte sie knapp und lehnte ihre Ellenbogen auf die Tischplatte. «Der Grund, warum ich da bin, ist aber ein anderer. Ich würde dich gern etwas fragen, was mit Evelyn zu tun hat. In ihrem Tagebuch tragen viele Leute Spitznamen, und ich wollte gern wissen, ob du eine Ahnung hast, wer *Jago* gewesen sein könnte.»

Er blinzelte. «Ein Tagebuch? Evelyn?»

«Ja, ich fand es auch erstaunlich. Aber es stimmt, ich habe es mir von ihrer Mutter geliehen, und es ist definitiv ihre Schrift.»

David betrachtete nachdenklich seine ineinander verschränkten Hände. «Du wirst lachen, aber ich habe sie einmal von einem Jago sprechen hören. Das war auf der Geburtstagsfeier von Christina, erinnerst du dich? Etwa eine Woche, bevor wir … also, bevor du und ich –»

Tatsächlich. Beatrices Gedächtnis lieferte ein paar unzusammenhängende Bilder von einer Party, die in einem ehemaligen Stripclub stattgefunden hatte. Bühne und Poles waren noch vorhanden gewesen, ebenso wie jede Menge Spiegel und roter Plüsch. Zu fortgeschrittener Stunde hatte Stormy einen Strip hingelegt, und ein paar andere hatten ihm Geldscheine auf die Bühne geworfen.

Das alles war kurz darauf im Licht der furchtbaren Ereignisse absolut bedeutungslos geworden, und Beatrice hatte nie wieder daran gedacht.

«Was hat Evelyn über Jago gesagt?»

«Ich weiß es nicht mehr genau.» In einer entschuldigenden Geste hob David die Hände. «Es ist so wahnsinnig lange her. Aber es ging um … Othello, das Theaterstück, und irgendwie darum, dass sie, wenn sie die Wahl hätte, lieber etwas mit Jago als mit Othello anfangen würde.»

Ah ja. Das war ein typisches Evelyn-Gedankenspiel gewesen. «Hat sie sonst noch etwas dazu gesagt?»

Davids Augen verengten sich vor Konzentration. «Dass … sie das in gewisser Weise auch getan hat. Also, etwas mit Jago angefangen. Ich weiß das nur noch, weil ich die Bemerkung so seltsam fand. Eines der Mädchen, Claudia, glaube ich, hat sie dann noch ziemlich lang getriezt und wollte Details wissen, aber Evelyn hat nichts mehr dazu gesagt.» Nachdenklich fuhr David die Holzmaserung seines Schreibtisches mit dem Zeigefinger nach. «Außer, dass sie ihn uns nicht vorstellen würde. *Ihr verpasst etwas, aber ihr werdet ihn nicht kennenlernen*, das waren, glaube ich, ihre Worte.»

Beatrice hatte sich alles notiert, mit einem wachsenden Gefühl der Hoffnungslosigkeit. Die viele vergangene Zeit war ihr Feind in dieser Sache. «Was du mir gerade erzählt hast, hast du das auch damals bei deiner Vernehmung ausgesagt? Sie haben dich doch sicher nach den Leuten aus unserem gemeinsamen Bekanntenkreis gefragt.»

«Ich erinnere mich nicht mehr, Bea.» Er lächelte entschuldigend. «Ja, wahrscheinlich. Aber ich war damals so unendlich geschockt und …»

«Und?»

«Und deine plötzliche Ablehnung mir gegenüber hat mich für alles andere fast blind und taub gemacht. Ich wollte dir so gern helfen, aber du hast mich immer nur weggestoßen.»

Ja, das hatte sie tatsächlich. Weil diese erste Nacht mit ihm so schön gewesen war und sie Evelyn deshalb den Wunsch abgeschlagen hatte, sie von der Party zu holen. Also war er mitverantwortlich für ihren Tod, was natürlich nicht logisch war, und fair schon gar nicht, aber sie hatte gegen dieses Gefühl nicht ankämpfen können.

Sie lässt sich ausnutzen, hatte Evelyn über sie geschrieben. *Auch von mir. Gerade von mir.*

Ja, und dann war Beatrice einmal egoistisch gewesen, und das Ergebnis war eine Katastrophe.

«Ist da sonst noch etwas, das du wissen müsstest?», erkundigte sich David.

«Nein. Ich glaube, das war's – oder warte, doch: Du sagtest, du kanntest Andrea Martinek nicht. Ganz sicher?»

«Ja, ganz sicher. Ich habe ihr Foto in der Zeitung gesehen und kann mich nicht erinnern, sie je getroffen zu haben.»

«Und wie steht es mit Markus Wallner?» Sie holte ein Foto aus ihrer Tasche und legte es vor David hin.

Er betrachtete es eingehend. «Nein. Kenne ich auch nicht. Tut mir leid.»

«Das muss es nicht. Dann will ich dich nicht länger aufhalten.» Heute würde sie bei der Abholung der Kinder endlich einmal überpünktlich sein. «Ich habe mich gefreut, dich wiederzusehen.»

«Ich mich auch.» Er begleitete sie bis zur Tür. «Bea?»

«Ja?»

«Möchtest du vielleicht bei Gelegenheit einmal mit mir essen gehen? Oder auf einen Kaffee?»

Drei oder vier Herzschläge lang sah sie ihn einfach nur an. Mein Gott, war sie verliebt in ihn gewesen. Und er sah nach wie vor großartig aus. Eigentlich noch besser als früher. Kantiger.

«Nein, David. Tut mir leid.»

Er lächelte, als hätte er genau das erwartet. «Schon okay. Ich wünsche dir einen schönen Abend.»

Es sind die Extreme, sagt Jago, die ihn im Leben interessieren. Extreme Lust, extremer Schmerz. Die Kombination aus beidem. Extreme Angst, fügt er dann nach einer kurzen Pause hinzu. Extremer Hass. Extremes Begehren, bis hin zur Besessenheit.

Beatrice lümmelte auf ihrer Couch, das Tagebuch in der einen, ein Glas Chardonnay in der anderen Hand. Sie durchsuchte die Einträge auf Jagos Auftreten hin, wurde immer häufiger fündig, und alles, was sie zu lesen bekam, klang beunruhigend. Mein Gott, musste Halm damals frustriert gewesen sein, diesen Mann nicht identifizieren zu können.

Immer noch liegt er mir in den Ohren damit, dass er Hase kennenlernen möchte. Sie hat alle diese Extreme in sich, sagt er, mehr noch als du, Evelyn. Ich wünschte, ich könnte ihre Betonmauern sprengen und all das hervorbrechen sehen.
Woher willst du das wissen, frage ich, du kennst sie doch gar nicht.

Er meint, er hätte sie aus der Entfernung gesehen, sie und mich zusammen. Er hätte sie beobachtet und seine Schlüsse gezogen. Ich werde den Teufel tun und die beiden miteinander bekannt machen. Ich bin doch nicht irre, außerdem ist Hase für ein Kaliber wie Jago nicht geschaffen. Der bricht sie in fünf Minuten, und dann erlebt er ein Extrem. Extremheulen. Wäre ja spannend zu erfahren, wie interessant er das in Wirklichkeit findet.

Beatrice las den Eintrag ein zweites und ein drittes Mal. Versuchte, immer wieder einen neuen Blickwinkel zu finden und vor allem ihre Verletztheit auszublenden. Evelyn hatte sie nicht vor Jago schützen wollen, sondern war verblüfft und verärgert gewesen, in ihr plötzlich eine Konkurrentin sehen zu müssen.

War sie damals so gewesen? So schwach? So nah am Wasser gebaut?

Okay, diese Gedanken brachten sie jetzt nicht weiter, ihre Eitelkeit, ihre Enttäuschung, die waren nicht wichtig. Jago hatte sie kennenlernen wollen, aber nach Evelyns Tod nie ihre Nähe gesucht. Aus Schock? Oder weil er froh war, unter dem Radar der Polizei zu fliegen?

Extremer Schmerz hatte ihn fasziniert, und extreme Angst. Das konnte natürlich alles nur so dahingesagt gewesen sein, um mysteriös und gefährlich zu wirken – durchaus Eigenschaften, auf die Evelyn angesprungen war.

Beatrice nippte an ihrem Wein. Blätterte weiter. Fand einen Eintrag über ein Treffen mit Paul, der sich von Evelyn gewünscht hatte, sie nackt fotografieren zu dürfen. Mit dem Cello.

Paul meint, unsere Formen wären ähnlich schön, meine und die des Instruments. Er schießt gerne Schwarz-Weiß-Aufnahmen und hat mir im Lauf des Abends etwa dreißig Mal versprochen, dass die Fotos total ästhetisch sein würden. Ich habe jein gesagt.

Daran konnte Beatrice sich erinnern, Evelyn hatte ihr von Pauls Bitte erzählt und sie um Rat gefragt. Sollte sie?

Es war das Jahr 2001 gewesen, die meisten Leute fotografierten analog, und die Allgegenwart der Social Media lag noch ein paar Jahre in der Zukunft. «Warum nicht», hatte Beatrice gemeint. «Wenn Paul nicht nur ein gutes Ohr, sondern auch ein gutes Auge hat.»

Allmählich dämmerte ihr wieder, wie Paul ausgesehen hatte. Groß, mit blondem Haar, das bereits schütter zu werden begann.

Der letzte Schluck Wein. Sie schloss die Augen, klappte das Tagebuch zu. War es möglich, dass Jago und Markus Wallner ein und dieselbe Person waren? Auch unter Aufbietung all ihrer Phantasie gelang es Beatrice nicht, sich das vorzustellen. Wallner war ein grobschlächtiger Rüpel gewesen und überhaupt nicht imstande, solche Dinge zu sagen, wie Evelyn sie in ihrem Tagebuch dokumentiert hatte. Und … sie hätte sich auf jemanden wie ihn nie eingelassen. Allerdings wagte Beatrice mittlerweile nicht mehr, für ihre Einschätzungen Evelyn betreffend die Hand ins Feuer zu legen.

Morgen würden sie zwei von Wallners Gefängniskumpels befragen. Ebenfalls morgen würde sie wieder bei Florin übernachten, endlich.

Sie vermied es, sich selbst im Spiegel zu betrachten, während sie sich die Zähne putzte. Alles wäre so einfach gewesen, hätte sie auf dem Foto nicht die Zeitung entdeckt. Sie hatte so viel mehr Lust in die Zukunft zu blicken als in die Vergangenheit.

«Markus hat gesagt, dass er große Pläne hat.» Der Mann, der ihnen im Vernehmungsraum gegenübersaß, hieß Stocker und maß höchstens einen Meter fünfundsechzig. Er war in den letzten sieben Jahren zweimal in Haft gewesen, beide Male wegen Körperverletzung. «Nichts Illegales, hat er gemeint, aber trotzdem etwas, wo er seine Fähigkeiten voll ausleben kann.»

Beatrice ertappte sich immer wieder dabei, dass sie Stocker nur mit einem halben Ohr zuhörte und in Gedanken abdriftete, dass sie Passagen aus dem Tagebuch im Geist wiederholte und versuchte, die dazu passenden Erinnerungen wieder zum Leben zu erwecken.

Irgendwann fühlte sie Florins Knie unter dem Tisch sanft gegen ihres stoßen und brach ihre Gedankenspiele ab, schuldbewusst. Falls es sich herausstellen sollte, dass die Morde an Wallner und Martinek nichts mit Evelyns Tod zu tun hatten, würde Beatrice sich endlos Vorwürfe machen, das wusste sie. Sich in fixe Ideen zu verrennen, war ein Anfängerfehler.

Sie räusperte sich. «Wissen Sie, mit wem Wallner in der unmittelbaren Zeit vor seinem Tod häufiger Kontakt hatte?»

Der Mann überlegte kurz. «Mit Michael Bruckner, das weiß ich. Zwei Wochen, bevor Markus gestorben ist, waren wir noch zu dritt auf ein paar Bier.»

Bruckner hatten sie bereits überprüft, ohne dass etwas Verwertbares dabei herausgekommen war. Das alles dauerte Beatrice zu lange. «Irgendeine Ahnung, wem diese Nummer gehört? Das ist ein Prepaid-Handy, das wir bisher niemandem zuordnen konnten.»

Ihr Gegenüber verzog den Mund. «Ich habe kein Gedächtnis für Zahlen», murmelte er, zog dann sein Smartphone aus der Tasche und gab die Nummer ein. Drückte auf Wählen und schüttelte den Kopf. «In meinen Kontakten habe ich sie jedenfalls nicht eingespeichert, sonst würde das Telefon jetzt einen Namen anzeigen.» Er unterbrach die Verbindung und steckte das Gerät wieder weg. «Ich schätze, da hebt niemand ab, hm?»

«Sehr richtig», bestätigte Florin. «Aber Markus Wallner hat

diese Nummer in seinen letzten Tagen mehrmals gewählt und ist auch einige Male darüber angerufen worden.»

«Keiner von meinen Kumpels», stellte Stocker fest. «Aber das passt – Markus hat gesagt, er hat neue Bekanntschaften geknüpft. Leute mit Kohle und so.»

Das war die erste Information, die Beatrice für brauchbar hielt. Florin offenbar auch, denn er hakte sofort ein. «Hat er diese Leute etwas genauer beschrieben? Ihre Berufe?» Stocker schien mehr und mehr die Lust an diesem Gespräch zu verlieren. Er zuckte unbestimmt mit den Schultern. «Nein. Keine Ahnung. Aber wenn ich genauer darüber nachdenke, war eigentlich die ganze Zeit nur von einem Typen die Rede. Und genau so hat Markus ihn genannt. *Der Typ,* hat er immer gesagt.»

Sie versuchten, ihm weitere Details zu entlocken, doch er beharrte darauf, von Wallner nicht mehr als das erfahren zu haben. «Wissen Sie», sagte er zum Abschluss, «irgendwie war mir immer schon klar, dass Markus nicht im Altersheim sterben würde. Ich hätte auf Autounfall oder Messerstecherei getippt, im Suff, aber das, was passiert ist, ist ziemlich nah dran.»

10. Kapitel

An diesem Abend lud Florin sie wieder zum Italiener ein. Sie gab sich redlich Mühe, den Fall aus ihrem Kopf zu drängen, um dem Essen und dem Gespräch die Aufmerksamkeit zukommen zu lassen, die sie verdienten. Aber es gelang ihr nicht. Immer wieder ertappte sie sich dabei, wie sie im Geiste die Fotos von Wallners Wohnung durchging, wie sie das Gespräch mit Martineks Tochter repetierte. Und das mit David.

«Möchtest du lieber heimgehen?», hörte sie Florin irgendwann fragen, während sie gerade Zucker in ihren Espresso schüttete. «Du bist müde, nicht wahr?»

Ja, das war sie auch, aber vor allem hatte sie die Zahnräder satt, die sich in ihrem Kopf drehten und trotz all ihrer Bemühungen nicht zum Stillstand kamen.

«Nein.» Sie griff nach seiner Hand. «Ich will noch nicht nach Hause. Lass uns eine Runde spazieren gehen.»

Die Nacht war kalt und sternenklar. Florins Arm lag um Beatrices Taille, immer wieder zog er sie enger an sich. Ein paar Schritte weit schloss sie die Augen und ließ sich von ihm führen. Hatte sie jemals irgendwem so uneingeschränkt vertraut? «Ich weiß nicht, wie es dir geht», murmelte sie, «aber ich glaube, Wallners Umfeld durchzuackern bringt uns nicht weiter. Und mit Martinek ist es das Gleiche.»

Er seufzte. «Bea. Schon wieder der Fall, wirklich?»

«Tut mir leid. Es ist nur so … ich würde sehr gern morgen Vormittag mit Paul Cervak sprechen. Er war eine Zeitlang Evelyns Liebhaber, und vielleicht kann er mir bei ein paar Fragen weiterhelfen, vor die mich dieses Tagebuch stellt. Und dann –»

«Du bewegst dich da auf sehr dünnem Eis, weißt du das?», unterbrach sie Florin. «Ich kann dir den Rücken nicht mehr lange freihalten. Hoffmann hat mir heute schon erklärt, ich soll gefälligst dafür sorgen, dass Schluss ist mit deinen Extratouren.» Er blieb stehen, drehte sich zu ihr um und strich ihr übers Haar. «Ich will dich nicht entmutigen, aber es könnte gut sein, dass du dich in etwas verrennst. Und das können wir uns nicht leisten. Nicht bei unseren knappen Personalressourcen. Ich setze Stefan und Bechner so gut ein, wie ich nur kann, aber du fehlst dem Team. Wir brauchen eine gemeinsame Vorgehensweise.»

Sie hatte gewusst, dass das passieren würde, wenn sie und ihr Bauchgefühl nicht schnell etwas Konkretes, Handfestes lieferten. Und in gewisser Weise hatte sie dieselben Gedanken schon selbst gehabt. Trotzdem sträubte sich alles in ihr.

«Das Gespräch morgen noch, gut? Dann lasse ich es sein. Ich rede mit Cervak, und wenn ich zurück bin, nehme ich mir meinetwegen jeden einzelnen Zellennachbar von Wallner vor, den wir auftreiben können.»

Sie sah ihn lächeln. Wusste, dass sie gewonnen hatte.

«In Ordnung. Einmal kann ich Hoffmann das noch erklären, aber wundere dich nicht, wenn du ihn trotzdem morgen Mittag im Genick sitzen hast. Und dir seine besserwisserischen Kommentare anhören musst.»

Das würde sie aushalten. «Danke. Ich weiß, das ist kein Spaß für dich. Aber ich muss einfach …»

«Ich weiß, wie wichtig es dir ist.» Sie standen jetzt am Fluss, von hier aus wirkte die erleuchtete Festung wie ein Stück Bühnenkulisse. «Ich wollte nur, die Hinweise wären ein bisschen tragfähiger. Es ist zu viel, um es zu ignorieren, und zu wenig, um irgendwohin zu führen.»

Damit hatte Florin völlig recht. Es war, als sollten sie in eine bestimmte Richtung gestupst werden, nur, um dort nichts zu finden.

Eine Chance also noch, dachte sie später, kurz bevor sie neben ihm einschlief. Eine Chance noch, Jago zu identifizieren. Nur, um dann vielleicht festzustellen, dass er bloß ein Schwätzer war, der Evelyn auf seine eigene Weise an sich binden wollte. Mit düsteren Andeutungen, um sie glauben zu machen, sie spielte mit dem Feuer. Wahrscheinlich hatte er mittlerweile drei Kinder und war … Versicherungsvertreter. Beatrice unterdrückte ein Auflachen, sie wollte Florin nicht wecken, dessen Atem bereits im gleichmäßigen Rhythmus des Schlafs ging. Sein Arm, der um ihre Schultern lag, zuckte einmal kurz, und wieder musste sie lächeln. Ab morgen würde sie ihre Extratouren bleibenlassen. Schon ihm zuliebe. So schwer es ihr auch fiel.

Paul Cervak wiederzuerkennen, forderte Beatrice ihr gesamtes Abstraktionsvermögen ab. Er hatte zugenommen, und zwar eine Menge, gleichzeitig war ihm ein Großteil seines Haars abhandengekommen.

Sie hatten sich nicht besonders gut gekannt, damals, es war mehr ein gegenseitiges Sichzunicken gewesen oder ein paar unverbindliche Worte am Frühstückstisch, wenn Paul bei Evelyn übernachtet hatte. Aber Beatrice hatte sein Bild noch vor sich. Schlank, mit hellblauen Augen und einem schiefen Lächeln, das ihm etwas Verwegenes verlieh.

Jetzt wirkte das gleiche Lächeln bieder, weil es rund gewordene Backen zur Seite schieben musste. «Beatrice! Schön, dich wieder einmal zu sehen. He, gut siehst du aus. Hast dich fast gar nicht verändert.»

Sie wünschte, sie hätte das Kompliment erwidern können. «Ich freue mich auch, dich wiederzusehen.» Das entsprach der Wahrheit. «Seit wann lebst du in Salzburg? Ich wusste das nicht.»

Paul blickte zur Seite, als müsse er nachrechnen. «Fünf …

sechs Jahre? Ich habe ein festes Engagement bei der Camerata, als Cellist.»

Das hatte er schon am Telefon zweimal betont, deshalb trafen sie sich auch hier, im Café San Marco, weil das in unmittelbarer Nähe zum Probenraum der Camerata lag. Und in ebenso unmittelbarer Nähe zu Davids Praxis – eigentlich mussten die beiden sich ständig über den Weg laufen.

«Schön, dass du es geschafft hast, als Berufsmusiker.» Immer noch mühte Beatrice sich ab, unter Pauls gemütlichem Äußeren den Studenten auszumachen, der gerne Nacktfotos ihrer Freundin schießen wollte. «Ist ja nicht ganz einfach, soweit ich weiß.»

«Oh, absolut nicht. Ich habe eine Zeitlang ein Engagement in Wien gehabt, aber dann hat es mich nach Salzburg gezogen. Es war der perfekte Zeitpunkt: die Kinder noch nicht schulpflichtig, und Edith ohnehin auf Jobsuche …»

«Edith ist deine Frau?»

«Ja.» Er strahlte. Zog sein Handy heraus und zeigte Beatrice das Bild einer Enddreißigerin mit hellbraunem, halblangem Haar. Hübsch und unauffällig. Völlig anders als Evelyn, nach der jeder, an dem sie vorbeigegangen war, sich umgedreht hatte.

Wahrscheinlich eine gute Entscheidung.

«Aber», meinte er, während er sein Handy wieder einsteckte, «ich wusste nicht, dass du nach Salzburg gezogen bist.» Er zwinkerte. «Der Liebe wegen?»

Der Liebe wegen. Au weia. Er hatte wirklich etwas … Onkelhaftes. «Nein, ich komme ursprünglich aus Salzburg, ich habe nur in Wien studiert. Aber dann, nach Evelyns Tod, habe ich es dort nicht mehr ausgehalten und bin zurückgegangen.»

«Und zur Polizei.»

«Ja. Und zur Polizei.»

Er zog die Stirn in Falten. «Wegen –»

«Genau», unterbrach sie ihn. «Wegen. Und ihretwegen wollte ich dich auch sehen. Wusstest du, dass Evelyn Tagebuch geführt hat?»

Er griff nach dem Löffel, der neben seiner Kaffeetasse lag, hob ihn hoch, legte ihn wieder zurück. Klassische Verlegenheitsgeste. «Nein. Das passte auch gar nicht zu ihr, finde ich.»

«Tja. Getan hat sie es trotzdem. Du kommst ziemlich häufig drin vor, und du bist einer von denen, über die sie mit richtigem Namen schreibt. Vielen anderen hat sie Spitznamen gegeben.»

Die Tatsache, dass er zum Gegenstand von Evelyns Aufzeichnungen geworden war, schien ihm nicht zu behagen. «Was hat sie denn über mich geschrieben?»

Beatrice lächelte in sich hinein. *Er war göttlich.* «Ziemlich schmeichelhafte Dinge, hauptsächlich. Und dass du sie nackt fotografieren wolltest.» Sie legte den Kopf schief. «Hast du?»

Wieder die Verlegenheitsgeste mit dem Löffel. «Hm. Ja, aber … das war nichts Pornographisches. Ehrlich. Und die Bilder habe ich nicht mehr, die habe ich weggeworfen, nachdem –»

Er sprach es nicht aus. «Nachdem sie tot war», ergänzte Beatrice gnadenlos. «Das kann ich gut verstehen. Es geht mir aber gar nicht um die Bilder, und da war ja auch wirklich nichts dabei. Ich habe eine ganz andere Frage an dich, und zwar: In dem Tagebuch erwähnt Evelyn immer wieder jemanden, den sie Jago nennt. Weißt du, wen sie damit gemeint haben könnte?»

Entschieden schüttelte Paul den Kopf. «Das hat die Polizei mich auch schon gefragt, nach Evelyns Tod. Aber ich habe keine Ahnung. Schon damals nicht, und das hat sich nicht geändert.»

Beatrice hatte es befürchtet. Jago blieb ein Phantom, offenbar hatte Evelyn mit niemandem über ihn gesprochen. Aber warum nur?

Oder hatte sie es doch getan, ohne seinen Tagebuch-Decknamen zu nennen, und es war deshalb keinem aus der Clique im Gedächtnis geblieben?

«Hat sie dir von anderen Bekanntschaften erzählt? Ich weiß, ihr wart ein paar Monate lang liiert, und wenn ich mir das Tagebuch so ansehe, könnte es sein, dass Jago der Grund dafür war, dass sie sich von dir getrennt hat. Fiel in dem Zusammenhang vielleicht ein Name?»

Paul hatte seine Lippen zusammengepresst. Er dachte nach, oder tat zumindest so. «Evelyn hat gewusst, wie sehr die Trennung mich verletzt hat. Ich habe sie offen gefragt, ob ein anderer Mann der Grund dafür war, aber sie ist mir immer ausgewichen. Deshalb hat sie natürlich auch keinen Namen …»

Beatrices Handy läutete mitten in den Satz hinein. Sie warf einen Blick auf das Display. Florin.

Wahrscheinlich machte Hoffmann Terror, und er wollte sie warnen. Sie bitten, so schnell wie möglich ins Büro zu kommen.

Einen Moment lang überlegte sie, dann drückte sie das Gespräch weg. Sie würde ihn gleich zurückrufen, sobald sie völlig sicher sein konnte, dass aus Paul wirklich nichts Brauchbares herauszuholen war. Es war ihre letzte Chance. Wenn sie jetzt mit leeren Händen zurückkehrte, musste sie die Spur, die zu Evelyn führte, fallenlassen. Zumindest bis auf weiteres.

«Okay, dann versuch dich doch bitte zu erinnern, mit wem Evelyn damals besonders oft unterwegs war. Oder mit wem sie telefoniert hat, wenn ihr zusammen wart. Ich will diesen Jago ausfindig machen, um jeden Preis.» Sie seufzte. «Nach allem, was ich in dem Tagebuch gelesen habe …»

Wieder das Telefon. Wieder Florin.

Sie fühlte, wie ihre Haut sich im Nacken zusammenzog. Normalerweise wartete Florin auf ihren Rückruf, besonders, wenn er wusste, dass sie mitten in einer Vernehmung oder etwas Ähnlichem steckte.

Sie warf Paul einen entschuldigenden Blick zu. «Sieht aus, als wäre es wichtig.»

«Schon okay», gab er zurück und sah auf seine Uhr. «Ich muss auch bald zur Probe.»

Es klingelte einmal, zweimal, bis Florin abhob. «Bea? Gott sei Dank.» Er klang atemlos.

«Was ist passiert?»

«Du musst … es ist –»

Beatrice wurde kalt. Etwas war geschehen, ohne Frage. Und es fiel aus dem Rahmen des Üblichen, sie hatte Florin noch nie so um Worte ringen hören.

«Wir haben wieder einen Toten. Am Aigener Friedhof.»

Sie fluchte innerlich. Das war kaum zu stemmen, nicht, solange sie noch derart im Trüben fischten, wie sie es derzeit taten.

Aber vielleicht hatten sie Glück im Unglück, und es war diesmal ein Raubüberfall oder ein aus dem Ruder gelaufener Streit unter Verwandten. Etwas, das in ein paar Tagen geklärt sein würde.

«Ich mache mich sofort auf den Weg.» Sie nickte Paul zu und hob in einer entschuldigenden Geste die Schultern. «Bist du schon dort oder noch im Büro?»

«Ich steige gerade ins Auto.» Er atmete tief durch. «Aber Stefan ist vor Ort, er war in der Nähe, als die Meldung bei uns einging, und ist fünf Minuten später am Friedhof gewesen.»

Da war noch etwas. Etwas, das Florin bislang nicht über die Lippen gebracht hatte, aus welchem Grund auch immer.

«Okay», sagte sie. «Wir treffen uns am Eingang. Oder – wo genau liegt denn der Tote? Bei einem der Gräber?»

«Ja.» Florin ließ eben den Motor an, sie hörte, wie das leise Brummen im Hintergrund einsetzte. «Bei einem der Gräber. Obendrauf, sagt Stefan.»

«Okay, dann brauche ich die Nummer der Grabstelle und komme direkt hin, du bist sicher vor mir –»

«Bea?» Seine Stimme war heiser.

«Ja?»

«Ich weiß nicht, ob es stimmt oder ob Stefan sich geirrt hat, aber als wir eben telefoniert haben, sagte er, der Tote sei Hoffmann.»

Beatrice verabschiedete sich von Paul so hastig, dass es schon beinahe unhöflich war.

Hoffmann. Auf dem Weg zur Tiefgarage kramte sie in ihrer Handtasche nach den Autoschlüsseln, fand sie, nur um sie prompt fallen zu lassen.

War das wirklich möglich? Obwohl – natürlich, es passte ins Bild. Er besuchte fast täglich das Grab seiner Frau, meistens früh am Morgen, noch bevor er zur Arbeit kam. Nur … warum würde jemand ihn töten wollen? Okay, er hatte sich im Lauf seiner Karriere sicherlich Feinde gemacht, aber jetzt war er auf dem absteigenden Ast, bis zu seiner Pensionierung würde es vielleicht noch zwei Jahre dauern. Höchstens drei.

Aber – möglicherweise war er ja auch mit einem Herzinfarkt am Grab zusammengebrochen. Oder hatte Selbstmord begangen – so, wie der Tod seiner Frau ihm zusetzte, war das nicht undenkbar.

Vielleicht handelte es sich also gar nicht um Mord. Oder nicht einmal um ihn.

Beatrice lief die Treppen zur Tiefgarage hinunter, nur um sofort wieder kehrtzumachen – sie war am Kassenautomaten vorbeigestürmt. Erstaunlicherweise fand sie das Parkticket sofort, zahlte, versuchte sich währenddessen an die Nummer ihres Parkplatzes zu erinnern. 134? 164? Irgend so etwas.

Sie lief die Reihen der abgestellten Fahrzeuge entlang und entdeckte ihren Wagen tatsächlich dort, wo sie ihn vermutet hatte. Auf Anhieb. Das hatte Seltenheitswert.

Alle Blinker leuchteten auf, als sie ihn entsperrte. Nach Aigen würde sie etwa fünfzehn Minuten brauchen, eventuell auch mehr, wenn die zahlreichen Baustellen wieder für Stau sorgten.

Also Tempo. Hoffmanns Bild stand ihr vor Augen, als sie die Autotür aufriss und ihre Handtasche auf den Beifahrersitz schleuderte.

Und dann war da Schmerz. Scharf und plötzlich, ohne Vorankündigung. Sie wollte ihre Hände zum Kopf heben, doch die gehorchten ihr nicht.

Stürzte sie? Sie wusste es nicht, nahm nichts mehr wahr als diesen Schmerz, der die Welt ausfüllte und schließlich zum Erlöschen brachte.

11. Kapitel

Er lief durch Gräberreihen in einem schattigen Wäldchen, ohne nach rechts oder links zu schauen. Stefan hatte ihm den Weg beschrieben, der Tote lag in einem Randbereich des Friedhofs, das Grab befand sich auf einer kleinen Lichtung.

An einer solchen Lichtung hatten sie gestanden, in Schwarz, mit gesenkten Köpfen, als vor einigen Monaten Hoffmanns Frau beerdigt worden war.

Er bog nach links ab, da vorne musste es sein. Ja. Zwei Friedhofsmitarbeiter, einer davon mit Schubkarre, standen auf dem Weg und sahen ihm entgegen. Einer von ihnen deutete vage nach links, dahin, wo Bäume und Sträucher einen blättrigen Sichtschutz bildeten.

Sein Atem ging schnell, und er legte die letzten Meter langsamer zurück, blieb dann einen Moment stehen und sammelte sich. Jemanden, den man gut gekannt hatte, tot zu sehen, war etwas völlig anderes als das, was er aus seinem Berufsalltag gewohnt war. Man wusste, wie er gelacht, gegessen und sich die Nase geputzt hatte, man kannte seine Eigenheiten und Vorlieben. Das alles ausgelöscht zu sehen hatte Florin die wenigen Male, die er in dieser Situation gewesen war, tiefer berührt, als es für seine Professionalität gut gewesen war.

Er duckte sich unter dem rot-weißen Absperrband hindurch, trat in die Lichtung hinaus und hoffte von ganzem Herzen, dass es nicht Hoffmann war, den er gleich sehen würde.

Der Fundort war merkwürdig ruhig, die sonst übliche Betriebsamkeit viel gedämpfter; Drasche kniete neben einem Grab, das Florin nicht sehen konnte, weil Stefans Rücken ihm die Sicht versperrte. Sein Hemd hing ihm halb aus der Hose, von seiner gewohnten Zappeligkeit war keine Spur.

Florin trat zu ihm und legte ihm eine Hand auf die Schulter, registrierte gleichzeitig furchtbar Vertrautes. Braune, abgewetzte Winterschuhe, eine dunkelblaue Anzughose, ein ebenfalls blauer, halblanger Mantel. Eine Halbglatze, das verbliebene Haar eine Spur zu lang, um gepflegt zu wirken.

Er war es. Er lag zwar bäuchlings auf dem Grab, so, dass Florin sein Gesicht nicht sehen konnte, aber er hatte dennoch keinen Zweifel mehr. Wäre es anders gewesen, hätte spätestens die Inschrift auf dem Grabstein unmittelbar rechts neben dem Fundort alles klargestellt: Edith Hoffmann, geb. Leitner. 23. 4. 1959–17. 10. 2016

Florin war auf der Beerdigung gewesen, er wusste noch genau, wo er gestanden hatte: Da, wo nun einer der spärlichen Schneeflecken lag. Rot gesprenkelt, so wie die weiß marmorne Einfassung von Edith Hoffmanns Grab.

«Er ist es leider wirklich», murmelte Stefan. «Drasche hat ihn auch erkannt. Ach, Scheiße.»

«Ja.» Florin klopfte seinem jungen Kollegen auf den Rücken, dann ging er ein paar Schritte näher. «Gerd?»

Drasche sah auf. Schüttelte den Kopf. «Ist das zu fassen? Da hat tatsächlich jemand Hoffmann abgemurkst.»

Seine saloppe Ausdrucksweise täuschte nicht darüber hinweg, dass auch er erschüttert war. Zum ersten Mal, seit Florin mit ihm zusammenarbeitete, winkte er ihn näher heran, statt ihn wie sonst wegzuscheuchen. «Schau, hier. Direkt unterhalb des Ohrs. Da wurde der Schädel eingeschlagen, mit einem relativ scharfen, schweren Objekt. Könnte gut die Schmalseite eines Hammers gewesen sein.» Er deutete mit seinem behandschuhten Zeigefinger auf den sichtbaren Teil von Hoffmanns Stirn. «Und hier hat er noch einmal zugeschlagen. Diesmal mit der Breitseite, vermute ich. Und noch einmal, an der Schläfe. Siehst du, wie eingedrückt der Knochen an der Stelle ist?»

Ja, das sah er. Ebenso wie Hoffmanns weit geöffnetes rechtes Auge. Gebrochen, milchig weiß.

«Ich habe ihn nicht leiden können, aber das hat er nicht verdient», erklärte Drasche und nahm seine Arbeit wieder auf.

Ein passender Spruch für seinen Grabstein, dachte Florin. Diese Worte würde er sinngemäß wohl noch häufiger zu hören bekommen, unter anderem von Beatrice, wenn auch vermutlich ein bisschen freundlicher formuliert.

Apropos Beatrice. Er warf einen Blick auf die Uhr. Eigentlich musste sie jeden Moment hier sein. Und vielleicht war es gut, sie schon auf das einzustimmen, was sie erwartete.

Er holte sein Handy aus der Jackentasche und rief sie an, kam aber nur auf die Sprachbox. Eigenartig. War ihr Akku leer? Sie sorgte normalerweise immer dafür, dass ihr Handy geladen war, schon ihrer Kinder wegen.

Ein zweiter Anruf brachte das gleiche Ergebnis. Vielleicht fuhr sie ja gerade durch ein Funkloch. Er steckte das Telefon wieder weg, in fünf Minuten würde er es noch einmal versuchen. Wenn sie dann nicht ohnehin schon da war.

Doch wer kurz darauf eilig um die Ecke bog, war Vogt. Er winkte nur wortlos in die Runde und holte Einweghandschuhe aus seinem Arztkoffer. Sogar ihm war die Fassungslosigkeit über Hoffmanns Ende deutlich ins Gesicht geschrieben.

«Wer wird dabei sein, wenn ich später die Obduktion vornehme?», fragte er, den Blick auf die Leiche gerichtet.

«Ich», sagte Florin. «Und Frau Kaspary vermutlich auch.»

«Okay.» Er verständigte sich mit Drasche durch ein Nicken und kniete sich an die andere Seite des Toten. Holte Skalpell und Fieberthermometer heraus – das Messen der Rektaltemperatur würde ihnen einen ersten Hinweis auf die Todeszeit geben.

«Totenstarre ist noch nicht voll ausgeprägt», teilte er mit, ohne aufzublicken. «Allerdings schreitet sie langsamer fort, wenn es so kalt ist wie heute. Hm.» Er schlug Hoffmanns Mantel hoch und schlitzte mit dem Skalpell Hose und Unterhose auf.

Wieder zog Florin sein Smartphone aus der Jackentasche. Wählte erneut Beatrices Nummer. Gelangte einmal mehr nur an die Sprachbox.

Allmählich kam ihm das merkwürdig vor. Er hatte doch noch vor weniger als einer Stunde mit ihr telefoniert, sie hatte ihr Handy also definitiv dabei. Wenn nicht der Akku schuld war, musste sie es abgeschaltet haben.

Er ging ein paar Schritte von den anderen weg, hinter das Absperrband und noch ein Stück weiter. Wartete, bis der Ansagetext abgespult war und der Piepton einsetzte.

«Bea, wo steckst du? Ist alles in Ordnung? Ich bin auf dem Friedhof; Stefan, Drasche und Vogt auch.» Er hielt inne, überlegte, ob er ihr diese Information tatsächlich auf die Box sprechen sollte, und entschied sich dafür. «Es ist wirklich Hoffmann. Jemand hat ihn erschlagen. Ich warte hier auf dich, bitte ruf an, wenn es aus irgendwelchen Gründen noch länger dauern sollte.»

Mit einem Tippen auf das Display trennte er die Verbindung. Blieb dann noch einen Moment stehen, den Blick zu Boden gerichtet.

Es war so untypisch für Bea, nicht ans Telefon zu gehen. Sie war immer bedacht darauf, erreichbar zu sein, sie schaltete nicht einmal nachts ihr Handy leise und lud es meist schon wieder auf, wenn es noch fast halb voll war.

Konnte es sein, dass sie einen Unfall gehabt hatte? Wo war das Treffen mit diesem Paul noch mal gewesen? Irgendwo in der Nähe von Schloss Mirabell …

Kurz entschlossen rief er bei der Verkehrsabteilung an. «Gab es in der letzten Stunde Unfälle im Stadtgebiet von Salzburg?»

Der Kollege räusperte sich. «Nein. Nur einen heute Morgen, aber schon kurz nach sechs. Seitdem ist es ruhig.»

«Okay. Danke.»

Das war beruhigend, einerseits. Allerdings wäre es wenigstens eine Erklärung gewesen. Beatrice hätte vor gut einer halben Stunde hier sein müssen, gleichzeitig mit oder kurz nach ihm.

Er rief sie noch einmal an. Wieder meldete sich unmittelbar ihre Sprachansage: *Dies ist der Anschluss von Beatrice Kaspary, ich bin im Moment leider nicht erreichbar, hinterlassen Sie Ihre Nachricht bitte nach dem Signalton …*

Als Nächstes wählte er die Nummer des Büros. Bechners Durchwahl. «Hier Wenninger. Ist Beatrice zufällig da? Oder war sie es, in der letzten halben Stunde?»

«Auch hallo», brummte Bechner mürrisch. «Nein, war sie nicht. Jedenfalls habe ich sie nicht gesehen.»

Ihm hatte noch niemand erzählt, dass es sich bei dem Toten um Hoffmann handeln könnte, sonst hätte er jetzt nachgefragt. Er würde sich also die nächsten Tage ausdauernd darüber beschweren, dass er der Letzte gewesen war, dem man Bescheid gesagt hatte.

Aber darüber wollte Florin sich jetzt nicht den Kopf zerbrechen. «Wenn sie auftaucht, sagen Sie ihr bitte, sie soll mich sofort anrufen.»

«Na sicher. Ist mir doch ein Vergnügen.»

Diesmal steckte Florin das Handy nach Beendigung des Gesprächs ein. Es hatte keinen Sinn, auf gut Glück herumzutelefonieren, und objektiv betrachtet war es einfach dumm von ihm, sich solche Sorgen zu machen, nur weil jemand sich einmal um eine halbe Stunde verspätete.

Nur dass es eben Bea war. Und dass er dieses Verhalten von ihr nicht kannte.

Außer … vielleicht war etwas mit ihren Kindern dazwischengekommen. Eines von ihnen war krank geworden, oder es hatte einen anderen Notfall in der Schule gegeben.

Oder Achim hatte es geschafft, ihr in die Quere zu kommen, auf welche Art auch immer. Nur leider erklärte das alles nicht die Sache mit dem Handy.

Florin beschloss, es fürs Erste gut sein zu lassen. Er musste sich auf das konzentrieren, was vor ihm lag. Wahrscheinlich würde Bea in ein paar Minuten hier auftauchen, außer Atem und mit einer ganz einfachen Erklärung im Gepäck.

Er bückte sich unter dem Absperrband hindurch und ging zurück zu seinen Kollegen, den lebenden und dem toten.

Eine Stunde später wurde Hoffmanns Leichnam weggebracht. Ein Teil des Friedhofs war mittlerweile gänzlich gesperrt.

Vogt hatte aus allen Daten, die ihm bisher zur Verfügung standen, den Schluss gezogen, dass Hoffmann vor drei bis vier Stunden gestorben sein musste.

«So früh?», wunderte sich Stefan. «Das war dann ... zwischen sechs und acht.»

«Womit wir die Todeszeit ausgesprochen gut eingrenzen können», warf Florin ein, «denn der Friedhof öffnet um sieben. Ich weiß, dass Hoffmann sehr oft früh hier war, vor der Arbeit, um seine Frau zu besuchen.»

Seine tote Frau.

Mittlerweile war Florins Sorge um Beatrice zu einem permanenten, dumpfen Ziehen in der Magengegend geworden. Er verbot sich, sie wieder und wieder anzurufen, sie würde sich melden, sobald sie konnte, das wusste er. Allerdings war die Vorstellung, den Rest des Tages in nervöser Wartehaltung verbringen und dabei auch noch Hoffmanns Obduktion beiwohnen zu müssen, mehr, als er glaubte aushalten zu können.

Er hielt Vogt, der sich gerade zum Gehen wandte, an der

Schulter fest. «Wann werden Sie mit der Leichenöffnung beginnen?»

Der Gerichtsmediziner warf einen prüfenden Blick auf die Uhr. «Ich möchte erst noch etwas essen und drei oder vier Telefonate machen. Danach würde ich anfangen. Sagen wir ... um fünfzehn Uhr?»

Das ließ Florin fast drei Stunden, um die restliche Kollegenschaft ins Bild zu setzen, eine erste Pressemitteilung zu formulieren und hoffentlich, hoffentlich herauszufinden, wo Beatrice steckte. «In Ordnung. Um drei bin ich bei Ihnen am Institut.» Auf der Fahrt zurück ins Büro überschlug er in Gedanken die Möglichkeiten, die ihm zur Verfügung standen. Er konnte einen Sprung bei Beatrices Wohnung vorbei machen, auf dem Weg zur Gerichtsmedizin, um nachzusehen, ob sie vielleicht nach Hause gefahren war. Konnte ja sein, dass ihr übel war oder sie Kopfschmerzen bekommen hatte.

Dann hätte sie angerufen.

Ja, das war der springende Punkt. Beatrice war nicht immer pünktlich, aber sie war einer der verlässlichsten Menschen, den er kannte. Wenn sie ankündigte, etwas zu tun oder irgendwo hinzukommen, dann tat sie das – oder sie rief an, sobald sich abzeichnete, dass es nicht klappen würde.

Es waren nun über zwei Stunden verstrichen, seit sie miteinander telefoniert hatten. Vielleicht war nichts Schlimmes passiert, aber auf jeden Fall etwas Ungewöhnliches. Florin hoffte mit aller Kraft, dass es sich darauf beschränken würde.

Kaum dass er das Gebäude betreten hatte, kam Bechner ihm entgegen. «Ist es wahr?» Seine Stimme zitterte, ob vor Erschütterung oder Sensationsgier, war schwer einzuschätzen. «Ist es wirklich Hoffmann?»

«Ja.» Florin ging zügig an ihm vorbei. «Da kommt eine Menge auf uns zu, stellen Sie sich am besten jetzt schon darauf ein, dass die nächsten Tage hart werden.» Er lief die Treppen hoch, wünschte sich mit aller Kraft, Beatrice an ihrem Schreibtisch sitzen zu sehen, wenn er gleich die Bürotür öffnen würde.

Aber sie war nicht da. Natürlich nicht. Auf ihrer Seite, neben dem Flachbildschirm, stand noch die Kaffeetasse von gestern, eine Regenjacke hing nachlässig über der Lehne des Drehstuhls.

Bechner war ihm gefolgt, und Florin drehte sich zu ihm herum. «War Frau Kaspary in der Zwischenzeit hier?»

Kopfschütteln. «Nein. Ich habe sie heute den ganzen Tag noch nicht gesehen.»

«Angerufen hat sie auch nicht?»

«Nein.» Die Andeutung eines herablassenden Lächelns schlich sich in Bechners Züge. «Vielleicht feiert sie ja, dass sie den Chef endlich los ist.»

Es kostete Florin seine ganze Beherrschung, Bechner nicht anzubrüllen. «Wenn Sie sich jetzt sofort umdrehen, in Ihr Büro zurückgehen, weiterarbeiten und sich bei mir heute nicht mehr blicken lassen, dann werde ich versuchen, diese unglaubliche Geschmacklosigkeit zu vergessen.»

Bechner öffnete seinen Mund und schloss ihn wieder. Blickte zu Boden. «Das … das war doch nur ein kleiner Scherz. Ich bin doch genauso schockiert, dass – Sie wissen schon. Tut mir leid.» Er knetete seine linke Hand mit der rechten. «Wirklich.»

Florin nickte und wandte sich ab. Er hatte weder Lust noch Energie, Bechner sein schlechtes Gewissen zu nehmen. «Ich habe zu tun», sagte er knapp und schloss die Tür.

Es war unprofessionell, ja, und es würde ihm völlig lächerlich vorkommen, sobald sie hektisch und mit einer logischen Erklärung hier auftauchte, aber Beatrices Verschwinden beschäftigte ihn weit mehr als Hoffmanns Tod.

Noch einmal versuchte er, sie anzurufen. Diesmal erwartete er bereits, die Ansage der Sprachbox zu hören, trotzdem verkrampfte sich sein Inneres vor Enttäuschung, als sie tatsächlich einsetzte.

Es half nichts, er musste sich jetzt auf Hoffmann konzentrieren, dafür sorgen, dass sein Sohn informiert wurde und eine Pressemitteilung schreiben. Möglichst allgemein gehalten. *Dr. Walter Hoffmann, Leiter des Landeskriminalamts Salzburg, wurde heute Morgen am Aigener Friedhof tot aufgefunden. Alles weist darauf hin, dass der Tod durch Fremdeinwirkung eingetreten ist.*

Das Klingeln des Telefons unterbrach ihn beim Tippen. Einen flüchtigen, hoffnungsvollen Moment lang war er überzeugt davon, dass es Beatrice war, die sich endlich meldete. Doch das Display zeigte Drasches Kennung.

«Du wirst nicht erraten, was ich eben in Hoffmanns Manteltasche gefunden habe.»

«Ich will auch gar nicht raten. Was war es?»

Drasche legte eine dramatische Pause ein. «Den Führerschein von Andrea Martinek», sagte er schließlich. «Das ist ein Ding, oder?»

Das war es tatsächlich. «Wir hatten den nicht sichergestellt, oder?»

«Nein. Keinen einzigen Ausweis, nur Kundenkarten und solches Zeug. Der Täter hat ein Muster.»

Allerdings. Bei Wallner hatte er Gegenstände in der Wohnung deponiert, die auf den Mord an Evelyn hinwiesen. Martinek hatte er ein Foto von Wallner in den Rucksack gesteckt, und nun fand sich Martineks Führerschein in Hoffmanns Tasche. Als würde er eine Brotkrumenspur von einem Opfer zum nächsten legen, als wolle er zweifelsfrei klarstellen, dass alle die Toten auf ein und dasselbe Konto gingen.

Und er wurde immer schneller, die Zeitabstände zwischen den Morden immer kürzer …

Der Gedanke, der sich als logische Schlussfolgerung daraus ableiten ließ, nahm Florin die Luft. «Ich muss weitermachen, Gerd. Bis später.»

Der Täter konnte unmöglich zwei Menschen an einem Tag umbringen. Oder?

Er sprang auf und wechselte auf Beatrices Seite des Schreibtischs. Ihr Notizblock lag neben dem Keyboard, mit all den für sie so typischen Kritzeleien rund um ihre Handschrift, die ihm so vertraut war. Er suchte und fand den Namen des Mannes, mit dem sie sich getroffen hatte: Paul Cervak. Und direkt daneben eine Handynummer, dem Himmel sei Dank.

Cervak hob fast unmittelbar nach dem ersten Freizeichen ab. «Ja bitte?»

«Guten Tag, mein Name ist Florin Wenninger, ich bin vom LKA und ein Kollege von Beatrice Kaspary.»

«Ah, von Beatrice!» Der Mann klang gut gelaunt. «Die habe ich heute Morgen getroffen, wissen Sie das? Ich habe ihr alles erzählt, was ich wusste, leider war das nicht sehr viel.»

Florin kniff die Augen zusammen und bemühte sich, ebenso locker und freundlich zu klingen wie sein Gesprächspartner. «Als Beatrice gegangen ist, hat sie da noch irgendetwas gesagt? War etwas ... ungewöhnlich?»

Cervak lachte kurz auf. «Oh ja, sie hatte es auf einmal extrem eilig. Hat einen Anruf bekommen und ist davongestürzt. *Ein neuer Fall, schon wieder, das darf einfach nicht wahr sein*, hat sie gesagt.» Er hielt inne. «Aber das wissen Sie wahrscheinlich, wenn Sie nicht sogar selbst der Anrufer waren. Warum fragen Sie mich das? Ist etwas mit Beatrice?»

Der Mann war zweifellos nicht sehr schnell im Kopf. «Das weiß ich noch nicht. Sie ist nicht am vereinbarten Treffpunkt erschienen. Falls Sie von ihr hören, sagen Sie ihr bitte, sie soll sich sofort bei mir melden. Florin Wenninger. Ja?»

«Natürlich», murmelte Cervak. «Ich hoffe, es geht ihr gut.

Als sie gegangen ist, war sie ziemlich durch den Wind. Hat etwas von einem Notfall gesagt.»

«Danke für Ihre Hilfe.» Florin ertappte sich dabei, wie er immer wieder aus dem Fenster sah. Von Beatrices Platz aus hatte man einen guten Blick auf die Straße; er würde ihr Auto sofort erkennen, wenn es sich nähern sollte.

Sie hatte es also eilig gehabt. Hatte sich auf den Weg zum Friedhof gemacht und war dort die nächsten zwei Stunden nicht angekommen, war telefonisch nicht erreichbar –

Sosehr Florin es sich wünschte, so wenig konnte er noch glauben, dass die Gründe für all das harmlos waren. Mit jeder Minute, die ohne ein Lebenszeichen verstrich, wurde ihm klarer, dass etwas passiert sein musste.

Nur dass es noch zu früh war, die Räder der Suchmaschinerie in Bewegung zu setzen. Sie war erwachsen, und es gab keinen Hinweis auf einen Unfall oder ein Verbrechen.

Florin holte sich den stärksten Kaffee aus der Maschine, zu dem sie fähig war, und tippte die Pressemeldung fertig. In dem Moment, als er sie abspeicherte, platzte Stefan herein.

«Bechner und ich fahren jetzt zu Hoffmanns Sohn. Wir werden mehr Leute brauchen, wenn es wirklich drei zusammenhängende Morde sind.» Sein Blick wanderte zu Beatrices verwaistem Arbeitsplatz. «Wo steckt Bea denn?»

«Ich weiß es nicht.» Florin hörte selbst, dass seine Stimme kaum mehr als ein heiseres Flüstern war, und räusperte sich. «Sie wollte zum Friedhof kommen, aber da ist sie nicht aufgetaucht. Ich habe seit vier Stunden nichts von ihr gehört, auf ihrem Handy läuft nur die Sprachbox.»

Stefan trat einen Schritt näher, betrachtete mit gerunzelter Stirn Beatrices Arbeitsplatz. «Das sieht ihr überhaupt nicht ähnlich.»

«Allerdings.» Allein dafür, dass er sich nicht mit einer optimistischen Floskel schnell aus der Affäre zog, hätte Florin ihn am liebsten umarmt.

«Soll jemand die Krankenhäuser durchtelefonieren? Janine macht das sicher gerne, wenn ich sie bitte.»

Es dauerte einen Moment, bis Florin wieder wusste, wer Janine war. Eine hübsche Zweiundzwanzigjährige in der Grundausbildung, deren praktischen Teil sie im LKA absolvierte. «Ja. Gute Idee. Vielleicht ist das ja dumm, aber ich mache mir wirklich Sorgen. Und ich muss gleich in die Gerichtsmedizin, Vogt will um drei Uhr anfangen.»

Entschieden schüttelte Stefan den Kopf. «Ist nicht dumm. Ich kümmere mich, okay? Und gebe Janine deine Nummer, sie soll dich anrufen, wenn sie etwas erfährt.»

Auf dem Weg ins Institut gab Florin sich alle Mühe, seine Gedanken auf den Fall zu richten. Himmel noch mal, Hoffmann war tot, und es war allerhöchste Zeit, sich eine Strategie gegen diesen Wahnsinnigen zuzulegen. Drei Opfer, innerhalb so kurzer Zeit.

Drei, sagte er sich im Geiste vor und biss sich auf die Lippen, bis es schmerzte. *Ganz sicher erst drei.*

Im Institut angekommen, schlüpfte er in den Kittel, den man ihm hingelegt hatte, und betrat den Raum mit den Seziertischen.

Man hatte Hoffmann auf den mittleren gelegt, und bei seinem Anblick vergaß Florin für einige Sekunden seine Sorge um Beatrice.

Wie klein er wirkte. Wie abgezehrt. Bis vor einem halben Jahr war er ein kräftiger Mann mit Bauchansatz gewesen, ein begeisterter Biertrinker. Seit dem Tod seiner Frau hatte er stetig an Gewicht verloren – aber so viel?

Florin trat näher. Er war beinahe versucht, seinem toten Chef über die Stirn zu streichen, eine Art von versöhnlicher, freundschaftlicher Geste zu setzen. Denn plötzlich fühlte er sich Hoffmann verbundener denn je.

Was würde es mit ihm machen, wenn sich herausstellte, dass Beatrice tatsächlich etwas zugestoßen war? Wie würde er damit umgehen? Konnte er das überhaupt?

Er wusste nicht, ob ihr klar war, wie viel sie ihm bedeutete. Vielleicht. Er sagte es ihr immer und immer wieder, und manchmal schüttelte sie dazu lächelnd den Kopf, als wüsste sie, dass es sich um einen Irrtum handelte, den er bloß noch nicht durchschaut hatte ...

«Gehen Sie bitte ein Stück zur Seite, hier stehen Sie im Weg.» Vogt war an den Tisch herangetreten, das Diktaphon in der Hand, und begann mit der äußeren Begutachtung. Dokumentierte Operationsnarben und Hautveränderungen; die Kopfwunden hob er sich für den Schluss auf.

Während er begann, die eingedrückten Stellen an Hoffmanns Schädel zu vermessen, ging Florin zu den Stühlen, die an der Wand standen, und setzte sich. Er hatte die Klingeltöne seines Handys abgeschaltet, aber vielleicht hatte sich ja Janine in der Zwischenzeit gemeldet. Oder sogar Bea selbst.

Die Hoffnung war vergebens.

Dafür wurde seine Angst von einem neuen Gefühl verdrängt: Wut. Sollte Beatrice in Kürze unbeschadet auftauchen und lächelnd erklären, dass sie eine Reifenpanne gehabt und leider vergessen hatte, ihr Handy aufzuladen, würde er nicht wissen, ob er sie schütteln oder küssen sollte. Oder beides.

Nur – so war es nicht. So war *sie* nicht.

Er schloss die Augen, als Vogt die Knochensäge anwarf, um Hoffmanns Schädel zu öffnen. Gestern um die Zeit hatte der Mann noch gelebt. Hatte noch mit der Staatsanwältin im Gang gestanden und ihr versichert, dass die Ermittlungen Fortschritte machten.

Wieder ein Blick aufs Handy. Wieder nichts.

Er wusste, dass sein Verhalten lächerlich war, dass er sich in etwas hineinsteigerte, aber –

Und mit einem Mal hatte er eine Idee. Es würde noch knapp eineinhalb Stunden dauern, doch dann sollte er Klarheit haben, in gewisser Weise.

Um fünf musste Beatrice ihre Kinder aus der Betreuung abholen. Entweder würde sie dort auftauchen, oder sie hatte ihre Mutter gebeten, für sie einzuspringen. Im schlimmsten Notfall vielleicht sogar Achim. Aber dann würde er erfahren, was los war.

Florin würde zur Schule fahren, er wusste, an welchem Eingang Mina und Jakob üblicherweise warteten. Um spätestens siebzehn Uhr würde er wissen, ob er nur überbesorgt war oder ob es gute Gründe für seine Angst gab.

Vogt hatte die Obduktion beinahe beendet, als Florin aufbrach. Allzu viele neue Erkenntnisse brachte sie nicht – nur, dass die Tatwaffe wohl wirklich ein Hammer war. Und dass Hoffmann keine Abwehrverletzungen aufwies.

Von Drasche kam die Nachricht, dass auch diesmal nirgendwo brauchbare Spuren zu finden waren. Kein fremdes Haar auf Hoffmanns Mantel, keine Fingerabdrücke auf der Grabeinfassung. So war es schon bei Wallner und Martinek gewesen – der Täter musste Vorkehrungen treffen, die über das Anlegen von Handschuhen hinausgingen. Er schien sich jeden Handgriff gut zu überlegen. Drasches einzige Hoffnung galt nun den Schuhabdrücken, die sich nahe des Grabes gefunden hatten, obwohl ihm klar war, dass auf einem Friedhof jeden Tag Hunderte Leute herumliefen.

Florin hatte das alles nur mit halber Aufmerksamkeit zur Kenntnis genommen. Nach wie vor gab es kein Lebenszeichen von Beatrice, obwohl es in einer Viertelstunde fünf sein würde. Bis zur Schule war es noch ein knapper Kilometer, und er konzentrierte sich auf die Autos, die in die gleiche Richtung fuhren. Hoffte, ihres zu entdecken.

Kurz vor fünf parkte er an der Schule. Noch bevor er den Motor abstellte, entdeckte er Mina und Jakob, sie saßen auf einer Bank neben dem Eingang. Mina war mit ihrem Smartphone beschäftigt und drehte sich so zur Seite, dass Jakob das Display nicht sehen konnte, obwohl er sich große Mühe gab.

Sie war also noch nicht da gewesen.

Damit war ein weiteres Erklärungsmodell gestorben, dass nämlich ein Anruf aus der Schule Beatrice alles andere vergessen und hatte hereilen lassen. Nicht dass er sich das gewünscht hätte. Aber ein gebrochenes Kinderbein oder sogar ein plötzlich akuter Blinddarm wären besser gewesen als ... die Alternativen.

Florin lehnte sich zurück und versuchte bewusst, ruhig zu atmen. Es war jetzt fünf Uhr. Nach wie vor keine Spur von Bea. Immerhin wirkten die Kinder nicht unruhig, es kam wohl öfter vor, dass sie sich verspätete.

Aber auch fünf nach fünf war sie noch nicht aufgetaucht. Kurz danach kam eine junge Frau aus der Schule und sprach Mina an, die zuckte die Schultern und schüttelte den Kopf. Florin konnte sich gut vorstellen, was sie sagte. *Ich weiß doch auch nicht, wann Mama kommt.*

Die Frau verschränkte die Arme vor der Brust und sah sich suchend um. Mina hielt sich ihr Handy nun ans Ohr, wartete kurz und schüttelte ein weiteres Mal den Kopf. Sie erreichte sie auch nicht.

Ohne länger nachzudenken, stieg Florin aus dem Wagen und ging auf die kleine Gruppe zu. «Hallo!» Er zwang sich ein Lächeln ins Gesicht, als er der Frau die Hand entgegenstreckte. «Ich bin Florin Wenninger, ein Kollege von Beatrice Kaspary. Sie ist verhindert, ich hole die Kinder ab.»

Die beiden musterten ihn verblüfft. Ein paarmal waren sie sich schon begegnet, Florin hatte mit Mina ein paar Sätze gewechselt und den glücklich quietschenden Jakob in der Luft herumgewirbelt, aber es wäre übertrieben gewesen zu behaupten, dass sie sich kannten.

Die Frau lächelte. «Lenhard, freut mich. Es ist nur so, dass ich Ihnen die Kinder nicht einfach übergeben darf. Es gibt eine Liste mit Personen, die berechtigt sind, sie abzuholen, und da stehen Sie nicht drauf.»

«Das habe ich mir gedacht.» Florin zog seinen Polizeiausweis aus der Tasche. «Es ist wirklich eine einmalige Ausnahme, und ich werde natürlich den Vater verständigen, wenn Frau Kaspary noch länger verhindert sein sollte.»

Jakobs Augen waren groß geworden. «Was ist denn mit Mama?»

«Na, was denkst du?» Die Verachtung in Minas Stimme war nur schwer zu überhören. «Sie hat mal wieder was Wichtigeres zu tun.»

Nach allem, was Florin trotz Beatrices Verschlossenheit in puncto Ex-Mann wusste, klang das, als wären es Achims Worte, die Mina wiederholte. «Nein», sagte er lächelnd, obwohl er am liebsten geschrien hätte. «Sie wollte euch auf jeden Fall abholen kommen, aber sie ist aufgehalten worden. Es ist wirklich nicht ihre Schuld.»

Jakob war aufgestanden und hängte sich nun die Schultasche um. «Und wo ist sie jetzt?»

Wenn ich das wüsste, ich gäbe alles darum. «Ganz genau kann ich es dir nicht sagen, aber sie meldet sich sicher bald.» Er wandte sich an Lenhard und strahlte sie an, zumindest hoffte er, dass er nicht bloß eine lächerliche Grimasse zog. «Aber ich kann das gerne mit dem Vater klären, wäre Ihnen das lieber?»

Die Frau nickte erleichtert. Florin ging ein paar Schritte zur Seite und zog sein Handy aus der Tasche.

Irgendwann hatte er Achims Telefonnummer herausgesucht und eingespeichert, ohne dass Beatrice es wusste. Es war fast zwei Jahre her, und Achim war ihr gegenüber damals besonders unerträglich gewesen. Immer wieder war Florin Zeuge von Telefongesprächen geworden, nach denen Beatrice sichtlich mit den Tränen gekämpft hatte.

Er hatte sich damals vorgenommen, einmal ein vernünftiges Wort mit dem Mann zu reden, es aber bis heute nicht getan. Weil es ihm nicht zustand, weil er sich ohne Beas Zustimmung nicht einmischen wollte.

Er suchte die Nummer aus seinen Kontakten heraus und rief an. Es dauerte eine Weile, bis Achim sich meldete.

«Ja bitte?»

«Guten Abend, Herr Kaspary, hier spricht Florin Wenninger.»

Eine kurze Pause. Dann: «Herr Wenninger. Na so was. Was verschafft mir denn die Ehre?»

«Ich wollte Sie fragen, ob es Ihnen recht wäre, wenn ich Ihre Kinder zu Ihnen nach Hause bringe. Ich erkläre Ihnen dann sehr gerne, warum. Aber möglichst nicht am Telefon.»

Achim wirkte nicht alarmiert, im Gegenteil, er lachte auf. «Spannt Beatrice Sie jetzt auch schon ein, vor lauter Überforderung? Das wird ja wirklich immer besser.»

Es kostete Florin fast übermenschlich viel Kraft, höflich zu bleiben. «Nein, so ist es nicht. Wie gesagt, Details gerne persönlich. Aber könnten Sie vielleicht Frau Lenhard kurz bestätigen, dass ich Mina und Jakob mitnehmen und zu Ihnen bringen kann?»

«Wieso bestätigt Ihnen Bea das nicht?» Diesmal klang zumindest etwas wie Verwunderung in seinen Worten mit. «Wenn sie Sie schon losschickt.»

«Weil sie das im Moment nicht kann. Ich gebe jetzt Frau Lenhard das Telefon, bitte klären Sie das mit ihr.»

Er reichte ihr das Smartphone und wandte sich den Kindern

zu. Begegnete Minas nachdenklichem Blick. «Da ist doch irgendwas komisch», sagte sie.

Selten hatte Florin sich so hilflos gefühlt. Auf keinen Fall würde er mit der Wahrheit herausrücken, aber er wollte Mina auch nicht ins Gesicht lügen. Sie war wie eine kleinere, grimmige Ausgabe von Beatrice. Das gleiche honigblonde Haar, die gleichen Augen.

«Manchmal klappen die Dinge einfach nicht so, wie man sie sich vorgestellt hat, und dann muss ein Notfallplan her.» Wieder lächelte er angestrengt. «Der Notfallplan bin ich. Jedenfalls heute.»

Er hörte Lenhard immer wieder «ja» sagen, «ja» und: «Ich weiß es auch nicht, er hat es mir nicht gesagt.»

«Fahren wir dann bald?», maulte Jakob. «Meine Tasche ist schwer, ich habe hundert Bücher drin.»

«Halt die Klappe, Zwerg», zischte Mina. Sie hob auffordernd das Kinn in Florins Richtung. «Was genau hat denn nicht geklappt?»

Er hasste es, ausweichen zu müssen, aber das Letzte, was er wollte, war, die Kinder in Angst zu versetzen. «Das ist leider ein bisschen kompliziert. Polizeikram», sagte er und kam sich entsetzlich feige dabei vor.

«Klar. Polizeikram.» Mina rümpfte die Nase. «Wie immer.»

Lenhards Gespräch mit Achim schien sich einem Ende zuzuneigen. «Okay, ich sage es ihm. Danke.» Sie gab Florin sein Handy zurück.

«Also, Herr Kaspary sagt, Sie dürfen die Kinder mitnehmen, aber Sie sollen sie sofort und ohne Umwege zu ihm bringen. Er wird in zehn Minuten zu Hause sein und wartet auf Sie.»

Florin nickte. «In Ordnung. Danke.»

Sie gingen zum Auto, Mina stellte sich wie selbstverständlich zur Beifahrertür, was in Florin düstere Befürchtungen weckte.

Wenn sie ihn die ganze Fahrt über mit Fragen bestürmte, würde er innerhalb kürzester Zeit in Erklärungsnotstand geraten.

Doch seine Sorge war unbegründet, denn Jakob riss das Gespräch an sich, kaum dass Florin ausgeparkt hatte. Er erzählte, dass er heute einen Elefanten gemalt und zu Mittag gefüllte Paprika gegessen hatte, dass sein Freund Theo zum Geburtstag ein neues Fahrrad geschenkt bekommen und Marie ihren Radiergummi zum Fenster hinausgeworfen hatte und die Klassenlehrerin fürchterlich böse auf sie gewesen war.

Florin hätte den Kleinen am liebsten an sich gedrückt vor Dankbarkeit. Er musste nichts weiter tun als gelegentlich überraschte oder amüsierte Laute von sich geben und konnte ansonsten seinen Gedanken nachhängen.

Mina neben ihm schwieg. Sie hatte den Kopf gesenkt und nur Augen für ihr Handy, auf dem sie in erstaunlicher Geschwindigkeit Nachrichten tippte.

Zwanzig Minuten später hielten sie vor Achim Kasparys Haus. Beatrices Ex-Mann stand bereits am Zaun, mit verschränkten Armen und unbewegter Miene. Erst als seine Kinder aus dem Auto stiegen, öffnete er das Tor und strahlte sie an. «Da seid ihr ja, meine Schätze! Na, habt ihr einen schönen Tag gehabt?»

Mina fiel ihm um den Hals und rannte dann sofort ins Haus, Jakob ließ sich einmal von ihm drücken, blieb dann aber stehen und wartete, bis Florin zu ihnen kam.

«Das ist Mamas Kollege, kennst du ihn schon? Er ist nett.»

Kaspary wuschelte ihm durchs Haar. «Ich kenne ihn ein bisschen, und ich bin sicher, dass er nett ist. Los, geh ins Haus und wasch dir schon mal die Hände.»

Jakob zögerte, er hatte sichtlich Sorge, etwas zu verpassen, doch ein kurzer Blick seines Vaters ließ ihn seufzend davonziehen.

«So», sagte Kaspary, kaum dass die Haustür hinter Jakob ins Schloss gefallen war. «Und Sie sagen mir jetzt, was los ist.»

Die paar Male, die Florin und Achim sich in den vergangenen drei Jahren flüchtig begegnet waren, konnte man an einer Hand abzählen. Immer war Beatrice dabei gewesen, und Achims Aufmerksamkeit hatte sich ausschließlich auf sie gerichtet. Falls Achim schon damals eine so heftige Abneigung gegen Florin gehegt hatte, wie es jetzt spürbar der Fall war, hatte er es gut verborgen.

Das würde die Dinge nicht einfacher machen.

«Was genau passiert ist, kann ich Ihnen noch nicht sagen, nur so viel: Beatrice ist seit heute Vormittag nicht erreichbar. Das Letzte, was ich von ihr gehört habe, war, dass sie zu dem Tatort kommen wollte, über den ich sie informiert hatte. Sie ist dort nicht aufgetaucht, und bis jetzt kam kein Lebenszeichen von ihr.»

Achims Blick hatte sich von Sekunde zu Sekunde mehr verfinstert. «Da sehen Sie mal, wie unzuverlässig sie ist.»

Es gelang Florin nur knapp, sich die scharfe Entgegnung, die ihm auf der Zunge lag, zu verbeißen. «Ich denke, in dem Punkt irren Sie sich. Ich erlebe Beatrice jeden Tag als ausgesprochen zuverlässig. Wenn sie eine Verabredung nicht einhalten kann, meldet sie sich. Immer.»

Ein süffisantes Grinsen breitete sich über Kasparys Gesicht aus. «Ach. Verabredung?»

Das durfte doch nicht wahr sein. War der Mann dumm? War es ihm in dieser Situation wichtiger, sein Gegenüber in Verlegenheit zu bringen, als sich zu überlegen, was vielleicht mit seiner Ex-Frau passiert war?

«Wir können es auch gern Termin nennen, wenn Sie damit weniger Probleme haben.» Florin bemühte sich nach Kräften, nicht aggressiv zu wirken, konnte aber nicht verhindern, dass seine Stimme eisig klang. «Aber eigentlich ist es völlig egal. Ich mache mir große Sorgen, denn Beatrice verhält sich normalerweise nicht so. Dass sie nicht einmal ihre Kinder von der Schule geholt hat, ist für mich ein Alarmsignal. Ich weiß, wie bedacht sie darauf ist, jeden Tag pünktlich dort zu sein.»

Kasparys Lächeln wirkte nun wie eingefroren. «Nicht jeden Tag, immerhin hole ich sie …»

«Herrgott noch mal!» Nun war Florin doch laut geworden. «Ist Ihnen denn wirklich nicht klar, was das bedeutet? Sie meldet sich nicht, weil sie nicht kann. Irgendetwas muss geschehen sein. Ich habe versucht, die Kinder nicht zu beunruhigen, und wollte Sie bitten, das Gleiche zu tun. Aber wie es aussieht, besteht da ohnehin keine Gefahr.»

Achim Kaspary hatte die Arme vor der Brust verschränkt und betrachtete Florin aus verengten Augen. «Zerbrechen Sie sich nicht den Kopf, das sind *meine* Kinder, und ich weiß genau, wie ich mit ihnen umzugehen habe. Bilden Sie sich nur nicht ein, Sie könnten mich belehren.»

Florin zählte innerlich bis drei. Das hier hatte keinen Sinn, diesem Idioten war es nur wichtig, die Oberhand zu behalten. Möglich, dass Beatrice ihm nicht völlig gleichgültig war, aber das würde er Florin gegenüber niemals zugeben.

«In Ordnung. Falls Sie von Beatrice hören, informieren Sie mich bitte.»

«Meinetwegen.»

«Ich werde im umgekehrten Fall das Gleiche tun. Auf Wiedersehen.» Er gab Kaspary nicht die Hand, sondern drehte sich einfach um und ging. Es galt jetzt, alle Räder in Bewegung zu setzen, schnell, wahrscheinlich hatte er schon viel zu lang gewartet.

«Wenninger?»

Allein dieser Ton. So bemüht provokant. Florin drehte sich um. «Ja?»

«Sie schlafen doch mit meiner Frau, nicht wahr? Sonst wären Sie nicht so aus dem Häuschen. Geben Sie es ruhig zu.»

Hinter der angriffslustigen Miene glaubte Florin, noch etwas anderes zu sehen. Die stumme Bitte um ein Nein.

Doch diesen Gefallen konnte und wollte er Kaspary jetzt nicht tun. «Das geht Sie einen verdammten Scheißdreck an. Beatrice ist übrigens ihre Ex-Frau, falls Ihnen das entgangen sein sollte. Schönen Abend noch.»

Sobald er im Auto saß, rief er Stefan an. «Immer noch keine Spur von Bea. Gib eine Vermisstenmeldung raus und setz alle Hebel in Bewegung. Wir brauchen eine Genehmigung zur Handyortung.» Er schloss kurz die Augen. «Mir ist das überhaupt nicht geheuer. Schon gar nicht nach dem, was mit Hoffmann geschehen ist.»

Er hörte Stefan einen erstaunten Laut ausstoßen. «Du denkst, er schießt sich jetzt auf Polizisten ein?»

Florin startete den Motor. «Ich weiß es nicht, Stefan. Ich weiß es wirklich nicht.»

Florin steuerte direkt das Café San Marco an, in dem Beatrice Paul Cervak getroffen hatte. Einer der Kellner bestätigte, dass er die blonde Frau am Vormittag gesehen hatte. «Dahinten hat sie gesessen …» Er deutete auf einen kleinen Tisch am Fenster. «… mit einem ziemlich dicken Glatzkopf.»

Der Platz war jetzt unbesetzt. Florin trat näher und strich mit der Hand über die Tischplatte. «Ist Ihnen etwas Besonderes aufgefallen? Hat sich einer der beiden merkwürdig verhalten?»

Ein paar Sekunden lang dachte der Kellner nach. «Erst beim Aufbruch. Die Frau hatte es plötzlich wahnsinnig eilig, sie wäre beim Hinauslaufen fast mit einem älteren Herrn zusammengestoßen.»

Der Mann wusste nicht mehr, als auch Cervak schon ausgesagt hatte. Von dem Moment an, als Beatrice das Café verlassen hatte, verlor sich ihre Spur.

«Vielen Dank.» Florin trat wieder auf die Straße hinaus. Sah sich um. Hier einen Parkplatz zu finden, war gerade am Vormittag nicht einfach. Beatrice war mit ihrem Privatauto unterwegs gewesen, soviel er wusste. Er sah sich nach allen Seiten um. War sie bis zu ihrem Wagen gekommen? Oder war, was auch immer dann passierte, schon geschehen, bevor sie ihn erreicht hatte?

Er ging langsam die Dreifaltigkeitsgasse entlang, ließ seinen Blick die Reihen der geparkten Autos entlanggleiten, auf der Suche nach dem silberfarbenen Toyota. Einmal schlug sein Herz plötzlich schneller, als er das gleiche Modell entdeckte, ein bisschen schief abgestellt, mit einem Reifen auf dem Randstein. Doch laut der Nummernschilder war das Auto nicht in Salzburg, sondern in Innsbruck gemeldet.

Am Mirabellplatz blieb er stehen. Am besten war, er fuhr zurück ins Büro, so schnell wie möglich.

Sein Blick blieb an der Einfahrt der Mirabell-Congress-Garage hängen. Wenn Bea es eilig gehabt hatte und die Parkplätze knapp gewesen waren …

Er würde es versuchen.

Die Garage war nicht allzu voll belegt, deshalb entdeckte er den Wagen fast unmittelbar. Er wusste, dass es der von Beatrice war, noch bevor er sich das Nummernschild angesehen hatte.

Die Sorge, die bisher sein Inneres hatte schwer werden lassen, verwandelte sich in Angst. Schnürte ihm den Hals zu.

Sie war nicht einmal bis zu ihrem Auto gekommen. Hatte jemand sie vor dem Café abgepasst und unter einem Vorwand dazu gebracht, mit ihm zu gehen? Eine Gewalttat auf offener Straße war so gut wie ausgeschlossen, nein, das musste anders gelaufen sein.

Florin ging einmal um das Auto herum, ohne zu wissen, wonach er eigentlich suchte. Er zog sich den Ärmel über die rechte Hand und versuchte, die Beifahrertür zu öffnen, doch die war verriegelt. Er bückte sich, spähte unter den Wagen.

Fast hätte er es übersehen, doch dann fing sich ein schwacher Lichtstrahl am weißen Rahmen des Smartphones. Florin streckte sich, die Hand immer noch im Ärmel verborgen. Griff danach.

Ja, das war ihres. Mit dem kleinen, herzförmigen Aufkleber auf der Hinterseite, den Jakob ihr geschenkt hatte.

Das Display war zertrümmert, so vollständig, als wäre jemand mit aller Kraft draufgetreten. Oder mit einem Auto drübergefahren.

Vorsichtig ließ Florin das Handy in seine linke Jackentasche gleiten, aus der rechten holte er sein eigenes heraus. Er hatte zu rennen begonnen, ohne es zu merken.

«Wir bekommen die Aufnahmen der Kamera an der Garagenein- und -ausfahrt noch heute. Das sind leider die einzigen überwachten Bereiche.» Florin hatte beide Fäuste auf die Platte des Besprechungstischs gestützt. Er brachte es nicht über sich, sich hinzusetzen. Lieber wäre er von einer Wand zur anderen getigert oder hätte auf etwas eingeschlagen, um den Druck in seinem Inneren loszuwerden. Nur half das niemandem auch nur das Geringste. Schon gar nicht Beatrice.

Es war bereits nach acht Uhr abends, trotzdem waren alle Kollegen, die er hereinbestellt hatte, gekommen, ohne zu zögern. Stefan war da, Bechner, Drasche, Ebner, Janine – sogar Vasinski hatte sich sofort bereit erklärt, ihnen zur Seite zu stehen. Darüber war Florin besonders froh, er hoffte, dass der Psychiater beim aktuellen Stand der Dinge vielleicht etwas klarer sah, ein Muster erkennen konnte, das den anderen verborgen blieb.

Obwohl alle verfügbaren Kollegen anwesend waren, erschien Florin der Besprechungsraum schmerzhaft leer. Als wäre es abgesprochen gewesen, waren die Plätze von Hoffmann und Beatrice frei geblieben.

Hoffmann würde nie wieder auf seinem Stuhl direkt am Fenster sitzen, und Beatrice …

Um keinen Preis konnte Florin diesen Gedanken zulassen. Dass ihre Mühe und die Eile, zu der er die anderen antrieb, vielleicht vergebens sein würden, weil alles schon entschieden war. Weil noch heute Nacht oder morgen oder in den nächsten Tagen der Anruf kommen würde, dass jemand eine weibliche Leiche gefunden hatte. In einem Schuppen oder auf einem Feld oder weiß Gott wo.

«Alles okay?» Das war Stefan, die Stirn in bekümmerte Falten gelegt.

«Ja», sagte er schnell. «Nur ein bisschen müde, so wie wir alle. Aber das darf jetzt keine Rolle spielen. Morgen bekommen wir fünf Kollegen als Verstärkung zugeteilt, Stefan, ich möchte, dass du sie mit den Details des Falls vertraut machst. Herr Bechner, Sie helfen ihm bitte dabei.» Er atmete tief ein. «Ich denke, es ist nur richtig, die drei Morde und Beatrices Verschwinden dem gleichen Täter zuzuordnen. Es gibt einen Zusammenhang, es muss ihn geben, darauf weist die Spurenlage eindeutig hin.»

Die anderen nickten. Stefan und auch Drasche musterten ihn mit unverkennbarem Mitgefühl. Er und Beatrice hatten ihre Beziehung zwar nie öffentlich gemacht, aber es schien, als wäre das auch gar nicht nötig.

«Ich habe Beas Handy schon untersucht.» Drasches Stimme klang barsch, mehr noch als sonst. Ein Zeichen, dass auch ihm die Situation an die Nieren ging. «Die SIM-Karte war noch intakt, aber sonst praktisch nichts mehr. Dein Anruf, Florin, war das letzte Gespräch, das Beatrice geführt hat. So, wie das Gerät zertrümmert wurde, vermute ich, dass jemand es erst mit Schwung zu Boden geworfen hat und dann mehrmals draufgetreten ist. Mit ziemlich schweren Schuhen.»

Was viel klüger war, als es mitzunehmen und zu riskieren, dass es geortet werden konnte. «Hast du Fingerabdrücke gefunden?»

Ein sekundenkurzes Lächeln zog über Drasches Gesicht. «Beas. Dann eine Menge relativ kleiner, ich vermute, die gehören ihrem Sohn. Und deine.»

Klar. Florin hatte es zwar nie benutzt, es ihr aber einige Male gereicht. Zuletzt heute Morgen, sie hatte es auf dem Nachtkästchen liegen gehabt.

Der Wunsch, die Zeit zurückzudrehen, diesen Tag noch einmal von vorne beginnen zu können, war mit einem Mal fast übermächtig stark.

«Ich möchte dich, Stefan, und vielleicht auch dich, Gerd, bitten, noch mit mir gemeinsam zu warten, bis die Kameraaufnahmen aus der Garage kommen. Falls wir daraus brauchbare Schlüsse ziehen können, sollten wir umgehend handeln. Die Kollegen von der Cobra sind informiert – wenn wir glauben zu wissen, wohin Beatrice gebracht wurde, stehen sie uns zu jeder Tages- und Nachtzeit zur Verfügung.»

Allmählich spürte er die ersten Anzeichen körperlicher Erschöpfung. Vielleicht war es eine gute Idee, sich doch zu setzen, zumindest für ein paar Minuten. «Dr. Vasinski, wenn Sie so freundlich wären, auch noch kurz zu bleiben – ich würde gerne Ihre Einschätzung zu einigen Details des Falles wissen.»

«Selbstverständlich.» Vasinski gelang es besser, sich sein Mitgefühl nicht anmerken zu lassen. «Ich habe vorhin noch mit Peter Kossar telefoniert und ihn um seine Meinung gebeten – ich erzähle Ihnen sehr gerne, zu welchen Schlüssen wir gekommen sind.»

«Danke.» Florin nickte in die Runde. «Allen andern wünsche ich noch einen schönen Abend und eine ruhige Nacht. Schöpft Kraft für morgen. Ihr werdet sie brauchen. Wir alle werden das.»

Besonders ich, dachte er, während alle bis auf Vasinski den Raum verließen. *Möglicherweise mehr Kraft, als ich aufbringen kann.*

Die Tür war ins Schloss gefallen. Florin senkte seinen Blick auf den Stuhl, der neben ihm stand – Beas angestammter Platz. «Mich interessiert vor allem eines», sagte er, ohne Vasinski anzusehen. «Wie groß sind die Chancen, dass Beatrice noch lebt?»

Der Psychiater verschränkte die Finger ineinander. «Auf die Gefahr hin, dass ich Ihnen zu große Hoffnungen mache – ich denke, sie sind ganz gut. Falls wir es wirklich mit dem gleichen Täter zu tun haben, aber ich glaube, davon können wir ausgehen.»

Das, genau das, hatte Florin hören wollen. Warum erleichterte es ihn trotzdem nicht? «Bisher hat er niemanden laufen lassen», widersprach er also. «Er hat innerhalb kürzester Zeit drei Menschen getötet.»

Vasinski hielt seinem Blick stand. «Die beiden ersten aber nicht sofort. Es gibt ein Zeitfenster, das wir nutzen können. Davon abgesehen geht es um Beatrice, und die muss für ihn von zentraler Wichtigkeit sein. Sie erinnern sich doch sicher an die Daten, die sie uns präsentiert hat? Beatrice hat alle Opfer gekannt, einschließlich dieser Evelyn Rieger, auf die wir Hinweise in Wallners Wohnung gefunden haben – wobei ich nicht so weit gehen möchte zu sagen, dass der Täter auch für diesen Mord verantwortlich ist. Vielleicht sogar ganz im Gegenteil.»

Florin rieb sich die Stirn, hinter der es verdächtig zu pochen begann. «Sie meinen, jemand will Beatrice dafür zur Verantwortung ziehen?»

«Das ist zumindest möglich. Aber sowohl Kossar als auch ich selbst sind davon überzeugt, dass sie die Schlüsselfigur in dem Gedankenkonstrukt des Täters ist. Und deshalb wird er sie nicht in aller Eile beseitigen, sondern sich Zeit lassen. Das ist unser großer Vorteil.»

Da war etwas dran, obwohl die Argumentation Florin nicht in dem Ausmaß beruhigte, wie er es sich gewünscht hätte. Wie auch? Ein Lebenszeichen von Bea, das war das Einzige, was er wirklich wollte.

«Außerdem ist es Beatrice», fuhr Vasinski fort. «Vergessen Sie das nicht. Sie kann mit einer solchen Situation wahrscheinlich besser umgehen als die meisten. Auf jeden Fall besser, als Wallner und Martinek es konnten. Erinnern Sie sich, der Fall in unserer Klinik hätte sie beinahe das Leben gekostet, aber sie war geschickt genug zu entkommen ... sie übersteht es auch diesmal.»

Er war selbst darüber erstaunt, aber dieses Argument überzeugte Florin mehr als alle anderen, die bisher geäußert worden waren. Es war Beatrice. So verletzlich sie oft auch wirkte, so stark war sie, wenn es darauf ankam. Zudem würde sie ...

Die Tür sprang auf, und Stefan stürmte ins Zimmer.

In Florin wurde mit einem Schlag alles eiskalt. Es war passiert. Jemand hatte angerufen und den Fund einer Frauenleiche gemeldet. Sie würden hinfahren, und da würde sie liegen, Beatrice, mit eingeschlagenem Kopf oder durchschnittener Kehle, oder ...

«Die Aufnahmen aus der Garage sind da», stieß Stefan hervor. «Kommt mit. Drasche flucht sich schon die Seele aus dem Leib.»

12. Kapitel

Der Schmerz war das einzig Helle in der Welt. Er zuckte in weißen Blitzen hinter ihren geschlossenen Lidern auf. Kein Gedanke möglich. Nur stillhalten, atmen, ertragen.

Die Zeit hatte zu existieren aufgehört. Aber der Raum war noch da, hart und kalt unter ihrer rechten Wange, unter ihren Brüsten, ihrem Bauch. Sie ertastete ihn mit ihren Händen.

Beton. Nur dieses eine Wort formte sich in ihrem Kopf. Und das Gefühl, dass sie versuchen sollte, sich zu erinnern. Daran, wo sie war. Wer sie war. Ob es vor dem Schmerz noch etwas anderes gegeben hatte oder ob er alles war, woraus ihr Universum bestand.

Sie spürte, wie der Beton ihren Atem zurückwarf, als einen schwachen, warmen Strahl, der ihren linken Mundwinkel traf.

Schon diese Berührung war zu viel. Ihr Magen verkrampfte sich, presste seinen spärlichen Inhalt nach oben. Der Druck verdreifachte den Schmerz in ihrem Kopf, und sie hätte geschrien, wenn sie es gewagt hätte.

So versuchte sie nur, die Bewegungen ihres Körpers möglichst gering zu halten, denn jede Regung, jeder Ruck eröffnete neue Dimensionen des Unerträglichen.

Sterben. Das Wort bildete sich zögernd in ihrem Bewusstsein. Es klang tröstlich und ruhig. Sie wärmte sich daran. *Ja. Sterben. Bitte.*

Sie hatten sich um Stefans Computer gruppiert, teils sitzend, teils stehend. Drasche klopfte mit den Fingern auf die Tischplatte, offenbar nahm er es selbst gar nicht wahr.

«So», erklärte er, als Stefan die Aufnahme startete. «Acht Uhr achtundvierzig. Gleich fährt Beatrice in die Garage, wir sehen das Nummernschild, wir sehen auch einen Teil ihres Gesichts, es ist ganz zweifellos sie.»

Florins Blick wandte sich keine Sekunde lang vom Bildschirm. Da. Hier war sie. Blieb an der Schranke stehen, zog ein Ticket aus dem Automaten, die Schranke öffnete sich, sie fuhr durch. Und verschwand.

Für immer. Florin biss die Zähne zusammen und drängte den unerträglichen Gedanken aus seinem Kopf.

«In den nächsten fünfzehn Minuten fahren acht Autos ein», fuhr Drasche fort und bedeutete Stefan, den Film schneller vorlaufen zu lassen. «Wir sind das schon einmal so flott wie möglich durchgegangen und haben die Nummern notiert; die Ermittlung der Fahrzeughalter läuft bereits. Und dann, um neun Uhr sechs …»

Das nächste Auto näherte sich der Schranke. Ein schwarzer oder dunkelgrauer VW Sharan. Ein weiterer Wink von Drasche, und Stefan hielt die Aufnahme an.

«Was fällt uns auf?», fragte Drasche, um im nächsten Moment selbst die Antwort zu geben. «Keine sichtbaren Nummernschilder. Aber wenn wir uns das Ganze in Vergrößerung ansehen, erkennen wir, dass es sehr wohl Schilder gibt, die allerdings verdeckt sind.» Er deutete mit dem Finger auf die entsprechende Stelle. «Ebenfalls mit etwas Dunklem – mattschwarzem Gafferband vielleicht.»

Stefan ließ den Film weiterlaufen, und Florin kniff die Augen zusammen, um einen Blick auf das Gesicht des Fahrers zu erhaschen, so wie zuvor auf das von Beatrice.

Doch das klappte nicht. Die Züge des Mannes hinter dem Steuer waren ebenso verdeckt wie sein Kfz-Kennzeichen. Er trug eine Mütze, wie es schien. Nicht ungewöhnlich für die Jahreszeit. Außerdem einen Schal, den er bis über die Nase gewickelt hatte, und zudem eine Sonnenbrille. Die Hand, die sich aus dem hinuntergelassenen Fenster schob, um das Parkticket zu ziehen, steckte in einem Lederhandschuh.

«Der Plan dieses Kerls geht auf, weil die Mirabellgarage noch nicht mit automatischer Nummernschilderkennung ausgestattet ist», erklärte Drasche. «Deshalb konnte er auch gemütlich wieder rausfahren – um genau zehn Uhr dreizehn.»

Stefan suchte die entsprechende Stelle in der Filmdatei und vergrößerte das Standbild. «Da ist keine Spur von Beatrice», sagte er leise.

«Natürlich nicht, weil sie vermutlich im Kofferraum liegt», herrschte Drasche ihn an. «Er hat auf sie gewartet und gehofft, dass sie allein zurückkommen würde. Er muss die Möglichkeit in Betracht gezogen haben, dass zur gleichen Zeit noch andere Menschen in Sicht- und Hörweite sein würden – keine Ahnung, ob er dafür einen Plan B hatte. Allem Anschein nach war der aber gar nicht nötig.»

Florin konnte seine Augen nicht vom Bildschirm wenden. War es so, wie Drasche sagte? Wenn ja, musste der Täter Beatrice sehr schnell und sehr leise außer Gefecht gesetzt haben. Äther, eine Spritze, ein Schlag auf den Kopf? Sie musste bewusstlos gewesen sein – sie zu fesseln und zu knebeln wäre viel zu riskant gewesen. Und zu laut.

«Können wir noch einmal sehen, wie der Wagen in die Garage einfährt?», meldete sich Vasinski.

«Klar.» Stefan suchte die entsprechende Stelle. Der Sharan näherte sich der Schranke, das Fenster fuhr hinunter, ein Arm streckte sich heraus und zog das Ticket aus dem Automaten.

Florin wandte sich zu Vasinski um, der die Szene mit konzentriertem Blick verfolgte. «Ist für Sie etwas an ihm besonders auffällig?»

Kopfschütteln. «Nein. Aber ich finde es interessant, wie selbstsicher er sich verhält. Keine zögernden Bewegungen, keine Blicke nach rechts und links … sehen Sie, er dreht kein einziges Mal den Kopf. Er macht sich keine Sorgen, dass jemand ihn auf seine merkwürdige Aufmachung oder die verdeckten Nummernschilder ansprechen könnte.»

Was Vasinski sagte, war richtig. Und da war noch mehr …

«Auch wenn er ihr vom Büro aus gefolgt ist, er konnte doch eigentlich nicht wissen, dass Beatrice in dieser Garage parken würde. Ich bin sicher, sie hat sich spontan dazu entschlossen. Wieso ist der Mann dann also so gut vorbereitet?»

Vasinski warf einen schnellen Blick auf seine Notizen. «Zwischen Beatrices Ankunft bei der Garage und dem Eintreffen des Unbekannten liegen achtzehn Minuten. Gehen wir davon aus, dass er alles Nötige im Auto hatte und imstande ist, schnell zu schalten – dann hat er sich irgendwo in der Nähe eine ruhige Sackgasse gesucht, die Tafeln verklebt, sich selbst vermummt und ist dann in die Tiefgarage gefahren.»

Das klang zwar höchst improvisiert, aber es war nicht auszuschließen.

«Und das, nachdem er kurz nach sieben Uhr Hoffmann auf dem Friedhof erschlagen hat?» Drasche machte keinen Hehl aus seiner Skepsis. «Sehr fleißig, der Kerl, finden Sie nicht?»

Vasinski seufzte. «Ja, da haben Sie natürlich recht. Trotzdem würde ich davon ausgehen, dass es sich bei Beatrices Entführer um den gleichen Mann handelt wie bei Hoffmanns Mörder.»

Ein weiteres Mal nahm Florin den Fahrer des Sharan unter die Lupe, versuchte, zumindest Größe und Körperbau einzuschätzen. Aber beides wirkte durchschnittlich.

Ihm war für den Moment ein wenig leichter zumute, und das verdankte er Vasinski. Nicht nur, weil er bisher wesentlich besser durchdachte und weniger eitle Wortmeldungen von sich gab, als

Kossar es je getan hatte. Sondern auch, weil er von Beatrices *Entführer* gesprochen hatte. Seine Erklärung von vorhin leuchtete ebenfalls ein. Aus Gründen, die vielleicht nur das kranke Gehirn des Täters begriff, war Bea der Dreh- und Angelpunkt dieses Falles. Er würde sich ihrer nicht einfach entledigen, wenn ihn nicht äußere Umstände dazu zwangen.

Sie legten fest, wie die nächsten Schritte auszusehen hatten: Bechner würde die Garagenmitarbeiter befragen, die zum Zeitpunkt von Beatrices Verschwinden Dienst gehabt hatten. Die Spurensicherung würde sich ihr Auto und den Abstellplatz vornehmen, eventuell würde man Suchhunde einsetzen, die mit etwas Glück die Richtung anzeigen konnten, die das Täterauto genommen hatte.

Stefan würde die Autofahrer vernehmen, die kurz vor oder nach dem Sharan in die Garage gefahren waren. Nicht ausgeschlossen, dass einer von ihnen etwas gesehen hatte. Oder sogar jemanden.

Florins Aufgabe würde es sein, die Kollegen zu instruieren, die morgen dazustoßen würden. Er musste die Familie informieren. Und die Presse.

Die Besprechung löste sich auf, sie gingen, einer nach dem anderen, nur er blieb sitzen, mit dem Gefühl, das alles nicht bewältigen zu können.

Er würde nicht nach Hause fahren. Die Vorstellung, neben dem Kissen zu liegen, in dem sich ihr Geruch verfangen hatte und ihm womöglich vorgaukelte, sie sei bei ihm – das ertrug er nicht.

Es gab hier ein Sofa, in Hoffmanns Büro. Abgewetzt, aber stabil. Irgendwo würde er auch eine Decke finden, und mehr als zwei oder drei Stunden Schlaf erhoffte er sich ohnehin nicht.

Er hatte mehr als genug zu tun.

13. Kapitel

Der Schmerz war dumpfer geworden. Er strahlte vom Kopf in den Nacken aus, bis in die Schultern, doch das mochte auch an ihrer verkrümmten Haltung liegen. Auf dem harten Boden. *Beton,* erinnerte sie sich.

Vielleicht ... vielleicht konnte sie es wagen, sich sachte zu bewegen? Die rechte Schulter zu entlasten, von ihrem eigenen Erbrochenen wegzurücken, das sich direkt vor und unter ihrem Gesicht befand.

Sehen konnte sie es nicht. Aber riechen. Fühlen.

Der Brechreiz meldete sich kurz zurück, doch sie unterdrückte ihn und biss die Zähne zusammen, bis er verschwand.

Dann erst öffnete sie die Augen.

Alles schwarz. Sie wagte es noch nicht, den Kopf zu bewegen, aus Angst, dass der Schmerz dann wieder in seiner ganzen Schärfe zurückkehren würde. Doch auch so konnte sie mit aller Gewissheit sagen, dass es eines hier nicht gab: Licht.

Ein Keller? Auch wenn es nicht danach roch, der beherrschende Geruch war ein anderer. Seltsam vertraut – aber woher?

Nachdenken war anstrengend. Tat weh, auf eine eigene, ziehende Weise. Also ließ sie es bleiben, konzentrierte sich stattdessen auf ihren Atem.

Nach einer Weile hatten sich die Kopfschmerzen so weit beruhigt, dass sie eine erste Bewegung wagte. Ein winziges Wegrücken von der trocknenden Kotze. Noch eines.

Sie hörte sich selbst wimmern, als der Schmerz erneut nach ihr griff; eine eiserne Klammer, die sich um ihren Kopf schloss und drohte, ihre Hirnschale zu sprengen.

Also lag sie wieder ruhig. Wo sie war, würde sie so schnell nicht herausfinden. Aber … wer sie war –

Ja. Das wusste sie, ihr Gedächtnis schien keinen irreparablen Schaden genommen zu haben. Sie erinnerte sich auch an ihren Beruf, wahrscheinlich hatte das da in irgendeiner Weise damit zu tun. Woran sie allerdings gerade gearbeitet hatte … nein. Da war keine Erinnerung greifbar.

Behutsam drehte sie sich auf den Rücken, wovon ihr wieder übel wurde. Atmen. Dagegen anatmen. Eine Gehirnerschütterung äußerte sich auf diese Weise, aber dann musste sie ins Krankenhaus, falls es Komplikationen gab – und um Schmerzmittel zu bekommen.

Hatte sie einen Unfall gehabt? Aber … warum kümmerte sich dann niemand um sie? War sie gefallen, auf diesen harten Boden, und bisher noch nicht gefunden worden? Oder –

Der Schatten einer Erinnerung zeigte sich und verschwand wieder. Sie versuchte, ihn zu halten, seine Umrisse zu erkennen, doch er war bereits fort. Zurück blieb nur das Echo eines Gefühls.

Sie hatte es eilig gehabt.

Der Grund dafür blieb im Dunkel, also ging sie nacheinander die Möglichkeiten durch. Schon die erste ließ sie unwillkürlich hochschrecken, und diesmal schrie sie vor Schmerz. Sank zurück auf den Beton, beide Hände gegen die Schläfen gepresst.

Ihre Kinder. Sie hatte es eilig gehabt, weil sie die Kinder abholen musste, wie fast jeden Tag. Und egal, wie lange sie nun schon hier lag, es war ganz sicher zu lange.

«Hallo.» Ihre Stimme war nicht mehr als ein gebrochenes Flüstern. «Bitte. Helfen Sie mir.»

Um sie herum regte sich nichts. Sie räusperte sich, versuchte es noch einmal. «Hallo. Wenn Sie mich hören, bitte sagen Sie etwas.»

Schon dieser eine Satz brachte sie ans Ende ihrer Kräfte. Verschwendung, denn sie war allein. Wo auch immer sie sich befand, hier atmete kein zweiter Mensch. Sie würde es ganz ohne Hilfe schaffen müssen.

Das würde Geduld erfordern. *Nicht meine starke Seite.* Trotz der Schmerzen lächelte sie.

Na also, wieder etwas, das sie wusste.

Sie zählte bis zwanzig, dann öffnete sie noch einmal die Augen. Starrte in die erwartete Dunkelheit. Bis plötzlich, als hätte jemand nur auf ihr Zeichen gewartet, das Schwarz zu Grau wurde.

Irgendwo hier war Licht. Sehr schwach, aber vorhanden. Und es flackerte.

Florin erwachte mit dem Gefühl, erst vor fünf Minuten eingeschlafen zu sein, doch seiner Uhr zufolge waren es dreieinhalb Stunden gewesen.

Zu wenig, um ihn wenigstens kurz vergessen zu lassen, was gestern passiert war. Bea war ihm keine Minute aus dem Kopf gegangen. Selbst der Traum, der noch in ihm nachklang, war von ihr beherrscht gewesen. Er war die Straßen entlanggelaufen und hatte sie dort entdeckt. Er hatte sie nur von hinten gesehen, doch es war zweifellos sie gewesen. Sobald er sie allerdings berührte und sie sich umwandte, zeigte sie ihm ein fremdes Gesicht. Also suchte er weiter, fand sie erneut, hätte weinen können vor Erleichterung und erkannte seinen Irrtum erst, als er sie erreicht hatte.

Das Sofa unter ihm knarzte, als er aufstand. Fünf Uhr sieben. Obwohl er wusste, dass es unsinnig war, griff er nach seinem Handy und rief Beatrice an. Hörte die Tonbandansage bis ganz zu Ende, als bestünde Hoffnung, dass sie doch noch abheben könnte. Als wüsste er nicht, dass ihr Smartphone zertrümmert bei der Spurensicherung lag.

In Wahrheit wollte er nur ihre Stimme hören, weil es ihm dann leichter fiel zu glauben, dass sie noch am Leben war.

In ihrem gemeinsamen Büro holte er sich einen doppelten Espresso aus der Maschine und betrachtete währenddessen sein unrasiertes Gesicht in der Spiegelung des Fensters. Draußen würde es noch fast zwei Stunden lang dunkel sein. Eine weitere Stunde würde es dauern, bis die Stadt wirklich wach war und die Kollegen hier eintreffen würden.

So lange konnte er nicht warten, er musste etwas tun, sonst würde er den Verstand verlieren. Für elf Uhr dreißig war die Pressekonferenz angesetzt, und er hatte noch keine Vorstellung davon, wie er es schaffen sollte, den Journalisten Rede und Antwort zu stehen, ohne sie anzubrüllen. Dass es ihm egal war, was sie schrieben. Dass er Wichtigeres zu tun hatte.

Er stürzte den Kaffee in einem Zug hinunter – zu heiß, viel zu heiß – und fluchte. Gleich halb sechs. Er schloss die Augen, stützte den Kopf in die Hände.

Der Einfall kam wie von alleine. Natürlich. Es gab jemanden, der laut Beatrices Erzählungen jeden Tag um diese Zeit schon wach war. Und jetzt vermutlich hinaus in den beginnenden Tag starrte, so wie er selbst.

Florin griff nach seiner Jacke und machte sich auf den Weg zu seinem Auto.

Die Straßen waren noch völlig frei, daher dauerte es kaum zwanzig Minuten, bis er am Mooserhof ankam. Das Gasthaus lag zwischen alten Fichten auf einer kleinen Anhöhe. Im Moment waren nur zwei Autos davor geparkt, und Florin stellte sich neben den roten Mazda, der, wenn er sich nicht täuschte, Beas Bruder gehörte. Er stieg aus, blickte zu den Fenstern hinauf. Hinter einem von ihnen brannte Licht.

Trotzdem drückte er nur kurz auf die Klingel. Erst im nächsten Augenblick begriff er, was er dadurch vermutlich bei den Hausbewohnern auslöste. Ein unangekündigter Besucher um diese Zeit brachte ganz bestimmt keine guten Nachrichten. Beas Familie wusste, dass sie verschwunden war, Florin selbst hatte den Bruder gestern noch informiert.

Doch nun war es die Mutter, die ihm die Tür öffnete. «Herr Wenninger! Um Gottes willen, ist Beatrice …»

Er schüttelte den Kopf und bemühte sich um ein beruhigendes Lächeln. «Nein, Frau Lang, es ist alles unverändert. Wir wissen immer noch nicht, wo Beatrice steckt, leider – aber zumindest gibt es auch keine schlimmen Neuigkeiten.»

Sie trat zur Seite, bat ihn mit einer stummen Geste herein. Eine rundliche Frau in Jeans und Pulli, der ein geflochtener Zopf über der Schulter hing. Graublondes Haar. «Kann ich Ihnen etwas anbieten? Einen Kaffee?»

«Danke, den hatte ich gerade. Aber ein Glas Wasser wäre schön.»

Sie setzten sich in die Gaststube, an einen der schweren Holztische. «Frau Lang, ich mache mir ebensolche Sorgen um Bea wie Sie. Glauben Sie mir bitte, ich tue alles, wirklich alles, um sie zu finden.»

«Ich wünschte, ich könnte Ihnen helfen.» Sie sah ihrer Tochter nicht sehr ähnlich, aber in der grimmigen Entschlossenheit, die sich nun in ihrem Gesicht abzeichnete, erkannte Florin eine unbestreitbare Gemeinsamkeit mit Beatrice.

«Das können Sie vielleicht.» Er nahm einen Schluck aus seinem Wasserglas. «Bea hat in letzter Zeit wieder begonnen, sich mit dem Fall rund um Evelyn Rieger zu beschäftigen.»

«Evelyn.» Die Art, in der Beatrices Mutter die Augenbrauen hochzog, sprach Bände.

«Ja. Sie hat einige Unterlagen dazu in ihrer Wohnung, die ich mir gern ansehen würde. Aber ich habe keinen Schlüssel, und ich möchte nicht die Tür aufbrechen lassen, wenn es sich vermeiden lässt.»

Ohne ein Wort stand die Frau auf, ging in einen Nebenraum und kehrte mit einem großen Bund Schlüssel zurück, von dem sie einen abmontierte. «Hier, bitte. Sperrt sowohl die Haus- als auch die Wohnungstür auf.»

«Vielen Dank.» Er streckte die Hand aus, doch Beatrices Mutter zögerte noch.

«Ich mache mir furchtbare Sorgen. Sie würde sich melden, wenn sie könnte.»

«Ich weiß. Aber glauben Sie mir, ich werde Himmel und Hölle in Bewegung setzen, um sie zu finden.»

Mit einem Nicken legte Theresa Lang den Schlüssel in seine Hand. «Sie mögen sie, nicht wahr?»

«Ja. Sehr.»

«Das spürt man.» Sie brachte ihn zur Türe, reichte ihm zum Abschied die Hand. Ihr Händedruck war kräftig wie der eines jungen Mannes. «Sie werden tun, was Sie können.»

Es war keine Frage, und sie erwartete auch keine Antwort.

Oft war Florin noch nicht in Beatrices Wohnung gewesen. Ihr war es lieber, wenn sie sich bei ihm trafen – auch dann, wenn die Kinder nicht zu Hause waren. Er wurde den Eindruck nicht los, dass ihr der enge Neubau mit den abgewetzten Möbeln und Teppichen peinlich war. Jakobs Lego, das an den unwahrscheinlichsten Stellen herumlag. Die Saftflecken und Filzstiftspuren auf dem hellen Sofa, die sich nicht völlig beseitigen ließen.

Als er die Wohnung jetzt betrat, kam er sich trotz des Schlüssels wie ein Eindringling vor. Er tastete an der Wand nach dem Lichtschalter, schloss die Tür hinter sich und blieb im Flur stehen.

Ihre Jacken an der Garderobe, darunter ihre Schuhe zwischen denen der Kinder. Links die Tür zum Schlafzimmer, rechts zum Kinderzimmer. In die Küche und ins Wohnzimmer ging es geradeaus.

Alles hier atmete Beas Anwesenheit. Sie musste es eilig gehabt haben, denn das Frühstücksgeschirr stand noch auf dem Tisch. Die Betten waren nicht gemacht, und im Badezimmer lag schmutzige Wäsche neben der Waschmaschine. Es wirkte, als müsse sie jeden Moment zur Tür hereinkommen.

Florin blieb mitten im Wohnzimmer stehen und fragte sich, was er eigentlich erwartet hatte. Außer, sich der Frau, die er liebte und die jetzt verschwunden war, näher zu fühlen.

Das war nicht professionell, es war Zeitverschwendung. Er gab sich einen Ruck. Wie oft hatte er in den Wohnungen von Tätern oder Opfern nach Spuren und Hinweisen gesucht – genau das würde er hier nun auch tun. Sich von seiner Routine leiten lassen und das schmerzhaft bohrende Gefühl in seinem Inneren zum Schweigen bringen.

Er begann im Schlafzimmer. Fand auf dem Nachtkästchen, neben einer Tube Handcreme, die goldene Halskette, die er Bea vor einem Monat geschenkt hatte. Unter Aufbietung all seiner Kräfte verdrängte er die Erinnerung an diesen wundervollen Abend.

Die Küche war chaotisch, aber am Kühlschrank hing ein Schreibblock mit magnetischer Rückseite. Florin durchsuchte ihn nach schnell notierten Telefonnummern oder Adressen, fand aber nur Einkaufslisten.

Er warf einen kurzen Blick ins Kinderzimmer und wandte seine Aufmerksamkeit dann dem Wohnzimmer zu. In dem Weinglas, das am Couchtisch stand, war ganz unten ein roter Rest angetrocknet. Neben dem Glas lag ein Büchlein, verschließbar, in schwarz-weißes Leinen gebunden.

Evelyns Tagebuch. Beatrices Obsession. Sie hatte viele der Seiten mit kleinen Post-its markiert, aber Florin schlug das Buch auf der ersten Seite auf.

Kopfschmerzen wie nicht von dieser Welt. Liege seit Mittag flach, mit nassem Handtuch auf dem Kopf. Vielleicht kein guter Zeitpunkt, um ein neues Tagebuch zu beginnen, aber bevor ich ihn vergesse, setze ich dem Kerl von gestern Nacht noch ein schnelles Denkmal.

Florin klappte den Deckel wieder zu und setzte seinen Rundgang durch die Wohnung fort. Das Tagebuch behielt er in der Hand, er würde es mitnehmen und versuchen, sich selbst ein Bild zu machen und herauszufinden, ob Beatrice sich bloß in ihrer Vergangenheit verfangen hatte oder ob irgendwo in diesen Aufzeichnungen die Erklärung dafür lag, dass sie verschwunden war.

«Können Sie uns sagen, wer die Leiche gefunden hat?», rief der Reporter eines Boulevard-Blattes und hob dabei die Hand wie ein eifriger Schüler. Was er vor kurzem wohl auch noch gewesen war.

«Das waren zwei Friedhofsangestellte», antwortete Florin. «Sie haben uns anschließend sofort verständigt.»

«Können Sie uns etwas zur Todesursache sagen?» Eine Journalistin diesmal, ebenfalls sehr jung. Ihr Haar war kinnlang und hatte die gleiche Farbe wie das von Beatrice.

«Dr. Hoffmann wurde erschlagen. Wir gehen davon aus, dass er von hinten angegriffen wurde, als er am frühen Morgen das Grab seiner Frau besuchte.»

Jedes Wort kostete ihn unverhältnismäßig viel Anstrengung. Es war fast zwölf, und nach wie vor fehlte jedes Lebenszeichen von Beatrice. Florins Empfinden nach sank von Minute zu Minute die Wahrscheinlichkeit, sie jemals lebendig und unversehrt wieder zu Gesicht zu bekommen.

Und er saß hier. Beantwortete irrelevante Fragen für die Presse.

«Halten Sie es für möglich, dass der Mord am Leiter des Landeskriminalamts ein Schlag sein sollte, der vor allem die Polizei trifft? Vielleicht der Racheakt eines Täters, den Sie überführt haben?»

«Im Moment ermitteln wir in alle Richtungen.» Eine dieser typischen Floskeln, die nichts weiter bedeuteten als *keine Ahnung.* «Was Sie eben beschrieben haben, ist keinesfalls auszuschließen.»

Wieder schnellte eine Hand hoch. Er nickte in Richtung der Journalistin. «Ist es nicht sogar wahrscheinlich, in Anbetracht der Tatsache, dass nun auch eine Ihrer Kolleginnen verschwunden ist?»

Florin erstarrte. Woher, verdammt, wusste die Frau das?

Sie schien die einzige im Raum zu sein. Die anderen Journalisten wandten sich ihr zu, manche flüsterten miteinander, schüttelten die Köpfe.

«Stimmt das?», rief einer. «Wird jemand aus Ihrem Team vermisst? Muss man dann von einem Rachefeldzug gegen die Mordkommission ausgehen?»

Kein Kommentar, lag Florin auf der Zunge. *Haltet euch da raus.* «Es steht noch nicht fest, ob die Kollegin wirklich vermisst ist oder ob einfach nur unglückliche Umstände dafür verantwortlich sind, dass wir sie nicht erreichen können. Woher Sie Ihre Information auch haben, ziehen Sie bitte keine voreiligen Schlüsse. Wir tun das auch nicht.»

Doch das Gemurmel im Raum verstummte nicht. «Wie lautet der Name der Kollegin?», wollte einer der altgedienten Polizeireporter wissen

«Sie werden Details erfahren, sobald feststeht, dass es wirklich etwas zu berichten gibt.» Er warf Drasche, der links neben ihm saß, einen finsteren Blick zu. Der hob die Schultern, offenbar wusste er auch nicht, wer aus dem Team die Klappe nicht hatte halten können.

«Wie sehen Ihre nächsten Schritte aus?»

«Wir werden versuchen, Dr. Hoffmanns letzte Stunden zu rekonstruieren, wir suchen auch nach Personen, die schon zur Öffnungszeit des Aigener Friedhofs dort gewesen sind und vielleicht etwas beobachtet haben.»

Wieder meldete sich die Journalistin, die Beatrice ins Gespräch gebracht hatte. «Gibt es Anhaltspunkte dafür, dass der Mord an Dr. Hoffmann mit den beiden anderen Morden der letzten Wochen zu tun hat?» Sie warf einen Blick auf ihren Notizblock. «Markus Wallner und Andrea Martinek?»

Wahrscheinlich, dachte Florin. Wahrscheinlich gibt es den, nur begreife ich nicht, worin er besteht.

«Auch das prüfen wir natürlich.» Wie er diese Worthülsen hasste. «Wenn es ihn gibt, ist er jedenfalls nicht auf den ersten Blick erkennbar. Nicht einmal auf den zweiten.»

Die nächste Frage betraf Hoffmanns Verletzungen und war damit dankenswerterweise an Vogt gerichtet, der sie knapp beantwortete. Florin atmete durch. Mittlerweile bereitete ihm jedes Wort, das er hier äußern musste, fast körperliche Schmerzen.

Er ließ seinen Blick durch den Raum schweifen und entdeckte die junge Kollegin – wie hatte sie geheißen? Janine, genau. Sie lehnte neben dem Türstock an der Wand und starrte geradeaus. Als ihr Blick den von Florin traf, senkte sie den Kopf. Ihre Wangen waren gerötet. Damit war für Florin die Frage beantwortet, wer der Journalistin gegenüber Beatrices Verschwinden erwähnt hatte.

14. Kapitel

Beatrice musste wieder eingeschlafen sein, denn sie schreckte aus einem Traum, in dem Evelyn lächelnd und mit einem Skalpell in der Hand im Seziersaal der Gerichtsmedizin gestanden hatte, um Hoffmann zu obduzieren.

Die Frage, ob ihr Chef wirklich tot war, streifte Beatrices Gedanken nur am Rande. Viel wichtiger war, dass sie sich besser fühlte. Nicht gut, weit entfernt davon, aber besser.

Sie konnte sich zur Seite drehen, ohne dass die Kopfschmerzen ihr fast die Besinnung raubten. Sie waren noch da, aber sie füllten nicht mehr die ganze Welt aus.

Vorsichtig öffnete Beatrice die Augen. Dunkelheit. Aber sie war nicht absolut. Es musste eine Lichtquelle hier geben, und die befand sich rechts von ihr. Sie ließ sie die Umrisse ihres Arms und ihrer Hand erkennen.

Langsam stemmte Beatrice sich auf einen Ellenbogen hoch. Es ging. Sie konnte sich von der Lache Erbrochenem wegschieben, Zentimeter für Zentimeter. Sie schaffte es sogar, sich auf alle viere zu kämpfen und den Kopf nach rechts zu drehen.

Ein rechteckiger Flecken Licht hing im Raum, in weniger als einem Meter Höhe. Nein, er hing nicht, er stand. Auf einem Tisch, wo er ein Glas Wasser beleuchtete.

Wasser.

Erst jetzt fühlte Beatrice das quälende Ziehen in ihrem Inneren. Sie wusste nicht, wie lange sie außer Gefecht gewesen war – zwei Stunden, einen Tag, länger? Aber daran, dass sie dehydriert war, bestand kein Zweifel.

Der Tisch schien unendlich weit entfernt zu sein. Sie begann, darauf zu zu kriechen. Langsam, obwohl die Gier nach dem Inhalt des Wasserglases sie immer unvorsichtiger werden ließ.

Geduld, sagte sie sich. Du willst die Schmerzen von vorhin nicht wiederhaben, oder?

Näher. Stück für Stück. Und plötzlich begriff sie, worum es sich bei der rechteckigen Lichtquelle handelte. Es war der Bildschirm eines aufgeklappten Notebooks.

Einen Moment lang ergriff sie eine beinahe kindliche Begeisterung. Ein Computer! Sie würde einen Hilferuf nach draußen senden können, an Florin.

Jetzt erst dachte sie an ihn, stellte sie mit einem Anflug von schlechtem Gewissen fest. Gleichzeitig war es, als hätte jemand ein zweites Licht angezündet, in ihrem Inneren. Florin würde nach ihr suchen und sie finden, ohne jede Frage.

Sie hatte den Tisch nun fast erreicht, und ihre Gedanken begannen allmählich wieder, in logischen Bahnen zu laufen.

Natürlich hatte dieser Computer keinen Internetanschluss. Wer auch immer es gewesen war, der sie hierher verfrachtet hatte – er war keinesfalls so dumm, sie mit der Außenwelt in Kontakt treten zu lassen.

Aber er hatte ihr etwas zu trinken hingestellt. Also würde er sie nicht töten, zumindest nicht sofort.

Da war der Tisch. Beatrice zog sich daran hoch, kniff die Augen zusammen, bis der stechende Schmerz in ihren Schläfen nachließ. Auf keinen Fall durfte sie das Wasser verschütten, lieber noch warten, bis ihre Bewegungen sicherer wurden und sie genau sah, wohin sie griff.

Sie zählte. Bis zwölf, bis zwanzig. Dann schob sie ihre Hand auf das Glas zu, umfasste es. Kühl und feucht. Ein kleiner Teil des Inhalts schwappte über, als sie es mit zitternder Hand zum Mund führte und den ersten Schluck trank. Sich erneut ermahnte, langsam zu sein. Wenn sie zu gierig war, würde sie möglicherweise alles wieder erbrechen.

Drei Schlucke. Vier. Es fühlte sich herrlich an.

Obwohl sie am liebsten alles ausgetrunken hätte, ließ sie das letzte Drittel übrig. Wer konnte schon wissen, wann man ihr das nächste Mal etwas zu trinken geben würde?

Erst jetzt richtete sie ihre Aufmerksamkeit auf den Monitor und auf das, was er anzeigte.

Ein großes, graues Chatfenster auf weißem Hintergrund. Jemand hatte ihr eine Botschaft hinterlassen.

Sie blinzelte, lesen war schwierig. Es machte sie schwindelig, die Schrift verschwamm vor ihren Augen. Deshalb war sie zu Beginn unsicher, ob sie sich nicht geirrt hatte. Gut möglich, dass ihre Phantasie dort ergänzte, wo ihr angeschlagener Kopf versagte.

Doch der Text veränderte sich nicht. Wurde schärfer, mit der Zeit. Sie las ihn wieder und wieder. Obwohl es nur vier Worte waren, die harmlos klangen, kroch ihr ein Schauer über den Rücken.

Willkommen, Beatrice.
Hallo, Hase.

Nach der Pressekonferenz trafen sie sich mit den Kollegen, die ihnen als Verstärkung geschickt worden waren. Vier davon kamen aus Wien, weil die Möglichkeit im Raum stand, dass es einen Zusammenhang mit dem nie gelösten Fall Evelyn Rieger geben könnte.

Florin schüttelte Ernst Halm die Hand, dem ältesten der Neuankömmlinge. Ende fünfzig, mit einer Figur, die auf eine Vorliebe für Bier und drei große Mahlzeiten pro Tag schließen ließ.

«Ich bin froh, an dem Fall mitarbeiten zu können. Dieser ungelöste Mord vor sechzehn Jahren, der hat mich nie losgelassen, wissen Sie? Wenn wir da doch noch etwas bewegen könnten …» Er lächelte.

Florin lächelte zurück, automatisch, während er versuchte, Ordnung in seinen Kopf zu bringen. Er musste in dieser zusammenhängenden und gleichzeitig unzusammenhängenden Mordserie vorwärtskommen, obwohl alles in ihm danach schrie, Beatrice zu suchen. Nichts anderes. Vielleicht, wenn er sich jetzt zwei Stunden lang konzentrierte, die Aufgaben so verteilte, dass für ihn selbst Spielraum blieb –

Er merkte erst jetzt, dass Halm seine Hand noch nicht losgelassen hatte. Der Ältere musterte ihn freundlich, aber aufmerksam. «Ich habe vor einigen Tagen mit einer Kollegin von Ihnen über den Fall Rieger gesprochen. Sie hat mich angerufen, ihr Name ist Beatrice Kaspary. Ist sie hier? Ich würde sie gern persönlich kennenlernen.»

Florin zog mit einem Ruck seine Hand zurück, aus einem Reflex heraus, den er Sekunden später bereute. Er war ein reines Nervenbündel, zum Teufel, man durfte ihn diesen Fall wirklich nicht leiten lassen. «Entschuldigen Sie. Nein, Beatrice ist nicht hier. Sie ist … wir werden darauf gleich in der Besprechung noch zurückkommen.»

In Halms Miene zeichnete sich Irritation ab. «Ist mit ihr alles in Ordnung?»

Es hatte keinen Sinn, die Dinge zu beschönigen. «Nein, das ist es nicht. Leider.»

Der Wiener Beamte senkte den Kopf. «Oh. Ich hoffe, es ist nichts Schlimmes passiert. Wissen Sie, seit ich mit Frau Kaspary telefoniert habe, geht mir ein Gedanke nicht aus dem Kopf. Es gab damals eine Zeugin, die ebenfalls Beatrice hieß. Beatrice Lang. Als wir telefonierten, kam die Stimme mir sehr bekannt vor, und ich habe mich gefragt …» Er unterbrach sich, als er Florin nicken sah. «Ja? Wirklich? Das ist sie?»

«Ja. Sie stammt aus Salzburg, hat in Wien studiert, bis der Mord an ihrer Freundin verübt wurde. Dann ist sie zurückgekommen.»

«Und zur Polizei gegangen?»

«Genau.»

«Bemerkenswert.» Halm strich seine Jacke über dem Bauch glatt. «Das habe ich damals schon über sie gedacht. Sie war extrem beharrlich, hat uns mit Anrufen bombardiert. Eine meiner Kolleginnen hat sie sogar beschimpft, weil die Ermittlungen kein Ergebnis brachten.» Er neigte den Kopf. «Ich hätte sie wirklich gern kennengelernt.»

Florin führte Halm ein Stück zur Seite. «Sie ist seit gestern verschwunden. Wir haben ihr Auto und ihr kaputtes Handy in einer Tiefgarage gefunden.»

«Das klingt nicht gut.» Obwohl Halm besorgt wirkte, strahlte er etwas Beruhigendes aus, wie ein Arzt, der trotz schlechter Vorzeichen die Lage im Griff hat.

Das sollte ich sein, dachte Florin. Souverän, konzentriert. Kein nervliches Wrack, dem die Phantasie ständig neue Schreckensbilder vorgaukelt.

Wie zur Bestätigung seiner Gedanken zuckte er zusammen, als hinter der nächsten Tür ein Telefon läutete. Jeder Anruf konnte der sein, der das Auffinden einer weiblichen Leiche meldete, schlank, blond, Mitte bis Ende dreißig.

«Ihnen liegt viel an Ihrer Kollegin», stellte Halm fest.

«Ja.»

«Das kann ich mir vorstellen. Aber Sie sind nicht auf sich allein gestellt. Die Kollegen, die ich aus Wien mitgebracht habe, sind Spitzenleute, so wie Ihr Team sicher auch. Wir bekommen das hin.»

Die väterliche Art, die Halm an den Tag legte, verfehlte ihre Wirkung nicht, was Florin ebenso erstaunte wie erleichterte. Er schaffte es tatsächlich, die Besprechung vor versammelter Mannschaft zu leiten, ohne gedanklich abzuschweifen, er begrüßte die neuen Mitarbeiter im Ermittlungsteam und verteilte die Aufgaben. Es fühlte sich gut an. Als würden sie vorankommen. Als hätte er endlich die Kontrolle wiedererlangt.

15. Kapitel

Beatrice hatte das Wasserglas vorsichtig auf dem Boden abgestellt, ein Stück weit entfernt – sie wollte nicht riskieren, dass sie es aus Versehen umwarf.

Hallo, Hase.

Es las sich wie ein Gruß aus dem Jenseits. Evelyn meldete sich zurück.

Nein, das tat sie natürlich nicht. Aber die Verbindung zu ihr war da, in irgendeiner Form. Das hier hatte mit ihr zu tun, daran ließ der Entführer keinen Zweifel.

Beatrice lag auf den Knien vor dem Bildschirm. Langsam hob sie die Hände zu der Tastatur des Notebooks. Dachte nach.

Hallo Unbekannter, tippte sie. Warum bin ich hier?

Zögernd drückte sie die Enter-Taste und sah ihre Worte in einem hellblauen Textfeld erscheinen.

Sonst passierte nichts. Halb und halb hatte sie erwartet, sofort eine Antwort zu bekommen. Als würde ihr Entführer die ganze Zeit über an seinem eigenen Computer sitzen und nur darauf warten, dass sie sich meldete.

Beatrice hielt sich an der Tischplatte fest und richtete sich auf. Ihr war schwindelig, und in ihrem Kopf hämmerte der Schmerz mit neuer Heftigkeit, aber sie konnte stehen, ohne umzukippen.

Das Notebook hing an einem Kabel. Vorsichtig tastete Beatrice sich daran entlang, nachdem sie den Bildschirm so gedreht hatte, dass er ihren Weg ausleuchtete. Sie erwartete, am anderen Ende eine Steckdose zu finden, doch das Kabel verschwand einfach in der Wand.

Zurück zum Tisch. Sie nahm das Notebook in beide Hände

und begann, sich langsam um die eigene Achse zu drehen, um im schwachen Licht des Displays eine ungefähre Vorstellung von ihrem Gefängnis zu bekommen.

Ein ausgesprochen großer Raum. Hell getüncht und leer, wenn man von dem Tisch absah, an dem Beatrice stand. Zu ihrer Linken befand sich etwas wie ein Vorhang …

Das Kabel war nicht lang genug, als dass es erlaubt hätte, das Notebook bis zu dieser Stelle zu tragen. Also stellte Beatrice es ab und tastete sich langsam durchs Dunkel.

Ja. Da war Stoff, der von der Decke hing, weich und schwer. Sie schob ihn zur Seite. Dahinter weitere Dunkelheit. Keine Wand, nein.

Beatrice warf einen schnellen Blick zurück über die Schulter – da war das leuchtende Rechteck noch. Ein Orientierungspunkt im Nichts.

Sie trat hinter den Vorhang. Einen Schritt. Beim zweiten stieß sie mit dem Schienbein gegen etwas Hartes und unterdrückte mit Mühe einen Schrei.

Sie tastete nach unten. Das Ding, gegen das sie gelaufen war, fühlte sich glatt an, kühl – und seine Form war zutiefst vertraut. Eine Toilette.

Ohne Brille, ohne Deckel. Aber sie war mit einem Spülkasten verbunden, der in Brusthöhe an der Wand hing. Die Entdeckung beruhigte und bedrückte Beatrice gleichermaßen. Sie würde sich nicht in irgendeiner Ecke erleichtern müssen, gleichzeitig wurde immer klarer, dass man sie hier länger festhalten wollte. Man hatte Vorbereitungen für sie getroffen. Das durch die Wand verlaufende Kabel, die Toilette hinter dem Vorhang – sie zu entführen war nicht die spontane Idee eines Verrückten gewesen, sondern von langer Hand geplant. Ganz sicher von einem Verrückten, aber von einem, der genau wusste, was er tat.

Bei ihrem nächsten Schritt stieß sie gegen etwas Weiches,

Leichtes, das geräuschlos umkippte. Sie sprang reflexartig zurück, wartete, bis ihr Puls sich wieder beruhigt hatte, dann bückte sie sich und tastete nach dem Hindernis.

Eine Rolle. Aus Kunststoff. Beatrice befühlte die Oberfläche, die Seiten, fand zwei Klettverschlüsse. Begriff, was sie gefunden hatte: eine Isomatte. Ihr Entführer zeigte immerhin so viel Mitgefühl, dass er sie nicht auf blankem Beton schlafen lassen wollte.

Beatrice brachte ihre neue Errungenschaft in den Bereich, der schwach vom Display des Notebooks erleuchtet wurde, und öffnete die Klettverschlüsse. Rollte die Matte auf und setzte sich darauf. So viel besser. Wärmer, obwohl es in der Halle eigentlich nicht kalt war. Kühl, das ja, aber der Raum musste geheizt sein, sonst wären es entsprechend der Außentemperatur der letzten Tage hier kaum über null Grad gewesen.

Eine Information, die ihr nichts nützte. Beatrice setzte ihren Erkundungsgang fort. Sie hielt sich jetzt an der Wand, zählte ihre Schritte. Vierzig bis zur nächsten Ecke. Nach links drehen. Einundzwanzig Schritte. Wieder nach links drehen. Vierzig.

Mit über achthundert Quadratmetern war das kein normaler Raum mehr, eher eine Halle. Sie kehrte zu dem Tisch zurück, von den wenigen Schritten bedenklich erschöpft. Gehirnerschütterung, dachte sie. Im Abklingen, aber noch nicht überstanden.

Ihr Blick fiel wie von selbst auf den Bildschirm. Sie hatte nicht damit gerechnet, aber tatsächlich hatte sie eine Antwort auf ihre Frage bekommen. Ein graues Textfeld war unter ihrem blauen aufgetaucht.

Warum du hier bist? Das wirst du selbst herausfinden, davon bin ich überzeugt.
«Unbekannter» gefällt mir. So darfst du mich weiterhin nennen. Wir werden einander noch viele faszinierende Namen geben.

Beatrice zog sich die Matte direkt vor den Tisch, legte sich dann langsam hin und rollte sich zusammen.

Sie hatte es mit einem Spieler zu tun, mit jemandem, der es genoss, Regeln zu diktieren und Beobachtungen anzustellen. Macht auszuüben.

Je länger es ihr gelingen würde, ihn zu unterhalten, desto länger würde er sie leben lassen.

Sie musste wieder eingeschlafen sein, trotz ihrer unbequemen Lage, und sie konnte in keiner Weise einschätzen, wie viel Zeit seitdem vergangen war. Ihr Mund fühlte sich trocken an … und sie musste zur Toilette. Die es ja gab, trotzdem zögerte Beatrice, sie zu benutzen.

Vielleicht beobachtete er sie. Hatte lichtempfindliche Kameras im Raum installiert, mit denen er jeden Winkel im Blick hatte.

Die Vorstellung war widerlich, und Beatrice schob sie entschieden beiseite. Es spielte keine Rolle, durfte keine spielen. Sie war hier eingesperrt, sie würde sich mit den Gegebenheiten arrangieren müssen, sie zu ihren Gunsten drehen, sonst hatte sie keine Chance, hier rauszukommen.

Und das musste sie. Um jeden Preis.

Ihr Rücken schmerzte, als sie sich aufrichtete, ihr Kopf dagegen fühlte sich deutlich besser an als zuvor. Das war gut, das war sehr gut. Sie wartete, bis ihre Augen sich so weit an das Halbdunkel gewöhnt hatten, dass sie den Vorhang wieder erkennen konnte. Vorsichtig ging sie los. Irgendwo auf dem Weg musste sich die eingetrocknete Kotze befinden, in die sie keinesfalls hineintreten wollte. Sie konnte sie riechen, aber das würde nicht von langer Dauer sein. Der Gestank würde vergehen und zudem in Kürze von ihrem eigenen Körpergeruch überlagert werden, wenn sie keine Gelegenheit bekam, sich zu waschen.

Unwillkürlich lachte sie auf und erschrak gleichzeitig über das Geräusch. Heiser. Fremd.

Wahrscheinlich war es albern, den Vorhang zuzuziehen, bevor sie sich auf das blanke Porzellan setzte, trotzdem tat sie es. Tastete rechts und links nach Toilettenpapier und fand tatsächlich zwei Rollen.

Er lässt mir meine Würde, dachte sie. Oder er tut so, zumindest jetzt noch. Er möchte kein wimmerndes Bündel Hilflosigkeit auf der anderen Seite der Mauer, sondern jemanden, der ihm ein angemessenes Gegenüber sein kann.

Das bedeutete, sie würde auch zu essen bekommen, irgendwann. Es hieß aber nicht automatisch, dass am Ende, wenn der Entführer hatte, was er wollte, oder den Spaß an der Sache verlor, nicht trotzdem ihr Tod stehen würde. Im Gegenteil, das war das wahrscheinlichste Finale.

Sie suchte blind nach der Spülung, hörte das Wasser rauschen und erinnerte sich an das volle Glas, das sie vor dem Computer vorgefunden hatte.

Würde sie ein weiteres bekommen? Ihr Entführer musste im Raum gewesen sein, während sie bewusstlos war. Nun konnte er nicht mehr so selbstverständlich damit rechnen, dass sie ihn nicht sah.

Ging er davon aus, dass sie notfalls aus der Toilette trinken würde, um nicht zu verdursten? Sie richtete sich ihre Kleidung, schob den Vorhang wieder zur Seite und ging auf das Tischchen zu, auf dem das Notebook weiterhin seinen blassen Schein verstrahlte. Der Dialog auf dem Bildschirm war unverändert. Wir werden einander noch viele faszinierende Namen geben.

Sie überlegte nur kurz, dann legte sie die Hände auf die Tastatur.

Wie wäre es, wenn ich damit anfange?, tippte sie. Und dich Jago nenne?

Ihre Hand verharrte über der Enter-Taste. Mit diesem Kommentar lehnte sie sich weit aus dem Fenster. Wenn sie richtiglag, war nicht ausgeschlossen, dass er wütend reagierte. Sie für ihre Besserwisserei bestrafte.

Aber vielleicht wusste er auch Intelligenz zu schätzen. Das Beste, was passieren konnte war, dass er begann, sie zu mögen. Dann würde es ihm schwerer fallen, sie einfach zu töten.

Sie atmete ein und wieder aus. Drückte auf Eingabe. Ihre Worte erschienen in einem weiteren blauen Textfeld.

Beatrice holte sich das Glas mit dem restlichen Wasser und trank es in einem Zug aus. Wie als Belohnung für ihren Mut.

Die nächsten zehn oder zwanzig Minuten lang ließ sie den Bildschirm nicht aus den Augen. Doch es kam keine Reaktion. Nichts.

Frustriert legte Beatrice sich wieder hin, den Kopf auf einen angewinkelten Arm gebettet. Hoffentlich hatte die Schule Achim verständigt, damit er die Kinder abholte – er würde toben, keine Frage. Aber bitte, bitte nicht in Gegenwart von Mina und Jakob.

Florin musste spätestens zu Mittag bemerkt haben, dass etwas nicht stimmte. Er war ihre größte Hoffnung, vielleicht ließ sich ja ihr Handy orten, und falls der Entführer es mitgenommen hatte …

Sie seufzte. Nein, so dumm war er nicht. Nicht einmal die blutigsten Anfänger begingen heutzutage noch einen solchen Fehler.

Wenn sie wenigstens gewusst hätte, wie spät es war. Wie viel Zeit seit ihrem Verschwinden vergangen war. Sich ausmalen zu können, was Florin, was die Kinder, ihretwegen sogar, was Achim gerade taten, hätte ihr unendlich geholfen. Doch im Moment wusste sie nicht einmal, ob es Tag war oder Nacht.

Und dieser Geruch, der die Halle erfüllte – sie kannte ihn und verband ihn mit etwas … Unangenehmem. Es gab eine Erinnerung, die damit verknüpft war, aber Beatrice bekam sie nicht zu fassen.

Immer wieder wanderte ihr Blick zum Notebook, in der Hoffnung, dass unter ihrem blauen Textfeld ein graues aufgetaucht sein könnte. Aber nichts geschah. Irgendwann schloss sie die Augen und konzentrierte sich ganz auf das, was sie vielleicht hören konnte. Falls sie sich in einem Keller befand, waren da möglicherweise Schritte über ihr. Oder Geräusche von draußen – Autos, die vorbeifuhren, Hunde, die bellten.

Doch das Einzige, was sie hörte, war ihr eigener Herzschlag in der Stille. Ihr Atem. Das Rumoren in ihrem Magen.

Je länger sie dalag, desto schwerer fiel es Beatrice, ihre Gedanken zu zügeln. *Nicht* an ihre Kinder zu denken, denn sobald sie das tat, drohte die Verzweiflung sie fast zu ersticken.

Mein Gott, Mina. Egal, welche Erklärungen man ihr zum Verbleib ihrer Mutter auftischen würde, tief im Inneren würde sie sich im Stich gelassen fühlen. Schon wieder.

Und Jakob würde sie einfach vermissen, spätestens nach zwei Tagen. Er war derjenige, der nie zu lange bei Papa bleiben wollte, der manchmal immer noch zu Beatrice ins Bett kam, nachts, wenn er schlecht geträumt hatte. Etwas, das Achim nicht zuließ, speziell bei einem Jungen.

Sie presste ihre Daumenballen gegen die Augen. Was, wenn sie hier nie wieder rauskam? Nie gefunden wurde? Oder erst viel zu spät? Derjenige, der sie hier hergebracht hatte, musste sich noch nicht einmal die Finger schmutzig machen, wenn er sie töten wollte. Es reichte, ihr Essen zu verweigern oder die Luftzufuhr zu kappen.

Vor acht Monaten hatten sie eine tote Frau in ihrem Haus gefunden. Sie war, wie sich schnell herausstellte, keinem Verbrechen zum Opfer gefallen, sondern einfach so unglücklich über die Kellertreppen gestürzt, dass sie sich das Genick gebrochen hatte.

Sie war bereits fünf Wochen tot gewesen, als einer der Nachbarn die Polizei informiert hatte. Beatrice war der Anblick der Toten lange im Gedächtnis geblieben. Kaum noch als Mensch erkennbar, wie etwas, das man weggeworfen hatte.

Die Vorstellung, dass man sie so auffinden würde, dass Florin ein solches Bild von ihr als letztes in Erinnerung behalten würde, war unaussprechlich schlimm.

Es war nicht das erste Mal, dass Beatrice sich in einer lebensbedrohlichen Situation befand, aber wenn es bisher so gewesen war, hatte sie immer gewusst, mit wem sie es zu tun hatte. Sie war imstande gewesen, zu verhandeln, zu verzögern, zu überzeugen – all das blieb ihr diesmal verwehrt.

Es gab nur dieses verdammte Notebook.

16. Kapitel

Halm half Florin dabei, die Unterlagen auf Beatrices Schreibtisch zu sichten. Er verlor kein Wort über das Chaos, in dem nur sie selbst sich zurechtfand. «Sie muss in den vergangenen Tagen sehr fleißig gewesen sein», stellte er stattdessen fest und blätterte sich durch die Informationen, die Beatrice über Markus Wallner und Andrea Martinek zusammengetragen hatte.

«Ja. Sie macht nichts halbherzig.» Florin konnte nicht verhindern, dass Stolz in seiner Stimme mitschwang.

«Wie lange arbeiten Sie schon mit ihr zusammen?»

Er musste nicht nachrechnen. «Dreieinhalb Jahre. Seitdem kann ich mir überhaupt nicht mehr vorstellen, je wieder mit jemand anderem …» Florin unterbrach sich, bevor seine Stimme versagen konnte. Das Loch, das Beas Tod in sein Leben reißen würde, hätte unermesslich große Ausmaße und würde alles verschlingen. Privat und beruflich.

Aber sie war nicht tot. Sie war nicht tot. Sie war …

«Ich bringe Ihnen ein Glas Wasser.»

Halm ließ Florin nicht aus den Augen, als hätte er Angst, er würde jeden Moment zusammenklappen. «Hier. Trinken Sie. Oder besser, trink. Ich schlage vor, wir duzen uns, okay? Ich heiße Ernst.»

«Florin.» Das Wasser war eiskalt, doch er trank das Glas leer, ohne ein einziges Mal abzusetzen. «Danke.»

«Nichts zu danken.» Halm holte sich einen der Besucherstühle und setzte sich an die Schmalseite des Schreibtischs. «Ich bin Beatrice nie begegnet, aber ich kann mich trotzdem noch gut an sie erinnern. Sie war entsetzlich … stur. Eigentlich verbissen.»

«Das ist sie immer noch. Einer der Gründe, warum sie eine so gute Polizistin ist. Nicht bei allen beliebt, aber sehr erfolgreich.»

Halm lächelte. «Haben Sie ein Foto von ihr? Ich kenne nur das eine aus der Akte.»

Nicht ein Foto, Hunderte. Florin griff zu seinem Smartphone, öffnete den Bilderordner. Bea auf einer Parkbank, den Kopf in den Nacken gelegt, das Gesicht der Sonne entgegengestreckt. Bea bei Kerzenlicht im Restaurant. Auf einem Felsen im Bach, die nackten Füße im Wasser. Und ein Bild, das er über den Schreibtisch hinweg geschossen hatte: Beatrice vor dem Computer, lachend, mit der Kaffeetasse in der Hand.

Dieses Foto ließ er auf dem Display stehen und reichte Halm das Handy. Fragte sich gleichzeitig, welche Art von Neugierde den älteren Kollegen zu seiner Bitte veranlasst hatte.

«Hübsche Frau», stellte Halm fest. «Ich hatte sie mir anders vorgestellt. Weniger unbeschwert.»

Unbeschwert war eines der letzten Wörter, mit denen Florin Beatrice in Verbindung gebracht hätte. «Sie hat solche und solche Momente.»

Halm betrachtete das Foto eingehend, bevor er das Smartphone zurückgab. «Haben Sie das Tagebuch ihrer Freundin gelesen? Evelyn Rieger?»

«Ich habe erst hineingelesen. Die ersten paar Seiten.» Der Anblick von Beatrices lachendem Gesicht tat gut und schnitt gleichzeitig in sein Inneres, scharf wie ein Messer. Wo sie auch war, wie es ihr auch ging – im Moment lachte sie ganz sicher nicht.

«Dann warten Sie mal ab», murmelte der Wiener Kollege. «Was haben wir an diesem Tagebuch herumgerätselt. Beatrice kommt darin häufig vor, Evelyn nannte sie ‹Hase›. Ich habe mich im Nachhinein oft gefragt, warum deine Kollegin so unter dem Tod der Freundin gelitten hat. Sie ist nicht gerade freundlich mit ihr umgesprungen – wenn das stimmt, was sie schreibt und –»

Das Klingeln des Telefons unterbrach ihn. Florin nahm den Hörer auf, innerlich bebend. War unsinnig erleichtert, als er die barsche Stimme am anderen Ende als die von Achim Kaspary identifizierte.

«Wollten Sie mich nicht auf dem Laufenden halten, Wenninger? Sie müssen doch schon etwas wissen? Wo steckt meine Frau?»

Ex-Frau, lag Florin erneut auf der Zunge, doch er beherrschte sich. «Wir haben sie noch nicht gefunden.»

«Aha. Aber Sie lungern gerade im Büro rum, nicht wahr? Sonst hätte ich Sie ja kaum unter dieser Nummer erreicht. Was machen Sie eigentlich den ganzen Tag?»

Es war ein Glück, dass Ernst Halm im Zimmer war, denn Florin war knapp davor, alle Zurückhaltung aufzugeben und Achim ein paar Wahrheiten an den Kopf zu werfen. Laut.

«Wir sind buchstäblich Tag und Nacht auf der Suche nach ihr, Herr Kaspary.» Er sah Halm überrascht aufblicken und hob resigniert die Schultern. «Und wir werden sie finden», fuhr er fort, «auch wenn ich persönlich jeden Stein in Salzburg umdrehen muss.»

«Im Moment drehen Sie aber eher Däumchen, habe ich das Gefühl», blaffte Kaspary. «Die Kinder fragen nach ihr, und mir gehen allmählich die Notlügen aus. Sie müssen doch irgendeine Spur haben, Herrgott noch mal!»

Es waren nicht nur Wut und Überheblichkeit, es war diesmal auch Sorge, die Florin aus Achims Worten heraushörte. Wieder verbiss er sich eine scharfe Antwort. «Nein, wir drehen keineswegs Däumchen. Glauben Sie mir, es gibt im Moment nichts Wichtigeres für mich, als Beatrice zu finden.»

Nun lachte Kaspary, höhnisch. «Ach, verstehe. Weil Sie sonst niemanden haben, der Ihnen das Bett wärmt. Hm. Vielleicht sollten Sie sich mit dem Gedanken anfreunden, dass sie es gerade mit jemand anderem treibt und deshalb alles rund um sich herum vergessen hat.»

Das war in Anbetracht der Umstände so erbärmlich, dass Florin beinahe aufgelacht hätte. Aber er konnte es keinesfalls einfach so im Raum stehen lassen. «Sie sind ein Idiot, Kaspary. Ein eifersüchtiger, komplexbeladener, niveauloser Idiot. Ich werde meine Zeit jetzt nicht weiter mit Ihnen verschwenden, aber ich verspreche, ich informiere Sie, sobald es Neuigkeiten über Beatrice gibt.»

Einen Atemzug lang herrschte Stille. «Das war ein Fehler, Wenninger», zischte Achim dann. «Ein großer Fehler. Ihnen ist klar, dass ich mich über Sie beschweren werde? Ich lasse mich doch von Ihnen nicht beschimpfen, Sie …»

Florin legte auf. Schloss die Augen und vergrub das Gesicht in den Händen. Vielleicht hatte er eben jede Chance auf einen Waffenstillstand mit Achim zunichtegemacht. Eine Zukunft, in der er eine friedliche Beziehung mit Beatrice führen konnte, ohne dass Kaspary ihnen ständig dazwischenfunken und die Kinder gegen ihre Mutter aufhetzen würde, und gegen ihn selbst natürlich erst recht.

Eine Zukunft. Die es ohnehin nur gab, wenn Beatrice noch am Leben war.

«War das ihr Mann?», hörte er Halm fragen.

Er nahm die Hände vom Gesicht. «Ihr geschiedener Mann. Er ist ein bisschen … schwierig.»

«Den Eindruck hatte ich auch. Wenn du möchtest, übernehme in nächster Zeit ich die Kommunikation mit ihm.»

Das würde tatsächlich eine Erleichterung sein. «Danke, Ernst. Dieses Angebot nehme ich sehr gerne an.»

Die nächsten Stunden verbrachte Florin hauptsächlich damit, die Zeugenaussagen rund um Hoffmanns Tod zu sichten. Ein Friedhofsangestellter hatte bereits um fünf Uhr morgens jemanden am Tor gesehen, der aber nur kurz durch die Gitter gespäht hatte und dann wieder gegangen war. Eine Beschreibung konnte er nicht geben – vermutlich hatte es sich aber um einen Mann gehandelt, der einen Mantel getragen hatte. Der Mantel war auch das Einzige, das einer vierundachtzigjährigen Frau aufgefallen war, die kurz nach Öffnung des Friedhofs das Grab ihres Mannes besuchte und ebenfalls einem Mann begegnet war. «Ich habe sein Gesicht nicht gesehen, er hatte eine Kapuze aufgesetzt. Der Mantel war auf jeden Fall schwarz.»

«Im Moment trägt jeder einen Mantel», meinte Halm trocken. «Und die meisten davon sind schwarz.»

Florin zog das Foto heran, das sie aus dem Überwachungsfilm der Garagenkamera vergrößert hatten. Mütze, Schal, Sonnenbrille. Und ein schwarzer Kragen, der durchaus zu einem Mantel gehören konnte. «Bringt uns alles nicht weiter», murmelte er, mehr zu sich selbst.

Es klopfte an der Tür, Bechner trat ein. «Stefan und ich haben uns die letzten Fälle angesehen, in denen Hoffmann sich Feinde gemacht haben könnte», sagte er mit der gleichen Selbstgefälligkeit, die er immer an den Tag legte, wenn er Arbeitsergebnisse vorlegte. Beatrice hatte jedes Mal die Augen verdreht und Grimassen gezogen, sobald Bechner ihr den Rücken zuwandte.

Und das würde sie wieder tun. Bald. Florin biss die Zähne zusammen und wandte seine Aufmerksamkeit dem Kollegen zu.

«... schon lange keine Probleme in dieser Richtung mehr gehabt», sagte der eben. «Die letzte Drohung, die wir dokumentiert haben, liegt vier Jahre zurück und kam von einer Frau, deren Sohn wegen schweren Raubs mit Körperverletzung verurteilt wurde. Sie hat Hoffmann dafür verantwortlich gemacht, wahrscheinlich, weil er derjenige war, der die Fernsehinterviews bestritten hat.»

Der bedeutungsvollen Pause, die Bechner nun einlegte, entnahm Florin, dass der Clou noch kam. Aber nur, wenn jemand nachfragte.

«Und?», erkundigte er sich pflichtschuldig. «Habt ihr sie überprüft?»

«Haben wir.» Bechner strahlte. «Sie dürfte sauber sein, aber der Sohn wurde vor sieben Wochen aus dem Gefängnis entlassen. Wir haben ihn für morgen ins Präsidium bestellt.»

«Sehr gut», sagte Florin mit mehr Enthusiasmus, als er empfand. «Halten Sie mich auf dem Laufenden.» Er wartete, bis Bechner zufrieden abgezogen war, bevor er sein Lächeln in sich zusammenfallen ließ.

«Du glaubst nicht, dass das eine Spur sein könnte», stellte Halm fest.

«Nein. So traurig es ist, ich glaube nicht, dass der Mord an Hoffmann irgendetwas mit Hoffmann selbst zu tun hat. Bloß mit der Tatsache, dass er Beatrice nicht leiden konnte und sie ihn ebenfalls nicht.»

Halm rieb sich nachdenklich über die Stirn. «So grauenvoll das auch ist, ich denke, es ist ein Hoffnungsschimmer. Wenn Beatrice für den Täter das Zentrum ist, um das seine Taten kreisen, will er sie nicht tot sehen.» Er blickte zur Seite. «Jedenfalls nicht so schnell.»

Die Ruhe, die Halm ausstrahlte und die Bestimmtheit, mit der er seine Aussage traf, hielten Florin für den Rest des Tages aufrecht. Ließen ihn durchhalten, obwohl weiterhin jede Spur von Beatrice fehlte.

Als sich Achim gegen sieben Uhr noch einmal meldete, nahm Halm den Anruf entgegen und erklärte, dass Florin unterwegs sei. «Ich weiß, dass Sie sich Sorgen machen», sagte er. «Und dass es nicht einfach ist, Ihren Kindern die Lage zu erklären. Wenn Sie möchten, schicken wir Ihnen sehr gerne jemanden vom psychologischen Dienst vorbei, der Ihnen dabei hilft.»

Großartige Idee, dachte Florin, auf die ich nie gekommen wäre. Nicht in direkter Konfrontation mit Achim.

Der das Angebot überraschenderweise annahm. Halm versprach ihm, noch für heute Abend jemanden zu organisieren und beendete das Gespräch, ohne dass Achim ein einziges Mal laut und ausfallend geworden war.

«Er ist völlig überfordert», meinte Halm, nachdem er aufgelegt hatte. «Wie es scheint, weinen die Kinder viel, und er schafft es nicht, sie zu beruhigen. Vor allem das Mädchen dürfte völlig neben der Spur sein.»

Mina? Das überraschte Florin. Nach allem, was er wusste, gerieten sie und Beatrice ständig aneinander, aber möglicherweise machte das die Situation für Mina eher noch schlimmer.

«Du kommst mir auch überfordert vor», stellte Halm nach kurzem Schweigen fest. «Vielleicht klüger, du fährst nach Hause. Hast du letzte Nacht geschlafen?»

«Ein bisschen.» Wenn er begann, in sich hineinzuhorchen, fühlte Florin die Erschöpfung im ganzen Körper. «Ich könnte mich zwei, drei Stunden hinlegen und dann wieder herkommen …»

«Blödsinn», unterbrach ihn Halm. «Geh ins Bett und schlaf, so lange du kannst. Du läufst schon auf Reserve, das sieht ein Blinder, und der sieht auch, warum. Kriegt in eurem Kollegenkreis eigentlich keiner mit, dass du und Beatrice ein Paar seid?»

Dass Halm es so unverblümt aussprach, machte Florin einige Sekunden lang um eine Antwort verlegen. «Wenn doch, dann sagt jedenfalls keiner etwas», gab er zurück. «Wir bemühen uns derzeit noch, es für uns zu behalten. Vor allem Beatrice ist es lieber so. Wegen Achim.»

«Verstehe.» Halm seufzte. «Muss anstrengend sein, und im Moment kaum auszuhalten, oder?»

Das traf den Nagel ziemlich genau auf den Kopf. Florin nickte.

«Ich könnte die ganze Zeit nur schreien.» Er schob seinen Stuhl zurück und stand auf. «Du hast recht, ich brauche Schlaf. Ruf mich bitte sofort an, wenn es Neuigkeiten gibt, okay?»

«Natürlich.» Halm ging gemeinsam mit Florin aus dem Büro und blieb vor der Tür zu Stefans und Bechners Zimmer stehen. «Es wird alles gutgehen», sagte er. «Wir kriegen Beatrice zurück, heil und gesund.»

Auf dem Weg zu seinem Auto bereute Florin es bereits, auf Halms Rat gehört zu haben. Die Arbeit war zumindest Ablenkung gewesen, aber nun war er allein mit den Bildern in seinem Kopf. Von Andrea Martinek und ihrem halb aufgefressenen Gesicht. Was, wenn sie Beatrice so oder ähnlich auffanden?

Er setzte sich hinters Steuer und rang tief nach Atem. Fand dann die Vorstellung, in seine Wohnung zurückzukehren, in der noch Beas Kaffeetasse auf dem Esstisch stand, so unerträglich, dass er beschloss, durch die Stadt zu fahren. Ziellos, in der unsinnigen Hoffnung, dass er vielleicht spüren würde, wenn er sich ihr näherte.

Doch wer sagte, dass sie überhaupt noch in Salzburg war? Der Täter konnte sie sonst wohin gebracht haben, die deutsche Grenze war gerade mal zwei Kilometer entfernt. Nicht umsonst hatte Stefan im Laufe des Nachmittags dafür gesorgt, dass die Personenfahndung nach Beatrice auch auf das benachbarte Ausland ausgedehnt wurde.

Nach einer halben Stunde ziellosen Herumfahrens schlug Florin den Weg nach Hause ein. Er biss die Zähne zusammen, als ihm beim Öffnen der Wohnungstür ein Hauch von Beatrices Parfüm entgegenwehte. An einem der Garderobenhaken hing ihre Sportjacke, für die es im Moment viel zu kalt war, und ein Schal, grau-schwarz-orange kariert.

Er widerstand der Versuchung, sein Gesicht darin zu vergraben, ging ins Wohnzimmer, holte die Cognacflasche aus der Vitrine und goss sich zwei Fingerbreit der bernsteinfarbenen Flüssigkeit in einen Schwenker.

Der Alkohol brannte fast schmerzhaft in seiner Kehle und seinem Magen. Florin setzte sich auf die Couch und stellte das Glas auf dem Tischchen neben sich ab. Er lehnte sich zurück, schlug das Tagebuch auf und begann zu lesen.

Schon nach wenigen Seiten war ihm klar, dass er Evelyn nicht leiden konnte. Die Art, wie sie andere belächelte, fest davon überzeugt, ihnen allen überlegen zu sein – er konnte nicht nachvollziehen, warum Beatrice ausgerechnet diese Frau als ihre beste Freundin betrachtet hatte. Gut, es war lange her, beide waren jung gewesen, aber es musste ihr doch klar gewesen sein, dass Evelyn sie nie als ebenbürtig angesehen hatte.

Hase. Allein dieser Spitzname. War Bea damals wirklich so ein scheues, leises Geschöpf gewesen? Von Selbstzweifel war sie heute noch geplagt, immer wieder und mehr, als gut für sie war. Aber ihr Wille war eisern, und sie wusste genau, wo ihre Stärken lagen.

Florin blätterte vor.

Gestern Picknick bei Nacht, mit der ganzen Truppe, schrieb Evelyn, *wunderbares Waldstück knapp außerhalb der Stadt. Stormy war in Hochform, zitierte Shakespeare und legte seine ganze Energie in den Versuch, Hase zu verführen. Ist natürlich nichts passiert, wäre auch ein Wunder gewesen. Ich verstehe wirklich nicht, was mit der Frau los ist. Spaßallergie? Prinzessinnensyndrom? Am Ende wurde sie richtig zickig und wollte heim, dabei hat Stormy sie weder angefasst, noch hat er gestrippt wie letztens mal.*

Ich habe mich dann irgendwann mit Paul verzogen, auf ein moosiges Fleckchen tief zwischen den Bäumen. Schön war das, in der totalen Finsternis. Nackte Haut, kühler Wind und diese unglaublich geschickten Cellistenhände.

Florin nahm einen weiteren großen Schluck aus dem Cognacglas. Jemandes Tagebuch zu lesen, und sei die Betreffende auch schon jahrelang tot, fühlte sich voyeuristisch an, das hier war nie für seine Augen bestimmt gewesen.

Außerdem ... bekam er dadurch auch Beatrice aus einem Blickwinkel zu sehen, der ihr nicht angenehm gewesen wäre, hätte sie davon gewusst. Sie hatte eine zurückhaltende Seite, die er sehr an ihr mochte, aber niemand, der sie heute kannte, hätte ihr ein *Prinzessinnensyndrom* unterstellt.

Morgen heftiger Tag auf der Uni, schrieb Evelyn weiter. *Von wegen, Rechtswissenschaften sind eine trockene Angelegenheit. Wir kriegen lehrplanmäßig direkten Einblick in die Hirne von gefährlichen Irren. Wenn das nicht nützlich für den Alltag ist!*

Florin hielt inne. Er war sicher, auch Halm war damals vor sechzehn Jahren über diese Stelle gestolpert. Wenn jemand, der einem so grausamen Verbrechen zum Opfer gefallen war, einige Zeit davor von gefährlichen Irren schrieb, konnte man das nicht einfach ignorieren.

War es möglich, dass Evelyn im Zuge dieser Vorlesung Kontakt zu Straftätern bekommen hatte? Von denen einer ihr wenige Monate später zum Verhängnis geworden war?

Sehr wahrscheinlich hatten die Wiener Kollegen diese Möglichkeit ebenfalls in Betracht gezogen. Laut Bea waren sie allen darin enthaltenen Hinweisen gefolgt, nur Jagos Identität hatten sie nicht ermitteln können.

Florin schlug das Buch weiter hinten auf. Suchte nach dem Namen, blieb schließlich an einem Eintrag hängen, den Evelyn knapp acht Wochen vor ihrem Tod geschrieben hatte.

«Keiner weiß von dir», hat Jago mir letztens erklärt. «Du bist mein wunderbar schmutziges rothaariges Geheimnis.»
Mir geht es umgekehrt ganz genauso. Ich könnte niemandem erklären, was das zwischen mir und ihm eigentlich ist, und ich würde alles entzaubern, wenn ich jemanden einweihen würde.
Wenn er bei mir zu Hause anruft und Hase geht ran, legt er sofort wieder auf. Sie hat erst kürzlich mir gegenüber erwähnt, dass sich in letzter Zeit immer wieder Leute verwählen und es dann nicht einmal der Mühe wert finden, sich zu entschuldigen.
Gestern war ich mit ihr in einem Café in der Stadt, sie hat mir von ihrer bestandenen Prüfung erzählt und von diesem David, in den sie total verknallt ist. Plötzlich war Jago da. Setzte sich an den Nebentisch, außerhalb von Hases Blickfeld. Zwinkerte mir zu und ließ uns nicht aus den Augen.
Mir fiel es nicht leicht so zu tun, als wäre nichts. Als würde ich Hase immer noch zuhören, obwohl ich mich viel lieber zu Jago gesetzt und ihn gefragt hätte, was zum Teufel er sich eigentlich einbildet und woher er weiß, dass wir hier sind. War natürlich nicht drin. Ich sah ihm also nur dabei zu, wie er zwei Espressi trank und dann ging, ohne sich noch einmal nach uns umzudrehen.
Hase hatte ihn gesehen, als er ging, aber nur von hinten und ohne ihm einen zweiten Blick nachzuwerfen. So wie sie den meisten Männern nur flüchtige Beachtung schenkt. Von diesem David mal abgesehen.
Ich habe beschlossen, ihn ihr zu lassen. Schließlich sind wir Freundinnen.

Florin lehnte sich im Sofa zurück, trank den Rest des Cognacs auf einen Zug und wünschte sich, Evelyn wäre noch am Leben, damit er ihr sagen könnte, was er von ihr hielt. Gut, sie war damals jung gewesen, dreiundzwanzig erst – heute wäre sie vermutlich nicht mehr so arrogant.

Oder vielleicht doch, Exemplare dieser Art gab es in jedem Alter. Kaum zu glauben, dass Bea dieses Verhalten damals hingenommen hatte. Noch schwerer zu glauben, dass es ihr entgangen war.

In seinen Unterlagen fand Florin die Telefonnummer von Paul Cervak, dem Cellisten. Er hatte Evelyn von einer anderen Seite gekannt.

Vielleicht hatte man ihm vor sechzehn Jahren bloß nicht die richtigen Fragen gestellt.

17. Kapitel

Sie musste geschlafen haben, denn etwas riss sie mit einem Ruck ins Bewusstsein zurück. Ein Geräusch wie von einer zufallenden Tür. Sie wusste nicht, aus welcher Richtung es gekommen war, vielleicht war es auch nur Teil eines Traums gewesen, an den sie sich nicht mehr erinnern konnte.

Ihrem Gefühl nach war es Nacht, doch das konnte völlig falsch sein. Keine Verbindung nach außen, nicht einmal in Form von Geräuschen. Nur das Rechteck des Computerbildschirms warf sein blasses Licht in den Raum. Beatrice stand auf, ging darauf zu. Normalerweise zeigte jedes Betriebssystem die Uhrzeit an. Sie zu kennen würde eine enorme Erleichterung sein. Beatrice würde sich wieder als Teil der Welt fühlen können.

Doch sie suchte vergeblich nach den Zahlen in der rechten oberen Bildecke, dafür fand sie eine neue Nachricht. Die Antwort ihres Entführers auf die Frage, ob sie ihn Jago nennen durfte.

Das ist nur fair, zumal ich dich Hase nenne, nicht wahr? Unsere gemeinsame Freundin hatte einen sehr speziellen Geschmack bei der Auswahl von Spitznamen. Du bist kein Hase mehr, und ich war noch nie ein Jago, aber für unsere Zwecke werden diese Namen genügen.

Beatrice las die Zeilen mehrmals, der dumpfe Kopfschmerz war immer noch nicht völlig verschwunden. Du bist kein Hase mehr.

Wenn der Satz nicht nur so dahinformuliert war, bedeutete er, dass Jago sie damals gekannt hatte und ihr auch in letzter Zeit wieder begegnet sein musste.

Sie überlegte einige Sekunden, bevor sie ihre Antwort tippte.

Wenn du kein Jago bist, was bist du dann? Ein Macbeth? Ein Brutus?

Nachdem sie die Enter-Taste gedrückt hatte, setzte sie sich auf den Boden. Beim letzten Mal hatte es lange gedauert, bis ihr Entführer reagiert hatte, wahrscheinlich würde er sich auch diesmal Zeit lassen.

Sag du es mir.

Beatrice sprang schneller auf, als gut für sie war. Ihr Kopf quittierte die plötzliche Bewegung mit schmerzhaft scharfem Pochen, doch darauf konnte sie jetzt keine Rücksicht nehmen. Jago war da, er war online. Sie hatte die Möglichkeit, ihn in ein Gespräch zu verwickeln.

Ich glaube, schrieb sie, dass du derjenige bist, der Markus Wallner getötet hat.

Enter. Sie wartete, wagte kaum zu atmen. Zwanzig Sekunden später kam die Antwort.

Richtig, aber das lag ja eigentlich auf der Hand, nicht wahr?

Ja. Beatrice beunruhigte die Kälte, mit der Jago seine Tat so einfach zugab. Sie biss sich auf die Lippen.

Was ist mit Hoffmann? Stimmt es, dass er ebenfalls tot ist?

Diesmal dauerte es kaum zehn Sekunden, bis das nächste graue Textfeld erschien.

Ja. Möchtest du wissen, wie ich es gemacht habe?

Natürlich wollte sie das, einerseits. Jago würde ihr die Wahrheit sagen, ihr nichts verschweigen, dazu hatte er keinen Grund. Oder? Gefiel ihm die Vorstellung, wie sie die Bilder der Tat in ihrem Kopf hin- und herwenden würde, ohne Möglichkeit, sie auf Richtigkeit zu überprüfen? Allein in diesem Loch, voller Angst, die Nächste zu sein?

Ich will es wissen. Erzähl es mir.

Diesmal dauerte es länger, bis ein neues Textfenster erschien, denn Jago hatte Wert auf eine ausführliche Schilderung gelegt.

Er war schon kurz nach sieben am Friedhof, so wie auch die Tage zuvor. Ich stand mit gesenktem Kopf vor einem fremden Grab, in dem zwei Brüder und deren Frauen bestattet waren. Ich tat, als würde ich beten, und wartete, bis Hoffmann um die nächste Ecke gebogen war. Dann folgte ich ihm, langsam, ich wusste ja, wohin er wollte.
Er hörte mich nicht kommen, er stand vor dem Grab seiner Frau, und ich glaube, er sprach mit ihr. Viel war nicht zu verstehen, nur einmal sagte er, dass sie ihm fehlte, da bin ich ziemlich sicher.
Ich zog den mitgebrachten Hammer aus meiner Manteltasche und holte aus. In dem Moment muss Hoffmann meine Anwesenheit gespürt haben, denn er drehte den Kopf ein Stück und trat einen kleinen Schritt zur Seite. Ich traf ihn unterhalb des linken Ohrs. Eine empfindliche Stelle, aber nicht zwingend eine tödliche. Er schrie nicht, stöhnte eher, sah mir in die Augen, als ich den Hammer umdrehte und mit der flachen Seite seine Stirn traf. Davon ging er sofort zu Boden. Ich versetzte ihm einen letzten Schlag mit der Schmalseite gegen die Schläfe. Als ich ging, zuckten seine Beine noch, aber ich bin sicher, ein bis zwei Minuten später war er tot.

Was für ein entsetzliches Ende. Sie konnte sich gut vorstellen, was im Team gerade los sein musste. Nun war auch noch sie selbst verschwunden – ihre Kollegen würden mit dem Schlimmsten rechnen.

Auch Florin. Vor allem Florin.

Hoffentlich hatte man den Kindern irgendein Märchen erzählt. Eine beruhigende, glaubwürdige Geschichte. Hoffentlich war wenigstens jetzt auf Achim Verlass.

Beatrice sah ihre Finger zitternd über der Tastatur schweben. Sie musste allmählich etwas schreiben, wenn sie nicht wollte, dass Jago das Interesse an ihrem Gespräch verlor.

Drei Tote in so kurzer Zeit. Wirst du jetzt aufhören?

Sie fürchtete seine Antwort. Wie musste es sich anfühlen, mit einem Hammer erschlagen oder in einem Bach ertränkt zu werden? Oder, wie Evelyn …

Nein, das wäre zu früh, finde ich.

Sie würde ihn nicht fragen, ob sie die Nächste auf seiner Liste war. Aber etwas anderes wollte sie wissen. Von ihm selbst bestätigt bekommen.

Wir kennen uns persönlich, nicht wahr?

Sie zählte ihre Atemzüge. Vier. Fünf. Sechs. Sieben.

Aber natürlich kennen wir uns, Bea. Ich dich noch besser als du mich.

Ja, dachte sie. Du kennst mich bewusstlos und hilflos und voller Angst, Arschloch. Aber wenn du glaubst, ich beginne jetzt das lustige Ratespiel um Namen, täuschst du dich.

Es war das Letzte, worauf sie sich einlassen durfte, denn was, wenn sie einen Treffer landete? Die Wahrscheinlichkeit, dass er sie gehen ließ, war in jedem Fall verschwindend gering. Wenn er das Gefühl hatte, sie wusste, wer er war, kam das einem Todesurteil gleich.

Er wartete ohnehin keine Antwort ab, sondern wechselte das Thema.

Ich habe dir Essen hingestellt. Und etwas zu trinken. Du findest es, wenn du dich die Wand rechter Hand von dir bis zum Ende entlangtastest.

Das fühlte sich wie das vorläufige Ende ihres Dialogs an. Die Wand war im Licht des Notebook-Displays vage zu erahnen. Beatrice drehte den Computer ein Stück, um den Bereich noch besser zu erhellen. Sie ging zur Wand und dann daran entlang, vorsichtig. Vor ihr wurde es dunkler und dunkler, sie wollte keinesfalls in ihr Essen treten oder das Wasser umwerfen. Als sie den Boden vor sich endgültig nicht mehr erkennen konnte, ließ sie sich auf alle viere hinab und tastete jedes Mal behutsam vor sich, ehe sie sich weiterbewegte.

Sie schätzte, dass es noch zehn Meter waren, bis sie das Ende der Halle erreichte. Jago hatte mitgedacht, Beatrices Finger glitten über eine gekühlte Plastikflasche und einen Teller, über den Folie gespannt war. Nichts, was man zerbrechen oder verschütten konnte.

Obwohl sie hungrig war, verharrte sie noch einen Moment an der Stelle. Überprüfte die Wand und fand direkt in Bodennähe Rillen, die ein Quadrat formten. Vermutlich eine Klappe, groß genug, um etwas durchzureichen, aber nicht, um durchzukriechen. Ihre Essensluke. Durch diese Öffnung konnte Jago sie nicht in die Halle gebracht haben – eine andere hatte sie aber bislang nicht ausfindig machen können.

Dass die Klappe sich von innen nicht öffnen lassen würde, verstand sich beinahe von selbst, trotzdem versuchte Beatrice es. Drückte dagegen, so fest sie konnte, ohne dass sich auch nur das Geringste tat.

Mit dem Teller und der Flasche in Händen richtete sie sich wieder auf und ging auf den Schein des Notebooks zu. Neben dem Tischchen stellte sie ihr Menü ab und betrachtete es. In der Flasche war Wasser, unter der Folie befanden sich drei Scheiben Schwarzbrot und sechs Scheiben Käse, dazu zwei Essiggurken und drei Cocktailtomaten. Keine Butter, klar, für die hätte sie ja auch ein Messer gebraucht, und das würde Jago ihr nicht geben, egal, wie stumpf es auch sein mochte.

Vermutlich war er nicht mehr an seinem Rechner, trotzdem tippte sie Danke und dann, nach kurzem Zögern, eine Frage, die ihr während ihres Kriechgangs durch die Halle plötzlich in den Sinn gekommen war und ihr die Nacht über wohl keine Ruhe mehr lassen würde.

Was hättest du getan, wenn Evelyn in ihrem Tagebuch nicht alle Leute mit Spitznamen bedacht hätte? Wenn sie über dich mit richtigem Namen geschrieben hätte? Dann wüsste die Polizei, wer du bist. Dann wärst du vermutlich seit sechzehn Jahren hinter Gittern.

Sie drückte die Enter-Taste und setzte sich auf den Boden. Löste die Klarsichtfolie vom Teller und strich sie glatt. Der erste Bissen Brot ließ aus ihrem dumpf vorhandenen Hungergefühl brennenden Schmerz werden, sie musste sich zwingen zu kauen und nicht alles auf einmal zu verschlingen. Die kleinste Scheibe Brot, ein Stück

Käse und eine Tomate hob sie auf. Besser nicht darauf vertrauen, dass Jago sie nun regelmäßig mit Nahrung versorgen würde.

Als sie das nächste Mal zum Monitor aufblickte, hatte er zu ihrer Überraschung bereits auf ihre Frage geantwortet. Sie las und lachte kurz und bitter auf. Eigentlich hätte sie es sich denken können.

Auf Evelyns Spitznamen war ich nicht angewiesen, denn ich hatte mir längst ein eigenes Pseudonym zugelegt. Meinen wahren Namen hat Evelyn nie gekannt.
Mehr als eine Identität zu haben ist außerordentlich praktisch, Hase. Ich denke, da wirst du mir zustimmen.

Nachdenklich setzte Beatrice sich wieder hin, stützte die Arme auf die Knie und legte den Kopf darauf. Also hatte Jago Evelyn von Beginn an belogen. War es von Anfang an sein Plan gewesen, sie zu töten? Oder hatte er sich bloß die Option offenhalten wollen, spurlos verschwinden zu können, wann immer ihm danach sein würde?

War er es überhaupt gewesen, der Evelyn ermordet hatte? Beatrice war die ganze Zeit über wie selbstverständlich davon ausgegangen, im Grunde schon vor ihrer Entführung. Doch vielleicht irrte sie sich damit. Was, wenn er sie wirklich geliebt hatte? Wenn alles, was er tat, nur dazu diente, Beatrice zu bestrafen, weil sie den Tod ihrer Freundin indirekt mitverschuldet hatte?

Was natürlich nicht stimmte, nicht wirklich, aber Beatrice selbst war diese Sichtweise schon so lange vertraut, dass sie es nur logisch fand, wenn jemand anderer es ebenso sah.

Außerdem: Hätte er tatsächlich etwas für Evelyn empfunden, hätte er sich ihr nicht unter falschem Namen vorgestellt.

Falls er das wirklich getan hatte.

Falls man überhaupt irgendetwas von dem, was er Beatrice

schrieb, für bare Münze nehmen konnte. Ebenso gut war es möglich, dass Jago nur mit ihr spielte, ihre Reaktionen testen und sie am Ende brechen wollte, wenn er sie gut genug kannte, um zu wissen, wo er den Hebel ansetzen musste.

Die Frage, diese eine Frage, die sie seit sechzehn Jahren umtrieb, würde sie die nächsten Stunden trotzdem nicht mehr loslassen. Außer vielleicht, sie stellte sie.

Warst du es auch, der Evelyn getötet hat?

Er musste am Computer gewartet haben, denn er schrieb sofort zurück.

Glaubst du, dass es so ist?

Das tat sie. Aber sollte sie ihm das so offen sagen? Ja, beschloss sie. So, wie er sich eben mit dem Mord an Hoffmann gebrüstet hatte, war ihm nicht daran gelegen, für harmlos gehalten zu werden.

Ich bin ziemlich sicher, du warst es.

Weder widersprach Jago, noch bestätigte er ihre Einschätzung.

Du hast sie gefunden, nicht wahr? Wie ging es dir dabei? Erzähl mir.

Alles in ihr sträubte sich dagegen, den Moment noch einmal zu durchleben, für jemanden wie Jago. Dem es ein innerliches Fest sein würde, wenn sie ihm die Folgen seiner Tat aus ihrer Sicht schilderte.

Ich kann mich kaum noch erinnern. Ich war unbeschreiblich geschockt, ich habe nur noch verschwommene Bilder vor mir.

Wieder kam seine Antwort schnell und war in ihrer Kürze beunruhigend.

Du lügst.

Beatrice legte die Finger auf die Tastatur, zog sie aber zurück, ohne etwas geschrieben zu haben. Wieso meinte er, dass sie log?

Tue ich nicht. Ich weiß, dass es furchtbar war, dass ich zusammengebrochen bin und irgendwann die Polizei kam.

Sie dachte schon, er wäre gegangen, denn diesmal ließ die Antwort lange auf sich warten.

Du hast gekotzt, nicht wahr? Aber vorher hast du deine Freundin ausgiebig betrachtet, während über die Anlage Pink Floyd lief.

Plötzlich fiel es Beatrice schwer zu atmen. Woher wusste er das? So ausführlich hatte sie außer Florin niemandem davon erzählt. Achim hatte immer sofort abgewunken, wenn sie mit dieser «alten Geschichte» kam. Ihre Familie wollte sie nicht belasten – weder Mama noch Richard hätten mit den Details umgehen können. Und wozu auch? Nicht einmal in den Polizeiberichten stand etwas über ihr Erbrechen oder über Pink Floyd, sie hatte sie ja kürzlich erst gelesen.

Woher weißt du das?, tippte sie in ihr Chatfenster.

Wieder ließ Jago sie warten. Gut eine Viertelstunde, schätzte sie.

Ich weiß vieles über dich, Bea. Ich weiß, dass du an diesem Morgen Croissants gekauft hast, ich weiß auch, wo. Dass du daran gedacht hast, deine Tochter Evelyn zu nennen, doch dein Mann war dagegen. Dass du Achim schon ab dem zweiten Jahr eurer Ehe verabscheut, dich aber erst sehr viel später zu einer Scheidung durchgerungen hast. Und dass er deinen Vorgesetzten etwas von psychischer Instabilität erzählen wollte, damit sie dich suspendieren.

Beatrice wich vom Rechner zurück, fassungslos. Wo hatte Jago all das her? Es war, als könnte er in ihren Kopf schauen oder als hätte er sie hypnotisiert und ausgefragt – war das möglich? Dass er diese Dinge aus ihr herausgelockt hatte, bevor sie wieder richtig zu Bewusstsein gekommen war?

Sehr wahrscheinlich schien ihr das nicht zu sein.

Es gab nichts Sinnvolles, was sie ihm entgegensetzen konnte, also würde sie nicht zurückschreiben, zumindest jetzt nicht. Sie legte sich auf den Boden und rollte sich ein. Wünschte sich eine Decke, die nicht nur warm, sondern auch tröstlich sein würde.

Nachdenken erwies sich als unerwartet schwierig. Ihre Gedanken trieben in alle Richtungen davon, zu Hoffmann, Evelyn, ihrer Mutter, Achim – vor allem aber zu Florin und den Kindern. Mehr als alles andere wünschte sie sich, ihnen ein Lebenszeichen schicken zu können.

Nur war damit, dass sie sich sorgte, niemandem geholfen. Besser war es, zu fokussieren, sich voll und ganz auf Jago einzustellen, ihn vielleicht doch zu durchschauen. Zu begreifen, was ihn bewegte.

Ihn am Ende dazu zu bringen, sie laufen zu lassen.

Beatrices Auflachen hallte von den Wänden wider, der Klang erschreckte sie selbst. Hohl, gespenstisch.

Sie laufen zu lassen. Als ob dafür auch nur die geringste Chance bestand.

18. Kapitel

Cervak.» Der Mann reichte Florin die rechte Hand und fuhr sich mit der anderen über den Kopf, wie um Haare wegzustreichen, die dort schon lange nicht mehr wuchsen.

«Danke, dass Sie sich Zeit genommen haben.» Florin hörte, wie heiser seine Stimme klang. Die letzte Nacht hatte er kaum geschlafen, das Mühlrad in seinem Kopf war in ununterbrochener Bewegung gewesen. Zwei Mal war er von seinen eigenen Träumen geweckt worden und hatte gedacht, sein Handy hätte geläutet. Nun fühlte er sich wie ausgewrungen.

Sie hatten sich in dem gleichen Café verabredet, das auch Beatrices Treffpunkt mit Cervak gewesen war. «Gibt es schon etwas Neues von ihr?», war die erste Frage des Cellisten.

«Nein, leider.» Florin nahm einen ersten Schluck von seinem doppelten Espresso. Heiß und bitter.

«Das ist schlimm», murmelte Cervak. «Ich weiß nur leider nicht, wie ich Ihnen weiterhelfen könnte. Über mein Gespräch mit ihr habe ich schon Ihren Kollegen alles erzählt. Sie ist überstürzt aufgebrochen, und ich bin kurz danach zu meiner Probe gegangen. Ob jemand ihr gefolgt ist, weiß ich nicht.»

«Darüber wollte ich auch nicht mit Ihnen sprechen.» Er sah kurz aus dem Fenster. Erste Regentropfen fielen aus einem betongrauen Himmel. «Das Tagebuch, das Evelyn geführt hat ...»

«Ja, Beatrice hat mir davon erzählt. Aber ich weiß leider auch nicht, wer Jago ist. Ich war mit Evelyn einige Monate lang liiert, dann hat sie mir den Laufpass gegeben. Ohne Angabe von Gründen. Ich war ein paar Wochen lang einfach nur fertig, und nicht viel später ist sie ... wurde sie ...»

Er brach ab. Blickte nun seinerseits zum Fenster hinaus. Der Regen tröpfelte nicht mehr, er zog dünne, schräge Fäden durch die Welt.

«Erzählen Sie mir von ihr. Von Evelyn.»

Cervaks Irritation war spürbar. «Warum? Beatrice kannte sie besser. Länger. Außerdem ist der Fall doch schon ewig zu den Akten gelegt.»

«Richtig, aber jemand hat offenbar noch großes Interesse daran. Was auch der Grund dafür sein dürfte, dass er sich Bea geschnappt hat.» Florin fühlte, dass er den geduldig-erklärenden Ton nicht mehr lange durchhalten würde. «Bitte. Was war Evelyn für ein Mensch?»

In Paul Cervaks Gesicht spiegelte sich die ganze Widersprüchlichkeit seiner Gefühle. Es dauerte fast eine Minute, bis er endlich antwortete. «Sie war gleichzeitig das Beste und Schlimmste, was einem Mann passieren konnte. Völlig unberechenbar. Man wusste nie, wie sie reagieren würde, die Zeit mit ihr war eine Berg- und Talfahrt sondergleichen.» Er rieb sich über die Stirn. «Unglaublich intensiv in allem, was sie getan hat. Fordernd bis zum Exzess. Was natürlich großartig war, einerseits. Ich war vorher und nachher nie wieder so verrückt nach einer Frau.» Er sah Florin entschuldigend an und drehte verlegen an seinem Ehering. «In anderen Phasen war sie dann wieder ganz ruhig, fast abwesend. Ich kann mich an ein Wochenende erinnern, an dem sie nur zusammengerollt auf der Couch gelegen und kaum drei Worte gesprochen hat. Wissen Sie, ab und zu dachte ich mir damals schon, dass es gut für sie gewesen wäre, einen Psychologen zu sehen. Um für ein wenig Ordnung in ihrem Kopf zu sorgen.»

Was Cervak erzählte, ergänzte das Bild ziemlich gut, das Florin sich von Evelyn gemacht hatte. «Hatte sie denn Freunde? Also, richtige Freunde? Menschen, denen sie wirklich nahestand?»

Dass Florin ihn offenbar nicht dazurechnete, schien Cervak

kein Stück zu beleidigen. «Ich schätze, für Evelyn kam Beatrice einer Freundin am nächsten. Die beiden waren viel zusammen, und Evelyn sagte immer wieder, dass Bea einer der wenigen Menschen sei, die ihr nicht auf die Nerven gingen.» Er drehte seine Kaffeetasse zwischen den Händen. «Ich weiß noch, dass ich damals fast eifersüchtig auf sie war. Dass ich beinahe nachgefragt hätte, wie es denn mit mir sei, ob ich ihr auf die Nerven ginge. Aber dazu hatte ich dann doch noch zu viel Stolz.» Er rührte langsam in seinem Kaffee um. «An anderen Tagen ließ sie kein gutes Haar an Beatrice. Nannte sie verklemmt und langweilig und naiv. Was sie im Übrigen nicht war.» Er blickte auf. «Ich mochte Bea immer sehr. Sie hatte kein Problem damit, im Hintergrund zu bleiben und Evelyn strahlen zu lassen. Die dagegen war meistens irritiert, wenn jemand Interesse an Bea zeigte, statt an ihr.»

Genau so hatte Florin das eingeschätzt. «Wie war Beatrice damals?», fragte er und versuchte, das schmerzliche Ziehen, das die Nennung ihres Namens in ihm verursachte, zu unterdrücken. «Wenn sie Evelyns Verhalten ihr gegenüber nie durchschaut hat, muss etwas Naives in ihr gewesen sein.»

Cervak überlegte und schüttelte sachte den Kopf. «Sie mochte Evelyn einfach, ich glaube, sie war fasziniert von so viel Lebendigkeit und Unbekümmertheit. Beatrice war für jede Party zu haben, aber nicht unbedingt für jeden Auswuchs dieser Partys, während Evelyn nach neuen Erfahrungen förmlich gehungert hat.» Er hob die Schultern. «Ich habe mich ziemlich angestrengt, ihr in dieser Hinsicht etwas zu bieten, aber trotzdem war ihr das schnell zu wenig.»

In einem Anflug gedämpfter Erheiterung versuchte Florin sich vorzustellen, welche Außergewöhnlichkeiten dieser so bieder wirkende Mann sich ausgedacht haben mochte. Nun wirkte er zum ersten Mal verlegen. Kaute auf seiner Unterlippe, den Blick stetig aus dem Fenster gerichtet. «Es gibt da noch etwas, das ich damals niemandem erzählt habe», sagte er nach ein paar Momenten leise. «Weil ich befürchtete ... na ja, wir haben damals alle Angst gehabt, wir könnten verdächtigt werden. Mein Alibi war bombensicher, also hat die Polizei mich bald in Ruhe gelassen, und ich wollte, dass das so bleibt.»

Einen Atemzug lang schloss Florin die Augen. Vielleicht brachte dieses Treffen doch noch irgendetwas Neues. «Was hätte Sie denn verdächtig machen können?»

Tiefes Seufzen von Seiten seines Gegenübers. «Na ja. Als Evelyn sich immer weiter von mir entfernte, habe ich begonnen, ihr nachzuspionieren. Sie zu stalken, gewissermaßen. Ich wollte wissen, ob es jemand anderes gibt.»

«Und?»

«Gab es. Er war ziemlich groß und breitschultrig. Ich habe ihn nur von hinten gesehen, insgesamt zweimal. Offenbar hatte er das mit den überraschenden Erfahrungen besser drauf als ich, denn beide Male kam er irgendwo aus dem Dunkel gesprungen, packte Evelyn und zog sie an sich. Beide Male schrie sie erst erschrocken auf und lachte dann, küsste ihn und ging eng umschlungen mit ihm weiter.»

Klang ganz so, als hätten sich zwei Verhaltensauffällige gesucht und gefunden.

«Sie haben ihn nicht erkannt?»

Resigniert schüttelte Cervak den Kopf. «Ich habe damals kurz überlegt, ob es nicht der Kerl hätte sein können, mit dem Beatrice kurz darauf zusammengekommen ist. David ...»

«David Zimmermann.»

«Ja, genau. Von der Statur her waren sie einander sehr ähnlich. Bloß war David meiner Ansicht nach nicht der Typ, der aus dunklen Büschen hüpft, um Frauen zu erschrecken, auch wenn die das noch so spannend finden.»

Außerdem hatte David das perfekte Alibi für den Mord an Evelyn gehabt. Florin erinnerte sich genau, denn Beatrice hatte ihm die Geschichte schon vor über zwei Jahren erzählt. Die beiden hatten die Nacht miteinander verbracht, deshalb hatte Bea ihre Freundin nicht von der Party abgeholt, in der Folge war diese vermutlich per Autostopp nach Hause gefahren und dort in den Morgenstunden ermordet worden.

David Zimmermann kam als Mörder nicht in Frage.

«Sie waren doch damals Teil einer Clique, nicht wahr?» Florin dachte eher laut vor sich hin, als dass er wirklich eine Antwort von Cervak erwartete. Der nickte.

«War es üblich, dass Evelyn oder jemand anderes in der Gruppe neue Bekanntschaften versteckte? Oder war es eher ein Kommen und Gehen von Leuten, bei dem nur der harte Kern über Jahre bestehen blieb?»

Cervak überlegte nur kurz. «Kommen und Gehen trifft es genau. Bei den Partys waren fast jedes Mal neue Gesichter dabei, ich habe selbst immer wieder Freunde von der Musikhochschule mitgenommen. War nie ein Problem. Jeder war willkommen, die Runde war offen und neugierig und …»

Er unterbrach sich, senkte nachdenklich den Blick auf die Tischplatte. «Ich habe mich oft gefragt, warum Evelyn diesen … neuen Mann nicht einfach mitgenommen hat. Eine Zeitlang dachte ich, sie tut es vielleicht aus Rücksicht auf mich – um mich nicht zu verletzen. Was allerdings albern war, zu dem Zeitpunkt waren ihr meine Gefühle längst egal. Viel wahrscheinlicher ist ein anderer Grund: Beim zweiten Mal, als ich ihnen nachging, buchten sie sich in ein bekanntes Wiener Stundenhotel ein. Was man ja nicht tun muss, wenn jeder eine Wohnung hat.» Er sah wieder auf. «Ich schätze also, der Mann war verheiratet.»

Oder darauf aus, der nach Aufregung hungernden Evelyn neue Erlebnisse zu verschaffen. «Ja, gut möglich. Danke, Herr Cervak.»

Seine Mutlosigkeit musste Florin mittlerweile am Gesicht abzulesen sein, denn Cervak legte ihm einige Sekunden lang die Hand auf den Arm. «Ich hoffe wirklich, dass Sie Beatrice finden. Sie lässt sich nicht so leicht unterkriegen, das wissen Sie sicher noch besser als ich.»

Auch wenn es vielleicht nur eine Floskel war – für einen Moment fühlte Florin sich getröstet, denn im Kern stimmte es, was Cervak sagte. Bea war stark, und sie war intelligent. Sie würde alles tun, um am Leben zu bleiben. Wenn nicht für Florin, dann für ihre Kinder.

Er schüttelte dem Cellisten die Hand, als der sich verabschiedete, und sah ihm durchs Fenster nach, wie er den Mantelkragen hochstellte und die Straße überquerte. Er beneidete ihn so brennend um sein geordnetes, berechenbares Leben, dass es ihm fast den Atem nahm.

«Was denken Sie?» Draußen fiel der Regen nun in Strömen. Am Schreibtisch saß ihm Christian Vasinski gegenüber und sah erschöpfter aus als sonst – vielleicht lag es aber auch nur an dem grauen Licht, das durchs Fenster fiel.

«Für mich steht fest, dass derjenige, der Wallner, Martinek und Hoffmann getötet hat, auch Beatrice hat verschwinden lassen», fuhr Florin fort. «Alles andere wäre unlogisch. Erwiesen ist für mich außerdem, dass sein Tun auf verquere Art und Weise mit dem Mord an Evelyn Rieger in Verbindung steht. Sind wir uns bis dahin einig?»

Vasinski nickte. «Absolut.»

«Was ich allerdings nicht einschätzen kann: Haben wir es mit jemandem zu tun, der Riegers Tod rächen will? Oder mit demjenigen, der sie umgebracht hat?»

«Oder mit einem Dritten, dessen Motive komplizierter sind?» Vasinski legte eine Hand ans Kinn. «Ich stelle mir diese

Fragen auch immer wieder. Die letzte Nacht habe ich mich durch Berge von Fachliteratur gelesen, auf der Suche nach vergleichbaren Fällen.»

«Und?» Florin fragte, obwohl der resignierte Ausdruck im Gesicht seines Gegenübers eigentlich bereits Antwort genug war.

«Nichts, was sich für unsere Zwecke sinnvoll verwerten ließe. Es gibt haufenweise Literatur über Nachahmungstäter, aber mit einem solchen haben wir es hier ja nicht zu tun. Um einen Racheakt wahrscheinlich sein zu lassen, ist bereits zu viel Zeit vergangen – außer der Betreffende wurde die vergangenen sechzehn Jahre lang durch irgendwelche Umstände an seinem Tun gehindert. Dann besteht natürlich die Möglichkeit, dass er die Zeit genutzt hat, Pläne zu schmieden, alles bis ins Detail zu planen, sich in seine Ideen hineinzusteigern.» Vasinski verbarg sein Gähnen hinter der flachen Hand. «Entschuldigen Sie bitte. Ich sollte wahrscheinlich noch einen Kaffee trinken, aber da spielt mein Magen nicht mit.»

«Was glauben Sie», hakte Florin nach, ohne auf die letzte Bemerkung einzugehen, «wie müssen wir uns den Täter vorstellen? Er hat Hoffmann sofort getötet, Martinek erst nach einigen Stunden oder sogar Tagen. Bei Wallner können wir uns nicht ganz sicher sein, aber zumindest hat er sich genug Zeit genommen, um ihn zu fesseln und vermutlich mit ihm zu sprechen.» Florin fühlte, wie sein Optimismus mit jedem seiner eigenen Worte schwand. «Ist es überhaupt möglich, dass Beatrice noch lebt? Sie ist jetzt über zwei Tage verschwunden. Sagen Sie mir Ihre ehrliche Einschätzung, Dr. Vasinski.»

Der Psychiater nickte langsam. Verschränkte die Hände ineinander und beugte sich vor. «Es wäre unprofessionell von mir, wenn ich behaupten würde, ein Profil des Täters erstellen zu können. Aber eines ist für mich doch klar: Die drei Morde, die es bislang gab, standen mit Beatrice in Zusammenhang. Es ging jeweils um Menschen, mit denen sie ihre Probleme hatte. Jetzt hat der Mann sie sich selbst geschnappt, und es würde mich sehr erstaunen, wenn er sie einfach nur töten wollte.»

Nicht einfach nur töten. Florins Mund war mit einem Mal staubtrocken. «Sie meinen, er …»

Vasinski hob beruhigend die Hände. «Ich denke, er wird mit ihr in eine Art von … Kontakt treten wollen. In seiner verqueren Sicht der Welt hat er ihr ja gleich dreimal einen Gefallen getan. Es könnte sein, dass er darauf aus ist zu sehen, wie dankbar sie ist.»

Das klang logisch, etwas Ähnliches war Florin selbst schon durch den Kopf gegangen, wenn auch weniger klar ausformuliert, trotzdem wollte sich keine Erleichterung einstellen. «Dankbar. In welcher Hinsicht –»

«Das weiß ich nicht», unterbrach ihn Vasinski. Nicht ungeduldig, eher, als wolle er Florin schonen. «Möglicherweise will er nur, dass sie bei ihm ist. Mit ihm spricht, ihm zuhört. Möglicherweise will er mehr. Wir müssen uns klarmachen, dass er für sie viel auf sich genommen hat, aus seiner Sicht. Er wird seine Belohnung haben wollen.»

19. Kapitel

Eine Decke. Als hätte er ihre Gedanken gelesen. Schon wieder. Sie lag da, wo Beatrice auch ihre letzte Mahlzeit gefunden hatte, direkt unterhalb der Klappe in der Wand. Jago hatte diesmal keine Ankündigung geschrieben, Beatrice hatte sein *Geschenk* eher durch Zufall entdeckt. Weil sie sich die Beschaffenheit der Wandöffnung noch einmal hatte näher ansehen wollen.

Wann war er da gewesen? Sie hatte keine Geräusche gehört, aber sie nickte auch immer wieder ein, ihrem Gefühl nach oft nur für Minuten. Wobei das täuschen konnte.

Es war schauderhaft, jedes Zeitgefühl zu verlieren. Ihrer Einschätzung nach musste sie etwa zwei Tage lang hier sein, aber vielleicht waren es auch schon drei. Mehr wohl kaum. Oder?

Sie kroch zu dem Tischchen mit dem Notebook zurück, tippte ein schnelles Danke in ihr Chatfenster und rollte sich dann auf dem Boden in die Decke ein. Die neu roch und ein wenig chemisch.

Jago platzierte seine kleinen Gaben immer dann in ihrem Gefängnis, wenn sie döste oder schlief ... das sprach dafür, dass er sie sehen konnte. Er musste Kameras installiert haben, die sehr lichtempfindlich waren oder über Nachtsichtmodus verfügten.

Der Gedanke weckte in ihr sofort den Wunsch, sich zu verkriechen, doch der einzige Ort in der Halle, der Sichtschutz bot, war die Toilette.

Hoffentlich.

Die Vorstellung, dass Jago ihr vielleicht dabei zusah, wenn sie sich erleichterte, ließ ihr Inneres verkrampfen. War das denkbar? Wenn ja, warum hatte er den Bereich dann überhaupt mit einem

Vorhang abgetrennt? Um ihr die Illusion von Privatsphäre zu verschaffen?

Sie stand noch einmal auf, ging durchs Halbdunkel auf den Toilettenbereich zu, zog den Vorhang beiseite und spähte nach oben.

Dunkelheit, sonst nichts. Aber selbst wenn dort eine Batterie von Kameras befestigt gewesen wäre, bei den Lichtverhältnissen hätte Beatrice sie nicht sehen können. Sie konnte ja kaum das helle Schimmern der Porzellanschüssel erkennen, die gerade einmal zwanzig Zentimeter von ihr entfernt stand.

Mit der Decke um die Schultern ging sie zum Notebook zurück, unschlüssig, wie sie formulieren sollte, was sie wissen wollte. Am Ende entschied sie sich für eine einfache, direkte Frage.

Kannst du mich sehen?

Ungefähr fünf Minuten lang starrte sie auf den Bildschirm, als dann noch keine Antwort gekommen war, rollte sie sich wieder auf dem Boden zusammen, für unbestimmte Zeit.

Zeit. Sobald man sie nicht mehr messen, ihr Vergehen nicht mehr beobachten konnte, bekam sie plötzlich Masse und Gewicht, wurde zentnerschwer. Es war, als würde sie für alle Menschen auf der Welt weiterfließen, nur für Beatrice stand sie still, gerann zu einer dickflüssigen Masse, hüllte sie ein und drückte ihr die Luft ab.

Beatrice atmete tief. Ein. Aus. Der Panikanfall lauerte ganz knapp unter der Oberfläche, ihr Herz nahm bereits Tempo auf, das erste zarte Stechen im Brustkorb stellte sich ein.

Sie kannte das. Sie wusste, es war ungefährlich. Sie hatte mit ihrer Therapeutin Strategien entwickelt, die Angst zu bewältigen, indem sie mit ihr redete, sie durch sich hindurchfließen ließ. Sie durfte sich nicht gegen sie stemmen, weil das alles nur schlimmer machte.

Das Gefühl, gleich sterben zu müssen, blieb trotzdem nicht aus. Also atmen, sich darauf konzentrieren, wie der Sauerstoff durch den Körper strömte. An blauen Himmel denken. An Florin, der sie in seinen Armen hielt, der sie wieder in seinen Armen halten würde, bald.

Atmen.

Der Anfall verebbte, ohne sein volles Ausmaß erreicht zu haben. Als Beatrice sich wieder aufrichtete und ihren Blick auf das Notebook richtete, sah sie, dass eine neue Nachricht eingegangen war. Jago hatte geantwortet.

Ja, Hase, das kann ich.
Ich sehe dich.
Ich wache über dich.

Sie schloss die Augen, spürte, wie die Panik zurückzukehren drohte. Er wachte also über sie.

Die ganze Zeit? Mit kurzen Unterbrechungen, wenn er schlief, aß oder einkaufen ging? Arbeitete er?

Gut möglich, dass er einen Computerjob hatte und sie auf diese Weise den ganzen Tag über im Auge behalten konnte.

Sie rückte das Notebook zurecht und legte ihre Finger auf die Tastatur.

Sag mir bitte, was du vorhast.

War er da? Oder stand er im Moment unter der Dusche, rasierte sich, fuhr Auto, schlief ? Alles war möglich, alles denkbar. Es konnte ebenso gut drei Uhr am Nachmittag wie drei Uhr nachts sein, oder acht Uhr am Morgen. Oder …

Du weißt, was ich vorhabe. Wenn du dir den Gedanken erlaubst, dann weißt du es. Du erkennst Muster. Dieses ist wirklich leicht zu durchschauen.

Beatrice las die Zeilen mehrmals, prägte sie sich ein. Wahrscheinlich lag es daran, dass ihr Kopf sich immer noch so schwammig anfühlte, aber es fiel ihr deutlich schwerer, Gedanken festzuhalten und fortzuführen, als sie das von sich selbst gewohnt war.

Ein Muster. Dessen Teil sie zweifelsohne war. Jago webte sie ein, wie er Hoffmann, Martinek und Wallner eingewebt hatte … und dann?

Wieso lebte sie noch? Worauf wartete er? Würde er sie erst töten, wenn er der kleinen, getippten Wortwechsel mit ihr überdrüssig war?

Das fühlte sich nicht an, als würde es stimmen. Beatrice rollte sich in die Decke ein, zog sie bis zum Kinn hoch und führte sich die drei Morde vor Augen, die Jago bisher begangen hatte.

Alle drei Opfer hatte sie gekannt. Trotzdem passte sie nicht in diese Reihe, nicht wirklich. Sie war kein Teil des Musters, eher ein Webfehler. Keine logische Fortsetzung der Serie.

Sie blickte nach oben, zur Decke der Halle, die viel zu tief im Dunkel lag, als dass sie sie hätte sehen können. Und langsam, langsam stellte die Erkenntnis sich ein, kriechend, als würde Beatrices Bewusstsein sich dagegen wehren und schließlich unterliegen.

Es gab eine logische Ergänzung des Musters. Ein nächstes Opfer, das perfekt in die Reihe passen würde.

Aber das konnte Jago nicht gemeint haben, keinesfalls, das würde er nicht tun, so weit würde er nicht gehen.

Beatrice klammerte sich an dem Gedanken fest, versuchte ihn mit schlüssigen Argumenten zu stützen, scheiterte.

Jago kannte sie, wusste über ihr Leben Bescheid, und woher auch immer er sein Wissen nahm, es war detailliert und präzise.

Jedes seiner Opfer hatte eine Verbindung zu Beatrice – alles Menschen, mit denen sie nicht zurechtgekommen war.

Nun würde er sein Werk krönen, indem er jemanden ermordete, von dem Beatrice sich schon oft gewünscht hatte, er möge vom Erdboden verschwinden; dem sie unter Tränen alle möglichen bösen Dinge an den Hals geflucht hatte, in ihren schwärzesten Stunden, alleine, nachts, fassungslos von der Bosheit, die er ihr gegenüber an den Tag legte.

Jago würde sie von ihm befreien, ihn aus ihrem Leben entfernen wie ein hässliches Geschwür, und die Vorstellung raubte ihr fast den Atem vor Entsetzen.

Sie wollte nicht, dass das passierte, sie hatte es nie wirklich gewollt, es betraf ja nicht nur sie … aber sie war der Grund dafür, der Auslöser, auch wenn sie nicht begriff, warum.

Jago würde Achim töten.

Ich wache über dich. Der Satz hatte eine völlig neue Bedeutung erhalten. Beatrice glaubte keine Sekunde daran, dass Jago seine Taten beging, um ihr damit einen Gefallen zu tun, so hatte Evelyn ihn in ihrem Tagebuch nicht geschildert, und so erlebte auch sie selbst ihn nicht. Nein, es war viel perfider: Mit jedem Mord belastete er ihr Gewissen: Die Menschen starben ihretwegen, aber sie konnte um keinen von ihnen ehrlich trauern, denn sie hatte sie alle nicht leiden können.

Wenn er wirklich Achim töten wollte, war das aber eine ganz andere Sache. Dann nahm er ihren Kindern den Vater, riss eine unheilbare Wunde in ihr Leben. Und wenn er danach, gewissermaßen zum Abschluss, auch Beatrice …

… dann wären Mina und Jakob Vollwaisen. Nicht mehr hin- und hergerissen zwischen einem Vater und einer Mutter, die sich nicht verstanden, sondern allein, völlig allein.

Beatrice krümmte sich unter ihrer Decke, biss sich in die geballte Faust, um nicht aufzuschluchzen. Wenn Jago Kameras installiert hatte, dann gab es sicher auch Mikrophone.

Die Kinder würden wahrscheinlich auf den Mooserhof kommen, zu Beatrices Mutter und zu Richard und seiner Familie. Sie würden umsorgt und gut aufgezogen werden, aber …

Sie konnte es sich nicht vorstellen. Sie durfte es sich nicht vorstellen, und es würde nicht passieren. Es musste einen Weg geben, Jago von seinem Plan abzubringen. Ihm den Spaß daran zu nehmen. Ihn abzulenken.

Von nun an würde sie jede Minute beschäftigt sein.

20. Kapitel

Keine ungewöhnlichen Telefongespräche bei den drei Opfern.» Stefan reichte Florin eine dünne Mappe mit eingehefteten Ausdrucken. «Wallner hat in den drei Wochen vor seinem Tod kaum telefoniert, nur mit zwei seiner Bekannten, der Hausverwaltung und seinem Buchmacher. Martinek vor allem mit ihrer Tochter, mit einer Reihe von Klientinnen, ein paar Freundinnen und ihrem Zahnarzt. Bei Hoffmann wissen wir, dass er den Großteil seiner Gespräche über die Büroleitung geführt hat; die paar Handygespräche, die wir auf der Liste haben, sind ebenfalls unauffällig.» Er seufzte. «Wir können also davon ausgehen, dass der Täter seine Opfer nicht vorab kontaktiert hat.»

Da war Florin ganz seiner Meinung, mehr noch: Er war davon überzeugt, dass nicht die geringste Verbindung zwischen den drei Getöteten und ihrem Mörder bestanden hatte. Vermutlich war ihre erste Begegnung gleichzeitig auch ihre letzte gewesen.

Vasinskis Worte kreisten immer noch in seinem Kopf. *Er wird seine Belohnung haben wollen.* Florin wehrte sich mit aller Kraft dagegen sich vorzustellen, wie diese Belohnung aussehen konnte. Er würde, er musste Beatrice zurückbekommen, und das unversehrt, äußerlich wie innerlich.

Was machst du dir denn vor, sagte er sich gleichzeitig. Als ob jemand durch eine solche Erfahrung gehen könnte, ohne davon gezeichnet zu werden.

Sein Handy klingelte, und er zuckte zusammen, wie neuerdings immer, als wüsste sein Körper schon vorab, dass die Nachrichten nicht gut sein konnten.

Die Nummer, die das Display anzeigte, kannte Florin nicht. «Hier Wenninger, hallo.»

Zwei Sekunden lang Stille. Dann: «Hier spricht Kaspary.» Eine junge, weibliche Stimme. Florins Herz setzte einen Schlag aus. Das war nicht …

«Mina Kaspary. Ich bin die Tochter von deiner Kollegin, wir haben uns vor zwei Tagen bei der Schule gesehen.»

«Ja, natürlich.» Er konnte die Unsicherheit in der Stimme des Mädchens hören. «Hallo, Mina.»

«Hallo.» Sie schluckte vernehmlich. «Also, ich wollte … ich rufe nur an, weil …» Sie seufzte, gleich würde sie der Mut verlassen. «Weil ich wissen wollte, ob du schon etwas Neues von Mama weißt. Ich habe Papa gefragt, aber der sagt mir nichts, sondern wird nur sauer, wenn ich damit anfange.»

Florin biss sich auf die Lippen. Achim, der seinen eigenen Stress bei erster Gelegenheit weitergab, egal an wen, und seien es die eigenen Kinder. Dieses Arschloch.

«Es ist so, Mina», begann er und bemühte sich, seine Stimme heiter klingen zu lassen. «Im Moment wissen wir noch nicht, wo deine Mama ist, aber wir suchen Tag und Nacht nach ihr, und ich bin sicher, wir finden sie bald.»

«Sicher?» Es klang flehend.

«Ja», log Florin. «Du kennst sie doch – sie lässt sich nicht unterkriegen. Kann sein, dass sie gerade in Schwierigkeiten ist, aber das war sie schon ein paar Mal, und sie ist immer wieder rausgekommen.» Zu seiner eigenen Überraschung fühlte er seine Zuversicht wachsen, während er sprach. Als ob der Optimismus, den er verbreitete, gerechtfertigt wäre.

«Ich habe gestern gehört, wie Papa mit jemandem telefoniert hat. Ich weiß nicht, mit wem, und er hat nicht mitbekommen, dass ich im Nebenzimmer war. Aber er … er hat gesagt, wenn sie sie bis jetzt nicht gefunden haben, wird das auch nichts mehr.

Und wie er das dann schaffen soll, mit zwei kleinen Kindern.» Sie schluchzte auf, versuchte gleichzeitig, es zu unterdrücken. In Gedanken verfluchte Florin Achim ein weiteres Mal.

«Hör mir zu, Mina. Wir haben hier einen ganzen Haufen Experten, und die denken alle, dass es deiner Mama gutgeht. Wahrscheinlich hat jemand sie irgendwo eingesperrt, aber sie ist ganz bestimmt am Leben. Und wir werden sie finden. Okay?»

Sie schniefte. «Versprichst du mir das?»

Vielleicht lag es daran, dass ihre Stimme plötzlich so sehr wie Beatrices klang, oder daran, dass er einfach zu feige für ein Nein war. «Ich verspreche es dir. Sie kommt zurück. Alles wird gut.»

«Okay.» Mina atmete tief durch. «Danke. Kann ich dich wieder anrufen?»

«Natürlich. Immer. Egal, wie spät es ist.»

«Gut. Danke.» Sie legte ohne Verabschiedung auf. Florin behielt das Handy noch einige Sekunden lang am Ohr, bevor er langsam die Hand senkte und Minas Nummer unter seinen Kontakten speicherte.

Er wusste nicht, ob er falsch oder richtig reagiert hatte, nur, dass er der Situation nicht gewachsen war. Er hatte aus dem Bauch heraus geantwortet, in der Hoffnung, Mina damit ihre Angst nehmen zu können, die in Wahrheit so verdammt berechtigt war.

Er hatte ihr zumindest kurzfristig eine Last von der Seele genommen, sagte er sich. Eine Last, die allerdings mit voller Wucht und umso schmerzhafter zurückkehren würde, wenn sich herausstellen sollte, dass Bea tot war. Wenn es so war, würde Mina ihre ganze Wut auf ihn konzentrieren, zu Recht. Aber das war dann im Grunde auch egal. Dann war alles egal.

Jago kann Gedanken lesen, meine jedenfalls.

Draußen war es bereits seit einer Stunde dunkel, und Florin hatte das Tagebuch hervorgeholt, das den ganzen Tag in einer Stofftasche unter seinem Schreibtisch gelegen hatte.

Er weiß Dinge über mich, die ich selbst nicht wusste, er führt mich an meine Grenzen, und ich fühle mich so lebendig wie nie. Ich wünschte, wir könnten zusammenleben, aber als ich letztens im Chelsea davon angefangen habe, ist er einfach aufgestanden und gegangen. Ohne ein Wort. Eine halbe Woche lang kein Lebenszeichen, dann erst ist er wieder aufgetaucht, so überraschend, dass mich fast der Schlag getroffen hätte.
Er ist der erste Mann, der sich nicht erleichtert zurücklehnt, wenn ich in der Beziehung die Führung übernehme. Bisher hat er sich die Zügel noch kein einziges Mal aus der Hand nehmen lassen. Natürlich werde ich es trotzdem weiterhin versuchen, schon um des Spiels willen. Unterliegen macht nur Spaß, wenn man vorher wirklich gekämpft hat. Und wenn der Gegner ein würdiger ist.

Florin rieb sich die brennenden Augen. Unterliegen macht Spaß, schrieb Evelyn. Konnte das am Ende ihr Tod gewesen sein? Dass das Spiel um Kämpfen und Unterliegen viel, viel zu weit getrieben wurde?

Er suchte in den Unterlagen von damals nach dem Gutachten, das ein Wiener Profiler über den ominösen Jago geschrieben hatte. Die lange Einleitung las er quer, in der der Psychologe alles, was danach kommen würde, relativierte, weil er sich in seiner Einschätzung nur auf die Schilderung einer Dritten, also Evelyn, beziehen konnte.

Das Gutachten selbst war relativ kurz und blieb vage. Der Experte vermutete eine narzisstisch-antisoziale Persönlichkeitsstörung, die sich durch manipulatives, destruktives und empathieloses Verhalten auszeichne. Er gestand Jago hohe Intelligenz und ein nach außen hin vermutlich sehr gewinnendes Wesen zu, das er dazu einsetzte, Menschen seinem Willen zu unterwerfen. Es sei dem Tagebuch nicht detailliert zu entnehmen, auf welche Weise er das bei Evelyn Rieger getan hatte, allerdings ginge aus dem Text klar hervor, dass sie sich Jago gegenüber deutlich anders verhielt, als es sonst für sie üblich war. «Das spricht dafür, dass der Betreffende sich intensiv mit Riegers Psyche auseinandergesetzt oder sie instinktiv erfasst hat. In beiden Fällen müssen wir von einem ausgeprägt analytischen Verstand und überdurchschnittlicher Beobachtungsgabe ausgehen.»

Darauf, ob Jago von seiner Persönlichkeitsstruktur her als Evelyns potenzieller Mörder in Frage kam, wollte der Psychologe sich nicht festlegen. Unter gewissen Umständen, wenn man erhebliche familiäre Vorbelastungen postulierte, aus denen sich in der Folge ausgeprägter sexueller Sadismus entwickelte. Dann möglicherweise.

Seufzend legte Florin den Bericht beiseite. Kein Wunder, dass diese Beschreibung niemanden weitergebracht hatte. Er würde sich morgen noch einmal mit Halm besprechen. Ihn fragen, was er aus dem sogenannten Gutachten geschlossen hatte.

Morgen. Zwischen dem neuen Tag und dem Jetzt lag wieder eine ganze quälende Nacht voller angsterfüllter Gedanken und dunkler Befürchtungen. Florin stemmte sich von seinem Stuhl hoch, nahm seine Jacke und ging langsam zur Tür. Sah noch kurz ins gegenüberliegende Büro hinein, wo er nur noch auf Bechner traf, der Papiere sortierte.

«Wenn es Neuigkeiten gibt, ruft mich auf jeden Fall an, egal wie spät es ist.» Er wartete das Nicken seines Kollegen ab und schloss dann leise die Tür.

Ins Auto setzen. Den Motor starten. Vom Parkplatz fahren und auf die Straße einbiegen, in dem Bewusstsein, dass er sich Beatrice nun näherte oder sich von ihr entfernte, vielleicht sogar an ihr vorbeifahren würde, ohne es zu wissen.

Er packte das Lenkrad fester. So konnte es nicht weitergehen, sie mussten endlich einen Anhaltspunkt finden, eine Spur, irgendetwas. Es half nichts, die Angestellten der Tiefgarage, des Cafés und des Friedhofs noch einmal zu befragen; auch wenn sie sie schüttelten, würden keine neuen Antworten aus ihnen herausfallen.

Wieder lenkte Florin seinen Wagen kreuz und quer durch die Stadt, fuhr auf die Autobahn, trat das Gaspedal durch, aber nur eine knappe halbe Minute lang. Es verschaffte ihm keine Erleichterung, und er würde nur sich und andere gefährden, müde, wie er war.

Also doch nach Hause. Vielleicht war es eine gute Idee, heute einfach die Cognacflasche zu leeren. Das war zwar weder klug noch verantwortungsvoll, aber wohl die einzige Möglichkeit, das zu betäuben, was in ihm tobte.

Im Aufzug, der ihn nach oben zu seinem Penthouse brachte, fühlte er, wie Erschöpfung und Mutlosigkeit ihn überwältigten. Wenn er es nüchtern betrachtete, war Beatrice vermutlich schon tot oder würde es in Kürze sein. Ihr Entführer hatte dreimal gemordet. Wie auch immer das Konzept für sein «Werk» aussehen mochte – ihr Tod war der einzig logische Höhepunkt dafür. Er würde unausweichlich sein, wenn sie nicht bald etwas Handfestes zu greifen bekamen.

Beim Hineingehen schaltete er nur das Licht im Vorzimmer an, streifte die Schuhe ab und ging unmittelbar zu der Vitrine, in der er seine Whiskey- und Cognacflaschen aufbewahrte. Er griff blind nach einer davon und setzte sich damit auf die Couch, erfüllt von der grauenvollen Aussicht, dass seine Abende künftig so aussehen würden. Einsam. Alkoholgetränkt.

Dann war das eben so. Er schraubte die Flasche auf und setzte sie an die Lippen. Der Whiskey rann scharf und brennend durch seine Kehle, sein Magen zog sich spürbar zusammen.

Kein Wunder. Florin versuchte sich zu erinnern, wann er zuletzt gegessen hatte. Heute Morgen, eine trockene Scheibe Brot. Das war …

Das Klingeln seines Handys ließ ihn herumfahren, er hatte das Gerät neben sich gelegt und griff so hektisch danach, dass es ihm aus der Hand fiel. Im Halbdunkel tastete er danach, es war halb unter die Couch gerutscht; gleich würde es aufhören zu läuten.

Als er endlich einen Blick auf das Display und den Namen des Anrufers werfen konnte, wünschte er sich, er wäre langsamer gewesen. Achim.

Die Versuchung, das Gespräch einfach wegzudrücken, war riesig, aber er beschloss, ihr nicht nachzugeben.

«Guten Abend, Herr Kaspary.»

«Wenninger. Was erlauben Sie sich eigentlich?»

«Wie bitte?» Florin konnte die Überraschung in seiner eigenen Stimme hören.

«Sie wissen ganz genau, was ich meine», dröhnte Achim. «Sie haben mit meiner Tochter gesprochen. Hinter meinem Rücken.»

Unter anderen Umständen hätte Florin Achim jetzt verabschiedet. Oder ihn mit einer kurzen, sarkastischen Bemerkung zum Schweigen gebracht, doch diesmal fühlte er eine so maßlose, unbezwingbare Wut in sich aufsteigen, dass er nicht anders konnte, als ihr nachzugeben.

«Hören Sie mir gut zu, Kaspary.» Er wurde nicht laut, im Gegenteil. «Es war Ihre Tochter, die sich bei mir gemeldet hat, weil Sie offenbar nicht imstande sind, ihr die Angst um ihre Mutter zu nehmen. Vermutlich bekommen Sie nicht einmal mit, wie es Ihren Kindern wirklich geht, denn Ihre Hauptsorge scheint ja zu sein, dass Sie sich um sie kümmern müssten, falls Beatrice etwas zugestoßen sein sollte.»

Er hörte, wie Achim empört Luft holte. «Was reden Sie da für einen Quatsch?»

«Ich teile Ihnen mit, was Mina mir erzählt hat. Sie war im Nebenzimmer und hat ein Telefongespräch mitgehört, in dem Sie sinngemäß verkündet haben, dass Sie nicht mehr an Beatrices Rückkehr glauben. Und dass Sie nicht wissen, wie Sie alleine mit zwei kleinen Kindern zurechtkommen sollen.»

Diesmal dauerte es ein paar Sekunden, bis Kaspary antwortete. «Das geht Sie alles einen Dreck an.»

«Falsch.» Nun wurde Florin doch laut. «Mir liegt Beatrice wirklich sehr am Herzen, und damit auch ihre Kinder. Sie kann im Moment nicht dafür sorgen, dass es ihnen gutgeht, also tue ich mein Möglichstes dazu, wenn ich die Gelegenheit bekomme. Das müsste ich nicht, wenn Sie ein bisschen weniger Arschloch und dafür mehr Vater wären.»

Da war sie gewesen, die Grenze, die er nicht hätte überschreiten sollen. Er wusste es, trotzdem fühlte es sich gut an. Als hätte er ein Ventil geöffnet und wenigstens einen Teil des Drucks abgelassen, der ihn seit Tagen fast um den Verstand brachte.

«Was haben Sie gesagt?» Nun schrie auch Achim in den Hörer, ein wenig undeutlich allerdings. «Sie … Sie mach ich fertig. Wollen Sie, dass ich vorbeikomme und Ihnen eins in die Fresse haue? Ja?»

Hatte er ebenfalls getrunken? Es machte ganz den Eindruck. Florin schloss die Augen. Die Vorstellung, dass er mit extremem Stress auch nur im Ansatz so umging wie dieser Widerling, ekelte ihn an. «Wir sollten das Gespräch jetzt beenden. Es ist niemandem damit geholfen.»

Hohnlachen am anderen Ende der Leitung. «Das könnte Ihnen so passen! Erst treiben Sie es mit meiner Frau, und dann machen Sie sich an meine Kinder ran! Und einer wie Sie nennt mich Arschloch!»

Entschlossen schob Florin die Flasche von sich. «Reden Sie leiser, Kaspary. Falls Sie zu Hause sind. Ihre Kinder, an die ich mich im Übrigen in keiner Weise ranmache, könnten Sie sonst hören.» Er holte tief Luft. «Und Beatrice ist Ihre Ex-Frau, die tun und lassen kann, was sie will und mit wem sie will. Sie ist Ihnen keine Rechenschaft schuldig und ich erst recht nicht.» Er beendete das Gespräch, bevor Achim antworten konnte, und ließ sich gegen die Sofalehne sinken.

Er begriff immer besser, warum Beatrice gezögert hatte, ihre Beziehung zu ihm öffentlich zu machen. Sie hatte Szenen wie diese gefürchtet, zu Recht. Achim würde keine Sekunde lang zögern, die gemeinsamen Kinder zu benutzen, um Beatrice weh zu tun, ohne Rücksicht auf den Schaden, den das bei ihnen anrichten konnte. Er gab sich ja schon jetzt keine Mühe, ihnen die Situation so einfach wie möglich zu machen.

Florin vergrub das Gesicht in den Händen. Bea, flehte er stumm. Steh das durch, bitte.

Eine neue Welle von Schmerz rollte an, und diesmal ließ er sich von ihr überspülen. Sich zu betrinken, war eine gute Idee gewesen, aber nur theoretisch. In der Praxis war es der beste Weg, Beatrice im Stich zu lassen, und das würde Florin auf keinen Fall tun.

Notfalls würde er Achims bislang lächerlichen Vorwurf in die Tat umsetzen. Und sich einmischen.

21. Kapitel

Trotz der Decke war der Boden kalt, sobald Beatrice sich von einer Seite auf die andere und damit von der Isomatte rollte. Zudem tat ihr die linke Hüfte weh, auf der sie wohl zu lange gelegen hatte, diesmal allerdings ohne zu schlafen.

Sie hatte nachgedacht und so etwas wie einen Plan entwickelt. Jagos Interesse an Evelyn musste seine Gründe gehabt haben. Ihr gutes Aussehen war sicherlich nicht der wichtigste gewesen; Beatrice schätzte, dass ihre Ausstrahlung, ihre Art, das Leben zu genießen und alles von ihm zu fordern, wesentlich schwerer gewogen hatten.

Fordern. Damit würde Beatrice es jetzt versuchen.

Mühsam richtete sie sich auf, ihre Gelenke fühlten sich steif an. Ein Blick auf den Computerbildschirm zeigte ihr, dass es keine neue Nachricht von Jago gab, keine seit der letzten.

Du erkennst Muster. Dieses ist wirklich leicht zu durchschauen.

Sie würde darauf nicht reagieren. Stattdessen würde sie einen eigenen Spielzug setzen.

Ich möchte, dass du mir einen Gefallen tust, tippte sie.

Als nach fünf Minuten noch keine Antwort gekommen war, beschloss sie, sich wieder hinzusetzen. Er würde sich melden. Früher oder später.

Natürlich ertappte sie sich dabei, dass sie alle paar Minuten zum Bildschirm sah. Der Computer gab beim Eintreffen einer neuen

Nachricht keinen Signalton von sich, und möglicherweise hatte Jago das extra so eingerichtet. Weil das ständige Prüfen Beatrices Nervosität erhöhen, sie nicht zur Ruhe kommen lassen würde.

Diesmal musste sie nur eine geschätzte halbe Stunde warten.

Einen Gefallen soll ich dir tun? Das finde ich originell. Lass hören.

Sie suchte nach der richtigen Formulierung, fand sie nicht und beschloss, es trotzdem darauf ankommen zu lassen. Bevor Jago wieder fort war.

Ich möchte meine Leute wissen lassen, dass ich noch lebe. Ich würde ihnen über dich gern ein Lebenszeichen schicken. Bitte.

Sie konnte sich vorstellen, wie er vor seinem Bildschirm jetzt lachte, den Kopf schüttelte. Erwartungsgemäß kam die Antwort schnell, fiel aber anders aus, als Beatrice gedacht hatte.

Interessante Idee. Würde auch für mich das Spiel spannender machen. Allerdings möchte ich dafür auch etwas von dir.

Sie war versucht, ihm sofort zuzugestehen, was er wollte. Ihm gewissermaßen einen Blankoscheck auszustellen, doch das würde das falsche Signal senden. Er sollte sie nicht für völlig verzweifelt halten.

Das ist nur fair, antwortete sie also. Sehr gerne, wenn ich deinen Wunsch angemessen finde.

Diesmal dauerte es länger, bis er reagierte. Beatrice verharrte vor dem Notebook, nervös. Hatte sie ihn verärgert? War er auf ihr bedingungsloses Ja eingestellt gewesen?

So schätzte sie ihn nicht ein. Er sprach selbst von einem Spiel, das er interessant halten wollte. Unterwerfung war langweilig, für jeden, aber erst recht für jemanden wie Jago.

Du machst mir wirklich Spaß, Hase, schrieb er nach einigen Minuten. Aber keine Sorge, ich denke nicht, dass mein aktueller Wunsch deine Grenzen überschreitet. Alles was ich will, ist deine Einschätzung: Was denkst du, wen ich mir als Nächstes vornehmen werde?

Sie zögerte, obwohl sie so gut wie sicher war, dass sie mit ihrer Antwort richtig lag. Aber wenn nicht … Keinesfalls wollte sie diejenige sein, die Jago auf die Idee brachte.

Nein. Das würde nicht der Fall sein. Es passte zu gut zu dem Muster, von dem er gesprochen hatte.

Du wirst dir Achim vornehmen, meinen Ex-Mann. Achim Kaspary.

Diesmal musste sie keine zehn Sekunden auf seine Replik warten.

Da hast du messerscharf und vollkommen richtig geschlossen. Glückwunsch. Kluges Mädchen.
Denkst du, deine Kollegen werden den gleichen Schluss ziehen?

Beatrice zog die Unterlippe zwischen die Zähne. Würden sie? Nein, würden sie nicht. Schon aus dem einfachen Grund, weil sich Jago sie geschnappt hatte. Florin würde davon ausgehen, dass der Mord an ihr den finalen oder wenigstens den nächsten Akt darstellte. Sie war das aktuelle Opfer, das man bloß noch nicht gefunden hatte.

Aber wenn sie Jago das schrieb, würde er mit Sicherheit an seinem Plan festhalten. Wenn sie hingegen log und vorgab, dass ihre

Kollegen diesen Gedanken schon vor Tagen gehabt hatten, noch vor Hoffmanns Tod … würde Jago dann die Finger von Achim lassen? Aus Vorsicht?

Sie wusste es nicht, und so gern sie ihrem Entführer etwas vorgemacht hätte, sosehr riet ihr Instinkt ihr davon ab. Wenn er es merkte, war ihr Deal hinfällig, und der war zu wichtig.

Ich glaube nicht, schrieb sie zögernd. Derzeit werden alle ihren Fokus auf mein Verschwinden gerichtet haben. Achim wird niemand für gefährdet halten.

Sie schickte die Nachricht ab, mit sehr flauem Gefühl im Magen.

So habe ich es ebenfalls eingeschätzt, antwortete Jago umgehend. Schön, dass wir uns einig sind. Was wirst du empfinden, wenn er tot ist?

Diesmal musste sie nicht nachdenken.

Es wäre eine Katastrophe für mich, wenn meine Kinder ihren Vater verlieren würden. So früh, auf eine solche Weise. Es ist kein Geheimnis, dass wir einander nicht ausstehen können, aber ich möchte nicht, dass er stirbt.

War das ein guter Schachzug gewesen? Nur wenn Jago wirklich dachte, dass seine Morde Beatrice glücklich machten. Ansonsten hatte sie ihm vielleicht einen weiteren Anreiz geliefert.

Ich verstehe, was du meinst, schrieb er nach einer Pause zurück, die ihr unendlich lange vorkam. Aber es ist nicht die ganze Wahrheit, oder, Hase?

Immer wieder dieses *Hase*, das ihr sekundenweise vorgaukelte, sich mit Evelyn zu unterhalten. Niemand sonst hatte sie je so genannt.

Es ist die Wahrheit. Sein Tod würde vieles zerstören, was zwar nicht perfekt, aber trotzdem wichtig ist. Für die Kinder.

Stimmte das wirklich? Wenn Achim starb, würde es ein Schock sein, vor allem für Mina, aber ihrer aller Lebenssituation würde auch einfacher werden. Es gab ja nun Florin, der die Vaterrolle so viel besser ausfüllen würde, als Achim das je gekonnt hatte …

Was dachte sie da eigentlich? Beatrice ballte die Hände zu Fäusten, bohrte sich die Fingernägel in die Handflächen.

Kinder werden auch ohne Vater groß. Ohne Eltern. Glaube mir, ich weiß das.

Jagos Feststellung löste in ihr gleichzeitig Schrecken und den bekannten ermittlerischen Jagdinstinkt aus. Er war also bereit, Jakob und Mina beide Elternteile zu nehmen, ohne das allzu schlimm zu finden.

Und er berief sich auf eigene Erfahrungen, wenn sie ihn nicht völlig falsch interpretierte. Sie hätte das so gern mit Florin besprochen, es war eine Information, auf der man aufbauen konnte, aber es gab keinen Weg, sie ihm zukommen zu lassen.

Diesmal würde sie sich Zeit mit der Antwort lassen, sie musste gut durchdacht sein. Wenn sie Jago auf seine eigene Kindheit ansprach, würde er möglicherweise wütend reagieren; ihn um ihr und Achims Leben anzuflehen, würde gar nichts bringen.

Sie trat einen Schritt von dem Computertisch zurück und bemerkte gleichzeitig, dass sie zur Toilette musste. Die halbe Flasche Wasser, die sie vorhin getrunken hatte, machte sich bemerkbar.

Als sie zurückkehrte, fand sie eine neue Nachricht von Jago vor.

Du hast mir deine Einschätzung mitgeteilt, also werde auch ich meinen Teil des Deals einhalten. Geh zur Essensklappe und hole dir, was du dort findest.

Damit war es erwiesen. Er sah sie. Er hatte beobachtet, wie sie in den sichtgeschützten Bereich ging und ihr etwas durch die Luke geschoben. Das hieß, er war in unmittelbarer Nähe. Im … Nebenraum, falls es hier so etwas gab.

Langsam ging Beatrice die Wand entlang auf die Luke zu. Je näher sie kam, desto deutlicher sah sie eine helle, rechteckige Form am Boden schimmern.

Eine Zeitung. Sie bückte sich, tastete erst die Wand ab, drückte gegen die Klappe, die bereits wieder fest verschlossen war, und hob dann die Zeitung auf.

Im Licht des Displays betrachtete sie das Titelblatt. Es war eine Ausgabe der Salzburger Nachrichten, vom fünfundzwanzigsten Februar.

Paul Cervak hatte sie am zweiundzwanzigsten getroffen, das bedeutete, sie war nun drei Tage hier – wenn diese Zeitung von heute war. Oder zweieinhalb, wenn dies hier die Abendausgabe des Blattes war. *33 Tote: Selbstmordanschlag in Bagdad*, lautete die Headline.

Beatrice blätterte vor zu den Seiten mit den Inlandsnachrichten – die entfernt worden waren. Klar. Jago hatte nicht das geringste Interesse daran, sie wissen zu lassen, wie über den Fall berichtet wurde. Über sie.

Stell dich vor das Notebook. Halte die Zeitung vor dich.

Sie begriff, was er vorhatte. Folgte seinen Anweisungen.

Ein Stück näher. Und geh in die Knie.

Obwohl es sie Anstrengung kostete, versuchte Beatrice ein Lächeln und hoffte, dass es ihr nicht zu einer verzweifelten Grimasse geriet.

Okay, danke. Ich wünsche dir eine gute Nacht, Hase.

Eine gute Nacht. Etwas in Beatrice wurde plötzlich leicht. Es war also Abend oder eben schon Nacht, aber keinesfalls früher Morgen oder Mittag, noch nicht einmal Nachmittag kam in Frage.

Das Gefühl, sich wenigstens einigermaßen wieder in der Zeit orientieren zu können, gab Beatrice ein Stück Boden unter den Füßen zurück. Ihre Kinder schliefen wahrscheinlich schon oder würden das bald tun; bei Florin war sie da nicht so sicher. Aber wenn Jago sich an die Vereinbarung hielt, würde auch er bald ruhiger sein können.

Sie kniete sich an den Fuß des Computertischchens, legte die Zeitung so auf die Tastatur des Notebooks, dass möglichst viel Licht darauf fiel, und begann zu blättern. Doch sosehr sie auch suchte, es fand sich nirgendwo auch nur der geringste Schnipsel, der mit dem Fall zu tun hatte. Nichts über die Ermittlungen, kein polizeikritischer Kommentar, noch nicht einmal ein Hinweis auf Hoffmanns Begräbnis.

Beatrice blätterte die Seiten behutsam um, eine nach der anderen. Am Landestheater hatte die Premiere zu Ibsens «Nora» stattgefunden. Die Schauspieler kamen in der Kritik gut weg, die Regie weniger.

Sie las aufmerksam, mit einem dumpfen Gefühl der Dankbarkeit für die Ablenkung. Am besten, sie ging sparsam mit dem um, was die Zeitung ihr zu bieten hatte. Immer nur einen Artikel auf einmal. Jede Neuigkeit würde ihr dabei helfen, den Kontakt zur Welt zu halten. Und bei Verstand zu bleiben.

Sie träumte von Achim, in dieser Nacht. Er lag unter Wasser, bekam keine Luft. Sie streckte eine Hand nach ihm aus, wollte nach seiner fassen, doch die Wasseroberfläche war wie aus Glas. Undurchdringlich. Sein Blick war verzweifelt, keine Spur von der vertrauten Wut und dem Hass, die Beatrice sonst immer entgegenschlugen.

Sie erwachte atemlos und mit hämmerndem Herzen. Vermochte sich im ersten Moment kaum zu orientieren, bis das Schimmern des Displays ihr vergegenwärtigte, wo sie war.

Allein im Dunkeln. Und wieder hatte sie das Zeitgefühl verloren.

22. Kapitel

Es war vier Uhr morgens, als Florin die Augen aufschlug, und er wusste im gleichen Moment, er würde nicht wieder einschlafen können. Sein Körper hatte sofort begonnen, Adrenalin auszuschütten, seine Gedanken setzten an der Stelle ein, an der sie gestern abgerissen waren.

Lebte Bea noch?

Ohne das Licht anzuschalten, nahm er das Handy vom Nachttisch und überprüfte es auf Nachrichten, die er im Tiefschlaf vielleicht überhört hatte.

Nein. Nichts.

Das war immerhin besser als eine Hiobsbotschaft, sagte er sich und richtete sich langsam im Bett auf. Er würde duschen und ins Büro fahren. Halm war ebenfalls Frühaufsteher, meist war er schon um halb sieben da. Es würde ruhig sein, sie konnten gemeinsam eine Tasse Kaffee trinken und noch einmal Details aus den alten Ermittlungen rekonstruieren. Das Damals und das Jetzt auf einen Nenner bringen, dann musste die Lösung doch zu finden sein.

Florin duschte erst kalt, dann heiß, dann wieder kalt. Genoss es, dass der Schock für Sekunden alle Gedanken zum Stillstand brachte.

Er ging nach unten, sah durch die Fenster des Treppenhauses, dass es zu schneien begonnen hatte; kleine, leichte Flocken legten sich auf Straße und Dächer.

Hätte der Schneefall früher begonnen, wäre der Zettel Florin wohl entgangen, oder er hätte ihn erst beim Einschalten der Scheibenwischer entdeckt.

Ein Strafzettel, dachte er zuerst irritiert. Das musste ein Irrtum sein, der Wagen stand auf seinem Privatparkplatz, wie jede Nacht.

Er holte den Zettel von der Windschutzscheibe und stieg ein. Ein DIN-A4-Blatt, zweimal zusammengefaltet und vom Schnee bereits ein wenig durchweicht.

Gedankenverloren zog er das Papier auseinander, wahrscheinlich Werbung, irgendein Reifendienst …

Es dauerte zwei oder drei Atemzüge, bis er begriff, was er sah. Er fühlte seinen Puls im ganzen Körper, viel zu hart, viel zu schnell. Mit zitternden Fingern legte er den Zettel auf den Beifahrersitz und startete den Wagen. Es war noch früh. Er würde niemanden gefährden, wenn er raste.

«Es ist die Zeitung von heute.» Florin hielt Halm den Ausdruck eines vergrößerten Bildausschnitts hin, auf dem man nicht nur die Schlagzeile, sondern auch das Datum glasklar erkennen konnte. «Das heißt, Beatrice ist am Leben. Oder war es zumindest vor ein paar Stunden noch.» Er fuhr sich übers Haar. «Ach was, sie lebt, warum sonst sollte der Täter uns ein Bild von ihr schicken?»

Halm hatte den Ausdruck auf den Schreibtisch gelegt und beugte sich darüber, je eine Hand rechts und links von dem Papier abgestützt. «Und das klemmte unter deinem Scheibenwischer?»

«Ja.»

«Hast du es … »

«Ja, natürlich habe ich es auf Fingerabdrücke und sonstige Spuren untersuchen lassen.» Florin war bewusst, wie ungeduldig er klang, es tat ihm auch leid – ebenso wie die Tatsache, dass er Drasche um kurz nach fünf aus dem Bett geklingelt und herbeordert hatte. Der Spurensicherer hatte viel weniger schroff reagiert, als es sonst für ihn üblich war – ihm lag sichtlich auch eine Menge daran, Beatrice bald und lebend wiederzufinden.

Aber auf dem Zettel war nichts zu finden gewesen. Keine Fasern, keine Abdrücke, außer denen von Florin. Das Bild war über einen Farblaserdrucker der höheren Preiskategorie ausgedruckt worden, auf hundert Gramm schwerem Papier.

«Ich gebe das Original an einen unserer Experten weiter, der kann dann zumindest sagen, ob an der Aufnahme herummanipuliert wurde. Und vielleicht kann er das Fabrikat des Druckers bestimmen», hatte Drasche zögernd vorgeschlagen. «Was uns erst dann weiterbringt, wenn wir den Kreis der Verdächtigen einengen können.»

«Welchen Kreis?», hatte Florin gefragt, ohne den Blick von dem Foto zu wenden. Mittlerweile hatten sie es mehrfach kopiert und verteilt, in der Hoffnung, dass irgendjemandem etwas auffallen würde, das sie weiterbrachte.

Allerdings wusste Florin beim besten Willen nicht, was das sein konnte. Außer Bea und der Zeitung, die sie hielt, war kaum etwas zu erkennen.

Er gestand sich die Erleichterung nur häppchenweise zu. Schließlich war es denkbar, dass der Entführer Beatrice fünf Minuten nach Aufnahme des Bildes getötet hatte. Nicht wahrscheinlich, aber auch nicht auszuschließen.

Als Halm wenige Minuten später das Büro verließ, um die Verstärkung aus Wien auf den neuesten Stand zu bringen, vertiefte sich Florin erneut in das Bild. Sog jedes Detail in sich auf. Es war im Querformat aufgenommen worden, Beatrice stand sehr nah vor der Kamera. Sie lächelte, oder versuchte es wenigstens, und blickte dabei direkt ins Objektiv. Die innere Anspannung war ihr vom Gesicht abzulesen. Die Zeitung hielt sie etwa auf Höhe ihrer Schlüsselbeine, und um ihre Schultern lag etwas … Grünliches. Keine Jacke, eher eine Decke. Darunter erahnte Florin den Kragen von Beatrices Jacke – daraus ließ sich zumindest ein Schluss ziehen: Dort, wo sie gefangen gehalten wurde, war es nicht besonders warm.

Und auch nicht sonderlich hell – rechts und links von ihrem Kopf war nichts zu erkennen außer Dunkelheit. Es schien nur eine Lichtquelle zu geben, die lediglich Beatrice selbst und die Zeitung ausleuchtete; gerade stark genug, um beides klar erkennbar zu machen.

Florin hob das Bild an. Das Licht kam nicht von oben, eher von schräg unten, und von vorne. Eine Schreibtischlampe, die jemand auf Bea gerichtet hatte? Die musste dann allerdings sehr schwach sein. Er griff nach dem Telefon und rief noch einmal Drasche an. «Wenn wir das Bild einscannen, kann man es dann so bearbeiten, dass Details aus dem Hintergrund sichtbar werden?»

Drasche antwortete nicht sofort. «Glaube ich nicht, leider, aber ich gebe die Idee an meinen IT-Spezialisten weiter.»

«Okay. Danke.»

«So wie es aussieht, geht es Beatrice ganz gut. Mach dir nicht zu viele Sorgen», brummte Drasche noch in den Hörer, bevor er auflegte. Das war für seine Verhältnisse geradezu ein Übermaß an Empathie, und Florin musste tatsächlich lächeln. Stefan sah sein Lächeln noch, als er ohne anzuklopfen die Bürotür aufriss. «Bisschen optimistischer heute, oder? Geht mir auch so, ich finde, Beatrice sieht nicht aus, als hätte der Typ sie … gebrochen, oder so.»

«Stimmt.» Wobei Florin wusste, dass sie sich das nie würde anmerken lassen, solange auch nur noch ein Hauch von Kraft in ihr steckte.

«Ist dein Auto schon gecheckt worden, fingerabdruckstechnisch?»

Florin nickte müde. «Ja. Sie haben auch einiges gefunden, aber leider nicht an den Scheibenwischern. Das meiste stammt von mir und Bea, der Rest wahrscheinlich von irgendwelchen Passanten.»

«Ist ja auch Handschuhwetter.» Stefan seufzte. «Kann ich dir bei irgendwas helfen? Bechner macht mich derzeit wahnsinnig, er legt sich ständig mit den Wienern an, seit Halm ihn letztens angeschnauzt hat.»

Streitereien im Team, das fehlte noch. «Ich versuche gerade, aus dem Bild alles an Information herauszuquetschen, was vielleicht drinsteckt. Bisher ohne großen Erfolg.»

Stefan zuckte mit den Schultern. «Na ja, außer Beatrice ist nicht viel zu sehen. Der verdammte Bildschirm ist nicht gerade ein Halogenstrahler.»

Florin wandte den Kopf zu ihm. «Welcher Bildschirm?»

«Na der, vor dem Bea steht.» Sichtlich erstaunt hob Stefan die Augenbrauen. «Sieh es dir doch an. Sieht aus, als wäre es mit Face Time oder einer ähnlichen App aufgenommen worden. Darum wahrscheinlich auch im Querformat, und deshalb steht Bea so nah dran – damit man sonst so wenig wie möglich erkennen kann.»

Jetzt, wo Stefan es sagte, schien es die einzig richtige Lösung zu sein. War es denkbar, dass der Entführer sie an seinen Computer ließ? Das war äußerst riskant, falls das Gerät mit dem Internet verbunden war.

«Er wird sie nur davor postiert haben, ganz sicher lässt er sie keine Mails schreiben.» Stefans Gedankengänge gingen offensichtlich in die gleiche Richtung.

Florin versuchte, sich das Szenario vorzustellen. Der Täter hielt Beatrice in irgendeinem Raum gefangen, schleppte sie dann für diese Aufnahme vor seinen Computer und sperrte sie anschließend wieder ein … oder er hatte seinen Wohnbereich ausbruchssicher gemacht und bewachte sie persönlich rund um die Uhr. War das möglich?

Wenn man bloß etwas mehr vom Hintergrund des Fotos sehen könnte!

«Warum schickt er uns das Bild? Und warum über dich?» Stefan sprach aus, was Florin selbst schon seit dem Morgen durch den Kopf ging, in immer neuen Versionen.

«Keine Ahnung. Er fordert nichts, droht nicht, kommentiert nicht. Gibt uns nur die Information, dass Bea noch lebt.»

Stefan schüttelte den Kopf. «Ich verstehe nicht, was er davon hat.»

Ja, das war die große Frage. Im schlimmsten Fall wollte er sie täuschen, sie in Sicherheit wiegen, obwohl die Realität längst eine andere war als die auf dem Bild. «Weißt du, ob Vasinski im Haus ist?», fragte Florin leise.

«Keine Ahnung. Gesehen habe ich ihn nicht.»

Er war unterwegs, stellte sich heraus, Florin erwischte ihn im Auto. «Natürlich komme ich vorbei, gerne. Ich muss nur schnell noch in die Klinik, geben Sie mir eine halbe Stunde.»

Die Zeit würde Florin für einen Anruf nutzen, der notwendig war, vor dem er sich aber trotzdem seit Stunden drückte. Er hatte überlegt, jemand anderen damit zu beauftragen – Bechner zum Beispiel –, aber das wäre blanke Feigheit gewesen. Diesmal, schwor sich Florin, würde er nicht die Beherrschung verlieren.

Er fand einen kühlen, neutralen Ton, als Achim abhob. «Florin Wenninger hier. Ich möchte Sie nicht lange aufhalten, aber ich wollte Sie wissen lassen, dass wir ein Lebenszeichen von Beatrice erhalten haben. Es muss von letzter Nacht stammen – da war sie am Leben und offenbar bei guter Gesundheit.»

Er hörte seinen Gesprächspartner nach Luft schnappen. «Was … was für ein Lebenszeichen?»

«Ein Foto, das Beatrice mit der heutigen Tageszeitung zeigt. Ich denke, Sie sollten den Kindern erzählen, dass es ihrer Mutter gutgeht.»

«Lassen Sie das meine Sache sein.» Achims Stimme war nicht mehr als ein Zischen. «Was ich meinen Kindern sage, wie ich es ihnen sage und wann – alles meine Sache. Nicht Ihre. Verstehen Sie, Wenninger? Und falls Sie glauben, ich würde je vergessen, was Sie gestern gesagt haben, dann sind Sie schief gewickelt.» Er räusperte sich. «Wo ist das Foto? Ich will es sehen.»

Ruhig, beschwor Florin sich innerlich selbst. Nicht ausfällig werden. Nicht auflegen. «Wir können Ihnen eine Kopie zukommen lassen, wenn es Ihnen wichtig ist.»

«Ja, natürlich ist es das!», schrie Kaspary in den Hörer. «Oder denken Sie, ich glaube Ihnen blind?»

«Ich sorge dafür, dass Sie eines bekommen.» Er musste dieses Gespräch langsam beenden, sonst würde er alle Vorsätze über Bord werfen. So gern er Achim eingeschärft hätte, das Bild nicht Beatrices Kindern zu zeigen, denn für die würde es trotz allem verstörend sein – er ließ es bleiben. Um nicht unter Umständen das genaue Gegenteil zu erreichen. «Das war's auch schon. Schönen Tag noch.»

Er brach die Verbindung ab, legte die verschränkten Arme auf den Tisch und vergrub sein Gesicht darin.

Vasinski betrat das Büro bereits nach fünfundzwanzig Minuten, schwungvoll und mit Halm im Schlepptau. «Ihr Wiener Kollege hat mich schon informiert.» Mit ausgestreckter Hand nahm er den Fotoausdruck von Florin entgegen. «Das sind gute Neuigkeiten.»

«Ja, da sind wir uns einig.»

«Wann ist das gekommen? Und wie?»

«Es hat heute Morgen unter meinem Scheibenwischer gesteckt», erklärte Florin, bemüht, sich von Vasinskis Elan anstecken zu lassen. «Jemand muss es zwischen halb zehn Uhr abends und halb fünf Uhr morgens dort platziert haben.»

Vasinski setzte sich auf einen der Besucherstühle, ohne dabei den Blick von dem Foto zu wenden. «Demjenigen war es offenbar wichtig, dass Sie es persönlich erhalten. Weil Sie mit Beatrice am engsten zusammenarbeiten, vermute ich.»

Es war halb eine Feststellung, halb eine Frage, die Florin trotz Stefans forschendem Blick unbeantwortet ließ.

«Das heißt, der Mann hat sich im Vorfeld schlaugemacht, nicht nur, was Beatrices Lebensumstände angeht, sondern auch Ihre, Herr Wenninger. Wir müssen davon ausgehen, dass das schon passiert ist, bevor er den ersten Mord begangen hat. Ich vermute, er folgt einem festgelegten Plan. Arbeitet einen Punkt nach dem anderen ab.»

Florin nickte. Bis jetzt hatte Vasinski ihm noch nichts Neues erzählt. «Okay, und wie passt das Foto hier in seinen Plan? Wozu könnte es in seinen Augen gut sein?»

Diesmal legte Vasinski nicht sofort mit einer Erklärung los. «Aus reiner Freundlichkeit hat er es nicht getan, so viel steht fest», sagte er zögernd. «Ich kann mir vorstellen, er will Sie in das Geschehen mit einbeziehen. Er wirft Ihnen etwas hin, um zu sehen, wie Sie reagieren. Gehen wir davon aus, dass er Sie und Frau Kaspary beobachtet hat und aus dem Gesehenen den Schluss zieht, dass ihr Verschwinden Sie besonders hart trifft.» Er legte eine kurze Pause ein, wie um Florin Gelegenheit zu einem Kommentar zu geben.

Aber seine Beziehung zu Bea würde er nicht offenlegen. Nicht ausgerechnet in dieser Situation und nicht ohne ihr Einverständnis. «Weiter», forderte er Vasinski auf.

«Beatrice steht klar im Mittelpunkt des Täterinteresses», fuhr der Arzt fort. «Sie sind eine ihrer Bezugspersonen, also möchte er Sie in sein Spiel integrieren. Das ist zumindest ein Erklärungsmodell. Und möglicherweise – aber das ist nur eine sehr vage Theorie – betrachtet er Sie ebenfalls als mögliches Opfer.» Vasinski senkte seinen Blick nachdenklich auf das Foto und hielt es dann hoch. «Eventuell ist das eine Art Köder. Ein erster Schritt auf Sie ganz persönlich zu, um Sie anzulocken.»

Die Vorstellung weckte eine Art grimmiger Freude in Florin.

Ihn anlocken. Wenn das stimmte, ausgezeichnet. Dann konnte das Arschloch sich auf etwas gefasst machen.

Vasinski schien seine Reaktion richtig zu interpretieren. «Das ist nicht unbedingt ein Grund zur Hoffnung, denn wenn es sich wirklich so verhält, dann wird nur der Täter daraus Gewinn ziehen.»

Florin ahnte, worauf Vasinski hinauswollte, fragte aber trotzdem nach. «In welcher Hinsicht?»

«In einer, die sein Vergnügen steigert. Vielleicht genügt es ihm nicht, Beatrice zu töten. Vielleicht möchte er, dass Sie dabei zusehen.» Er überlegte kurz. «Oder umgekehrt. Wenn er davon ausgeht, dass Beatrice sehr viel an Ihnen liegt.»

Der Gedanke ließ Florin den ganzen restlichen Tag nicht los. Er suchte gezielt die Jago-Passagen aus Evelyns Tagebuch und kopierte sie, einmal für sich selbst, einmal für Vasinski.

Wenn der Mann, der Beatrice festhielt, ihn ebenfalls in seine Gewalt bringen wollte, musste er sich ihm zuerst einmal nähern, und dafür musste er seine Deckung verlassen.

Von nun an würde Florin die Augen offen halten wie noch nie in seinem Leben.

23. Kapitel

Der Wetterbericht für den heutigen Tag sagte leichten Schneefall voraus, bis in die Täler hinab, so stand es in Beatrices Zeitung. Temperaturen um minus zwei bis null Grad.

Die Halle musste also tatsächlich geheizt sein, außerdem gut isoliert. Was Jago schließlich auch aus Gründen der Schallabschirmung wichtig sein musste; immerhin konnte es Beatrice ja in den Sinn kommen, sich die Seele aus dem Leib zu schreien – was sie bisher unterlassen hatte, ganz bewusst, weil sie jetzt schon wusste, wie sinnlos es war: Sie hörte keine Geräusche von außen. Also würde man umgekehrt auch sie nicht hören können.

Vorhin hatte sie gegen die Wand geklopft, an unterschiedlichen Stellen, mit den Fingerknöcheln. Hohle Stellen hatte sie keine ausgemacht, die Mauer schien durchgehend massiv zu sein.

Zurückgeklopft hatte auch niemand.

Sie schätzte, dass es zwei Stunden her war, seit sie Jago über den Computer ein *Guten Morgen* geschickt hatte. Bisher war keine Antwort gekommen, was möglicherweise daran lag, dass es noch gar nicht Morgen war. Dafür sprach auch, dass sie nichts an der Klappe vorgefunden hatte, weder Essen noch Trinken.

Beatrice stellte sich mit ihrer Zeitung vor das Notebook und begann, den Leitartikel zu lesen. Es ging um das Bildungswesen und das Schulsystem. Gerade war eine neue Studie herausgekommen, die auf diesen Gebieten große Defizite ortete.

Sie las langsam und gründlich, ließ sich ganz bewusst Zeit, denn danach würde wieder Leere herrschen, die sie unweigerlich mit ihren Ängsten und Gedanken füllen würde.

Oder mit Sport. Warum war sie bisher noch nicht auf die Idee gekommen?

Mit einer schwungvollen Bewegung breitete Beatrice die Decke auf dem Boden aus und legte sie einmal der Länge nach zusammen. Sie streckte sich rücklings darauf aus und begann mit Crunches. Hundert Stück, bis ihre Bauchmuskeln schmerzten. Danach drehte sie sich um, machte zwanzig Liegestütze, ging über zu Kniebeugen, begann wieder von vorne.

Es fühlte sich gut an. Es war die perfekte Strategie gegen das alles verschlingende Gefühl der Hilflosigkeit.

Als sie das nächste Mal einen Blick zum Computer warf, hatte Jago sich gemeldet.

Ebenfalls einen guten Morgen, Hase. Es scheint dir gutzugehen, das freut mich. An der Klappe findest du frische Verpflegung, guten Appetit. Wenn du fertig bist, möchte ich dir einen Vorschlag machen.

Beatrice legte den Weg zu der Öffnung diesmal in normalem Tempo zurück, sie wusste mittlerweile, dass keine Hindernisse im Weg standen. Was Jago ihr mitgebracht hatte, roch sie schon nach wenigen Schritten.

Kaffee, ein großer To-Go-Becher voll. Sie bückte sich und hob ihn vorsichtig auf, ebenso wie den Papierbeutel, der danebenstand.

Im Licht des Displays sah sie das Starbucks-Logo. Sofort starteten die eintrainierten Denkprozesse: Der Kaffee fühlte sich noch sehr warm an – nicht brennend heiß, aber auch noch nicht ansatzweise kühl. Ihres Wissens nach gab es nur drei Starbucks-Filialen in Salzburg: eine direkt in der Innenstadt, eine am Bahnhof und eine im Europark, dem Shopping-Center in Taxham.

Befand ihr Gefängnis sich in der Nähe eines dieser drei Orte?

Länger als zehn Minuten konnte Jago nicht unterwegs gewesen sein, wenn man von der Temperatur des Kaffees ausging … außer natürlich, er hatte eine Isoliertasche dabeigehabt. Oder sie befand sich überhaupt nicht in der Nähe von Salzburg. Dann waren alle ihre Überlegungen hinfällig.

Vorsichtig fasste sie den Becher am Rand an. Erst Sekunden später begriff sie, warum sie das tat: Um nicht die Fingerabdrücke des Täters zu verwischen, falls sich welche darauf befanden.

Der Kaffee war himmlisch, nicht des Geschmacks wegen, sondern weil er ein Beweis dafür war, dass die Außenwelt noch existierte, dass sie erreichbar und nicht allzu weit entfernt war. Beatrice trank drei große Schlucke, dann wandte sie sich dem Papierbeutel zu.

Muffins. Einmal Double-Chocolate-Chips, einmal Banana-Walnut. Die Dankbarkeit, die sie Jago gegenüber plötzlich empfand, beunruhigte sie. Dagegen würde sie angehen müssen. Kaffee und Kuchen machten ihn nicht zum Wohltäter.

Sie mied den Blick auf das Notebook, während sie aß. Blieb auch danach noch ein paar Minuten sitzen und genoss das wohlige Gefühl, das Zucker und Koffein in ihr auslösten.

Dann erst stand sie vom Boden auf und schrieb an Jago zurück.

Danke für die Verpflegung. Wie lautet dein Vorschlag?

Er musste gewartet haben, denn es dauerte nur wenige Sekunden, bis seine Antwort auf dem Bildschirm erschien.

Ich möchte dich bitten, dich nach links zu wenden. Geh bis zur Wand und dann daran entlang, ebenfalls links, bis du unter deinen Fingern etwas spürst. Dann komm hierher zurück.

Beatrice zögerte. Jagos Bitte fühlte sich an, als könne sich eine Falle dahinter verbergen. Eben hatte er ihr eine positive Überraschung bereitet – vielleicht nur, damit sie jetzt vertrauensvoll und ohne nachzudenken tat, was er sagte. Und auf etwas Verstörendes stieß.

Der Sache nicht nachzugehen kam natürlich trotzdem nicht in Frage, also folgte Beatrice Jagos Anweisungen. In diesem Bereich der Halle hatte sie sich bislang am seltensten aufgehalten; er lag im dunkelsten Teil, und es gab dort nichts, was sie hinzog. Keine Essensklappe, keine Toilette, kein Notebook.

Aber eine Art dünnen Spalt in der Wand, der ihr bisher noch nie aufgefallen war. Sie suchte, tastete. Ja, da war eine Rille, nicht nur das, da war eine Tür! Beatrice strich mit den Händen über die Oberfläche, fand eine Klinke, drückte sie hinunter. Natürlich vergebens.

Hier war sie also hereingekommen, vermutlich wie ein Sack über Jagos Schulter geworfen. Hier würde sie die Halle auch wieder verlassen, tot oder lebendig.

Sie kehrte zum Computer zurück.

Ich habe die Tür gefunden. Dass sie abgeschlossen ist, sollte mich nicht wundern, oder?

Beatrice hatte mit einer schnellen Antwort gerechnet, aber sie wurde enttäuscht. Die Minuten vergingen, ohne dass Jago zurückschrieb.

War sie zu vorlaut gewesen? Allein der Gedanke machte sie wütend: vorlaut, als ob sie ein Kind wäre, das sich zu benehmen hatte. Nur dummerweise saß Jago am viel längeren Hebel.

Aber vielleicht interpretierte sie auch nur zu viel in sein Verhalten hinein. Ebenso möglich, nein, viel wahrscheinlicher war doch, dass er einen Anruf bekommen oder jemand sein Büro betreten hatte, dass die Umstände ihn dazu veranlasst hatten, ihr Gespräch zu unterbrechen.

Beatrice schloss die Augen und rieb sich die Schläfen. Wenn sie jetzt damit begann sich auszumalen, was Jago tat oder nicht tat, wo er womöglich gerade steckte und was er dachte, würde sie den Verstand verlieren. Das war die beste Art, verrückt zu werden.

Wenn er antworten wollte, würde er das tun. Schließlich war er es gewesen, der von einem Vorschlag gesprochen hatte. Beatrice griff wieder nach der Zeitung. Kämpfte mit sich. Ablenkung war so rar. Damit verschwenderisch umzugehen, war ganz sicher ein Fehler. Also entschied sie sich für einen Kompromiss und suchte sich aus dem Sportteil den Bericht heraus, der sie am wenigsten interessierte: einen Artikel über ein Eishockeyspiel zwischen zwei Clubs, die sie beide nicht kannte. Der Beitrag war eine knappe Viertelseite lang, und sie las ihn zwei Mal.

Danach faltete sie die Decke erneut zur Matte und begann mit ihren Übungen. Crunches, Liegestütze, Sit-ups, Stretching. Zu schade, dass sie kein Yoga gelernt hatte, das wäre in dieser Situation sehr hilfreich gewesen.

Es schien, als wartete Jago jedes Mal den Zeitpunkt ab, an dem Beatrice dem Computer keine Aufmerksamkeit schenkte, denn als sie keuchend wieder hochkam, hatte er sich zurückgemeldet.

Du hast recht, die Tür war eben abgeschlossen. Jetzt ist sie es nicht mehr. Hier kommt mein Vorschlag: Ich verschone Achim, wenn du meinem Wort vertraust. Wenn du nicht versuchst, die Tür zu öffnen, geschweige denn, nach draußen zu gehen oder gar zu fliehen. Was hältst du von dem Angebot?

Mit vielem hatte Beatrice gerechnet, aber damit nicht. Sagte Jago die Wahrheit? War die Tür wirklich offen? Unwillkürlich drehte sie den Kopf nach links, wo nur Dunkelheit war. Psychospielchen also. Die hatte Jago auch mit Evelyn gespielt.

Woher weiß ich, dass du Achim wirklich in Ruhe lässt, wenn ich mich darauf einlasse?

Offenbar musste Jago darüber nicht lange nachdenken.

Ich werde Wege finden, um dich zu überzeugen. Schau her.

Knappe zwei Sekunden später erschien ein Foto in seinem blauen Chatfenster. Achim und die Kinder vor der Schule, gerade im Begriff, die Straße zu überqueren. Er hielt Jakob an der linken Hand, Mina stand auf der anderen Seite und blickte angestrengt auf ihr Smartphone. Keiner der drei lächelte oder sah entspannt aus.

Das war gestern, schrieb Jago.

Beatrice konnte ihre Augen nicht von dem Foto lassen. Ihre Familie wurde beobachtet, ihr Entführer wusste, wo die Kinder zur Schule gingen. Er hatte sie unbemerkt fotografiert, keiner der drei sah in die Kamera.

Sie wünschte, sie hätte das Foto vergrößern können, um mehr Details zu erkennen.

Nimmst du mein Angebot an?

Es gab nur eine vernünftige Antwort darauf. Wenn Beatrice verneinte, würde Jago die Tür in jedem Fall wieder zusperren.

Ja, das tue ich, schrieb sie. Ich werde der Tür fernbleiben, wenn du Achim verschonst. Und die Kinder natürlich auch.

Sie wartete, mit geballten Fäusten.

Deine Kinder habe ich nie bedroht. Wir halten also fest: Du bleibst freiwillig hier, egal was passiert?

Die letzten drei Worte ließen Beatrice innerlich schaudern. Egal was passiert.

Wenn der Blitz einschlägt und hier alles zu brennen beginnt, hoffe ich, dass du verstehen wirst, wenn ich doch weglaufe, versuchte sie, einen leichteren Ton anzuschlagen. Vielleicht verfügte Jago über Humor, ein bisschen zumindest. Vielleicht gelang es ihr, ihm sympathisch zu werden.

Aber seine Antwort erstickte diese Hoffnung im Keim.

Der Blitz schlägt hier nicht ein. Ich meine es ernst. Mach einen Schritt durch diese Tür, und dein Ex-Mann ist tot.

Damit war vor allem eines klar: Dass Jago die Regeln vorgeben würde. Dass er sich nicht von ihr einwickeln lassen würde, dass er sofort merkte, wenn sie ihren Status als unterlegenes Entführungsopfer in Frage stellte.

Sie beschloss, auf eine Entgegnung zu verzichten, auch ein Kleinbeigeben würde sie ihm nicht gönnen. Sie hatte verstanden, und das wusste er sicherlich.

Das Foto war ein Stück nach oben gerutscht. Noch drei, vier Wortwechsel, und es würde nicht mehr zu sehen sein. Das Touchpad des Notebooks funktionierte leider nicht, aber über die Pfeiltasten konnte sie scrollen. Gott sei Dank.

Sie hob die Decke vom Boden auf, legte sie sich um die Schultern und setzte sich dann an die Wand, die der Tür gegenüberlag.

War sie wirklich offen?

24. Kapitel

Danke, dass Sie sich Zeit genommen haben.» Florin schüttelte David Zimmermann die Hand und konnte nicht umhin zu versuchen, ihn mit Beas Augen zu sehen. Der Arzt war eben abgehetzt und zehn Minuten zu spät in seine Praxis gestürmt, sah dabei trotzdem ausgesprochen gut aus und schaffte es, gleichzeitig souverän und bescheiden zu wirken.

«Es tut mir wirklich leid, dass ich mich verspätet habe, aber es war die Hölle los im Krankenhaus.» Er streifte seinen Mantel ab und hängte ihn an einen der messingfarbenen Wandhaken. «Möchten Sie Kaffee? Tee?»

«Nein, danke.» Florin folgte ihm in sein Büro und setzte sich auf den angebotenen Stuhl. Zimmermann nahm ihm gegenüber Platz und stützte sich mit den Ellenbogen auf die Schreibtischplatte. «Gibt es etwas Neues von Beatrice? Ich habe alle meine befreundeten Kollegen aus den umliegenden Krankenhäusern gebeten, mir sofort Bescheid zu geben, falls sie irgendwo eingeliefert wird, aber bisher ...» Er schüttelte den Kopf. «Für mich ist das wirklich schlimm.»

«Wir wissen ebenfalls nicht, wo sie ist», erklärte Florin. «Aber die Chancen, dass sie noch lebt, stehen gut. Der Entführer hat ein Bild geschickt, auf dem sie die Abendausgabe der heutigen Zeitung hält.»

Erleichterung breitete sich in Zimmermanns Gesicht aus. «Gott sei Dank. Das sind gute Neuigkeiten. Wissen Sie, was der Mann will? Hat er Forderungen gestellt?»

«Nein.» Florin zog ein paar Kopien aus seiner Aktentasche. Ausgesuchte Seiten aus dem Tagebuch. «Bea war doch vor kurzem bei Ihnen und hat Sie nach jemandem gefragt, der in Evelyn Riegers Aufzeichnungen ‹Jago› genannt wird.»

Der Arzt seufzte. «Stimmt. Aber ich konnte ihr leider nicht weiterhelfen, ebenso wenig wie der Polizei damals, als es passiert ist. Jago war schon vor sechzehn Jahren ein Phantom, und ich befürchte, das wird er bleiben.»

Florin fühlte, wie sich etwas in seinem Inneren verhärtete. «Sollte das so sein, werden wir Beatrice vermutlich nicht wiedersehen. Wir finden sie nur, wenn wir ihn identifizieren.»

Einen kurzen Moment lang schloss Zimmermann die Augen. «Da haben Sie natürlich recht, tut mir leid. Selbstverständlich tue ich gern alles, was irgendwie hilfreich sein könnte.»

Florin schob ihm das erste kopierte Blatt hin. Es war der Eintrag, in dem Evelyn schrieb, Jago fände Beatrice zum Fressen.

So süß?, wollte ich wissen. Ja, meinte er. Süß und salzig und ein bisschen bitter, wenn niemand hinsieht.
Normalerweise halte ich wenig davon, dass Männer von anderen Frauen schwärmen, wenn sie gerade mit mir im Bett liegen, aber in diesem Fall musste ich lachen. Sie würde dir keine fünf Minuten lang Spaß machen, sagte ich.

Der Text zog Florins Blick immer wieder auf sich, dabei war es deutlich wichtiger, Zimmermann beim Lesen zu beobachten. Dessen Miene düsterer und düsterer wurde.

«Was für ein Quatsch», brauste er am Ende auf. «Wissen Sie, ich mochte Evelyn nie besonders. Sie war zwar in vieler Hinsicht beeindruckend, aber es war zu spüren, dass sie auf die meisten Menschen herabblickte. Auch auf Bea, der sie in Wahrheit nie das Wasser reichen konnte.» Er schob den Zettel zu Florin zurück. «Allerdings ist die Beschreibung, die Jago hier von Beatrice abliefert, in meinen Augen sehr treffend. Süß und salzig und ein bisschen bitter, wenn niemand hinsieht.» Zimmermann stützte nachdenklich sein Kinn in die Hand. «Entweder, der Mann hat da einen erstaunlichen Zufallstreffer gelandet, oder die beiden sind sich doch begegnet. Ich wüsste allerdings nicht, wann. Wissen Sie, ich war eine ganze Zeit lang mit dieser Clique unterwegs, aber auf keinen von denen hätte die Beschreibung ‹Prince of Darkness› gepasst. Und ich denke, keiner hätte sich selbst so bezeichnet.»

«Nach allem, was Evelyn schreibt, war Jago kein Teil dieser Clique. Sie hat ihn vor ihren anderen Freunden versteckt, unter anderem deshalb, weil er es so wollte.»

Zimmermann nickte und sah dann auf, Ratlosigkeit im Blick. «Wenn sie das getan hat, werde ich ihm vermutlich nie begegnet sein. Und dann weiß ich nicht, wie ich Ihnen weiterhelfen soll, auch wenn ich es wirklich gern möchte.»

Obwohl er sich kaum noch etwas davon versprach, holte Florin zwei weitere Tagebucheinträge hervor und schob sie dem Arzt zu. «Ich suche nach irgendetwas, das ich greifen kann. Wir haben drei Tote, die fast mit Sicherheit der gleiche Täter auf dem Gewissen hat, aber er hat nirgendwo verwertbare Spuren hinterlassen. Nur Hinweise auf den Mord an Evelyn Rieger – die sind dafür überdeutlich.» Florin fühlte, wie neue Mutlosigkeit ihn erfasste. Die sechzehn Jahre, die seit dieser Tat vergangen waren, schienen ein unüberwindliches Hindernis zu sein. Niemand hätte mehr an diesen Fall gerührt, diesen *Cold Case,* wenn nicht die Zeitungsartikel in Wallners Wohnung gewesen wären. Die Haarspange. Die CD mit dem Requiem.

«Hier. Das ist …» Zimmermann hatte den Finger auf eine Zeile des Tagebucheintrags gelegt. «Evelyn schreibt über die Vorlesung in Rechtsmedizin, die sie an der Uni belegt hat.»

Er begann vorzulesen. *«Von wegen, Rechtswissenschaften sind eine trockene Angelegenheit. Wir kriegen lehrplanmäßig direkten Ein-*

blick in die Hirne von gefährlichen Irren. Wenn das nicht nützlich für den Alltag ist!» Sein Tonfall veränderte sich beim Lesen, nahm einen völlig anderen Rhythmus an, und Florin vermutete, dass er eben einen Eindruck davon bekam, wie Evelyn geklungen haben musste.

«Ich erinnere mich noch gut, dass das Thema sie nicht mehr losgelassen hat», sagte Zimmermann nach einer kurzen Pause. «Sie hat immer wieder davon angefangen, besonders in den Gesprächen mit mir, weil sie ja wusste, dass ich Medizin studiere.»

«Hat sie dabei jemanden im Speziellen erwähnt? Hatte sie vielleicht … ein Studienobjekt?»

Zimmermann zog die Stirn kraus. «Nein. Ich glaube nicht. Sie hat aber immer wieder mit dem Thema Persönlichkeitsstörungen angefangen – besonders die dissoziale hatte es ihr angetan. Sie meinte, wir wären doch alle verrückt, nur manche würden es schaffen, dabei trotzdem langweilig zu sein. Und sie sagte …» Er schloss die Augen, als vertrüge die Erinnerung kein Tageslicht. «… sie sagte, es wäre doch spannend, kein Einfühlungsvermögen zu haben. Nie auch nur den Hauch von Schuldbewusstsein. Und sie meinte, dass sie diesen Zustand in manchen kurzen Momenten nachempfinden könne, und das sei ungemein befreiend.» Er lehnte sich in seinem Lederdrehstuhl zurück, der mit sattem Seufzen nachgab. «Ich sagte ja, ich mochte sie nicht besonders. Auch deshalb habe ich diese Gespräche meist schnell beendet und ihr geraten, sich dafür doch jemanden vom Fach zu suchen. Ich habe mich nie besonders für die Psychiatrie interessiert, meine Interessen lagen immer in der Chirurgie und der Orthopädie. Wo ich dann am Ende ja auch gelandet bin.» Er breitete die Arme aus, als wolle er die Praxis als Beweis für seine Worte vorlegen.

«Von Experimenten, die in diese Richtung gingen, hat Evelyn nie erzählt? Dass sie vielleicht versucht hat, mit geistig abnormen Rechtsbrechern in Kontakt zu kommen?»

«Mir gegenüber hat sie es nie erwähnt.» Bekümmert blickte Zimmermann zum Fenster hin. «Hätte sie wohl auch nicht, weil sie gewusst haben muss, wie außerordentlich dumm ich das gefunden hätte. Evelyn war viel mehr auf Applaus aus als auf Kritik.»

Er hielt inne und faltete die Hände vor dem Mund. «Ich hoffe so sehr, dass Beatrice noch lebt.»

«Ich versichere Ihnen, damit sind Sie nicht alleine.» Das klang frostiger, als es beabsichtigt gewesen war. Florin fand keinen Draht zu Zimmermann, ohne dass er hätte sagen können, woran es lag.

«Ich habe sie so lange nicht gesehen, und als wir uns dann letztens begegnet sind … meine Güte. All diese Erinnerungen, die plötzlich wieder da waren. Manche davon wirklich, wirklich schön.»

«Die weniger schönen wären vermutlich die hilfreicheren, aber davon scheint es leider nicht mehr so viele zu geben», erwiderte Florin.

Nun hatte auch Zimmermann den Unterton wahrgenommen. «Entschuldigen Sie bitte», sagt er hastig. «Ich wollte Ihre Zeit nicht mit Nebensächlichkeiten verschwenden, es ist mir ja selbst wichtig, dass Sie Bea finden. Sehr wichtig.» Sein Handy klingelte, er stellte mit einer schnellen Bewegung den Ton ab. «Ich wüsste gerne, wie sie sich entwickelt hat. Sie war immer zielstrebig. Sie muss eine gute Polizistin geworden sein.»

«Eine sehr gute. Dr. Zimmermann, wenn Ihnen zu den Tagebucheinträgen nichts mehr einfällt, will ich Sie nicht weiter aufhalten. Es tut mir leid, wenn ich nicht in Plauderstimmung bin, aber ich werde das Gefühl nicht los, uns läuft die Zeit davon.»

Der Arzt stand sofort auf und ergriff Florins Hand. «Selbstverständlich. Darf ich Sie darum bitten, mich auf dem Laufenden zu halten? Und ich melde mich sofort, wenn mir noch irgendetwas einfällt, das mir relevant scheint.»

Florin zog eines seiner Kärtchen aus der Tasche. «Vielen Dank. Und natürlich werde ich Sie informieren, wenn es etwas Neues gibt.»

Auf dem Weg zu seinem Auto stellte Florin sich ein weiteres Mal die Frage, welches Problem er eigentlich mit dem Mann hatte. Eifersucht? Weil er einmal etwas mit Beatrice gehabt hatte? Diese eine Nacht, die so furchtbar geendet hatte?

Das konnte es doch nicht ernsthaft sein. Er schüttelte den Kopf, wie um sich selbst zu überzeugen. Er war nicht der eifersüchtige Typ, noch nie gewesen. Es hatte an etwas anderem gelegen, an der Art, wie nachdrücklich der Arzt betont hatte, dass ihm so viel an Beatrice liege. Ja, auch nach so langer Zeit. Ja, trotz der Art, wie sie ihn damals abserviert hatte.

Meistens merkte Florin es, wenn jemand nicht authentisch war. Wenn er ihm etwas vorspielen wollte. Aber was sollte das in Zimmermanns Fall sein?

Er sperrte den Wagen auf und rieb sich die kalt gewordenen Hände. Es kam ihm vor, als hätte Zimmermann von der Beziehung gewusst, die er zu Beatrice hatte, und versucht, ein paar Knöpfe zu drücken, nur um zu sehen, was passierte.

Florin hatte eben erst den Gang zu seinem Büro betreten, als Halm ihm schon entgegenkam. «Es hat sich noch eine Zeugin vom Friedhof gemeldet. Sie will am frühen Morgen einen Mann gesehen haben, betend vor einem Grab, sie könnte uns auch zeigen, welches es war.» Im Gehen blätterte er in seinem Notizblock und fand schließlich, was er suchte. «Die Frau meinte, an dem Grab hätte sie noch nie jemanden gesehen, obwohl sie jeden Tag auf dem Friedhof sei.»

Allein dieser Fakt reichte aus, um in Florin ein recht deutliches Bild dieser Zeugin entstehen zu lassen. «Sie ist über achtzig, nicht wahr?»

«Richtig. Achtundachtzig und topfit. Braucht nicht mal eine Brille. Ihr ist aufgefallen, dass eine der Manteltaschen des Mannes ungewöhnlich ausgebeult war und etwas daraus hervorragte. Sie dachte erst an eine lange Kerze, aber …»

«Aber vermutlich war es der Griff eines Hammers», vollendete Florin den Satz. «Sehr gut. Konnte die Frau eine brauchbare Beschreibung abliefern?»

Halm wiegte den Kopf hin und her. «Sie hat es versucht. Es war eben leider noch dunkel, und die Wegbeleuchtung ist eher spärlich. Sie sagte, er sei über eins achzig gewesen, habe einen langen Mantel getragen und eine Wintermütze. Beides schwarz. Vom Gesicht hat sie nicht viel gesehen. Hat sie auch nicht versucht.»

Damit war sie als Zeugin praktisch wertlos, es sei denn, es kam irgendwann zu einer Gegenüberstellung. «Danke», sagte Florin müde. «Weißt du, ob die Computerleute schon etwas Brauchbares aus dem Hintergrund des Fotos herausfiltern konnten?»

«Bisher habe ich noch nichts gehört.» Halm sah ihn mitfühlend an. «Aber ich habe das Bild vorhin nach Wien geschickt, die sollen auch noch ihr Bestes versuchen.» Er zögerte und legte Florin dann eine Hand auf die Schulter. «Wir finden sie. Und wenn du mit jemandem reden möchtest …»

«Schon gut, danke.» Sosehr er Halm mochte, so wenig fühlte er sich danach, ihm sein Herz auszuschütten. Oder irgendjemand anderem.

Stattdessen vergrub er sich in Arbeit. Telefonierte noch einmal mit der Spurensicherung, vertiefte sich in die Tatortfotos. Las sich die Zeugenaussagen ein weiteres Mal durch, auf der Suche nach Dingen, die er vielleicht übersehen hatte.

Eine Kollegin war nach Stuttgart gefahren, um Tibor Engelbrecht zu befragen, den Evelyn im Tagebuch unter dem Namen Stormy führte. Er war dort am Theaterhaus engagiert, seit drei

Jahren geschieden und lebte mit einer Sängerin zusammen. Florin las sich das Gesprächsprotokoll durch und befand, dass die Kollegin bei weitem nicht tief genug gebohrt hatte – da gab es noch Steigerungsmöglichkeiten.

Ein Weiterer aus der Clique, Peter Eckart alias Pesto, lebte mittlerweile in Kolumbien, hatte das Land seit drei Jahren nicht mehr verlassen und kam somit als Täter nicht in Frage.

Aber vielleicht erinnerte er sich an etwas, das die anderen vergessen hatten. Florin rechnete nach, wie spät es jetzt in Bogotá war – kurz nach neun Uhr morgens. Eine Telefonnummer gab es, versuchen konnte er es.

Tatsächlich wurde der Hörer nach dem vierten Klingeln abgenommen, und eine Frau meldete sich auf Spanisch. Florins Englisch verstand sie nicht, ebenso wenig wie er die maschinenpistolenartig schnellen Sätze, die sie auf ihn abschoss. Am Ende verabschiedete er sich unbeholfen und nahm sich vor, es später noch einmal zu versuchen.

Kurz nach fünf Uhr klopfte es an der Tür. Vasinski steckte seinen Kopf herein. «Wenn ich nicht störe …»

«Tun Sie nicht.» Der herannahende Abend erfüllte Florin bereits mit Grauen, denn ihm würde eine weitere unruhige Nacht voller böser Ahnungen folgen.

«Ich habe etwas zum Täter zusammengestellt, das natürlich überhaupt keinen Anspruch auf Vollständigkeit erhebt, aber die Richtung sollte stimmen. Eben habe ich noch mit Peter Kossar telefoniert und mich mit ihm beraten – er sieht die Dinge ähnlich wie ich.»

Dass Kossar Vasinskis Profilentwurf für gut befand, war nicht unbedingt die Referenz, die Florin sich gewünscht hätte. «Setzen Sie sich doch. Ich bin sehr gespannt auf Ihre Theorie.»

«Es ist ein Entwurf», wiegelte der Psychiater bescheiden ab. «Ich habe die Tagebuchaufzeichnungen über Jago mit den Tatmustern der drei Morde verglichen und nach psychologisch relevanten Übereinstimmungen gesucht.» Vasinski legte ein paar zusammengeheftete Blatt Papier auf den Tisch. «Wenn wir davon ausgehen, dass er Evelyns Mörder war, und ich finde, das ist eine legitime Annahme – war sie dann sein erstes Opfer? Der Mord an ihr das Initialerlebnis für alles weitere? Oder hat er davor schon getötet?»

«Beides möglich, denke ich.» Florin beugte sich vor und warf einen Blick auf Vasinskis Aufzeichnungen. «Wir wissen, dass Evelyn zutiefst fasziniert von einer Vorlesung über forensische Psychiatrie war. Wenn sie sich ein lebendiges Studienobjekt gesucht und in ihm ihren Mörder gefunden hat – dann ist es wahrscheinlich, dass er schon entsprechende Erfahrung hatte.»

«Das sehe ich auch so.» Vasinski rückte seinen Stuhl näher an den Schreibtisch heran. «Ich habe ein paar Jahre lang intensiv mit geistig abnormen Rechtsbrechern gearbeitet. Bei manchen von ihnen erkennt man die Veranlagung auf den ersten Blick, anderen würde man bedenkenlos ein Auto abkaufen.» Er legte eine Hand auf die kopierten Tagebuchseiten. «So, wie Evelyn Jago beschreibt, muss er zur zweiten Kategorie gehört haben. Wahrscheinlich haben wir es mit einem Mann zu tun, der auf Knopfdruck sehr charmant sein kann. Der redegewandt ist, möglicherweise gebildet und zudem charismatisch. Sie und ich, wir hätten vermutlich unser Vergnügen daran, uns mit ihm zu unterhalten.»

«Wenn ich ihn zwischen die Finger bekomme, wird dieses Vergnügen sehr einseitig sein», entgegnete Florin und schüttelte im nächsten Moment den Kopf. «Entschuldigen Sie bitte, das war unprofessionell. Aber mich nimmt Beas Verschwinden sehr mit.»

«Natürlich.» Es war von Vasinskis Miene nicht abzulesen, ob er etwas von der Beziehung ahnte, die zwischen Florin und Beatrice wirklich bestand. Den Tratsch hatte er sicherlich gehört.

Wenn er daran glaubte, verbarg er es gut. «Die andere Möglichkeit: Evelyn war Jagos erstes Opfer. Nur – wer war dann sein zweites? Wenn wir davon ausgehen, dass der gleiche Täter für den damaligen und die aktuellen Morde verantwortlich ist, hat er dann einfach sechzehn Jahre lang Pause gemacht? Oder gibt es noch mehr Tote, die auf sein Konto gehen, die man aber nie mit ihm in Verbindung gebracht hat?»

«Sagen Sie es mir.» Unwillkürlich war Florins Blick zu dem Foto geglitten. Bea und die Zeitung, deren Nachrichten nun nach einem Tag schon wieder veraltet waren. «Sie sind der Experte.»

Vasinski zögerte. «Wie gesagt, ich kann nur mutmaßen. Aber sowohl die Literatur als auch meine Erfahrung sagen, dass so lange Pausen ungewöhnlich sind, wenn jemand Lust am Töten gefunden hat. Mein Tipp wäre also, dass der Täter in diesen sechzehn Jahren weiter gemordet hat. Nicht in der höllischen Frequenz, in der er es jetzt tut, aber doch. Vielleicht zwei, vielleicht drei Mal.»

«Ohne dass je eine Verbindung zu dem Rieger-Fall hergestellt wurde?» Für Florin warfen Vasinskis Betrachtungen mehr Fragen auf, als sie beantworteten. «Und wenn wir schon von Erfahrung sprechen: Meiner Erfahrung nach behalten sogenannte Serientäter ein Muster bei. Sie töten sexuell motiviert oder nicht, sie haben gewisse Vorlieben. Unser Mörder geht jedes Mal anders vor: Er tötet mit dem Messer, dem Hammer, oder er ertränkt sein Opfer. Rieger wurde vor ihrem Tod vergewaltigt, aber sie war die einzige. Wie erklären Sie das?»

Die Frage brachte Vasinski sichtlich in Verlegenheit. «Ich weiß es nicht», gab er schließlich zu. «Es ist sehr untypisch, da haben Sie völlig recht. Möglicherweise probiert er sich noch aus. Testet, welche Methode ihm das größte Vergnügen bereitet. Oder er findet die Todesarten auf verquere Weise passend für das jeweilige Opfer.» Der Psychiater wischte ein unsichtbares Stäubchen von seinem Ärmel. «Dass er sich nur an Evelyn Rieger sexuell vergangen hat, kann mehrere Gründe haben. Zum Beispiel, dass er die anderen drei nicht anziehend fand, zumal zwei davon ja Männer waren. Oder – auch nicht auszuschließen – dass er sexuell nicht mehr aktiv ist. Eventuell bestehen gesundheitliche Ursachen. Oder –»

Er unterbrach sich, und Florin wusste genau, weswegen. Er war überzeugt davon, dass Vasinski eben der gleiche Gedanke durch den Kopf gegangen war wie ihm selbst. Dass er ihn aber Florin zuliebe nicht aussprechen wollte.

Sie wussten es ja ohnehin schon lange. Es ging dem Täter nicht um Wallner, Martinek oder Hoffmann.

Es ging ihm um Beatrice.

25. Kapitel

Wie lange sie ins Dunkel gestarrt hatte, zu der Stelle, an der sich die Tür befand, konnte sie beim besten Willen nicht mehr abschätzen. Zwei Stunden? Drei?

Wenn sie wirklich offen war …

Irgendwann musste jeder schlafen, auch Jago. Wenn sie es schaffte, den richtigen Moment abzupassen und wenn er sie nicht reinlegte –

Aber natürlich tat er das. Es war überhaupt nicht in seinem Sinn, ihr eine Chance zu geben. Er würde die Tür unverschlossen lassen, wenn er Beatrice beobachtete, und abschließen, wenn er das nicht tun konnte.

Vielleicht war das alles auch nur ein großer, bitterböser Witz, die Tür war die ganze Zeit über versperrt, und Jago saß vor seinem Bildschirm, beobachtete Beatrice über seine Nachtsichtkameras und wartete darauf, dass sie begann, an der Klinke zu rütteln.

Um sie anschließend zu bestrafen, denn Fair Play war ja nie verabredet gewesen. Und um dann Achim zu töten.

Es darauf ankommen zu lassen, war zu riskant.

Beatrice stand auf und streckte sich. Sie begann, die Wände der Halle entlangzulaufen. Sie konnte besser denken, wenn sie in Bewegung war.

Das Problem war, dass sie so gar nichts über Jago wusste. Arbeitete er, und wenn ja, wann? Wohnte er hier, direkt an ihrem Gefängnis, oder kam er nur mehrmals täglich vorbei, um ihr Essen zu bringen? Fertigte er Aufzeichnungen von seinen Kameraaufnahmen an, oder bestand die Möglichkeit, dass sie in unbeobachteten Momenten Dinge tun konnte, die er nicht sah?

Der größte Fehler, den sie machen konnte, war, ihn zu unterschätzen. Er war bis heute nicht für Evelyns Tod zur Rechenschaft gezogen worden und trotz dreier weiterer, unmittelbar hintereinander begangener Morde hatten sie noch nicht die geringste Spur zu ihm.

Oder? War Florin mittlerweile näher an Jago herangerückt? Hatten die Ermittlungen entscheidende Fortschritte gemacht?

Das alles nicht zu wissen, nicht einmal ahnen zu können, würde sie in kurzer Zeit an den Rand des Wahnsinns treiben, so viel war Beatrice klar.

Sie drehte ihre Runden. Zwang sich, nicht langsamer zu werden, wenn sie an der Tür vorbeikam. Kehrte schließlich ins Licht des Notebooks zurück und versuchte, sich mit der Zeitung abzulenken. Der kurze Artikel über das Schulprojekt einer vierten Klasse zum Thema Recycling tat ihr unerwartet weh, weil es ein ähnliches Projekt auch in Jakobs Klasse gegeben hatte.

Jakob, ihr kleiner Jakob. Für ihn war es vermutlich am schlimmsten, er hing noch so an ihr. Achim würde es ihm nicht leichter machen, würde ihm barsch erklären, er solle sich gefälligst zusammenreißen … trotzdem. Trotzdem war Achim wichtig für die beiden.

Seit ihrem letzten Wortwechsel hatte sich Jago nicht mehr gemeldet. Diesmal beschloss Beatrice, das Gespräch von sich aus wieder aufzunehmen.

Hallo, bist du da? Ich wäre sehr froh über etwas zu essen und zu trinken. Ich habe Hunger.

Fünf Minuten vergingen, zehn. Beatrice zählte langsam bis achthundert. War Jago fort? Oder genoss er es bloß, sie stumm zu beobachten? Lauerte er darauf, dass sie einen Fluchtversuch starten würde?

Sie ging langsam zu ihrer Essensklappe, hockte sich daneben, lauschte. Kein Ton zu hören, das war bisher immer so gewesen, aber sie hatte noch nie direkt neben der Öffnung gewartet.

Die Zootiere fielen ihr ein, deren Fütterung sie gemeinsam mit den Kindern beobachtet hatte. Wie die Robben sich neben der Tür sammelten, durch die gleich ihr Pfleger kommen würde, mit einem Eimer voller Fische.

So schnell ging das also.

Sie setzte sich seitlich zur Wand, sodass sie das Ohr daranlegen konnte. Alles, was sie hörte, war das Rauschen ihres eigenen Bluts, ihren Herzschlag, ihr Atmen.

Irgendwann schloss sie die Augen mit dem festen Willen, trotzdem nicht einzuschlafen. Als sie sie wieder öffnete, wusste sie nicht, ob ihr das gelungen war. Sie wusste auch nicht, wie viel Zeit vergangen war. Klar war nur, dass Jago ihr weder Essen noch Trinken gebracht hatte.

Sie blieb sitzen. Starrte ins Dunkel mit dem starken Gefühl, dass die Finsternis sie auch innerlich ausfüllte. Etwas in ihrem Brustraum verengte sich, als bekäme sie keine Luft mehr, als wäre sie hier lebendig begraben. Nur Aktivität konnte die nächste Panikattacke verhindern, das wusste Beatrice, nur Bewegung half.

Sie sprang auf, rang nach Atem, ging fünf schnelle Schritte auf das schwache Leuchten des Notebooks zu. Dort, am Boden, stand die Trinkflasche mit dem letzten bisschen Wasser. Mittlerweile stimmte es, was sie geschrieben hatte – sie war durstig. Und hungrig, obwohl sie nicht wusste, ob sie etwas bei sich würde behalten können. Das Engegefühl in ihrem Inneren hatte sich nicht wieder gelegt.

Sie trank die letzten Schlucke Wasser und warf einen Blick auf den Bildschirm des Notebooks.

Nichts. Jago hatte auf ihre Bitte nicht reagiert, weder durch Taten noch durch Worte.

Daran änderte sich auch die nächsten Stunden über nichts, wenn es denn Stunden waren und nicht nur langgezogene, ewig scheinende Minuten. Wieder begann Beatrice zu zählen, immer bis hundert und dann von vorne. Sie wünschte sich einen Stift und Papier, irgendetwas, womit sie ihre Zählungen dokumentieren konnte.

Dass kurz der Gedanke ihr Bewusstsein streifte, sie könnte sich für jede Zählung bis hundert den Unterarm ritzen, ließ sie innehalten. So schlimm stand es schon, nach so kurzer Zeit? Was würden dann zwei, drei Tage oder eine Woche mehr mit ihr anstellen?

Bitte, schrieb sie. Ich brauche wirklich frisches Wasser.

Vielleicht war das ja der richtige Ton, gut möglich, nachdem Jago beim letzten Mal so hart auf ihren Versuch reagiert hatte, spielerisch zu kommunizieren.

Wünschte er sich jetzt Unterwürfigkeit? Wollte er sie betteln lassen? Oder stellte er ihr eine Falle? Täuschte er Abwesenheit vor, damit sie sie doch versuchte, die Sache mit der Tür?

Decke zusammenfalten, Turnübungen, wieder das ganze Programm, obwohl Beatrice wusste, dass sie danach wirklich Durst haben würde. Dass sie keine Chance hatte, zu duschen und sich umzuziehen.

Aber der Geruch würde nur sie selbst stören, wenn das nicht tröstlich war. Sie lachte auf, verzählte sich bei den Liegestützen, ging über zu Sit-ups. Machte weiter, bis sie meinte, jeden Muskel in ihrem Körper zu spüren, dann erst richtete sie sich auf und sah zum Notebook hin.

Sie war selbst über das Ausmaß ihrer Enttäuschung erstaunt. Bisher war es immer so gewesen, dass Jago die Momente, in denen sie dem Computer keine Beachtung schenkte, genutzt hatte, um Nachrichten zu hinterlassen. Diesmal nicht, er ließ schon die zweite ihrer Bitten unbeantwortet.

Beatrice ließ sich erschöpft auf ihre Decke sinken, empfand das Gefühl des Ausgeliefertseins so stark wie noch nie, seit sie hier gefangen war. Was, wenn Jago sich gar nicht mehr meldete? Wenn er beschlossen hatte, nicht mehr zurückzukommen, oder wenn ihm etwas zugestoßen war?

Dann würde sie hier verhungern. Nicht verdursten, denn dass sie notfalls Wasser aus der Toilette schöpfen würde, war keine Frage.

Doch da gab es ja noch diese Tür. Die offen war.

Oder auch nicht.

Sie versuchte, wieder zu schlafen, und wusste am Ende nicht, ob es ihr gelungen war. Ihr Zeitgefühl war ihr erneut abhandengekommen, aber wenn sie hätte schätzen müssen, hätte sie auf tiefe Nacht getippt.

Ein Blick auf den Monitor: nichts. Jago hüllte sich in Schweigen, der Platz vor der Klappe war nach wie vor leer. Beatrice bereute ihre Fitness-Einheit von vorhin – der Durst war mittlerweile nicht mehr zu ignorieren, und der Gedanke, die Wasserflasche in die Toilette zu halten und das Spülwasser aufzufangen, ging ihr immer öfter durch den Kopf.

Wäre ja auch nicht schlimm, sagte sie sich. Es ist das gleiche Wasser, das auch aus dem Hahn kommt, warum stellst du dich so an?

Weil es erniedrigend ist, gab sie sich selbst die Antwort. Weil Jago es mitbekommen würde, irgendwie, und sei es nur, dass er über eine seiner Kameras die frischgefüllte Flasche sehen konnte.

Wenn er überhaupt da war.

Sie atmete tief durch. Vielleicht ließ sich das ja überprüfen? Sie würde zu unorthodoxen Mitteln greifen müssen, um es herauszufinden, aber das war die geringste ihrer Sorgen.

Mehr zu schaffen machte ihr die Frage, ob sie überzeugend sein würde. Sie schloss die Augen, dachte an die Kinder. Florin. Achim. Doch, das würde sie sein.

Wieder atmete sie tief ein und aus, das war ein guter Anfang, auch wenn die Kameras sehr empfindliche Mikrophone haben mussten, um es übertragen zu können.

Ihrem nächsten Atemzug mischte sie ein wenig Stimme bei, dem nächsten noch mehr. Ein langgezogenes, tiefes Röcheln. Zwei Schritte zum Computertisch, mit beiden Händen abstützen. Hörbar nach Luft ringen.

Mir geht es nichtgu t ivh braucghe hilfe, tippte sie und ließ ihre Hände von der Tastatur gleiten. Ging in die Hocke, den Blick hilfesuchend nach oben gerichtet. Dann zur Tür. Schließlich zum Computer. Keine Antwort.

Mühevoll kam sie wieder auf die Beine, aber nur kurz, knickte ein, stürzte. Drei Atemzüge lang, vier, blieb sie liegen, kämpfte sich dann wieder hoch, auf die Ellenbogen, auf alle viere. Presste «Hilf mir bitte» hervor, keuchend. Dann ließ sie sich zur Seite kippen. Zuckte einmal, zweimal, lag schließlich still.

Das flache Atmen erwies sich als deutlich schwieriger als das Theater, das sie aufgeführt hatte, aber es war wichtig, dass es über die Kameras so aussah, als würde sie überhaupt nicht atmen. Sich nicht rühren. Tot sein oder zumindest im Sterben liegen.

Sie hatte einmal einen schweren Asthmaanfall bei einer Schulfreundin miterlebt und würde das nie vergessen. Wie Claudia nach Luft gerungen hatte, mit blau verfärbten Lippen, bis endlich jemand ihren Inhalator gefunden und ihr in den Mund gepresst hatte.

Es war dieser Vorfall, den sie nachzustellen versucht hatte, und sie fand, es war ihr gut gelungen – die fehlende Blaufärbung würde Jago über seine Nachtsichtkameras beim besten Willen nicht sehen können.

Winzige, unsichtbare Atemzüge. Den Wunsch nach dem einen tiefen Seufzen unterdrücken. Sie zählte zehnmal bis hundert, aber noch immer rührte sich nichts. Trotzdem blieb sie liegen, wartete, lauschte.

War es eine Geduldsprobe? Oder war er wirklich nicht da? Es gab viele Möglichkeiten, zu viele für Beatrices Geschmack. Dass er ihr die Show nicht abgenommen hatte, zum Beispiel. Möglicherweise war es ihm sogar egal, ob sie lebte oder starb – früher oder später würde er sie ohnehin töten wollen. Wenn sie ohne sein Zutun erstickte, umso besser.

An die letzte Variante glaubte Beatrice allerdings selbst nicht. All der Aufwand, den Jago trieb, diese Halle mit dem Notebook, die Spielchen, die Morde, die ihrer Entführung vorangegangen waren … er war noch nicht fertig mit ihr. Wenn er gesehen hatte, was passiert war und wenn er es nicht für Fake hielt, dann würde er etwas unternehmen.

Hätte etwas unternommen. Es musste schon fast eine halbe Stunde vergangen sein, seit sie zusammengebrochen war. Also hielt Jago das Ganze entweder für eine Falle – oder er hatte es nicht mitbekommen.

Ein paar Minuten wartete Beatrice noch, dann gab sie es auf. Allerdings würde sie in der Rolle bleiben. Falls Jago sie doch beobachtete, war es keine gute Idee, ihn wissen zu lassen, dass sie versucht hatte, ihn reinzulegen.

Sie erwachte also langsam. Wimmernd. Drehte sich von der Seite auf den Rücken, blieb wieder einige Zeit so liegen. Tieferes Atmen gestattete sie sich jetzt, aber noch keine koordinierten Bewegungen. Die fügte sie nur allmählich hinzu – über die Stirn wischen, den Kopf drehen, ihn vorsichtig heben. Wieder zurücksinken.

Es musste gut zehn Minuten gedauert haben, bis Beatrice sich auf Hände und Knie hochgerappelt hatte. Nun kroch sie auf den Computertisch zu, zog sich daran hoch.

Keine Nachricht von Jago, nicht einmal eine höhnische. Einfach nichts.

Immer noch Schwäche vortäuschend, taumelte Beatrice vom Licht des Notebooks fort, hin zur nächsten Wand, an der sie sich abstützte, um zur Essensklappe zuzugehen.

Auch hier: nichts.

Also tastete sie sich weiter voran. Vorbei an dem abgetrennten Bereich mit der Toilette. Tiefer ins Dunkel. Da war die nächste Ecke, und dann, in höchstens noch sechs oder sieben Schritten, würde die Tür kommen.

Beatrice ging langsam, die rechte Hand immer an der Mauer. Sie fühlte jede Unebenheit, jede raue Stelle. Dann kam der Spalt und hier unten ... war die Klinke.

Sie umfasste sie locker, ihr Herz pumpte mit gut doppelter Geschwindigkeit. Noch war alles möglich, nichts verloren. Noch hatte sie keinen Fehler gemacht.

Gleichzeitig wusste sie, dass es jetzt kein Zurück mehr gab. Sie konnte nicht einfach kehrtmachen und zurück zu ihrer Decke gehen, zu dem verdammten Notebook und ihrer leeren Wasserflasche. Sie musste wissen, ob diese Tür verschlossen war.

Vorsichtig drückte sie die Klinke nach unten, voller Angst, sie würde quietschen, doch das tat sie nicht.

Beatrice merkte erst, dass sie sich auf die Unterlippe biss, als sie Blut schmeckte. Sie atmete tief ein und lehnte sich gegen das metallene Türblatt. Das unter dem Druck sofort nachgab.

Jago hatte nicht gelogen. Die Tür war offen. Dahinter war Licht.

Im Grunde hatte Beatrice vorgehabt, die Tür sofort wieder zu schließen und in ihr Gefängnis zurückzukehren, als wäre nichts geschehen, aber nun war es, als würde das Licht an ihr ziehen. Sie trat aus der Halle.

Merkte erst nach zwei Schritten, dass das gar nicht stimmte. Sie hatte bloß einen weiteren Raum betreten, viel kleiner, kahl und leer, wenn man von einem alten Waschbecken an der Wand absah.

Das Licht war nur trüb, trotzdem tat es ihr in den Augen weh. Tageslicht, das durch das Oberlicht der Tür drang. Noch eine Tür.

Sie fühlte ihr Herz unverhältnismäßig hart gegen die Rippen schlagen, während sie die kurze Strecke zurücklegte, die sie von diesem Ausgang trennte, der wirklich ein Ausgang sein würde. Diesmal zögerte sie keine Sekunde, legte die Hand auf die Klinke, drückte sie hinunter.

Abgesperrt.

Das durfte nicht sein, und obwohl sie wusste, dass es nur folgerichtig war, dass Jago ihr natürlich keine Chance gelassen hatte, weigerte Beatrice sich, es zu glauben. Sie warf sich gegen das blau lackierte Metall der Tür, rüttelte an ihr, trat gegen sie – erntete aber nichts als Lärm.

Vielleicht war das gut. Vielleicht gab es in der Umgebung Menschen ... irgendjemanden, der ihren verzweifelten Kampf mitbekam. Sie war den einen Schritt zu viel gegangen, obwohl sie es hätte besser wissen müssen – jetzt musste sie versuchen, so sehr davon zu profitieren wie möglich. Denn der Preis, den sie für ihren Mangel an Beherrschung zahlen würde, war hoch, das wusste sie.

Beatrice bearbeitete die Tür mit aller Kraft. Schrie, hämmerte mit den Fäusten dagegen. Zwischendurch hielt sie immer wieder inne und lauschte nach draußen, doch es war nie etwas zu hören.

Schließlich ließ sie es sein. Es gab noch diese kleine, winzige Chance, dass Jago wirklich nicht da war und die Kameras nur übertrugen, aber nicht aufzeichneten. Dann hatte er weder ihren geschauspielerten Zusammenbruch noch ihren Fluchtversuch mitbekommen.

Also trank sie sich am Wasserhahn satt, ging dann zurück in die Halle und schloss sorgfältig die Tür hinter sich.

Immer noch keine neue Nachricht auf dem Notebook, ebenso wenig wie frische Nahrung bei der Klappe. Beides stärkte Beatrices Hoffnung, dass sie mit einem blauen Auge davonkommen könnte – im Grunde hatte sie erwartet, dass Jago die Zeit genutzt haben würde, um ihr zu schreiben. *So hältst du dich also an unsere Verabredungen,* oder Ähnliches. Aber er schwieg. Beharrlich.

Sie kauerte sich wieder in einer der Ecken zusammen, die Decke um die Schultern gelegt. Es war Tag. Nachmittag, schätzte sie, obwohl das nicht mehr als ein Gefühl war. Das Licht, das sie durch den schmalen Streifen schmutzigen Glases hatte sehen können, war grau gewesen, aber noch kräftig.

Ihre Gedanken kreisten, mieden dabei aber den einen Punkt, der ihr zu viel Angst einjagte, als dass sie bei ihm hätte verharren können. Besser war es, an Florin zu denken, an das Team, das mit aller Kraft nach ihr suchte, dessen war sie sicher.

Gut möglich, dass die Tür schon bald wieder geöffnet wurde, diesmal von außen, dass Licht in die Halle fiel und ihre Leute hereinstürmten, allen voran der Mann, den sie liebte.

Die Vorstellung hielt ein paar Minuten lang an, wärmte und tröstete sie, bevor ihr Kopf die Regie änderte und ihr neue Bilder aufdrängte. Florin, der rennend die Halle durchquerte, auf Beatrice zulief, die gekrümmt neben dem Computertisch lag, seit mindestens fünf Tagen tot, wie Vogt kurz darauf bestätigen würde.

Sie wusste, wie so etwas aussah. Die Totenflecke, die aufgeblähte Bauchdecke, der Geruch …

Drasche würde sie alle verscheuchen und seine Täfelchen mit den Spurennummern aufstellen. Nummer eins neben dem

Notebook, Nummer zwei neben der leeren, umgekippten Trinkflasche, Nummer drei … wer weiß wo. Viel gab es hier nicht zu sichern. Aber vielleicht hinterließ Jago ja doch ein paar Spuren mehr, wenn er Beatrice tötete.

Sie fühlte, wie ihr die Tränen kamen, und schüttelte den Kopf. So zu denken war falsch, das spielte Jago nur in die Hände.

Trotzdem fand sie keinen Weg, die Trauer zu vertreiben, die sie erfasst hatte. Es war, als hätte sie bereits verloren, als wäre ihr Tod beschlossene Sache. Unausweichlich. Kurz bevorstehend.

Sie legte sich auf den Boden und rollte sich zusammen. Doch diesmal ließ auch der Schlaf sie im Stich – umso mehr, je heftiger sie ihn herbeisehnte. Wieder verlegte sie sich aufs Zählen, doch das half nichts. Sobald ihre Wachsamkeit nachließ, kamen die Bilder zurück. Wallner mit durchschnittener Kehle und schwarzem Gesicht. Martinek, an der die Fische gefressen hatten. Hoffmann hatte sie tot nicht gesehen, was die Dinge fast noch schlimmer machte. Phantasien in der Dunkelheit übertrafen die Wahrheit fast immer.

Wo würde sie sich einreihen? Oder … Achim?

Nun durchbrach der Gedanke Beatrices Schutzwälle doch noch. Sie hatte das Leben ihres Ex-Mannes aufs Spiel gesetzt, des Vaters ihrer Kinder. Wenn er jetzt starb, würde sie sich bis an ihr Lebensende vorwerfen müssen, dass sie ihn hätte retten können, wenn ihre Selbstbeherrschung nur ein wenig besser gewesen wäre.

So wie sie Evelyn hätte retten können, wenn sie sich ins Auto gesetzt hätte und zu ihr gefahren wäre.

Nicht noch einmal so etwas, bitte, nicht noch einmal, nicht …

Ein Geräusch ließ sie den Kopf heben. Es war leise gewesen, aber unverkennbar. Die Klappe. Das Öffnen war lautlos vor sich gegangen, das Schließen und Versperren nicht.

Beatrice war schneller auf den Beinen, als gut für sie war. Der

Schwindel packte sie unmittelbar, sie stützte sich an der Wand ab, wartete, bis er vorbei war, und ging dann nachsehen, was Jago ihr gebracht hatte.

Drei Scheiben Brot. Ein bisschen Wurst, zwei Stück Käse. Eine neue Flasche mit Wasser, eineinhalb Liter. Und ein winziges Stück Schokolade.

Es war diese kleine Aufmerksamkeit, die sie beinahe auflachen ließ vor Erleichterung. Er bestrafte sie nicht, er bemühte sich sogar, sie ein wenig aufzumuntern. Er hatte von ihrem Fluchtversuch nichts mitbekommen.

26. Kapitel

Die Vorlesung, die Evelyn so fasziniert hatte, trug den sperrigen Namen «Forensische Psychiatrie für Mediziner und Juristen» und war zum damaligen Zeitpunkt von einem Professor Rainer Rabisch gehalten worden. Der Mann war mittlerweile emeritiert, doch Florin erreichte ihn schon beim zweiten Versuch unter seiner Privatnummer.

«Ich erinnere mich noch an die Studentin, aber hauptsächlich deshalb, weil sie kurz danach auf so furchtbare Weise ums Leben gekommen ist.» Der Mediziner klang deutlich jünger, als er es seinem Lebenslauf zufolge war. «Wir haben im Kollegenkreis viel darüber gesprochen.»

«Sind Sie damals von der Polizei befragt worden? Ich habe nichts darüber in den Unterlagen gefunden.»

Rabisch lachte. «Nein, es ist niemand auf mich zugekommen. Merkwürdig, nicht? Andererseits: Ich war nur einer von vielen Lehrbeauftragten, bei denen Frau Rieger studierte, und kannte sie kaum. Ich hätte nur erzählen können, dass sie sich engagiert am Unterricht beteiligt hat.»

Florin versuchte, sich nicht entmutigen zu lassen. Es war ein neuer Tag, eine neue Chance. Bea war immer noch wie vom Erdboden verschwunden, aber das war besser als ein Leichenfund. «Hat sie Sie je gefragt, ob sie einen Ihrer Patienten treffen könnte? Wollte sie Kontakt zu Betroffenen?»

Der Professor antwortete nicht sofort. «Nein. Daran könnte ich mich erinnern, denke ich. Da hätte ich auch sofort Schlüsse gezogen, nach dem, was schließlich passiert ist.»

Wieder kein Treffer. «Schlüsse wären genau das, was ich mir

wünsche», sagte Florin. «Wir vermuten, dass Evelyn in den letzten Wochen oder Monaten ihres Lebens Kontakt zu ihrem späteren Mörder hatte. Aber Ihres Wissens nach gab es keine Begegnungen mit geistig abnormen Rechtsbrechern?»

«Nein», kam es zögernd vom anderen Ende der Leitung. «Allerdings … saß sie die letzten paar Vorlesungen an einem anderen Platz als zuvor. Daran kann ich mich erinnern, sie war ja eine ziemlich auffällige Erscheinung. Anfangs hatte sie sich immer um einen Platz in einer der vorderen Reihen bemüht – dann nicht mehr.»

«Aha.» Florin wusste nicht recht, was er mit dieser Information anfangen sollte. «Hatten Sie eine Theorie, woran das lag?»

«Ja, allerdings.» Rabisch räusperte sich. «Schade, dass Ihre Wiener Kollegen mich nicht schon damals darauf gebracht haben. Evelyn Rieger saß zuletzt mit einem Studenten zusammen, der mir bis dahin unbekannt war. Ich kann mich deshalb erinnern, weil ich das Verhalten der beiden ansatzweise störend fand. Er sprach ziemlich viel, leise, zu ihr, und sie hörte ihm deutlich aufmerksamer zu als mir.»

Florin kannte es, das prickelnde Gefühl, auf etwas gestoßen zu sein. «Das ist sehr interessant. Können Sie mir den Mann beschreiben?»

Rabisch seufzte. «Nur in groben Zügen, leider. Es ist zu lange her, und so viel Aufmerksamkeit habe ich ihm dann ja auch nicht geschenkt.» Er überlegte kurz. «Ich weiß noch, dass ich fand, die beiden sahen gut zusammen aus. Ein hübsches Paar. Er war recht groß, wenn ich mich richtig erinnere, sein Haar war … braun. Eher dunkel als hell.»

«Wie alt?», erkundigte sich Florin.

«Puh. Das ist schwer zu sagen. Vielleicht etwas älter als die anderen Studenten, aber nicht so, dass es auffiel. Ende zwanzig etwa? Ist aber nur eine Schätzung, mit sehr viel zeitlichem

Abstand.» Er schnaubte. «Ich weiß selbst, wie viel das wert ist.»

«Es ist deutlich besser als nichts», erwiderte Florin. Natürlich war überhaupt nicht sicher, dass es sich bei Evelyns Begleiter um Jago gehandelt hatte, aber es war zumindest möglich. «Noch etwas, das Ihnen an ihm aufgefallen ist?»

«Sein Blick», sagte der Professor nach einer kurzen Pause. «Ich erinnere mich, dass der mich irritiert hat. Wenn der Mann nicht gerade auf Evelyn eingeredet, sondern nach vorne geschaut hat, war sein Blick durchgehend auf mein Gesicht gerichtet. Intensiv. Als würde er versuchen, mich zu hypnotisieren.» Wieder lachte er kurz auf. «Als ich viel jünger war, in meinen ersten Jahren als Dozent, kannte ich diese Art Blick auch, allerdings kam der immer von Studentinnen.»

Es gab keinen Beweis dafür, aber Florin hätte beide Hände dafür ins Feuer gelegt, dass Rabisch ihm eben Jago beschrieb. «Haben Sie den Mann nach Evelyns Tod jemals wiedergesehen?»

«Nein.» Das kam im Brustton der Überzeugung. «Er war nie wieder in einer meiner Vorlesungen. Eine Zeitlang habe ich aktiv nach ihm Ausschau gehalten, aber er ist nicht mehr aufgetaucht.»

Hoffmanns Begräbnis war für den Nachmittag angesetzt, und Florin hätte viel dafür gegeben, sich davor drücken zu können. Um die Tatsache, dass er dafür seine Arbeit und damit die Suche nach Bea unterbrechen musste, die Politikerreden am offenen Grab … und natürlich die Sache selbst.

Der einzige Lichtblick, wenn man das so nennen konnte, war die Hoffnung, dass sich der Täter unter die zahlreich erwarteten Trauergäste mischen würde. Florin hatte Ebner gebeten, seine Kamera mitzunehmen – es waren zwar sicherlich zwei oder drei Pressefotografen da, aber er wollte möglichst alle Besucher fotografiert wissen.

Um zwei fuhr er nach Hause, wechselte Jeans und Pulli gegen einen dunklen Anzug und fuhr zum Aigener Friedhof. Obwohl er früh dran war, drängten sich die Menschen bereits in der Kapelle. Für den Kollegenkreis war eine Bank in der vierten Reihe reserviert, Bechner winkte Florin zu sich, doch der schüttelte den Kopf. Er wollte stehen bleiben. Den Überblick behalten.

Der Sarg neben dem Altar sah so klein aus. Als könne Hoffmann gar nicht in ihn hineinpassen. Florin betrachtete ihn mit einer merkwürdigen Mischung aus Trauer und Unwirklichkeit. Dunkles Holz mit einem in den Deckel eingearbeiteten messingfarbenen Kreuz. Vermutlich von Hoffmanns Sohn ausgesucht, der im Mittelgang stand und Gäste begrüßte. Er sah seinem Vater kein bisschen ähnlich.

Aus den Augenwinkeln sah Florin Stefan eintreten und sich durch die dichter werdende Menge drängen, an seiner Seite Halm und Vasinski. Sie mussten gemeinsam hergefahren sein.

Stefan deutete auf die reservierte Bank. «Setzt du dich gar nicht? Dann bleibe ich auch stehen.» Er machte den Weg für die anderen Kollegen frei und lehnte sich neben Florin an die Wand.

Kurz darauf betraten die Honoratioren der Stadt die Kapelle, und die Ansprachen begannen. Bürgermeister, Landeshauptmann. Hoffmanns Verdienste wurden gelobt, sein gewaltsamer Tod verurteilt, eine baldige Aufklärung versprochen. Währenddessen glitt Florins Blick über die Reihen der Trauergäste, blieb aber nur selten an einem Gesicht hängen. Der Mann in der vorletzten Reihe war dunkelhaarig und sein Alter passend. Etwas versetzt, vier Reihen vor ihm, saß ebenfalls jemand, auf den Rabischs Beschreibung zutreffen konnte, die verstrichene Zeit mit eingerechnet.

Kaum jemand weinte, nur Hoffmanns Schwiegertochter. Sein Sohn saß mit unbewegter Miene daneben, den Blick starr auf den

Sarg gerichtet. Er hatte innerhalb weniger Monate Mutter und Vater verloren. Mitgefühl regte sich in Florin.

Das beherrschende Gefühl aber war Wut, gemischt mit der namenlosen Angst, in Kürze wieder hier zu stehen, vor einem anderen Sarg.

Er kämpfte gegen das plötzliche Bedürfnis an, nach draußen zu stürmen, an die frische Luft. Stattdessen konzentrierte er sich auf die Anwesenden.

Haare konnte man färben, manchmal fielen sie auch aus. Florins Blick glitt über die Reihen. Vielleicht war eines der Gesichter, die er jetzt betrachtete, das von Jago. Wenn ja, war Beatrice im Moment allein. Oder ...

Er würgte den Gedanken ab, mit aller Kraft, spürte, dass er die Hände zu Fäusten ballte und streckte die Finger. Der Priester war nun vorgetreten und begann mit der Einsegnung, Stefan seufzte vernehmlich. «Am Grab», flüsterte er Florin zu. «Am Grab bekommen wir einen besseren Überblick.»

Da war durchaus etwas dran, allerdings bezweifelte Florin, dass Jago dem Sarg bis dorthin folgen würde. Dann nämlich lief er Gefahr, in ein Gespräch verwickelt zu werden. Jemandem im Gedächtnis zu bleiben.

Entsprechend achtete Florin besonders darauf, wer sich direkt nach der Messe wieder zum Ausgang begab. Es waren nur wenige, hauptsächlich Journalisten. Alle anderen schlossen sich dem Wagen an, der langsam zu der Stelle am Friedhof fuhr, an der Hoffmann gestorben war und an der seine Überreste nun für immer bleiben würden.

Ebner erledigte seinen Job vorbildlich. Er schoss mit passendem Objektiv aus einiger Entfernung und fiel dabei kaum auf. Irgendwann begegnete Florins Blick dem seinen, und Ebner reckte einen Daumen hoch. Die Fotos würden gut werden. Fragte sich nur, wonach genau sie darauf suchen sollten.

Nachdem er Hoffmanns Sohn kondoliert und eine Schaufel voll Erde auf den Sarg geworfen hatte, machte Florin sich auf den Weg zurück zum Auto. Die gesamte Zeremonie hatte über zwei Stunden gedauert und trotzdem in ihm das Gefühl hinterlassen, Hoffmanns Abschied wäre kurz und oberflächlich vonstattengegangen. Würdig und gleichzeitig lieblos. Eine Beerdigung von der Stange, als wäre es egal gewesen, wessen Körper in der Holzkiste gelegen hatte. Als hätte niemand der Anwesenden Hoffmann gut genug gekannt, um ihn den Trauergästen ein letztes Mal näherzubringen.

Wer weiß, dachte Florin. Vielleicht ist es ja genau so.

Kaum war er zurück im Büro, läutete schon das Telefon auf seinem Schreibtisch. Die Fotospezialisten, denen Halm eine Kopie des Ausdrucks geschickt hatte, waren eifrig gewesen, das Ergebnis war leider trotzdem nicht berauschend. «Wir haben das Bild digitalisiert und alle Tricks angewandt, die uns zur Verfügung stehen.» Die Stimme des Kollegen klang noch sehr jung. «Viel ist nicht rausgekommen. Ziemlich klar ist, dass das Foto über ein Notebook geschossen wurde, mit einer App wie FaceTime zum Beispiel. Der Hintergrund, also die dunklen Bereiche neben dem Gesicht der Frau, bleiben Niemandsland, leider. Wir haben es nicht geschafft, Details aus dem Hintergrund herauszuarbeiten. Hätten wir die Originaldatei …»

«Ja», sagte Florin müde. «Hätten wir die bloß.»

«Was sich sagen lässt, ist, dass das Notebook zum Zeitpunkt der Aufnahme die einzige Lichtquelle in der Nähe gewesen sein dürfte. Falls das hilft.»

«Wer weiß. Vielen Dank jedenfalls.» Florin legte auf und verkniff es sich, in der Telefonzentrale nachzufragen, ob Meldungen hereingekommen waren, die mit Beatrices Verschwinden in Zusammenhang stehen konnten.

Ungewissheit. Das war der Stoff, aus dem die Hölle gemacht sein musste. Schon der Anblick von Beatrices Arbeitsplatz tat weh, die Vorstellung, dass sie nie wieder dort sitzen würde.

Er stand auf und ging auf ihre Seite hinüber, aus dem Bedürfnis heraus, etwas zu berühren, das sie berührt hatte. Nur deshalb hörte er das summende Vibrieren seines Handys. Er steckte noch in der Manteltasche, und der Ton – für das Begräbnis leise gestellt – war noch nicht wieder angeschaltet.

Mit einem schnellen Griff holte er das Gerät heraus und warf einen Blick aufs Display. Mina Kaspary.

Das kam wirklich unerwartet, und einen Moment lang zögerte Florin, das Gespräch anzunehmen. Es würde wahrscheinlich wieder einen Wutanfall von Achim nach sich ziehen und dem Mädchen am Ende mehr Kummer als Erleichterung bringen – andererseits hatte Florin Mina angeboten, sich jederzeit bei ihm melden zu dürfen. Er tippte auf das grüne Annahmefeld. «Hallo, Mina.»

«Hallo ... Florin.» Es war deutlich zu hören, wie schwer es ihr fiel, ihn beim Vornamen anzusprechen. «Ich ... du hast gesagt, ich kann dich anrufen, wenn ich, also, wenn es Probleme gibt.»

«Ja. Gut, dass du das ernst genommen hast. Wie kann ich dir denn helfen?»

Ein paar Sekunden lang hörte er sie nur atmen. «Es ist wegen Papa», sagte sie dann. «Er wollte uns heute um vier von der Schule abholen, aber er ist bis jetzt noch nicht da. Ich habe schon versucht, ihn am Handy anzurufen, aber er geht nicht ran. In zehn Minuten ist die Nachmittagsbetreuung zu Ende.»

In Florins Kopf überschlugen sich die möglichen Gründe für Achims Verspätung. Geschäftliche, allem anderen voran. Dann war er es auch nicht gewöhnt, sich so regelmäßig um seine Kinder zu kümmern – vergessen würde er sie wohl trotzdem nicht. Aber möglicherweise hatte er nicht auf die Zeit geachtet ...

«Hast du es schon bei deiner Oma versucht? Vielleicht kann sie euch holen.»

«Nein, weil …» Mina seufzte tief. «Ich wollte sie nicht anrufen. Die letzten zwei Mal, die wir gesprochen haben, hat sie nur geweint, und –»

«Ich verstehe.» Florin hatte bereits nach seinem Mantel gegriffen. «Pass auf, wir machen es so: Ich komme jetzt erst mal zu eurer Schule, und dann sehen wir weiter, gut? Wenn dein Papa in der Zwischenzeit doch noch auftaucht, ruf mich bitte gleich an.»

«Okay», sagte sie, nun mit etwas festerer Stimme. «Wie lange wirst du ungefähr brauchen?»

Um diese Tageszeit war der Verkehr in Salzburg schauderhaft dicht. «Eine Viertelstunde bestimmt. Eher zwanzig Minuten. Aber ich beeile mich.»

Wieder seufzte Mina. «Danke.»

Er rannte zum Auto, versuchte gleichzeitig Achim anzurufen. Erst auf seinem Handy, da sprang sofort die Sprachbox an. Danach unter der Büronummer.

«Nein, Herr Kaspary ist leider nicht im Haus», erklärte die Frau, die abnahm – die Sekretärin vermutlich. «Kann ich ihm etwas ausrichten?»

«Nicht nötig. Wann ist er denn heute gegangen?»

«Schon kurz nach zwölf. Warum?»

«Nur so. Vielen Dank.»

Er lenkte das Auto vom Parkplatz, überschlug im Kopf die günstigste Strecke. Wenn er die Hauptrouten mied und sich an die Nebengassen hielt, würde er mit etwas Glück sein Versprechen Mina gegenüber einhalten können.

Trotzdem hoffte er insgeheim auf einen weiteren Anruf von ihr. Wenn Achim in letzter Minute auftauchte, musste es nicht noch eine Auseinandersetzung geben, die ansonsten garantiert nicht ausbleiben würde. Allein die Tatsache, dass Mina bei Florin Hilfe gesucht hatte, weil Achim sich nicht an eine Abmachung gehalten hatte, würde ihn höher auf die Palme treiben als je zuvor. Typen wie Achim ertrugen nichts so schlecht wie eine Konfrontation mit eigenen Fehlern.

Doch Mina meldete sich nicht mehr. Dafür schaffte Florin die Strecke tatsächlich in fünfzehn Minuten und sah die Kinder schon am Eingang stehen, wieder in Begleitung der Betreuerin vom letzten Mal. Ihr Name war … Lenhard gewesen, genau. Erstaunlich, dass er das noch wusste.

Er ließ das Auto in der Schuleinfahrt stehen und stieg aus. «Guten Abend, Frau Lenhard. So schnell sehen wir uns wieder.»

Über ihr Gesicht huschte der Anflug eines Lächelns. «Ja, und wir haben das gleiche Problem wie beim letzten Mal. Ich darf Ihnen die Kinder eigentlich nicht übergeben.»

Florin nickte. «Ja, ich weiß. Aber haben Sie einen besseren Vorschlag?»

Sie hob in einer hilflosen Geste die Arme. «Nein, also – ich habe natürlich schon versucht, den Vater zu erreichen, und habe ihm eine Nachricht auf der Mailbox hinterlassen. Ich denke, wir müssen die Großmutter verständigen.»

«Nein!», protestierte Mina. «Es geht ihr nicht gut. Sie muss sich sowieso um das Gasthaus kümmern, wissen Sie?»

Lenhard zuckte die Schultern. «Eure Großmutter ist die Einzige, die außer euren Eltern noch auf der Liste steht.»

Florin war versucht, wieder seinen Dienstausweis zu zücken, doch das hatte auch schon beim letzten Mal nichts gebracht. «Auf keinen Fall können wir bis morgen hier stehen bleiben», sagte er. «Ich nehme die Kinder sehr gern zu mir, bis die Situation sich klärt. Meine Daten und meine Adresse gebe ich Ihnen selbstverständlich gern, Sie können meine Ausweise kopieren und bei der Polizeidirektion Salzburg anrufen, um sich bestätigen zu lassen, dass meine Angaben stimmen.»

Lenhard wirkte halb überzeugt. «Ich telefoniere noch kurz mit der Direktorin. Ich hoffe, ich erreiche sie, die ist nämlich auch schon gegangen.»

Fünf Minuten später war die Sache geklärt. Florin ließ die Betreuerin seinen Führerschein und seinen Dienstausweis kopieren und schrieb ihr sämtliche Telefonnummern und Adressen auf, unter denen er zu erreichen war.

Auf dem Weg zurück zum Auto fühlte Florin, wie eine kleine Hand nach seiner griff. Jakob. Er hatte bis jetzt kein Wort gesagt, nur auf seine Schuhe gestarrt, mit unbewegtem Gesicht. «Fahren wir jetzt zu dir?»

Er sprach so leise, dass Florin nicht sicher war, ihn richtig verstanden zu haben. «Ja, wir fahren zu mir, aber erst müssen wir noch einkaufen. Ist es in Ordnung, wenn ich uns etwas koche? Oder wollt ihr lieber essen gehen?» Erstaunt stellte er fest, dass er sich unsicher fühlte. Er war noch nie in einer solchen Situation gewesen – allein verantwortlich für zwei Kinder, die er kaum kannte.

«Kochen wäre schöner», sagte Mina. «Ich helfe dir, okay?»

«Das wäre toll.»

Sie fuhren zum nächsten Supermarkt, und Florin ließ die beiden alles in den Einkaufswagen räumen, was ihnen zwischen die Finger kam. Zwischendurch checkte er immer wieder sein Handy – keine Nachricht von Achim. Bea hatte ihn zwar immer wieder als selbstgerecht, cholerisch und unfair beschrieben, aber nie als unzuverlässig. Was war los mit dem Mann?

«Machst du uns Schokopudding?» Jakob hielt Florin ein Päckchen mit Puddingpulver entgegen.

«Klar.» Die Packung wanderte in den Einkaufswagen, ebenso wie der besonders scharfe Kaugummi, den Mina sich wünschte.

Florin selbst hatte neben Hühnerfilets vor allem Gemüse gekauft – weniger, weil er sich einbildete, Jakob und Mina gesund ernähren zu müssen, sondern hauptsächlich, weil er die beiden so mit Zucchinischnippeln und Champignonputzen beschäftigt halten konnte.

In der Wohnung stürzte Jakob sofort zu einem der Panoramafenster, von denen aus man die beleuchtete Festung sehen konnte. «Boah, toll!», rief er und presste Hände und Nase gegen die Scheibe.

Mina war im Vorzimmer stehen geblieben. «Da hängt Mamas Jacke», sagte sie leise.

«Ja.» Beas Tochter schien neben einigem anderen auch den scharfen Blick von ihr geerbt zu haben. «Deine Mama war ein paar Mal bei mir zu Besuch und hat neulich ihre Jacke hier vergessen.»

Wahrscheinlich war es der unerwartete Anblick des Kleidungsstücks, der Minas Stimmung kippen ließ. Sie strich über die glatte Oberfläche. Florin sah, wie sie sich mit der anderen Hand übers Gesicht wischte.

«Hilfst du mir, die Sachen im Kühlschrank zu verstauen?», fragte er betont fröhlich. Sie nickte und folgte ihm.

Die nächste halbe Stunde verbrachten sie mit Gemüseputzen. Jakob zerzupfte einen Salatkopf, wusch die Blätter und sang dabei ein Lied, das sie in der Schule gelernt hatten. Dass Mina dabei gequält die Augen verdrehte, wertete Florin als gutes Zeichen. Er lobte beide für ihre Hilfe, setzte sie dann vor den Fernseher und suchte den Kinderkanal, der irgendwo eingespeichert sein musste.

Danach ging er in die Küche zurück, wo das Handy lag. Er hatte es die ganze Zeit kaum aus den Augen gelassen und hoffte inbrünstig, dass Achim sich vielleicht in den letzten drei Minuten gemeldet hatte.

Hatte er aber nicht. Die Kinder waren abgelenkt, also rief Florin in der Polizeizentrale an und beauftragte eine Kollegin, die

Krankenhäuser durchzutelefonieren. Er gab ihr Achims Daten durch, beschrieb sein Äußeres und schärfte ihr ein, sofort anzurufen, wenn er irgendwo gefunden wurde.

Bevor er die Hühnerfilets in die Pfanne legte, wählte er eine weitere Nummer. Beatrices Mutter war sofort am Apparat. «Wissen Sie schon etwas über Bea? Ist sie wieder da?»

«Nein. Leider.» Die Angst in der Stimme der Frau schürte auch seine aufs Neue. «Ich wollte Sie nur darüber informieren, dass Mina und Jakob im Moment bei mir sind. Achim hat sie nicht von der Schule geholt und geht auch nicht ans Telefon.»

«Das sieht ihm überhaupt nicht ähnlich», erklärte Beatrices Mutter umgehend. «Er hebt immer ab. Hat viel zu viel Angst, er könnte etwas verpassen.» Hätte Florin es nicht bereits gewusst, hätte er spätestens jetzt an ihrer Stimme gehört, wie wenig sie ihren Ex-Schwiegersohn leiden konnte.

«Aber warum sind die Kinder bei Ihnen? Warum hat die Schule nicht mich angerufen?»

Florin seufzte möglichst unhörbar. «Ich glaube, Mina hat mitbekommen, wie groß Ihre Sorge um Beatrice ist, und wollte Sie nicht zusätzlich belasten. So habe ich sie jedenfalls verstanden.»

«Aber das ist doch …» Sie gab einen Laut von sich, irgendwo zwischen Lachen und Schluchzen. «Nein, ich verstehe schon. Es ist besser, die zwei sind bei Ihnen, Sie können sie bestimmt eher ablenken.» Sie putzte sich die Nase. «Und Achim ist einfach verschwunden?»

«Scheint so. Im Moment weiß niemand, wo er ist. Aber das muss noch nichts Schlimmes bedeuten.»

«Mir völlig egal, solange nur Bea wieder auftaucht», murmelte die Frau.

«Das wird sie», sagte Florin mit viel mehr Überzeugung, als er empfand.

Das Abendessen verlief unkomplizierter, als er zu hoffen gewagt hatte. Solange er selbst fröhliche Unbekümmertheit verbreitete, waren auch die Kinder unbeschwert. Als wäre seine gute Stimmung ein Garant dafür, dass alles in Ordnung war.

Erst als Jakob zwischendurch auf die Toilette ging, wurde Minas Gesicht ernster. «Ich habe vorhin noch einmal versucht, Papa am Handy anzurufen, aber er hebt noch immer nicht ab.»

«Vielleicht hat er es verloren», sagte Florin, nicht ohne schlechtes Gewissen. Es war nicht in Ordnung von ihm, das Mädchen gegen alle Wahrscheinlichkeit in Sicherheit zu wiegen, aber er scheute sich davor, seine wahre Vermutung mit ihr zu teilen. Dass Achim wohl einen Unfall oder Ähnliches gehabt hatte. Eine zweite, bei weitem schlimmere Möglichkeit begann in Florins Kopf ebenfalls Form anzunehmen, doch die würde er erst recht für sich behalten.

Warum sollte der Täter auf Achim abzielen, wenn er doch schon Beatrice in seinen Klauen hatte? Das war Unsinn – einerseits.

Andererseits wäre es ein außerordentlicher Zufall, wenn Achim ausgerechnet jetzt etwas zustoßen würde. Im besten Fall war er nur aufgehalten worden und hatte die Zeit vergessen. Sich eventuell von einer neuen Frau in seinem Leben trösten lassen, um danach einzuschlafen. Er lächelte über seinen eigenen unangebrachten Optimismus und räumte das schmutzige Geschirr in die Spülmaschine. Sosehr er sich eine harmlose Erklärung wünschte, so wenig glaubte er tatsächlich daran.

Er hatte keine Kinderbücher im Haus, wie sich wenig später herausstellte, als Jakob seine Gutenachtgeschichte einforderte. Spontan Geschichten zu erfinden war auch nicht Florins Stärke, also durchstöberte er seine Buchregale und stieß auf einen Band mit Mozart-Briefen, die sich als Volltreffer erwiesen. Jakob krümmte sich bei jedem obszönen Wort vor Lachen, und Mina lächelte immerhin huldvoll.

Erst als er sicher war, dass die beiden schliefen, rief er noch einmal in der Zentrale an.

«Wirklich nichts? In keinem der Krankenhäuser? Auch keine Verletzten mit ungeklärter Identität?»

Die Kollegin verneinte. «Aber ich habe überall Bescheid gegeben, dass man sich direkt an uns wenden soll, wenn jemand eingeliefert wird, auf den die Beschreibung passt.»

Den Rest des Abends verbrachte Florin – für ihn völlig ungewohnt – vor dem Fernseher. Er hatte nicht die Konzentration für ein Buch und war viel zu aufgewühlt, um schon schlafen zu gehen, besonders, da er sich den Whisky aus dem Spirituosenschrank versagte.

Seit er sich um Mina und Jakob kümmerte, fühlte er sich Beatrice so nahe wie noch nie. Und seine Angst, er könnte sie nicht lebend wiedersehen, war größer als je zuvor.

27. Kapitel

Zwei der drei Scheiben Brot hatte Beatrice gegessen, ebenso die Wurst. Mit dem Käse würde sie sparsamer umgehen, der hielt sich länger. Die Schokolade bewahrte sie auf wie einen Talisman, sie hatte sie neben das Notebook gelegt. Ein kleines, rotes Quadrat, der einzige Farbfleck in einer Umgebung aus Dunkelheit und Schatten.

Danach hatte sie geschlafen, und nun war es wohl wieder Abend. Oder sogar schon Nacht. Die Versuchung war riesig, die Tür noch einmal zu öffnen, nur einen Spalt, um das trübe Tageslicht im Vorraum zu sehen. Oder eben nicht.

Auch das Wissen um den Wasseranschluss dort würde es künftig nicht einfacher machen, auf Jagos Zuwendungen zu warten. Doch genau das musste sie. Ein zweites Mal würde sie nicht so viel Glück haben.

Sie richtete sich so weit auf, dass sie zum Bildschirm schauen konnte. Keine neue Nachricht. Wie es aussah, war ihm derzeit nicht nach Kommunikation zumute, aber er vergaß nicht, Beatrice zu versorgen.

Konnte sie das als gutes Zeichen werten? Wenn sie davon ausging, dass Jago nach außen hin ein normales, unauffälliges Leben führte, dann verlangte dieses Leben ihm derzeit vielleicht wieder etwas mehr Aufmerksamkeit ab. Machte es ihm schwerer, allzu viel Zeit auf seinem Beobachtungsposten zu verbringen.

Nur dass sie nichts davon mit Sicherheit wusste. Ihr Handeln deshalb auch nicht an das anpassen durfte, was sie für wahrscheinlich hielt.

Sie erlaubte sich wieder einen Artikel aus ihrer Zeitung. Innenpolitik diesmal, ein längeres Interview mit einem Minister, den sie nicht leiden konnte. Trotzdem saugte sie jedes Wort in sich auf. Danach absolvierte sie ihr Bewegungsprogramm, bis sie außer Atem war und auf ihre Decke zurücksank. Vielleicht würde sie noch ein bisschen schlafen können. Ein paar Minuten lang die Augen schließen und an nichts mehr denken, keine Theorien aufstellen. Nur auf den eigenen Atem lauschen.

Sie musste tatsächlich eingeschlafen sein, denn ein Geräusch riss sie aus einem verschwommenen Traum. Nicht sehr laut, aber gut hörbar und definitiv von jemand anderem als ihr selbst hervorgerufen.

Die Essensklappe. Sie war mit Schwung zugeworfen worden, jetzt drehte sich ein Schlüssel im Schloss.

Beatrice sprang auf, ein wenig zu schnell – für wenige Sekunden drehte sich alles um sie, und sie musste noch einmal in die Hocke gehen. Mit geschlossenen Augen sog sie Luft in ihre Lungen und stand dann erst langsam auf.

Sie fand sich mittlerweile mühelos im Dunkel zurecht, das ihr auch gar nicht mehr so dunkel erschien wie zu Beginn. Was Jago ihr vorbeigebracht hatte, konnte sie trotzdem nicht erkennen, nur ertasten.

Frühstück, schätzte sie. Es fühlte sich wie Brot an, der warme Pappbecher daneben enthielt ganz sicher Kaffee, sie konnte ihn riechen. Und daneben, ein Stück weit weg von ihrer Verpflegung, lag etwas … Weiches.

Sie musste lächeln. Ein Kissen. Jago hatte ihr ein Kissen geschickt. Ab sofort würde sie viel bequemer schlafen. Den Gedanken, dass er vermutlich über seine Kameras beobachtet hatte, wie sie sich auf ihrer Isomatte hin- und herwälzte, um eine bequeme Position zu finden, schob sie beiseite. Egal. Sah er ihr eben beim Schlafen zu.

Sie trug zuerst ihr Frühstück ins Licht, dann das Kissen. Es fühlte sich nicht besonders groß an, eher wie ein Zierkissen, aber es würde seinen Zweck erfüllen. Sobald die Umgebung hell genug war, um etwas erkennen zu lassen, warf Beatrice einen ersten Blick auf die unerwartete Gabe.

Erstarrte.

Sie kannte dieses Kissen. Sie hatte es gemeinsam mit Mina bestickt, vor etwa sechs oder sieben Jahren. Als Geschenk für Achim, zum Vatertag. Seitdem war es in jedes neue Auto umgezogen, und die Kinder hatten es als Kuscheltierersatz benutzt, sich trotz elterlichen Protests damit beworfen …

Ihr war mit einem Schlag eiskalt. Wenn Jago im Besitz dieses Kissens war, musste er es aus Achims Auto genommen haben. Das bedeutete …

Sie erlaubte sich nicht, den Gedanken zu Ende zu denken, sondern zog sich in eine der dunklen Ecken der Halle zurück, kauerte sich zusammen und vergrub ihr Gesicht in diesem schäbigen Stück Erinnerung, das mit einem Mal eine ganz andere, viel unheilvollere Bedeutung erhalten hatte.

Mühsam rang sie um Fassung. Jago konnte, er durfte nicht getan haben, was sie befürchtete. Auch wenn sie die Tür geöffnet, auch wenn sie einen Fluchtversuch unternommen hatte. Ihm war doch von Beginn an klar gewesen, dass daraus nichts hatte werden können. Damit war ihre Vereinbarung … ungültig, oder etwa nicht?

Er konnte … er konnte doch nicht ihren Ex-Mann töten und ihr danach seelenruhig Kaffee bringen?

Nein. Er wollte sie erschrecken. Sie quälen, seelisch, und natürlich würde ihm das gelingen. Er konnte ihr erzählen, was er wollte, sie hatte keine Möglichkeit, es zu überprüfen. Aber dieses Kissen. Es ließ kaum einen anderen Schluss zu, als dass Achim etwas zugestoßen war. Oder hatte Jago nur sein Auto aufgebrochen, um das Persönlichste zu entwenden, das er dort finden konnte?

War das möglich? War es wahrscheinlich genug, um sich daran klammern zu können? Sie vergrub ihr Gesicht in dem weichen, abgegriffenen Stoff, der so vertraut roch.

Wenn Achim wirklich … wenn – was war dann mit Mina und Jakob? Wo waren sie? Bei Mama am Mooserhof?

Das Bedürfnis, aufzuspringen, durch die Tür in den Vorraum zu rennen und die zweite Tür aufzubrechen, irgendwie, erfasste Beatrice wie eine Welle, gegen die sie sich kaum wehren konnte. Hier im Dunkel sitzen zu müssen, während draußen wahrscheinlich eben ihre Welt zusammenbrach, war kaum zu ertragen, nein, es war gar nicht zu ertragen. Sie kroch zum Computer, das Kissen fest an sich gepresst.

Jago. Bist du da?

Er musste schon auf sie gewartet haben.

Ja, das bin ich, Hase.

Dass er sie in dieser Situation Hase nannte, hätte sie fast schreien lassen vor Wut.

Sag mir, was passiert ist. Bitte sag es mir.

Es klang unterwürfig, doch das war ihr im Moment egal. Jagos Antwort war kurz, sachlich und niederschmetternd.

Wir hatten eine Vereinbarung. Du hast dich nicht daran gehalten. Das ist passiert.

Ein Gefühl, als ob Tonnengewichte ihr die Luft aus den Lungen pressten. Sie war in seine Falle getappt, sie hatte den Vater ihrer Kinder auf dem Gewissen, sie war schuld. Wieder einmal schuld.

Ihr Herz pumpte wie wild, sie fühlte, dass ihr schwindelig werden, dass sie umkippen würde, wenn sie sich nicht beruhigte. Dass die Panikattacke sie zu einem winselnden, sich krümmenden Bündel auf dem Boden machen würde.

Beatrice konzentrierte sich auf ihren zitternden Atem, bis er ruhiger wurde. Legte die Finger auf die Tastatur, schrieb, löschte wieder, vertippte sich mit ihren bebenden Händen.

Ist Achim tot? Hast du ihn umgebracht?

Sie starrte auf die beiden kurzen Sätze in dem Textfenster, voller Angst. Gleich würde Jago zurückschreiben, vielleicht nur ein kurzes *Ja*, mit dem sie dann für immer leben musste.

Die Sekunden zogen sich zu Ewigkeiten. Keine Reaktion. Quälte er sie aus reinem Vergnügen, oder war ihm etwas dazwischengekommen? Eine Person beispielsweise, eine Ehefrau, die das Zimmer betreten hatte. Ein Kollege, ein Kind … Es mussten fast zehn Minuten vergangen sein. Beatrice wischte sich übers Gesicht, überrascht, wie nass es war. Sie hatte nicht gemerkt, dass sie weinte. Doch es gab noch eine weitere Frage, die sie Jago stellen musste, eine, die ihr noch viel wichtiger war.

Was ist mit den Kindern? Wo sind die Kinder?

Entweder, er war die ganze Zeit über da gewesen, oder er war eben vor den Computer zurückgekehrt, denn nun kam seine Antwort sehr schnell.

Keine Ahnung.

Beatrice schluckte. Was hatte sie erwartet? *Keine Ahnung* war unter den gegebenen Voraussetzungen wohl das Beste, worauf sie hoffen konnte. Jago würde kaum recherchieren, ob Mina und Jakob bei ihrer Großmutter untergekommen waren oder anderswo. Trotzdem wollte sie sichergehen.

Du hast ihnen nichts angetan?

Wieder kam die Antwort zügig.

Natürlich nicht. Sie waren nie Teil unserer Abmachung.

Beatrice hörte sich selbst aufschluchzen, in einer Mischung aus Erleichterung und Hilflosigkeit. Sie zweifelte keine Sekunde daran, dass Jago ihr die Wahrheit sagte – warum sollte er lügen? Er hielt alle Fäden in der Hand.

Wenn Achim wirklich tot war …

Sie konnte den Gedanken kaum zulassen. Sosehr sie ihn in den letzten Jahren verabscheut hatte, sie hatte nie gewollt, dass er starb. Nur, dass er sie in Ruhe ließ. Wieder beugte sie sich über die Tastatur.

Warum tust du das alles?

Sie bereute die Frage unmittelbar, nachdem sie die Enter-Taste gedrückt hatte. Sie war ihrer nicht würdig, es war die Frage eines geprügelten Kindes, das die Welt nicht mehr verstand.

Weil du interessant bist, Hase. Das fand ich immer schon. Und jetzt mehr denn je.

Im Rahmen der Möglichkeiten war das eine ermutigende Antwort. Er experimentierte mit ihr herum, weil er sie interessant fand. Was darauf hoffen ließ, dass er sie erst mal am Leben lassen würde, zu seinem eigenen Vergnügen.

Aber auf ihre Frage Achim betreffend hatte er immer noch nicht reagiert. Und das war weder Zufall noch Nachlässigkeit, davon war sie überzeugt.

Falls er tot war …

Sie wollte sich nicht ausmalen, was das für Mina und Jakob bedeuten musste: der Vater ermordet, die Mutter verschwunden. Wie sollte das alles je wieder heil werden? Besonders, wenn Jago sie am Ende ebenfalls tötete, was trotz seines Interesses an ihrer Person wahrscheinlich war.

Ich habe eine Bitte an dich, schrieb sie. Lass mich wieder ein Lebenszeichen nach draußen schicken. So wie beim letzten Mal.

Erst fürchtete sie, er würde ihr Anliegen ebenso ignorieren wie die Frage nach Achim. Doch er ließ sich nur Zeit.

Ich verstehe, warum du dir das wünschst. Und ich denke, es lässt sich einrichten. Allerdings nicht ohne Gegenleistung.

28. Kapitel

Den morgendlichen Ablauf zu organisieren – verschlafene, quengelige Kinder, Frühstück, pünktlicher Transport zur Schule – war herausfordernder, als Florin es für möglich gehalten hätte. Auf dem Weg zum Auto fiel Jakob ein, dass er sein Schreibzeug nicht in die Tasche gepackt, sondern im Bett liegen gelassen hatte, und drängte sie alle, noch einmal zurückzugehen. Florin verkniff sich die Frage, was er damit im Bett getan hatte, und half ihm stattdessen, Füller und Buntstifte wieder einzuordnen. Mina hatte schon beim Aufwachen die gefürchteten Fragen gestellt. «Ist Mama zurück? Und Papa?» Die Antwort hatte sie den Rest des Morgens schweigend verbringen lassen, ihr Frühstück hatte sie kaum angerührt.

Im Auto drehte Florin das Radio laut, dankbar für die fröhliche Musikbeschallung und die gutgelaunten Sprüche des Moderators. Weniger dankbar für den frühmorgendlichen Berufsverkehr, der die Hauptrouten wie üblich verstopfte.

Etwa fünf Minuten, bevor sie die Schule erreichten, läutete das Telefon. *Stefan*, zeigte das Display der Freisprecheinrichtung an.

Florin fühlte, wie sein Magen sich zusammenzog. Er rang mit sich. Was, wenn es etwas Neues von Beatrice gab? Er hatte allen eingeschärft, ihn in diesem Fall sofort zu informieren.

Aber was, wenn die Nachrichten schlecht waren? Er konnte es nicht riskieren, dass die Kinder mithörten, wenn es möglicherweise um eines ihrer Elternteile ging.

Also drückte er das Gespräch weg. Hupte kurz darauf seinen Vordermann ungebührlich heftig an, weil er nicht sofort anfuhr, als die Ampel auf Grün sprang. Sieben quälend lange Minuten später kamen sie endlich vor der Schule an, und die Kinder kletterten aus dem Auto.

«Wer holt uns heute ab? Und wann?» Es waren die ersten Worte, die Mina seit dem Frühstück sprach.

«Das kann ich dir jetzt noch nicht sagen», erwiderte Florin. «Kann sein, dass wieder ich es bin. Wir werden sehen, okay? Aber ihr werdet abgeholt, das verspreche ich. Spätestens um halb fünf.»

Mina nickte, mit einem Blick, als hätte er eben ihr Schicksal besiegelt. Sie öffnete den Mund, als wolle sie noch etwas fragen, schloss ihn dann aber wieder, mit einem Seitenblick auf ihren kleinen Bruder. «Komm, Zwerg.» Sie schubste ihn sanft in Richtung Schulgebäude.

Ein paar Sekunden lang sah Florin den beiden nach, voller Wut darüber, wie unfair das Leben sich ihnen gegenüber verhielt, dann rief er Stefan an.

«Hallo», sagte der, doch Florin fiel ihm sofort ins Wort. «Es ist etwas passiert, oder? Ist Beatrice aufgetaucht?»

Er hörte Stefan Luft holen. «Nein, ist sie nicht. Aber du hast recht, es ist etwas passiert. Noch gestern Abend ist ein Mann gefunden worden, bei einem Parkplatz in Thalgau.»

Unwillkürlich wanderte Florins Blick zu dem Schultor, durch das Mina und Jakob eben verschwunden waren. Er musste nicht fragen, es hörte an Stefans Stimme, was Sache war.

«Achim Kaspary, oder?»

«Vermutlich. Sein Auto war ein paar Meter weiter abgestellt, mit seinen Papieren drin.»

«Letzten Abend schon? Wieso erfahren wir das jetzt erst?»

«Seine Identität war erst unklar. Die Meldung kam zwar bei uns rein, landete aber bei Kollegen, die die Verbindung nicht hergestellt haben …»

Also war es wirklich passiert. Was Stefan erzählte, hörte sich nicht nach einem Unfall an, sondern nach einem Verbrechen, und natürlich passte es – Jago tötete Menschen, mit denen Beatrice nicht zurechtkam. Trotzdem hatten sie mit diesem Zug nicht gerechnet, weil er Bea doch ohnehin schon in seiner Gewalt hatte …

«Wie?» Florin klang so heiser, dass selbst dieses eine Wort kaum zu verstehen war. Er räusperte sich. Mein Gott, wer würde das den Kindern beibringen? «Wie hat er ihn getötet?»

Stefan seufzte. «Allem Anschein nach hat Kaspary drei heftige Schläge mit einer Eisenstange abbekommen. Aber, Florin – er ist nicht tot. Zwar so gut wie, aber im Moment steht es noch auf der Kippe. Sie haben ihn ins UKH gebracht, dort versuchen sie, ihn zu stabilisieren.»

«Und das sagst du mir erst jetzt?» Er lenkte den Wagen aus der Halteposition auf die Straße, womit er einen silberfarbenen Toyota zur Vollbremsung zwang. «Ich fahre ins Krankenhaus. Hat Drasche sich den Fundort schon angesehen?»

«Er ist gerade dabei. Der Notarzt hat allerdings gesagt, wir sollen uns keine zu großen Hoffnungen machen, was Kaspary angeht.»

«Alles klar. Bis gleich.»

Eine knappe Viertelstunde später lief Florin den Gang zur Intensivstation des Unfallkrankenhauses entlang und drückte die Klingel am Eingang. Es dauerte einige Zeit, bis eine Ärztin in blauen Hosen und Shirt ihm öffnete.

Er hielt ihr seinen Dienstausweis viel zu nah vors Gesicht. «Florin Wenninger, Kriminalpolizei. Bei Ihnen ist gestern ein gewisser Achim Kaspary eingeliefert worden. Sind Sie befugt, mir über seinen Zustand Auskunft zu erteilen?»

Die Ärztin schüttelte den Kopf und bat ihn zu warten, was er tat, wobei er unruhig an den Wänden entlangtigerte. Wenige Minuten später öffnete die Tür sich erneut, diesmal kam ein mittelgroßer Mann um die fünfzig mit Schnurrbart und spärlichem

Haarwuchs auf ihn zu. «Herr Wenninger? Wir hatten schon einmal miteinander zu tun, vor einem halben Jahr. Die Säureattacke in Taxham, erinnern Sie sich?»

Ja, das tat er, er erinnerte sich auch flüchtig an den Arzt, an seinen Namen allerdings nicht. «Schramm», half der Mediziner ihm aus der Verlegenheit und lächelte freundlich. «Sie sind wegen des Mannes mit dem Schädel-Hirn-Trauma hier, richtig?»

So genau hatte Stefan es ihm nicht erzählt. «Wegen Achim Kaspary. Er ist der Ex-Mann meiner Kollegin, und es ist sehr wahrscheinlich, dass der Angriff auf ihn mit dem Fall zu tun hat, den wir derzeit bearbeiten.»

Schramm führte Florin zu dem Wartebereich am Fenster. «Verstehe. Ihre Kollegin ist noch nicht wieder aufgetaucht?»

«Nein. Leider.» Er konnte es jetzt aussprechen, ohne dass man ihm den Schmerz dabei ansah. Hoffte er.

«Also, Herr Kaspary wurde niedergeschlagen, wobei die Waffe Ihren Kollegen zufolge noch nicht gefunden wurde. Wir vermuten, es hat sich um eine Eisenstange gehandelt, das würde zum Verletzungsmuster passen. Der Täter hat dreimal zugeschlagen, immer auf den Kopf. Einmal muss er ausgerutscht sein, sodass ein Teil der Wucht das linke Schlüsselbein getroffen und gebrochen hat, doch das ist derzeit unsere geringste Sorge.»

Florin strich sich die Haare aus dem Gesicht, unschlüssig, ob er den Rest hören wollte. Gleichzeitig wusste er, dass er ihn sich ohnehin nicht ersparen konnte. «Wie steht es um ihn?»

«Es ist noch zu früh, um eine valide Prognose stellen zu können. Er liegt im Koma, wir haben im CT ein intradurales Hämatom gesehen, das uns Sorgen macht. Sein Hirndruck ist erhöht, wenn sich das nicht in Kürze ändert, werden wir eine Entlastungskraniektomie durchführen müssen. Das heißt, wir entfernen Teile des Schädelknochens, um dem Hirn Platz zu schaffen.»

Florin atmete tief durch. «Und dann?»

«Vorausgesetzt, Herr Kaspary überlebt die nächsten Tage, wird es davon abhängen, wie schwer die Schäden tatsächlich sind. Ob er wieder aufwacht oder aus der Bewusstlosigkeit ins Wachkoma gleitet.» Der Arzt senkte den Blick auf seine ineinander verschränkten Finger. «Unter uns, Herr Wenninger – dass Herr Kaspary all das ohne Folgeschäden übersteht, ist unwahrscheinlich. Der Lokalisation der Blutung zufolge könnte das Sprachzentrum betroffen sein, es sind Lähmungen möglich, kurz: Es ist alles möglich. Gedächtnisstörungen, psychische Veränderungen. Wir können es nicht vorhersagen.»

Wenn Florin völlig ehrlich zu sich sein wollte, war Achim ihm von Herzen egal. Aber er hatte keine Ahnung, wie er Mina und Jakob diese Nachricht überbringen sollte. Er würde nicht «Alles wird gut» sagen können, ohne zu lügen. Er würde die beiden in ein tiefes Loch stürzen müssen, er würde ihr Leben für immer verändern.

«Danke», sagte er, stand auf und reichte Schramm die Hand. «Werden Sie mich auf dem Laufenden halten?»

«Natürlich. Gerne.» Der Arzt lächelte. «Ihre Nummer habe ich ja noch vom letzten Mal.»

Fünf Minuten lang saß Florin im Auto und starrte durch die Windschutzscheibe nach draußen, unfähig, den Schlüssel im Zündschloss zu drehen und loszufahren.

Es war lange her, dass er sich zuletzt einer Situation nicht gewachsen gefühlt hatte. Er bekam so viel Furchtbares zu Gesicht, er war es so gewohnt, Angehörigen schlechte Nachrichten zu überbringen, dass er sich für kugelsicher gehalten hatte, psychisch gesehen.

Aber diesmal war alles anders. Es waren Beas Kinder, er durfte einfach nichts falsch machen. Aber alles, was er ihnen zu bieten hatte, war Ungewissheit. Es war nicht klar, ob ihr Vater überleben würde – und wie. Ebenso wenig war klar, ob sie ihre Mutter je wiedersehen würden.

Er würde sie bitten müssen, Geduld zu haben. Als ob er selbst nicht wusste, wie unerträglich Abwarten war! Aber vor allem durfte er ihnen keine leeren Versprechungen machen.

Mit dem Gefühl, als wäre sein Arm tonnenschwer, griff er nun doch zum Schlüssel und startete den Wagen. Fuhr langsam und wie betäubt durch den immer noch dichten Salzburger Stadtverkehr.

Psychische Veränderungen. Da war ja zumindest eine positive Nachwirkung des Überfalls auf Achim möglich, dachte er und schämte sich sofort dafür. Der Mann war ein Widerling, aber ein solches Schicksal war ihm natürlich nicht zu wünschen.

«Du musst Beas Mutter einspannen», war das Erste, was Stefan sagte, nachdem Florin ihm die näheren Umstände skizziert hatte. «Sie ist die nächste Blutsverwandte der Kinder, sie kennt sie besser als du.»

«Sie ist selbst im Ausnahmezustand», gab Florin zurück und griff nach dem doppelten Espresso, den Stefan ihm reichte. «Zu Beginn war sie noch zuversichtlich, aber das lässt mit jedem Tag nach. Ich habe gestern mit ihr telefoniert, und sie klang gar nicht gut.»

«Trotzdem», beharrte Stefan. «Außerdem – hat Bea nicht auch noch einen Bruder?»

Ja, hatte sie. Richard, der sich um den Gasthof kümmern musste. Und um drei eigene Kinder.

«Wenn ich die beiden abschiebe, habe ich das Gefühl, Bea im Stich zu lassen, und zwar völlig. Wenn sie nicht bleiben wollen, dann ja – aber ich werde sie nicht gegen ihren Willen ausquartieren.»

Ergeben zuckte Stefan mit den Schultern. «Wie du meinst. Wann willst du ihnen das mit ihrem Vater sagen?»

«Heute Abend.» Der Gedanke daran drehte ihm erneut den Magen um. «Ich schätze, ich werde später noch Margot vom Psychologischen Dienst anrufen und mir Tipps holen, aber jetzt sollte ich arbeiten. Was wissen wir über den Angriff? Wo genau hat er stattgefunden, wer hat Achim gefunden?»

Stefan setzte ihn in knappen Sätzen ins Bild. Ein junges Pärchen, das im Auto auf der Suche nach einem ungestörten Platz am Waldrand gewesen war, hätte den verletzten Achim beinahe überfahren. Er hatte quer auf dem Schotterweg gelegen, wie ein gefällter Baum, und aus Ohren und Nase geblutet.

Der junge Mann, der am Steuer des Wagens gesessen hatte, war einige Monate zuvor noch Zivildiener beim Roten Kreuz gewesen und schätzte die Situation sofort richtig ein. Er überprüfte Achims Vitalfunktionen, ohne ihn unnötig zu bewegen, und alarmierte die Rettung.

«Das Mädchen war wohl weniger souverän», schloss Stefan mit schiefem Lächeln. «Gerd hat Erbrochenes am Tatort gefunden, das definitiv nicht von Kaspary stammte.»

«Aber – keine Zeugen?»

Stefan lehnte sich mit der Hüfte gegen den Schreibtisch. «Wir haben ein paar Leute draußen, die Nachbarn befragen, wobei das ein relativer Begriff ist. Das nächste Haus ist gut siebenhundert Meter von der Stelle entfernt. Da müssten wir Glück haben, dass jemand etwas gesehen hat.»

Höchste Zeit für ein bisschen Glück, dachte Florin. «Was ist mit Achims Handy? Haben wir das?»

«Ja.» Stefans Miene hellte sich auf. «Es war noch in seiner Jackentasche und ist unbeschädigt. Der letzte Anruf, den er angenommen hat, ging um sechzehn Uhr drei ein, wurde von ihm angenommen und dauerte eine Minute zwölf Sekunden.»

«Lass mich raten», unterbrach ihn Florin. «Die Nummer war unterdrückt?»

«Nein, so einfach ist es leider nicht. Wer heute anonym telefonieren will, tut das von einer Telefonzelle aus.» Stefan blätterte in seinem Schreibblock. «Die, die Achims letzter Anrufer benutzt hat, steht in Lehen und wird gerade von der Spurensicherung untersucht. Aber ich würde mir da keine zu großen Hoffnungen machen.»

Florin seufzte. «Trotzdem müssen wir ...»

«Anwohner befragen, ob sie um vier Uhr jemanden die Zelle haben benutzen sehen. Schon klar. Ist in die Wege geleitet.»

Wieder einmal machte Florin sich bewusst, wie unverzichtbar Stefan für das Team geworden war. Wie bereitwillig er Verantwortung übernahm, wenn man ihn ließ. «Danke dir. Ich bin ehrlich froh, dass ich mich so auf dich verlassen kann.»

«Kein Thema.» Stefan nahm ihm die leere Espressotasse ab und wandte sich zum Gehen. «Ich gebe dir Bescheid, wenn Drasche sich meldet, und schicke dir in ein paar Minuten die Aussagen des jungen Pärchens.»

Er ließ die Tür hinter sich zufallen. Florin blieb allein in einem Büro zurück, das ihm so leer erschien wie nie zuvor.

Jago sagt, warten zu müssen ist das wirksamste Aphrodisiakum von allen. Vorausgesetzt, man hat die Hoffnung, am Ende belohnt zu werden.

Das Tagebuch schlug eine Brücke durch die Zeit zu ihrem mutmaßlichen Täter – und Florin hatte es wieder hervorgeholt, nachdem er die wichtigsten Anrufe erledigt hatte. Er kannte Evelyns Einträge bereits, hatte alle vom ersten bis zum letzten gelesen, aber es konnte ihm durchaus etwas entgangen sein. Ein Blickwinkel, ein Aspekt, der im Licht der neuen Entwicklungen eine andere Bedeutung erlangte.

Ich habe ihm erklärt, ich will nicht warten, es ist langweilig, es ist Zeitverschwendung. Das Leben ist so bunt und vielfältig, es mit Warten zu verbringen, ohne zu wissen, ob es sich am Ende lohnt, ist dumm.
Ja, sagte Jago, das Leben ist bunt, und manchmal ist es kurz, und viele warten nur darauf, dass es endet.

Florin hielt inne. Über diese Stelle war er schon beim ersten Lesen gestolpert. Hatte Jago Evelyn hier ihren Tod angekündigt? Der Eintrag war ungefähr drei Wochen vor ihrer Ermordung geschrieben worden. Möglicherweise war zu diesem Zeitpunkt bereits alles geplant gewesen. Umso beunruhigender war der nächste Absatz.

Dann hat er wieder angefangen, über Hase zu quatschen, und allmählich beginnt mir das auf den Keks zu gehen. Ich bin sicher, sie lässt die Männer warten, meinte er. Sie ist nicht so hungrig wie du, deshalb macht sie die anderen hungrig.
«Dich auch?», habe ich gefragt.
Er hatte begonnen, meine Bluse aufzuknöpfen. «Mich macht sie vor allem neugierig. Es ist sicher interessant, mit ihr zu spielen. Grenzen aufzuspüren und zu durchbrechen.»
Ich bin ein Stück von ihm abgerückt und habe die Knöpfe wieder geschlossen. «Du wirst es nicht glauben, du bist gerade an eine Grenze gestoßen», habe ich gesagt. «Die du heute ganz bestimmt nicht mehr durchbrechen wirst.»
Daraufhin wurde er unverschämt. Lachte. «Kein Problem, ich weiß ja, was dahinterliegt.»
Ich sagte ihm, dass er noch nicht einmal die Hälfte dessen kennen würde, was in mir steckt, und daraufhin wurde er wieder ernst. Und süß, irgendwie. «Da kannst du natürlich recht haben. Und glaube mir, es wird mein ganzer Ehrgeiz sein, dich eines Tages in- und auswendig zu kennen.»

Florin schob das Tagebuch ein Stück zur Seite. Ja, das war eine Ankündigung gewesen, kein Zweifel. Er dachte an die Fotos der toten Evelyn, an ihren halb ausgeweideten Körper.

Hatte die Wiener Polizei das damals auch so interpretiert? Mein Gott, damals waren alle Spuren noch frisch gewesen, der Täter hätte im Umfeld aufspürbar sein müssen …

Als hätten Florins Gedanken ihn herbeigerufen, klopfte Halm an die Tür und trat ein. «Störe ich gerade?»

«Ganz im Gegenteil. Ich sitze wieder einmal über dem Tagebuch.»

«Ich frage mich, ob wir da nicht vielleicht den völlig falschen Weg eingeschlagen haben.» Er zog sich einen der Besucherstühle heran und setzte sich an die Schmalseite des Schreibtischs. «Jetzt, wo der Täter auch noch versucht hat, Achim Kaspary zu töten, sollten wir eventuell unsere Fühler ins Umfeld der Familie ausstrecken.» Er hob die Hände, als Florin etwas erwidern wollte. «Ich weiß, ich weiß – die Verbindungen zum Rieger-Fall sind überdeutlich, aber vielleicht soll genau das unseren Blick in die falsche Richtung lenken.»

Florins Instinkt sträubte sich dagegen, obwohl Halm durchaus recht hatte. Die Ermittlungen nur in eine Richtung laufen zu lassen, wenn sie auch noch so plausibel schien, war grundsätzlich ein Fehler. «Gut. Ich werde zwei Leute aus dem Team auf Achim Kasparys Umfeld ansetzen. Und auf Beatrices, obwohl ich glaube, das in ziemlich vollem Umfang zu kennen.» Er schob das Tagebuch ein Stück auf Halm zu. «Erinnerst du dich an diesen Eintrag?»

Der ältere Kollege las und nickte schließlich. «Ja. Wenn du wüsstest, was wir darum gegeben hätten, diesen Jago zu identifizieren. Beatrice hat sich ja in den Wochen nach dem Mord sehr regelmäßig bei uns gemeldet, und immer wenn ich sie am Apparat hatte, habe ich sie nach neuen Bekanntschaften in ihrem Leben gefragt. Freunden von Evelyn, die möglicherweise ihre Nähe suchten.» Er blätterte ein paar Seiten des Tagebuchs vor, dann wieder zurück. «Ich dachte, wenn er so interessiert an ihr war, würde er vielleicht Kontakt zu ihr aufnehmen. Aber das scheint er nicht getan zu haben, und als Beatrice schließlich ihre Zelte in Wien abbrach und nach Salzburg ging, war ich erleichtert. Das würde nicht Jagos Revier sein, dachte ich.»

Jedenfalls nicht in den folgenden sechzehn Jahren. Florin strich mit den Fingerkuppen über die Seite. Er konnte die Schrift erfühlen, Evelyn musste ihren Kugelschreiber sehr fest ins Papier gedrückt haben.

In- und auswendig.

Sie war ein schwieriges Mädchen gewesen, wenn man sie ihren Einträgen nach beurteilte. Kapriziös, selbstherrlich, auf der Suche nach Aufmerksamkeit. Was Beatrice nicht daran gehindert hatte, sie zu mögen.

«Weißt du», riss Halm ihn aus seinen Gedanken, «dieses Tagebuch ist als Quelle vielleicht weniger verlässlich, als wir denken. Evelyn hätte weiß Gott was da reinschreiben können – Realität und Fiktion bunt gemischt. Ich habe mir das damals schon gedacht. Wir wissen nicht, wie viel Phantasie in ihre Aufzeichnungen eingeflossen ist.»

«Aber du hast doch die beschriebenen Ereignisse sicher von den anderen Mitgliedern der Clique bestätigen lassen? Die Partys, das Picknick …»

Halm rieb die Hände aneinander. «Ja, natürlich. Aber auch da erinnert sich jeder an etwas anderes. Du kennst das doch. Vom Prinzip her aber …»

Wieder sprang die Tür auf, diesmal ohne dass jemand geklopft hatte, und Gerd Drasche stürzte herein. «Florin? Ich habe da etwas. Muss ich dir zeigen.»

Florin war schon halb aufgestanden, um ihm nach draußen zu folgen, doch Drasche winkte ab. «Nein, nein, bleib sitzen. Ich habe es mitgebracht.» Er schob seine rechte Hand in die Jackentasche. «Wir haben Kasparys Kleidung untersucht, in der Hoffnung auf Fasern – du weißt schon. In der inneren Brusttasche der Jacke bin ich auf etwas gestoßen, das mir bekannt vorgekommen ist. Vielleicht kennst du es ja auch.»

Er zog die Hand wieder hervor, gemeinsam mit einem der transparenten Spurensicherungsbeutel. Darin, glänzend und schmal, lag ein Armreifen, der Florin mehr als nur vertraut war. Er hatte ihn gekauft und ihn Beatrice geschenkt, als der Gips von ihrem gebrochenen Arm abgenommen worden war.

«In Achims Brusttasche, sagst du?»

Drasche nickte. «Er gehört ihr, nicht wahr?»

«Ja.»

Drasche war das Bedauern deutlich im Gesicht abzulesen. «Damit hält der Täter sein Muster ein. Bei Wallner hat er Gegenstände von Evelyn Rieger liegen gelassen, in Martineks Sachen ein Foto von Wallner, in Hoffmanns Mantel Martineks Führerschein.»

Ein Souvenir vom letzten Opfer für das aktuelle Opfer. Florin weigerte sich, den Gedanken zu Ende zu denken. Beatrice war der Sonderfall in diesem Spiel. Für sie galten andere Regeln.

29. Kapitel

Allerdings nicht ohne Gegenleistung.

Das war der letzte Satz, den Jago ihr hinterlassen hatte. Auf ihre Frage, was genau er sich darunter vorstellte, war keine Antwort mehr gekommen.

Sie hatte also Zeit, es sich auszumalen, und die Möglichkeiten waren vielfältig. Dass er irgendwelche körperlichen Gefälligkeiten von ihr wollte, hielt sie für unwahrscheinlich. Dazu würde er sich ihr zeigen müssen, und das würde er, wenn überhaupt, erst ganz am Ende tun. Eventuell würde er wollen, dass sie sich vor der Notebookkamera auszog – obwohl sie glaubte, dass ihm so etwas nicht entsprach. Aber falls es so kommen sollte, würde sie nicht lange zögern. Er beobachtete sie ohnehin, vermutlich sah er sie sogar, wenn sie zur Toilette ging, also war falsche Scham völlig unangebracht.

Wieder ein Blick zum Bildschirm. Immer noch keine Reaktion. Sie rollte sich auf der Isomatte ein und zog sich die Decke hoch bis zu den Augen. Lauschte auf ihren eigenen Atem, dämmerte weg ...

Und plötzlich wusste sie es. Sie erinnerte sich, an diesen Geruch, diesen sehr speziellen Geruch. Sie war tatsächlich schon einmal hier gewesen, oder zumindest an einem Ort wie diesem, und sie hatte ihn nicht gemocht. Deshalb hatte Achim sie auch nur ein einziges Mal mitgenommen.

Diese Halle war leer, die von damals war bis oben hin angefüllt gewesen mit Holzbalken, die hier trocknen sollten. Achim hatte sie nicht lange zuvor gepachtet und darin das Holz aus seinem

Sägewerk gelagert, das später für den Möbelbau verwendet werden sollte. Eigentlich mochte Beatrice den waldigen Duft von Harz, von Holz. Aber damals war ihr fast übel geworden. War sie gerade schwanger gewesen? Wenn sie sich recht erinnerte, ja. Mit Jakob.

Achim hatte ihr Bedürfnis, wieder nach draußen zu gehen, stirnrunzelnd zur Kenntnis genommen und einen seiner üblichen Kommentare abgegeben. Wäre ja auch ein Wunder gewesen, wenn du dich mit mir gefreut hättest. Oder so.

Wieso fiel ihr das erst jetzt wieder ein? Sie lag völlig ruhig und schnupperte. Nein, kein Irrtum. Der gleiche Geruch, erstaunlich, wie stark er sich gehalten hatte. Sie durfte trotzdem nicht einfach davon ausgehen, dass es auch der gleiche Raum war. Holz wurde vielerorts gelagert.

Andererseits – wie groß war die Wahrscheinlichkeit, dass Jago ihr ein Gefängnis suchte, das rein zufällig unangenehme Erinnerungen in ihr wecken würde? Und, noch viel interessanter: Woher wusste er von diesem einmaligen Besuch in der Halle und ihren Empfindungen dabei?

Sie drehte sich zur Seite. Falsche Frage. Er wusste so vieles, dieses Detail war nur ein klein wenig erstaunlicher als andere.

Allerdings fiel ihr niemand sonst ein, der diese Information haben konnte. Außer Achim natürlich, aber …

Der Gedanke war zu ungeheuerlich, um wahr sein zu können, und die Vorstellung, dass Achim drei Menschen tötete, seine Ex-Frau entführte und sie damit unter Druck setzte, gewissermaßen sich selbst zu töten, war absurd.

Dass er dabei so geschickt genug vorging, dass er nicht ertappt wurde, war noch viel absurder.

Sie lachte auf, unwillkürlich, und es klang erschreckend laut. Nein, Achim kam nicht in Frage. Er war ein Hund, der bellte, aber nicht biss. Der die Überwindung, jemanden mit einem Hammer zu erschlagen, nicht aufbringen würde, schon gar nicht gezielt und kaltblütig. Dazu war er dann doch zu anständig.

Wer sonst konnte von ihrer Abneigung gegen den Geruch in Holzlagern wissen? Die im Übrigen bei weitem nicht mehr so schlimm war, jetzt, da Beatrice nicht mehr schwanger war.

Niemand. Das war die simple Antwort. Diese uralte Geschichte, die noch nicht mal eine richtige Geschichte war, an die keiner mehr dachte, die im Grunde völlig bedeutungslos war – Jago hatte irgendwie davon erfahren.

Wahrscheinlich. Oder es handelte sich tatsächlich um einen unglaublichen Zufall. Wenn sie es geschickt anpackte, konnte sie ihm vielleicht entlocken, welche der beiden Varianten zutraf.

Sie musste eingenickt sein, denn als sie aufwachte, war sie für einen kurzen Moment davon überzeugt, dass Florin neben ihr lag. Im nächsten Augenblick überfiel die Realität sie mit all ihrer Wucht, und der Kontrast war so groß, dass er körperlich schmerzte.

Sie ließ die Augen geschlossen und zählte bis zwanzig. Sie wollte nicht in Tränen ausbrechen, spürte aber, wie knapp davor sie stand. Weinen würde sie nicht stark machen, nur innerlich taub, das wusste sie. Da war es besser, sie schlief noch ein wenig, nachdem sie einen Kontrollblick zum Bildschirm geworfen hatte.

Sie hob den Kopf, kniff die Augen zusammen. Richtete sich dann langsam auf. Jago hatte sich gemeldet, und seine Nachricht ließ Beatrice jeden Gedanken an Schlaf vergessen.

Ich habe mir überlegt, wie die Gegenleistung aussehen soll, die ich mir von dir im Austausch gegen ein weiteres Lebenszeichen an deine Angehörigen wünsche. Kurz gesagt: Was ich möchte, ist Offenheit. Rückhaltlose Ehrlichkeit. Ich werde dir Fragen stellen und will, dass du sie mir in allen Details beantwortest, die ich verlange. Ich werde wissen, wenn du mich belügst, glaube mir, dazu muss ich dir nicht gegenübersitzen.

Falls du es trotzdem versuchst, wird es Folgen haben. Erklärst du dich mit dieser Abmachung einverstanden?

Beatrice las die Zeilen mehrmals, versuchte, den Haken an Jagos Vorschlag zu finden. Das hier fühlte sich zu einfach an. Außer natürlich, Jago plante, ins Blaue hinein zu behaupten, dass sie log, nur um eine Rechtfertigung für die «Folgen» zu haben. Für die dann sie selbst sich die Schuld geben musste, so wie für Achims Tod. Wenn Jago wirklich Ernst gemacht hatte.

Gut möglich also, dass es eine Falle war. So wie die offene Tür, mit der er sie gelockt hatte. Aber es blieb ihr nichts anderes übrig, als es darauf ankommen zu lassen, diesmal allerdings unter Einhaltung aller Regeln. Sie würde so ehrlich sein, dass es weh tat.

Ja, ich bin einverstanden. Und ich wüsste nicht, warum ich dich belügen sollte.

Er schien auf sie gewartet zu haben.

Nun, du wolltest auch die Tür nicht öffnen, schrieb er zurück. Aber diesmal denke ich, wirst du dich an die Regeln halten, nicht wahr? Schon aus Angst. Du hast doch Angst?

Hatten sie ihr Spiel schon begonnen?

Ja, natürlich habe ich Angst. Große sogar, aber ich versuche, sie zu beherrschen. Mich zu beherrschen.

War das gut formuliert gewesen? Oder würde er sich nun alle Mühe geben, ihre Angst so weit zu schüren, dass sie nicht mehr beherrschbar war?

Das machst du gut. Ich hatte befürchtet, die Situation würde dich schwach, apathisch und uninteressant werden lassen, aber du unterhältst mich besser, als ich gehofft hatte. Welche Angst ist derzeit deine größte?

Beatrice starrte einige Sekunden lang auf Jagos Zeilen. Es sprach so viel Gefühllosigkeit aus ihnen, dass sie nun wirklich fürchtete, zu viel von sich preisgeben zu müssen. Er würde es ausnutzen, wenn ihm der Sinn danach stand, ohne mit der Wimper zu zucken.

Schon jetzt war das Bedürfnis, ihm die Wahrheit zu verschweigen, fast übermächtig. Sie drückte ihm die Waffe in die Hand, mit der er sie vernichten konnte – andererseits war die Antwort auf seine Frage so naheliegend, dass jeder eine Lüge durchschauen würde.

Die größte Angst habe ich um meine Kinder. Es ist kaum auszuhalten, dass ich nicht weiß, bei wem sie sind und wie es ihnen geht, ohne mich. Und wahrscheinlich ja auch ohne ihren Vater.

Er ließ sich Zeit mit dem Antworten. Als ob er das, was sie geschrieben hatte, erst auf Herz und Nieren prüfen müsste. Aber – er würde ihr doch glauben? Oder nahm er ihr die versteckte Frage nach Achim im letzten Satz übel?

Beatrice biss sich auf die Lippen. Sich ständig den Kopf über jedes seiner Worte und die Ursachen für sein Verhalten ihr gegenüber zu zerbrechen, würde sie über kurz oder lang in den Wahnsinn treiben.

Das kann ich gut verstehen. Wer weiß, was in den beiden vorgeht. Und ja, natürlich sind sie ohne ihren Vater. Ich dachte, das wäre klar.

Sie merkte erst jetzt, wie lebendig die Hoffnung auf einen Bluff von Jagos Seite in ihr gewesen war. Sicher, es konnte immer noch sein, dass er ihr etwas vormachte – dagegen sprachen allerdings die drei Menschen, die bereits tot waren.

Beatrice versuchte sich zu erinnern, welches die letzten Worte gewesen waren, die sie mit Achim gewechselt hatte. Es gelang ihr nicht, aber mit Sicherheit waren sie nicht versöhnlich gewesen.

Wie geht es den Kindern? Wer passt auf sie auf?

Sie musste es einfach versuchen. Auch wenn das Ergebnis wie befürchtet ausfiel.

Falls es vorhin nicht klargeworden ist: Ich frage, du antwortest. Nicht umgekehrt. Wenn ich finde, dass es Dinge gibt, die du erfahren musst, werde ich sie dir sagen. Ungefragt.

Kurz überlegte sie, sich für ihren Vorstoß zu entschuldigen, ließ es dann aber sein. Kriechen würde sie nicht. Noch nicht. Außerdem hatte er ihr klar zu verstehen gegeben, dass er sie nicht schwach, apathisch und uninteressant haben wollte.

Also schlang sie nur die Arme um den eigenen Körper. Wartete auf seine nächste Frage.

Als ich das letzte Mal von dir wissen wollte, was du empfunden hast, als du Evelyn fandst, sagtest du, du wüsstest es nicht mehr, alles wäre verschwommen. Wir wissen beide, dass das nicht wahr ist. Erzähl mir jetzt, woran du dich erinnerst.

Obwohl sich alles in ihr sträubte, diese Erinnerung wieder aufleben zu lassen, war sie in gewisser Weise erleichtert. Die Information, die sie ihm damit geben würde, konnte niemandem schaden.

Ich war sehr gut gelaunt. Glücklich, um genau zu sein. Ich dachte an nichts Böses, als ich nach Hause kam, ich hatte Frühstück gekauft für Evelyn und mich. Die Musik in unserer Wohnung lief so laut, dass man sie durchs ganze Stiegenhaus hören konnte, also war ich sicher, Evelyn ist wach. Aber sie war weder im Wohnzimmer noch in der Küche, also habe ich in ihrem Schlafzimmer nachgesehen.
Zuerst habe ich nicht begriffen, was ich sehe. Da war nur Fleisch und Blut, kein richtiger Körper mehr. Dann hat so etwas wie ein Schock eingesetzt. Ich bin umgekippt, innerlich war ich wie taub, dann kam unser Nachbar herein und hat geschrien.

Sie hielt mit dem Tippen inne. Holger hatte geschrien und sie festgehalten, sie hatte den Schweiß an seinem Körper gerochen. Gut, wenn Jago Details wollte …

Ich weiß noch, wie der Nachbar mich gehalten hat und wie ich mich in einem weit entfernten Teil meines Bewusstseins gefragt habe, wann er wohl zum letzten Mal geduscht hat. Irgendwann habe ich mich dann übergeben, und kurz danach kamen die Polizei und ein Krankenwagen. Jemand hat mir eine Beruhigungsspritze verpasst. Ich wurde befragt und habe der Polizei nicht wirklich helfen können, ich dachte die ganze Zeit über nur, dass es aufhören soll, dass alles nur ein Irrtum sein kann, den bitte jemand korrigieren muss.

Sie schickte den Text ab und setzte sich auf den Boden. Hoffte, dass Jago mit dem Abgelieferten zufrieden war.

Er kommentierte es nicht. Schob aber sofort die nächste Frage hinterher.

Was war das Allerschlimmste daran?

Das wusste Beatrice noch ganz genau. Es hatte sie verfolgt, nicht monate-, sondern jahrelang. Genau genommen tat es das bis heute.

Dass ich es hätte verhindern können. Wäre ich losgefahren und hätte Evelyn von der Party abgeholt, wäre ihr nichts zugestoßen.

Eine lange Pause trat ein, bevor Jagos Antwort Beatrice förmlich den Boden unter den Füßen wegzog.

Wie kannst du da so sicher sein?

Im ersten Moment begriff sie nicht, was er meinte, dann war es, als würde das Kaleidoskop in ihrem Kopf eine winzige Drehung machen und das Bild völlig verändern.

Das Bewusstsein um ihre Mitschuld an Evelyns Tod war so tief in ihr verankert, dass sie nicht wahrgenommen hatte, wie sehr Jagos Existenz die Basis dafür veränderte. Es war kein zufällig vorbeifahrender Psychopath gewesen, der eine Anhalterin aufgegabelt und sie wenige Stunden später abgeschlachtet hatte, sondern ein Mann, mit dem Evelyn in gewisser Weise zusammen gewesen war. Hätte diese Gelegenheit sich nicht ergeben, hätte er eine andere gesucht. Wahrscheinlich.

Die Wiener Polizei musste das damals schon zumindest als eine der Möglichkeiten ins Auge gefasst haben, doch niemand hatte es ihr gesagt. Niemand hatte ihr diese unglaubliche Last von den Schultern genommen. Und bis jetzt, obwohl sie selbst das Tagebuch gelesen hatte, war sie nicht imstande gewesen, zu begreifen, was diese Information bedeutete.

Was sonst hatte sie nicht begriffen? War sie vielleicht wirklich die Falsche für diesen Fall, wäre es klüger gewesen, ihn abzugeben, sobald klar war, dass er sie in gewisser Weise persönlich betraf?

Ist das so?, schrieb sie mit zitternden Händen. Hättest du sie auf jeden Fall getötet? Nur eben später?

Sie hatte gewusst, dass er sich mit dieser Antwort Zeit lassen würde. Wahrscheinlich überlegte er, ob er ihr überhaupt eine geben sollte, schließlich hatte sie entgegen seiner Anweisung wieder eine Frage gestellt.

Wer weiß, kam es nach gut zehn Minuten zurück. Schon möglich, dass ich sie verschont hätte. Mein Interesse an ihr war nicht mehr sehr groß. In dieser Nacht aber, in den frühen Morgenstunden, war die Vorstellung unwiderstehlich, ihre Augen zu sehen, wenn sie begreifen würde, was ich vorhatte. Ihr Tod war das Letzte, was sie mir geben konnte. Der Geschmack des Risikos, erwischt zu werden, alles zu verlieren, diese vollkommen neue Erfahrung. Es war der perfekte Zeitpunkt.
Hätte es ihn nicht gegeben, vielleicht hätte ich sie verschont. Vielleicht auch nicht. Wir werden es nicht mehr erfahren, Hase.

Beatrice konnte den Blick nicht vom Bildschirm wenden. Gerade eben, jetzt und hier, hatte Jago erstmals den Mord an Evelyn zugegeben. Als wäre es keine große Sache.

Der Wunsch, durch diesen Bildschirm auf die andere Seite sehen zu können, in das Gesicht des Menschen, der ihr Leben seit so vielen Jahren vergiftete, war in Beatrice so übermächtig, dass sie am liebsten geschrien hätte.

Du würdest jetzt alles dafür geben zu wissen, mit wem du es zu tun hast, nicht wahr?

Sie lachte laut auf. Als hätte er ihre Gedanken gelesen.

Aber wäre das nicht noch schlimmer?, fuhr er fort. Zu wissen, wer ich bin, und es den anderen da draußen nicht sagen zu können? Zu wissen, dass ich mich unter sie mische, mich vielleicht sogar mit ihnen unterhalte, ohne dass sie die geringste Ahnung haben, wem sie gegenüberstehen?
Das müsste schlimm sein, oder? Ich bin fast versucht, dir reinen Wein einzuschenken.

Beatrice merkte, wie ihr Atem schneller ging. Jago lag ganz richtig. Eine solche Erkenntnis nicht teilen zu können, wäre eine Qual. Und wenn sie wüsste, wer er war, wäre das ihr Todesurteil. Dann musste er dafür sorgen, dass sie ihr Wissen mit ins Grab nahm.

Eine weitere Nachricht erschien.

Soll ich es dir sagen? Ein Wort von dir, und ich tue es. Ein Wort, und du weißt, wer Evelyn, den Schläger, die Hebamme, deinen Chef und deinen Ex-Mann auf dem Gewissen hat.
Glaube mir, du wirst überrascht sein. Willst du es wissen? Ja oder nein?

Sie rang mit sich. Drehte sich vom Computer weg, ging zur Wand, presste ihre Stirn dagegen. Keine Sekunde lang zweifelte sie daran, dass er sich an sein Versprechen halten würde. Rückzieher waren nicht seine Sache, dazu war er zu sehr Spieler.

Angenommen, es gelang ihr, aus dieser beschissenen Halle zu fliehen, und sie hatte die Chance nicht genutzt … davon abgesehen brannte der Wunsch nach Klarheit in ihr mit schmerzhafter Heftigkeit. Es war so einfach. Nur ein Wort.

Sie ging zum Notebook zurück.

Nein, tippte sie.

Du bist ganz sicher? Wirklich nicht?

Wirklich nicht.

Sie wandte sich ab, setzte sich auf die Matte, mit angezogenen Knien, auf die sie ihren Kopf legte. Egal, was Jago jetzt schrieb, sie wollte es nicht sehen.

Irgendwann hörte sie leises Quietschen, dann einen dumpfen Laut, gefolgt von einem kurzen, metallischen Geräusch. Die Klappe war geöffnet, etwas auf dem Boden abgestellt worden. Danach hatte Jago die Öffnung wieder geschlossen und versperrt.

Sie verbot sich, sofort hinzustürzen, schon allein, weil sie ihm die Genugtuung nicht gönnte, zu sehen, wie hungrig sie war. Erst geschätzte fünf Minuten später richtete sie sich auf, langsam, beinahe schon gemächlich. Zuerst ging ihr Blick zum Computer.

Ich weiß, warum du meinen Namen nicht wissen möchtest. Weil du immer noch denkst, du wirst überleben und zu deinen Lieben zurückkehren und mich gemeinsam mit deinen Polizeifreunden zur Rechenschaft ziehen.
So wird es nicht sein, Hase. Du erreichst nur eines: Dass du sterben wirst, ohne erfahren zu haben, wer ich bin.

Sie konnte nichts dagegen tun, dass ihr Tränen in die Augen traten. Auch das formulierte Jago zum ersten Mal so deutlich: Dass er sie in jedem Fall töten wollte. Dass sie den Kampf genauso gut gleich aufgeben konnte.

Sie brauchte einige Sekunden, um sich zu fangen. Okay, das war also seine Vorstellung davon, wie die Dinge laufen würden. Sie hatte eine andere. Energisch straffte sie die Schultern, ging zur Essensklappe und holte sich, was er ihr gebracht hatte.

Dass keine Zeitung dabei war, erfühlte sie sofort, und es kostete sie Mühe, ihre Frustration nicht die Oberhand gewinnen zu lassen. Also hatte der bisherige Seelenstrip Jago nicht genügt, es würde eine zweite und vermutlich auch dritte Runde geben, bevor es so weit war.

Sie hätte Florin so gerne beruhigt. Und ihre Mutter, die Kinder, ihre Familie. Wussten Mina und Jakob schon, dass ihr Vater tot war? Wenn ja, wer hatte es ihnen erzählt, und wie? Mit ihrem Essen und der neuen Wasserflasche in den bebenden Händen kehrte sie ins blasse Computerlicht zurück.

Halbwaisen. Bald Vollwaisen, wahrscheinlich. Es war so sagenhaft, so unbeschreiblich unfair ihnen gegenüber. Obwohl sie versuchte, sich abzulenken, hatte sie plötzlich Jakobs Gesicht vor sich, ganz deutlich. Dieses Kindergesicht, das erst in zwei oder drei Jahren erste Kanten bekommen würde.

Sie weinte lautlos, wischte sich die Tränen nicht ab, hasste Jago mit einer Inbrunst, die sie sich selbst nicht zugetraut hatte. Er tat das alles nicht aus den üblichen Motiven wie Eifersucht, Rache oder Gier. Es war reiner Spieltrieb, den er auf die grausamste Art auslebte, die Beatrice sich vorstellen konnte.

Drei Stück Brot, zwei Eckchen Streichkäse, drei Cocktailtomaten. Ein kleines Schälchen Schokoladenpudding, der Deckel auf dem Plastikbehälter zeigte das grinsende Gesicht einer stilisierten Kuh. Sie kannte die Marke, Achim hatte sie früher manchmal für die Kinder gekauft.

Doch das konnte Jago unmöglich wissen. Manche Dinge waren wohl einfach Zufall.

Vorhin, noch während ihres Dialogs, hatte Beatrice sich auf die nächste Mahlzeit gefreut, nun drehte ihr allein der Gedanke an Essen den Magen um. Hatte Jago den letzten Absatz geschrieben, um sich zu revanchieren? Weil sie seinen Namen nicht hatte erfahren wollen?

Sie drehte das Puddingschälchen zwischen den Händen. In

Wahrheit spielte es keine Rolle, sie hatte schon zuvor vermutet, dass er sie töten würde. Aber es war dennoch etwas ganz anderes, das schwarz auf weiß zu lesen.

Mehr um sich abzulenken als aus echtem Interesse zog sie die alte Zeitung zu sich heran. Gönnte sich gleich zwei Artikel – einen über den Streit zwischen zwei Skigebieten, einen über den nächsten großen Hollywood-Blockbuster. Eine Superheldengeschichte.

Sie kam sich verschwenderisch vor, aber es tat ihr gut. Und wer wusste schon, wie viel Zeit ihr noch zum Lesen blieb.

30. Kapitel

Bis zum Nachmittag war Florin so beschäftigt, dass er nicht dazu kam, die Psychologin anzurufen, die Vasinski ihm empfohlen hatte. Dr. Valerie Bendner-Grau, die bereits zahlreiche Kriseninterventions-Teams geleitet hatte und über jede Menge Erfahrung verfügte, was das Überbringen schlechter Nachrichten betraf. Auch an Kinder.

«Nehmen Sie sich Zeit», war das Erste, was Bendner-Grau ihm riet, nachdem er ihr die Situation geschildert hatte. «Rechnen sie eine, vielleicht auch zwei Stunden ein. Es kann sein, dass die beiden zuerst einmal starr sind, dass die Fragen erst mit Verzögerung kommen. Auf die sollten Sie so gut wie möglich vorbereitet sein.»

«Auf die Fragen?», wiederholte Florin mechanisch.

«Ja. Wird Papa sterben, wird Mama zurückkommen, warum ist das alles passiert … überlegen Sie sich im Vorfeld, was Sie sagen möchten. Es ist wichtig, dass Sie den Kindern Sicherheit vermitteln und nicht selbst hilflos wirken. Aber lügen Sie sie um Gottes willen nicht an. Versprechen Sie ihnen nichts, was nicht eintreten wird, und machen Sie ihnen keine unberechtigten Hoffnungen.»

«Das habe ich nicht vor. Aber … gibt es nichts, was den Schlag ein wenig dämpfen könnte? Das ihnen hilft, besser mit den Fakten umgehen zu können?»

Bendner-Grau überlegte kurz. «Es kommt sehr stark auf den Typ Kind an. Manchen hilft es, wenn man sie beschäftigt, ihnen das Gefühl gibt, sie können etwas Nützliches tun. Andere verkriechen sich erstmal in sich selbst und brauchen Zeit. Wollen nur in Ruhe gelassen werden. Wieder andere weinen so lang, bis sie einschlafen, und da soll man nicht groß eingreifen. Trösten Sie sie nicht so, dass sie das Gefühl haben, sie müssten Ihnen zuliebe tapfer sein.»

«Nein. Natürlich nicht. Vielen Dank.»

Er wollte schon auflegen, hörte sie aber noch einmal seinen Namen sagen. «Herr Wenninger? Noch etwas ist wichtig: Informieren Sie die Kinder so bald wie möglich. Sie würden es Ihnen übelnehmen, wenn sie das Gefühl haben, Sie hätten etwas so Wichtiges unnötig lange vor ihnen verborgen.»

Er nickte, obwohl sie das natürlich nicht sehen konnte. «Sie haben völlig recht. Noch mal danke.»

Mit schwerem Herzen legte er auf. Wenn er zu sich selbst ehrlich war, dann hatte er den Moment, in dem er dieses Gespräch führen musste, bisher vor allem hinausgezögert, um sich selbst zu schonen. Wie feige. Wie erbärmlich von ihm.

Er stand auf, griff nach seiner Jacke und klopfte kurz an Stefans Tür. «Ich bin für heute weg, aber durchgängig erreichbar. Ruf mich sofort an, wenn etwas wirklich Wichtiges passiert, ich weiß, du kannst das einschätzen.»

Stefan nickte ernst und wandte sich dann wieder Halm zu, der an der Tischkante lehnte und ebenso erschöpft wirkte wie alle im Team. Sogar Bechner schien unendlich müde. Er saß am Schreibtisch gegenüber und starrte mit gewohnt schlechtgelaunter Miene auf seinen Computerbildschirm.

Gut eine Minute lang saß Florin regungslos im Auto, bevor er den Zündschlüssel im Schloss drehte. Er würde zuerst mit der Schulleiterin sprechen und dann erst die Kinder aus der Nachmittagsbetreuung holen lassen.

Das Organisatorische lief diesmal erstaunlich reibungslos ab. Die Direktorin hatte sofort Zeit und erwies sich als jünger und unkomplizierter, als Florin vermutet hatte. Sie schob sich die

Brille in die kurzgeschnittenen Haare und hörte aufmerksam zu, während er schilderte, was mit Achim passiert war.

«Mein Gott», flüsterte sie. «Der arme Mann. Ich kenne ihn nur flüchtig, aber …» Sie blickte nachdenklich auf die Tischplatte. «Und die Mutter ist nicht auffindbar. Sie wissen, dass ich eigentlich nicht berechtigt bin, Ihnen Mina und Jakob zu überlassen?»

«Ja, das ist mir klar. Es ist nur so, dass die Großmutter derzeit nicht in der Verfassung ist, sich richtig um die beiden zu kümmern. Sie wollten zu mir, und ich möchte ihnen das nur ungern abschlagen.»

Die Schulleiterin holte eine Mappe aus dem Regal hinter ihr, blätterte, fand, was sie suchte und überlegte kurz. «Frau Kasparys Mutter, richtig? Ja, ich habe ihre Kontaktdaten hier.» Sie blickte auf. «Was ist mit den Eltern des Vaters?»

«Beide tot, soviel ich weiß.»

«Okay. Es kann nur eine Lösung für heute sein, das verstehen Sie sicher. Im Prinzip müssen wir so tun, als wären die Kinder bei ihrer Großmutter untergebracht, und Sie helfen nur gelegentlich aus.» Sie sah ihn ernst an. «Ich bewege mich da auf sehr dünnem Eis, ich hatte einen solchen Fall noch nie, eigentlich müsste ich das Jugendamt einschalten, aber wer weiß, was die entscheiden …»

Sie gab sich einen Ruck. «Offiziell sind die Kinder unter der Obhut von Frau Lang, da sind wir uns einig?»

«Natürlich», erklärte Florin.

«Dann brauche ich von ihr eine Bestätigung, dass Sie sie in ihrem Namen abholen dürfen.» Sie setzte die Brille wieder richtig auf. «Ab morgen.»

«Kein Problem.» Er hoffte, dass er damit nicht zu optimistisch war.

«Vielleicht hat sich bis morgen ja auch manches schon geklärt», fügte die Frau an. «Ich hoffe, Sie sind sich bewusst, wie weit ich mich mit meinem Entgegenkommen Ihnen gegenüber aus dem Fenster lehne, aber es ist überhaupt nicht meine Art, komplizierte Situationen noch komplizierter zu machen.» Sie stand auf. «Gehen wir die Kinder holen.»

Florin hatte sich vorgenommen, spontan zu entscheiden, wann und wo er den beiden sagen würde, wie es um ihren Vater stand, und als er nun die Tür zu dem Klassenraum öffnete, in dem Jakob saß, beschloss er, noch zu warten.

Die Schulbänke waren an den Rand gerückt, mitten im Raum war ein riesiger Bogen Packpapier auf den Boden geklebt, um den herum etwa fünfzehn Kinder knieten und ihn mit allem bemalten, was ihnen zur Verfügung stand. Wasserfarben, Filz- und Buntstifte, Ölkreiden.

Jakobs Hände waren bis zu den Oberarmen blau, orange und grün beschmiert, er versuchte gerade, der Bemalung durch ein dunkelhaariges Mädchens zu entgehen, das mit einem grün tropfenden Pinsel auf seine Nase zielte.

«Jakob?» Florin winkte. Jakob wandte den Kopf, winkte zurück, und der Pinsel traf sein rechtes Ohr.

In Minas Klasse war es deutlich ruhiger, ein paar der Kinder schrieben, andere spielten mit ihren Handys – was am Nachmittag erlaubt war –, wieder andere lagen gemütlich in einer Polsterecke herum und lasen.

Mina gehörte zu denen, die vor einem Heft saßen und arbeiteten, doch anders als die anderen hatte sie den Stift beiseitegelegt und starrte nur auf das Papier, das vor ihr lag. Florin betrachtete sie einige Augenblicke, bevor er zu ihr ging. Fand wieder so viel Ähnlichkeit mit Beatrice, dass es schmerzte.

Sie klappte wortlos ihr Heft zusammen, nahm ihre Tasche und folgte ihm aus dem Klassenraum, ohne sich von irgendjemandem zu verabschieden. Florin war sicher, dass sie seine Anspannung bemerkte, doch sie sagte nichts, auch nicht, als er Jakob notdürftig über einem Waschbecken säuberte.

«Fahren wir wieder einkaufen?», fragte der, als sie im Auto saßen.

«Nein. Heute geht es direkt nach Hause. Also, zu mir.»

Im Rückspiegel sah er, wie Mina ihren Kopf gegen die Scheibe lehnte und die Augen schloss. Als wüsste sie es bereits.

Er stellte ihnen Saft auf den Couchtisch, dazu eine Flasche Wasser – alles um den Moment hinauszuzögern, wie er sich selbst eingestand.

Sicherheit vermitteln. Nicht hilflos wirken. Nicht lügen, schärfte er sich noch einmal ein, bevor er sich setzte.

«Es gibt einen Grund, warum ich euch heute früher aus der Schule abgeholt habe», begann er. «Leider keinen schönen. Wir haben euren Vater gefunden. Er ist im Krankenhaus, es geht ihm nicht besonders gut.»

Mina presste die Lippen aufeinander, sie wirkte nicht sehr überrascht. Jakob dagegen riss entsetzt die Augen auf. «Wieso geht es ihm nicht gut? Was hat er?»

«Er ist verletzt. Am Kopf. Er liegt auf der Intensivstation.»

Jakob sprang auf. «Können wir ihn besuchen? Er freut sich sicher, wenn wir ...»

«Er ist auf der Intensivstation», unterbrach ihn Mina. «Das heißt, er kriegt überhaupt nicht mit, wenn wir da sind. Dort liegen nur die Leute, die schon fast tot sind, und die meisten sterben dann auch.»

Florin hatte sich wirklich Mühe gegeben, alle möglichen Reaktionen der Kinder im Kopf durchzuspielen und sich darauf vorzubereiten, aber mit Minas düsterem Fatalismus hatte er nicht gerechnet. Prompt brach Jakob in Tränen aus, sprang auf und setzte sich direkt neben Florin. «Wird er sterben? Er wird doch nicht sterben, oder?»

Es war nicht einfach, die bequemen Reflexe zu unterdrücken. *Nein, natürlich nicht. Alles wird gut. Mach dir keine Sorgen.* «Das hoffe ich wirklich sehr», antwortete er stattdessen. «Es sind die ganze Zeit über Ärzte bei ihm, die passen gut auf ihn auf und tun alles, damit es ihm wieder bessergeht.»

«Was ist eigentlich passiert?» Mina klang noch aggressiver als zuvor. «Was heißt, er ist verletzt? Hat er einen Autounfall gehabt?»

Die Wahrheit. «Nein, er ist niedergeschlagen worden. Auf einem Waldweg. Wir wissen noch nicht, was er dort wollte, und auch nicht, wer es gewesen ist.»

In Minas Blick hätte nicht mehr Wut liegen können, wenn Florin selbst es gewesen wäre, der ihren Vater so zugerichtet hatte. «Wieso wisst ihr das nicht? Ihr seid doch die Polizei, oder? Aber es ist wahrscheinlich so, wie Papa immer sagt: Ihr tut nur so, als wärt ihr furchtbar beschäftigt, in Wirklichkeit seid ihr Beamte und … und …»

Sie blickte wild herum, als wäre das Ende ihres Satzes irgendwo im Raum zu finden, dann stand sie mit einem Ruck von der Couch auf und ging aus dem Wohnzimmer. Wenige Sekunden später wurde eine Tür zugeknallt.

Er musste ihr nachgehen, das wusste Florin. Ebenso musste er aber den weinenden Jakob im Arm halten, ihm über den Kopf streicheln. Er war in seinem offenen Schmerz so viel einfacher zu trösten.

«Hat Mina recht? Wird Papa sterben?», stieß er zwischen krampfhaften Schluchzern hervor.

Wieder diese Versuchung in Florin, etwas zu versprechen, das er nicht halten konnte. «Ich weiß es nicht. Aber was ich weiß, ist, dass dein Papa ein sehr starker Mann ist. Und dass die Ärzte im Krankenhaus sehr gut sind.»

Jakob nickte, den Kopf an Florins Brust gedrückt. So saßen sie mehrere Minuten lang da, bis Jakobs Atem ruhiger ging und er sich ein Stück aufrichtete. «Darf ich fernsehen?»

«Ja, natürlich darfst du das.» Voller Erleichterung schaltete Florin das Gerät ein. «Wenn du magst, können wir später weiterreden. Egal wann, ich bin da. Okay?»

Jakob nickte, den Blick bereits konzentriert auf den Bildschirm gerichtet. Dann war jetzt also die Gelegenheit, sich um Mina zu kümmern.

Beunruhigt stellte Florin fest, dass es ihn einige Überwindung kostete, am Spirituosenschrank vorbeizugehen, ohne sich einen Schluck Whisky einzuschenken, der das dumpfe Brennen in seinem Inneren durch ein alkoholisches ersetzt hätte. Aber es kam keinesfalls in Frage, sich zu betäuben, erst recht nicht jetzt, wo ihm die Kinder anvertraut waren.

Er klopfte an die Tür des Gästezimmers, wartete und trat dann ein, obwohl keine Antwort gekommen war.

Mina lag bäuchlings auf dem Bett. Ihre Schultern zuckten, und sie drehte demonstrativ den Kopf zur anderen Seite, als Florin sich näherte.

«Hey.» Er setzte sich an die Bettkante und legte vorsichtig eine Hand auf Minas Schulter. Sie rückte ein Stück weg von ihm, doch es war eine halbherzige Bewegung. Florin zog die Hand nicht zurück. «Es ist verdammt unfair, was da gerade passiert», sagte er. «Vor allem euch gegenüber. Ich weiß nicht, wie du dich im Moment fühlst, aber ich bin so wütend, dass ich am liebsten gegen die Wand treten würde.»

Sie zuckte die Schultern, es interessierte sie offenbar nicht, was in ihm vorging. Verständlicherweise. «Du hast recht», fuhr er fort. «Es ist wirklich Mist, dass wir noch nicht mehr herausgefunden haben. Aber ob du mir glaubst oder nicht, wir arbeiten die ganze Zeit an nichts anderem als daran, deine Mutter wiederzufinden. Und den Mann, der deinen Vater niedergeschlagen hat.

Wir tun, was wir können, aber wir können nichts herbeizwingen. Und glaube mir, Mina, das täte ich, wenn es irgendwie möglich wäre. Ich würde alles dafür geben zu wissen, wo deine Mama steckt.»

Mina seufzte, drehte ihm nun doch das verweinte Gesicht zu. «Du magst sie, oder?»

Er nickte, ohne zu zögern. «Ja. Sehr.»

«Sie dich auch.» Das Mädchen schloss die Augen, unter den langen Wimpern quollen neue Tränen hervor. «Sie ist jetzt schon so lange fort … was, wenn sie gar nicht mehr zurückkommt? Wenn sie tot ist und dann auch Papa stirbt und …»

Sie war dreizehn, aber die Angst ließ sie plötzlich viel kindlicher wirken als sonst. Als sie sich aufrichtete, nahm er sie in den Arm und hielt sie fest, ließ sie weiter weinen, bis sie irgendwann ruhiger wurde. «Ich werde alles tun», sagte er leise, «damit das nicht passiert. Ich verspreche es dir, Mina. Ich kann dir nicht versprechen, dass alles gut ausgeht. Nur, dass ich Himmel und Hölle in Bewegung setzen werde.»

Obwohl ich nicht weiß, wo ich ansetzen soll, fügte er in Gedanken hinzu. Wir haben ausgeschöpft, was auszuschöpfen war. Alle Spuren, alle Zeugen. Ich kann nur noch einmal von vorne anfangen.

Ein wenig später setzte Mina sich neben ihren Bruder vor den Fernseher und legte ihm in einer beschützenden Geste den Arm um die Schultern, was Florin stärker bewegte, als er gedacht hätte. Bereitete sie sich bereits auf ein Leben ohne Eltern vor? In dem sie diejenige sein würde, die sich um Jakob kümmern musste?

Um sich zu beschäftigen und in dem Bedürfnis, den beiden etwas Gutes zu tun, kramte er das Puddingpulver hervor, das er mit Mina und Jakob zusammen gekauft hatte.

Die Milch begann gerade warm zu werden, als sein Handy

läutete. Er erkannte die Nummer des Krankenhauses, und sein Magen zog sich unmittelbar zusammen. Nicht diese Nachricht, nicht jetzt, bitte …

Er hob ab und hatte Dr. Schramm am Apparat. «Herr Wenninger, gut, dass ich Sie erreiche. Sie wollten ja auf dem Laufenden gehalten werden, nicht wahr?»

«Ja», sagte er mit belegter Stimme und drehte sich zum Kühlschrank. Sah sein verzerrtes Spiegelbild in der matt verchromten Oberfläche des Geräts.

«Ich komme gerade aus dem OP, wir mussten die Entlastungskraniektomie an Herrn Kaspary vornehmen, das Hirnödem wurde zu massiv. Die erfreuliche Nachricht ist, dass der Eingriff gut verlaufen und der Patient im Moment stabil ist.»

«Darüber bin ich sehr froh. Danke», sagte Florin matt. «Sie informieren mich wieder, wenn etwas sich ändert?»

«Das tue ich. Gern.»

Florin legte auf, drehte sich um und konnte den Topf gerade noch von der Herdplatte ziehen, bevor die Milch überkochte. Schramms Nachricht war nicht einmal auf den zweiten Blick gut. Achims Zustand hatte sich im Vergleich zum Vormittag also verschlechtert, und er lag weiterhin im Koma, nur jetzt mit aufgesägtem Schädel. Das war nichts, was er Mina und Jakob als erfreuliche Neuigkeit verkaufen wollte.

Bea, dachte er wehmütig. Ich gebe hier mein Bestes, aber ich habe eine Scheißangst, dass ich es vermassle und deinen Kindern noch mehr weh tue als nötig.

Immerhin erwies sich der Pudding als genießbar. Jakob aß zwei Schälchen davon, Mina wenigstens ein halbes. Sie bot Florin den Rest an, und obwohl ihm nicht nach Essen und schon gar nicht nach Süßem zumute war, nahm er an. Es war eine Geste des Vertrauens von ihrer Seite, auf gewisse Art und Weise.

Für das Abendessen zimmerte er eine Art Nudelauflauf mit

Gemüse zusammen, und während der im Ofen buk und die Kinder vor dem Fernseher saßen, zog er sich ins Schlafzimmer zurück und rief Beas Mutter an.

Sie hob sofort ab. «Gibt es etwas Neues? Habt ihr sie gefunden?»

«Noch nicht.» Er hatte es so satt, alle ständig enttäuschen zu müssen. «Aber … Achim ist etwas zugestoßen, wissen Sie das schon?»

Langgezogenes Seufzen. «Ja, habe ich gehört, einer Ihrer Kollegen hat mich informiert.» Sie klang nicht besonders interessiert. «Wie geht es ihm?»

«Nicht sehr gut.» Es war jetzt kein guter Zeitpunkt, um die Zukunft der Kinder anzusprechen, für den Fall, dass beide Eltern nicht zurückkehren würden. Der Vater aus dem Koma, die Mutter … wer weiß woher. «Ich kümmere mich sehr gern noch ein wenig weiter um Mina und Jakob, aber ich brauche eine Art Vollmacht von Ihnen, die mir erlaubt, sie von der Schule abzuholen. Offiziell sind die zwei bei Ihnen, Frau Lang.»

«Ich würde die Kleinen auch sehr gern wiedersehen», murmelte sie. «Vielleicht bin ich in zwei, drei Tagen so weit und –» Sie unterbrach sich selbst. «Aber bis dahin ist Bea hoffentlich zurück. Was denken Sie? Sie muss doch …» Wieder brachte sie ihren Satz nicht zu Ende.

Die Schwere in Florins Innerem nahm weiter zu, irgendwann würde das Gewicht ihn zu Boden ziehen. «Wir tun, was wir können. Manchmal reicht ein kleiner, zusätzlicher Hinweis, und plötzlich geht es ganz schnell, wissen Sie?»

«Ja. Kommen Sie morgen vorbei, dann gebe ich Ihnen die Vollmacht. Und ich rufe auch gern in der Schule an und spreche mit den zuständigen Leuten.»

Er bedankte sich, legte auf und kümmerte sich um das Abendessen. Er fühlte sich wie ferngesteuert, innerlich dumpf, als würde er auf einen Schlag warten, dem er ohnehin nicht ausweichen konnte.

Die Kinder stellten den restlichen Abend über keine Fragen mehr. Florin wusste nicht, ob das ein gutes Zeichen war. Oder ob es nur bedeutete, dass sie die Antworten fürchteten.

31. Kapitel

Hast du Evelyn je beneidet?

Beatrice war eben erst wach geworden. Ihr erster Blick zum Notebook hatte ihr diese Frage beschert. Jago führte sein Interview fort.

Sie rieb sich die Augen und trank einen Schluck Wasser. Die Minuten nach dem Aufwachen waren immer die schwierigsten, die mutlosesten. Jedes Mal legte sich die Last der Situation neu auf ihre Schultern, jedes Mal noch schwerer als vorher.

Weil du immer noch denkst, du wirst überleben, hatte er geschrieben. Wenn er sie ohnehin umbringen würde, warum trieb er dann weiter dieses Spiel mit ihr? Warum brachten sie es nicht einfach hinter sich?

Nein, das war der falsche Ansatz. Auf keinen Fall würde Beatrice einfach aufgeben. Solange er an ihr interessiert war, so lange würde sie am Leben bleiben. Es war so ähnlich wie bei Scheherazade und ihren Geschichten aus Tausendundeiner Nacht, nur dass Beatrice eben keine Märchen erfinden durfte.

Sie überlegte also ernsthaft. Hatte sie Evelyn je beneidet? Ja, in manchen Momenten schon. Um ihre völlig furchtlose Art. Darum, dass sie praktisch jeden Menschen innerhalb von Sekunden für sich gewinnen konnte, wenn sie es darauf anlegte. Dass sie es so genießen konnte, im Mittelpunkt zu stehen.

In genau diesen Worten antwortete sie Jago. Fügte noch hinzu, dass sie Evelyn nicht nur beneidet, sondern sich ihr oft auch unterlegen gefühlt hatte. Was jedoch Beatrices freundschaftliche Gefühle nie beeinträchtigt hatte.

Nachdem sie die Nachricht abgeschickt hatte, machte sie sich auf den Weg zur Toilette und anschließend zur Essensklappe, doch dort lag nichts für sie bereit.

Sie bemühte sich, nicht allzu enttäuscht zu sein. Schließlich wusste sie nicht, wie früh oder spät es war, und dass sie das Gefühl hatte, es wäre Zeit für Frühstück, musste überhaupt nichts bedeuten.

Tiefe Nacht schien es jedoch nicht zu sein, denn Jago war wach. Er hatte zurückgeschrieben.

Ist dir denn bewusst, dass du nicht in dieser Situation wärst, wenn Evelyn dein Leben nie gekreuzt hätte? Ohne sie wäre ich dir nicht begegnet und hätte dir folglich auch nicht wiederbegegnen können.

Sie formulierte die Antwort erst im Kopf, bevor sie sie niederschrieb.

Doch, das ist mir bewusst. Aber das Leben ist doch voll von solchen Zufällen. Dafür kann man niemanden verantwortlich machen. Was ich nicht verstehe, ist, warum du mich hier festhältst. Warum du meinetwegen Menschen tötest.

Diesmal hatte sie es nicht als Frage formuliert. Kein Verstoß gegen seine Regeln also, und prompt erhielt sie etwas, das einer Erklärung sehr nahekam.

Evelyn war nicht formbar und damit vollkommen vorhersehbar. Um sie zu verändern, musste man sie zerbrechen. Bei dir ist es anders. Alles, was ich tue, hat Wirkung auf dich. Weckt Ideen, regt deine Kreativität an, formt und ändert dich. Es macht Spaß, dabei zuzusehen. Am besten hat mir bisher dein vorgetäuschter Asthmaanfall gefallen. Oder hätte es Epilepsie sein sollen? Spielt keine Rolle, eigentlich. Du hast Phantasie. Wie ich.

Er hatte ihre Theatervorstellung also nicht nur gesehen, sondern auch durchschaut. Gleichzeitig wirkten seine Worte, als wolle er ihr ein Kompliment machen, obwohl er ihr in Wahrheit nur mitteilte, dass er sie für ein unterhaltsames Versuchstier hielt.

Er wartete keine Entgegnung von ihr ab, sondern schickte sofort die nächste Frage hinterher.

Erzähl mir von Achim. Wann hast du zum ersten Mal gemerkt, dass es ein Fehler war, ihn geheiratet zu haben?

Das war schon auf der Hochzeitsreise gewesen. Im Hotelrestaurant auf Korsika, wo er eine junge Kellnerin angeschrien hatte, weil sie ihm den falschen Wein oder den falschen Fisch gebracht hatte … so genau wusste Beatrice es nicht mehr. Nur, dass die Reaktion völlig unangemessen gewesen war. Peinlich. Dumm. Eines erwachsenen Menschen unwürdig.

Sie erzählte Jago den Vorfall in kurzen Worten.

Damals habe ich es eigentlich gewusst, aber noch nicht wahrhaben wollen, fügte sie an. Da habe ich noch nach Entschuldigungen für ihn gesucht. Später dann nicht mehr.

Über Achim zu schreiben, in dem Wissen, dass er tot war, fühlte sich völlig unwirklich an. Sie ließ den Gedanken noch nicht in all seiner Endgültigkeit zu – Jago war schließlich ihre einzige Quelle für diese Nachricht. Doch wenn sie nicht achtsam genug war, hatte sie plötzlich erschreckend reale Bilder im Kopf. Achim auf dem Seziertisch, Vogt über ihn gebeugt, damit beschäftigt, den Magen zu entnehmen, um den Inhalt zu dokumentieren …

Sie verbot sich, weiter darüber nachzudenken. Unterdrückte ihr schlechtes Gewissen, das nicht nur mit dem Ausbruchsversuch zu tun hatte, sondern mit ihrer gescheiterten Ehe, den ständigen Streitereien danach – was, wenn sie das nie mehr klären, kein versöhnliches Ende mehr finden konnten?

Hast du während deiner Ehe noch oft an David gedacht? Dich nach ihm gesehnt?

Von David wusste Jago also auch. Ja, warum auch nicht, von ihm konnte sogar Evelyn noch erzählt haben.

Manchmal, schrieb Beatrice zurück. Aber mir war schon klar, dass die Trennung meine Entscheidung gewesen ist und dass ich mit den Konsequenzen leben musste. Auch wenn es nicht schön war.

Hast du an ihn gedacht, während du mit deinem Mann geschlafen hast?

Das war die erste Frage mit sexuellem Inhalt, die Jago ihr stellte. Es fühlte sich an, als würde er damit eine unsichtbare Grenze überschreiten. Wusste er das? Vermutlich schon.

Es stimmte, sie hatte sich noch lange Zeit nach Davids Berührungen zurückgesehnt, umso mehr, je unangenehmer ihr Achims wurden.

Sie würde die Frage beantworten, aber nicht ins Detail gehen.

Ja.

Ob sie ihm in diesem Punkt die Wahrheit sagte oder log, konnte er unmöglich wissen. Allerdings hoffte sie, sich durch dieses klare Ja weitere Nachfragen zu ersparen.

Tatsächlich ließ er von dem Thema ab.

Was war der Auslöser dafür, dass du die Scheidung eingereicht hast?

Sie zögerte nicht lange.

Mein Beruf. Achim wollte nicht, dass ich weiter Polizistin war, mit zwei Kindern. Wir haben nächtelang gestritten deswegen, irgendwann war es mir zu viel.

Es war eine schauderhafte Zeit gewesen. Beatrice konnte sich noch zu gut an dieses ständige Gefühl der Zerrissenheit erinnern. Daran, wie sehr sie sich jemanden gewünscht hatte, der sie unterstützte. Daran, wie froh sie gewesen war, als sie ihre Entscheidung endlich getroffen hatte und ausgezogen war …

Du lügst.

Unwillkürlich fuhr Beatrices Hand zum Mund. Warum schrieb er das jetzt? Sie hatte nicht gelogen, mit keinem Wort. Genau so war es gewesen.

Ihr erster Impuls war, ihm das zu schreiben. Zu beteuern, dass exakt das der Grund gewesen war, noch ein paar Details anzufügen. Allerdings würde ihn das vielleicht wütend machen. Wenn er glaubte, dass sie log, würde er ihre Erklärungen nur als weitere Lügen klassifizieren.

Ihr nächstes Lebenszeichen an die Außenwelt stand auf dem Spiel. Das wollte sie keinesfalls riskieren.

Als sie die Finger auf die Tastatur legte, um eine Antwort zu schreiben, durchzuckte sie eine Erinnerung. Ja, sie hatte einmal gelogen, was ihren Trennungsgrund betraf, allerdings nicht Jago, sondern einer anderen Person gegenüber. Weil es ihr damals unangenehm gewesen war zuzugeben, wie wichtig ihr Beruf ihr war. Weil sie kurz nach ihrem Wiedereinstieg nicht sonderlich erfolgreich gewesen war …

Sie überlegte fieberhaft. Was hatte sie damals erzählt? Es war nicht falsch gewesen, die Dinge hatten sich so zugetragen, aber … ja. Jetzt erinnerte sie sich wieder. Wenn es diese Antwort war, die Jago hören wollte, diese Lüge von damals, dann wusste Beatrice, woher er seine Informationen über sie hatte. Auch wenn ihr nicht klar war, wie er daran gelangt war.

Tut mir leid, schrieb sie. Du hast recht, der Hauptgrund war ein anderer, nämlich Achims Eifersucht. Jedes Mal, wenn ich mich in einer Runde mit jemandem unterhielt, ohne ihn mit einzubeziehen, begann er damit, mich bloßzustellen. Sehr private Dinge über mich zum Besten zu geben oder Sachen zu sagen wie: «Ich glaube, meine Frau steht auf dich, gefällt sie dir auch?» Es war nicht auszuhalten, es war unendlich peinlich. Nicht nur mir, sondern auch den anderen. Besonders schlimm war es, wenn er ein, zwei Gläser getrunken hatte. Ich wusste, dass der Moment kommen würde, in dem die Kinder eine dieser Shows mitbekommen würden. Das war der Anstoß für die Trennung.

Sie trat einen Schritt zurück, innerlich zitternd. Wenn Jago diese Antwort durchgehen ließ, dann war so vieles mit einem Schlag klar. Dann hatte er es geschafft, mehr über Beatrice in Erfahrung zu bringen, als jeder andere Mensch von ihr wusste. Mit einer Ausnahme.

Seine Antwort kam, Beatrice ballte die Fäuste, während sie las. Lockerte sie wieder, sie musste auf ihre Körpersprache achten, sie war sicher, Jago tat es auch.

Na also. Warum fällt es dir schwer, das zuzugeben?

Konnte sie dazu etwas Falsches sagen? Nein, wohl kaum.

Weil es mir immer noch unangenehm ist. Der Gedanke, dass ich mich so lange habe bloßstellen lassen, ohne etwas dagegen zu tun.

Es fiel ihr schwer, vor dem Notebook stehen zu bleiben, am liebsten wäre Beatrice die Wände entlanggelaufen, um besser denken zu können, doch das hätte Jago gesehen, er hätte sofort gemerkt, dass sie etwas begriffen hatte, was sie nicht begreifen sollte.

Wenn sie richtiglag, gab es zwei Möglichkeiten: Entweder, er hatte sich die Informationen auf illegalem Weg beschafft, oder er musste ein Mann mit einem gewissen Auftreten und Einfluss sein, dem man sie überließ, weil …

Und mit einem Schlag wusste sie es. Der Zusammenhang war plötzlich da, die Verbindung, der Faden, der alles verband. Da gab es Hinweise in Evelyns Tagebuch, die passten, und den wichtigsten … den hatte Jago ihr selbst gegeben. Wie sehr er dabei innerlich gelacht haben musste.

Kein Wunder, dass es ihn in den Fingern gejuckt hatte, ihr seinen Namen zu verraten, allein schon, um Zeuge ihrer Fassungslosigkeit zu werden.

Ruhig, sagte sie sich. Ganz ruhig. Es ist immer noch möglich, dass du dich irrst, dass die Hintergründe ganz andere sind, als du vermutest. Dass Jago ein Fremder ist.

Sie versuchte, Fakten zu finden, die ihre Theorie widerlegten. Vergebens. Im Gegenteil, bei längerem Nachdenken stellte sie fest, dass er ihr früher schon Fragen gestellt hatte, die sie als zumindest merkwürdig empfunden und nur ausweichend beantwortet hatte. Oder gar nicht.

Sie war so sehr in ihren eigenen Gedanken gefangen gewesen, dass sie erst jetzt Jagos nächste Nachricht sah. Wie lange stand sie da schon? Sekunden? Minuten?

Wenn er sie aufmerksam beobachtete, musste er merken, dass sie nicht bei der Sache war. Nervös konzentrierte sie sich auf seine nächste Frage.

Welches deiner zwei Kinder steht dir näher? Um welches machst du dir derzeit größere Sorgen?

Sie hatte jetzt ein Gesicht vor Augen, in das sie gern hineinschlagen, hineintreten wollte. Ihre Kinder gingen ihn nichts an, aber sie traute ihm zu, dass er Zugang zu ihnen finden würde. Genau genommen musste das für ihn sogar ziemlich einfach sein.

Sie überlegte fieberhaft. Die klassische Antwort – um beide, weil sie beide gleichermaßen liebte – würde er nicht gelten lassen, so viel war klar. Sie wusste auch, welche Antwort er erwartete, aber diesmal würde sie ihn überraschen. Allerdings so, dass er ihr keine Lüge vorwerfen konnte.

Größere Sorgen mache ich mir derzeit um Mina. Sie hängt sehr an ihrem Vater. Wenn ihm etwas zugestoßen ist, wird sie das entsetzlich treffen.

Womit sie die Frage, wer ihr näherstand, vermieden hatte. Würde Jago ihr das durchgehen lassen?

Es sah ganz danach aus. Obwohl das, was er schrieb, so heftig schmerzte wie noch nichts bisher.

Was denkst du, wie lange es dauern wird, bis sie einen Ersatzvater akzeptiert? Ihm ebenso vertraut, wie sie es bei ihrem leiblichen Vater getan hat? Und eine Ersatzmutter? Sie werden zu Pflegeeltern kommen, deine Kleinen, das weißt du, nicht wahr? Steht zu hoffen, dass sie nicht getrennt werden.

Jetzt, da sie glaubte, Jagos Identität durchschaut zu haben, hasste sie ihn so viel heftiger als zuvor. Unvernünftigerweise war die Versuchung riesig, ihm ihr Wissen an den Kopf zu schleudern, ihm zu zeigen, dass er weniger schlau war, als er dachte.

Sie biss in die Innenseite ihrer Wange, bis sie Blut schmeckte. Auf keinen Fall würde sie so dumm sein, ihren einzigen Trumpf aus der Hand zu geben, für ein kleines bisschen Genugtuung.

Dass sie nicht antwortete, schien Jago auf seine eigene Weise zu interpretieren.

Denkst du immer noch, du kommst aus dieser Sache lebend heraus? Sei ehrlich.

Und wie ehrlich sie sein würde. Schon weil sie wusste, dass er sie in diesem Punkt sicherlich richtig einschätzte.

Ja. Das denke ich.

Ihr Dialog danach dauerte nicht mehr lange. Jago wollte Einzelheiten über Minas Geburt wissen. Wie Achim sich verhalten hatte. Was Beatrice beim Anblick ihrer neugeborenen Tochter empfunden hatte. Sie wusste, warum er das tat. Er hoffte, sie so den Verlust stärker spüren zu lassen. Das Nie-mehr-Wieder.

Sie unterdrückte den Impuls, ihn an sein Versprechen zu erinnern: Dass sie ein weiteres Lebenszeichen schicken durfte, wenn sie alle Fragen wahrheitsgemäß beantwortete.

Es war gut, wenn es bis dahin noch ein wenig dauerte, denn in Beatrices Kopf formte sich eine Idee – sie war schwierig durchzuführen und fehleranfällig. Wenn Jago auffiel, was sie tat – oder wenn es Florin und den anderen nicht auffiel, würde der Plan scheitern. Und sie würde es nicht wissen. Sie würde einfach hoffen und weiter hoffen und irgendwann sterben.

Aber versuchen musste sie es.

Etwa zwei Stunden, nachdem die letzte Nachricht von Jago eingetroffen war, setzte sie sich in den Schein des Notebooks, nahm die Zeitung zur Hand und begann zu suchen.

Dass sie nicht exakt das finden würde, was sie brauchte, war ihr bewusst, aber sie hoffte, zumindest in die Nähe zu kommen. So weit, dass ein kluger Kopf die richtigen Schlüsse ziehen konnte.

Nach etwa einer halben Stunde tränten ihre Augen, und sie war knapp davor, frustriert aufzugeben. Bis sie auf etwas stieß, das ihr immerhin besser erschien als nichts. Und dann, Minuten später, landete sie einen zweiten Treffer. Ausgerechnet im Sportteil.

Bis jetzt war an ihrem Verhalten nichts Verdächtiges gewesen; selbst wenn Jago mit der Nase an seinem Bildschirm klebte und im Detail verfolgte, was die Kameras ihm übertrugen – noch konnte er ihr nichts vorwerfen.

Doch ab jetzt wurde es schwierig.

Beatrice drückte ihren Daumennagel ins Zeitungspapier. Ließ einen winzigen Riss entstehen. Bewegte den Finger dann ein Stück nach rechts, wiederholte die Prozedur.

Es war eine langwierige Angelegenheit und eine schwierige dazu. Sie durfte nichts Entscheidendes zerstören, trotz des spärlichen Lichts. Und sie durfte ihre Beute anschließend nicht im Dunkel verlieren.

Erst als sie fertig war, richtete sie ihren Blick wieder auf den Monitor. Jago hatte keine Nachricht geschickt. Das bedeutete nicht automatisch, dass er nichts bemerkt hatte – seit ihrem vorgetäuschten Anfall wusste sie, dass er möglicherweise auch dann schwieg, wenn sie sich verdächtig verhielt.

Falls sie allerdings mit ihrer Vermutung, seine Identität betreffend, richtiglag, war er ohnehin zu beschäftigt, um sie rund um die Uhr beobachten zu können. Unter Umständen zeichneten die Kameras in seiner Abwesenheit nur bei Bewegung auf. Und er sah sich dann später ein «Best Of» von Beatrices Tag an.

Dann konnte er von ihren Vorbereitungen nichts mitbekommen haben, abgesehen vom Umblättern der Zeitungsseiten.

32. Kapitel

Florins erster Blick nach dem Aufwachen galt seinem Handy. Es war halb sechs, draußen herrschte noch tiefste Dunkelheit, und es gab keine Nachrichten oder Anrufe, die er im Tiefschlaf überhört hatte.

Also stand zu hoffen, dass Achim noch lebte.

Die Kinder schulfertig zu machen fiel ihm bereits leichter als am Tag zuvor; nur ein zwangloses Gespräch am Frühstückstisch brachte er nicht in Gang. Minas Gesicht war wie aus Stein, sie aß zwei Bissen ihrer Waffel, vermutlich aus reiner Höflichkeit, und legte dann das Besteck beiseite.

Nachdem er die beiden pünktlich an der Schule abgeliefert hatte, schlug Florin den Weg zum Mooserhof ein. Im Morgenlicht strahlte der Gasthof pure Idylle aus. Die Wiesen, die ihn umgaben, waren mit Raureif überzogen, am Waldrand stand ein Reh und floh erst, als Florin in die Einfahrt zum Haus einbog.

Mit leichtem Bedauern dachte er, dass die Kinder hier wohl doch besser aufgehoben sein würden, doch er verwarf diesen Gedanken sofort wieder, als er Beatrices Mutter gegenüberstand.

Als er sich vor ein paar Tagen die Wohnungsschlüssel von ihr geholt hatte, hatte sie noch völlig gefasst gewirkt, stark, voller Hoffnung. Nun sah sie aus, als hätte sie in der kurzen Zeit gut zehn Kilo abgenommen. Sie war blass, und die Hand, die sie ihm zur Begrüßung reichte, war schlaff. «Es gibt keine Neuigkeiten, oder?»

«Nein. Leider. Nichts mehr seit dem Foto, das der Entführer uns geschickt hat, aber alle unsere Experten glauben, dass Beatrice noch am Leben ist.» Er zwang sich zu einem Lächeln. «Ich glaube das auch.»

Sie bot ihm Kaffee an, doch er spürte, dass sie es aus reiner Höflichkeit tat. Auf dem Tisch, neben dem Zettel, den sie für ihn vorbereitet hatte, entdeckte er eine Packung Tranxilium. Sie stand die Situation also ohne Beruhigungsmittel nicht durch, da war es wirklich vernünftiger, er kümmerte sich um Jakob und Mina.

Vor dem Haus traf er auf Beatrices Bruder Richard, der ihm bekümmert zunickte. «Danke, dass Sie die Kinder übernehmen. Ich hätte nicht gedacht, dass Mama so einknickt, aber es ist ja auch kaum auszuhalten ...» Er begleitete Florin zum Auto. «Wie geht es Achim?»

«Gestern Abend war er stabil.» Florin erwähnte die Kraniektomie bewusst nicht, wozu die Dinge noch verschlimmern? «Ich werde dann gleich noch einmal im Krankenhaus anrufen, und ich gebe Bescheid, wenn sich etwas ändert.»

«Das ist gut.» Richard Lang zog einen Kassenblock aus seiner Jackentasche und kritzelte eine Telefonnummer darauf. «Rufen Sie besser mich an, nicht Mama. Speziell, wenn die Nachrichten nicht gut sind. Wissen Sie, ich hätte mich auch sehr gern um die Kinder gekümmert, aber ich habe selbst drei, und meine Frau und ich müssen im Moment den Gastbetrieb alleine bewältigen. Wir könnten ihnen nicht die Aufmerksamkeit geben, die sie brauchen. Gerade jetzt.» Es klang entschuldigend. «Außerdem – es beruhigt Mama, dass die zwei bei Ihnen sind. Sie denkt, da sind sie sicherer als hier, weil Sie ja Polizist sind.»

Auf dem Weg zur Schule rief Florin im Krankenhaus an. Schramm war nach dem Nachtdienst nach Hause gegangen, hatte aber eine Kollegin instruiert, der Polizei Auskunft zu erteilen.

«Den Umständen entsprechend geht es Herrn Kaspary gut. Das Hirnödem hat sich ein wenig zurückgebildet, das gibt Anlass zur Hoffnung.» Sie hielt kurz inne. «Was seine Überlebenschancen betrifft. Alles andere ... Sie wissen, das steht in den Sternen.»

Alles stand in den Sternen, stellte Florin mutlos fest, während er vor der Schule parkte. Er brachte die Vollmacht ins Büro der Direktorin, die noch einmal betonte, dass sie sich trotzdem außerhalb der Vorschriften bewegte und das nur aufgrund der außergewöhnlichen Situation tat. Und weil er Polizist war.

Auf dem Weg zum Büro fuhr Florin an der Mirabellgarage vorbei, dem letzten Ort, an dem Bea nachweislich gewesen war. Sie war nun schon über eine Woche verschwunden. Ihm war klar, dass das kein gutes Zeichen war. Es bedeutete, dass der Entführer Beatrices Versteck wirklich clever gewählt hatte, sonst wäre es bereits jemandem aufgefallen. Gleichzeitig musste es für ihn zunehmend mühsam werden, sie zu verstecken und zu versorgen. Wenn er nicht vorhatte, sie für immer bei sich zu behalten, würde er sie nun wohl bald loswerden wollen.

Auf seinem Schreibtisch türmten sich mittlerweile Presseanfragen – es hatte eine Pressekonferenz gegeben, doch die lag bereits wieder Tage zurück. Nun wollte man wissen, wie weit die Ermittlungen gediehen waren und in welchem Zusammenhang der Angriff auf den Ehemann der verschwundenen Polizistin stand.

Florin reichte all das an Bechner weiter, der erwartungsgemäß strahlte und sich sofort ans Telefon hängte.

«Kann ich dich schnell auf den neuesten Stand bringen? Wir haben zwei neue Zeugenaussagen, die möglicherweise Jago betreffen.» Stefan stand auf und gab Florin die Niederschriften. «Die erste betrifft das Auto. Eine Frau hat einen Mann beobachtet, der an den Nummernschildern eines großen, schwarzen Wagens herumhantiert hat. Sie saß im Bus, der länger an der Haltestelle wartete als üblich. Das war am Hans-Schmid-Platz. Sie sagt, es war noch eine Frau im Auto, die offenbar geschlafen hat, das fand die Zeugin ungewöhnlich für die Tageszeit. Das Auto ist dann in die Innsbrucker Bundesstraße abgebogen, auf das Nummernschild hat die Zeugin nicht geachtet.»

Wäre ja auch zu schön gewesen. «Warum meldet die Frau sich erst jetzt?»

«Sie hat keinen Zusammenhang mit den Ereignissen gesehen», seufzte Stefan. «Erst gestern hat sie gelesen, dass ein dunkler VW Sharan mit verdeckten Nummernschildern in dem Fall eine Rolle spielt, und dachte sich, der Wagen damals könnte ein Sharan gewesen sein. Sie beschreibt auch den Mann, aber das hilft uns nicht weiter. Etwa eins achtzig, vielleicht ein bisschen größer, dunkler Mantel, dunkle Mütze. Kein Bart – das immerhin wusste sie.»

Florin blätterte durch die Aussagen. «Danke, Stefan. Innsbrucker Bundesstraße, das heißt, er könnte zur Autobahn …»

«Entschuldigt bitte, würde es euch etwas ausmachen, draußen weiterzureden?» Bechner deutete auf den Telefonhörer, den er sich ans Ohr hielt. «Ich bräuchte hier Ruhe.»

Stefan zog Florin aus dem Raum, bevor der die scharfe Antwort geben konnte, die ihm auf der Zunge lag.

«Sie könnten zur Autobahn gefahren sein, oder die Straße weiter, über den Walserberg nach Deutschland», setzte er Florins Gedanken fort. «Die Kollegen in Bayern sind sowieso längst informiert, aber von dort kam bisher gar nichts. Wahrscheinlicher finde ich, dass der Täter die Autobahn Richtung Wien genommen hat. Zumindest ein Stück weit.»

Vermutungen, alles Vermutungen. «Jemand soll noch einmal die Kameraaufzeichnungen dieses Vormittags durchsehen, die haben wir schließlich. Von den Anschlussstellen Flughafen und Salzburg West. Und dort nach dem verdammten Sharan suchen. Wir überprüfen die Zulassungen von jedem Wagen, der in Frage kommt.»

Es war eine Chance, zumindest eine kleine. Wenn Jago nicht bedacht hatte, dass die Autobahnbetreibergesellschaft Kameras zur Verkehrsbeobachtung einsetzte. Es war ohnehin gewagt von ihm gewesen, so weit mit verklebten Nummernschildern durch die Stadt zu fahren. Oder hatte er sie schon viel früher wieder freigemacht und am Hans-Schmid-Platz nur noch Reste entfernt?

«Eine zweite Sache.» Stefan wedelte mit drei aneinandergehefteten Blättern. «Drasche hat Fußabdruckspuren auf dem Waldweg gefunden, wo Achim Kaspary niedergeschlagen wurde. Einmal Größe achtunddreißig, die gehören der Frau, die die Rettung gerufen hat. Einmal dreiundvierzig, das sind nachgewiesenermaßen die Schuhe von Kaspary selbst. Und einmal vierundvierzig. Es gibt fünf verwertbare Abdrücke, sowohl zum Tatort hin als auch wieder davon weg. Keinen einzigen jenseits davon. Heißt, der Mann ist genau bis zu der Stelle gegangen und dann wieder zurück. Klingt, als wäre er interessant für uns.»

Ein Mann mit einem schwarzen Sharan, einem schwarzen Mantel und Schuhgröße vierundvierzig. «Es ist besser als nichts», erklärte Florin und sah die Enttäuschung in Stefans Gesicht. «Viel besser», fügte er hinzu und verabschiedete sich mit einer entschuldigenden Geste in sein Büro – dort hatte eben das Telefon zu läuten begonnen.

«Hier spricht Zimmermann. Dr. David Zimmermann, Sie erinnern sich?»

«Ja, natürlich.» Florin setzte sich und stützte die Ellenbogen auf die Tischplatte.

«Gibt es Neuigkeiten von Beatrice?»

Es tat Florin jedes Mal weh, diese Frage verneinen zu müssen. Als würde er alles damit noch endgültiger machen.

«Mir ist noch etwas eingefallen. Sie sagten, ich solle mich melden, wenn ich mich an etwas erinnere, und … da war ein Gespräch mit Evelyn. Sie war damals ziemlich beschwipst. ‹Manchmal habe ich Angst, dass ich schon alles erlebt habe›, sagte sie. ‹Deshalb bin ich so froh, wenn es doch immer wieder Menschen gibt, die mich überraschen.›

‹Mit Geschenken?›, fragte ich, und sie sah mich an, als wäre ich ein Kind, dem man die Farben erklären müsste. ‹Mit ihren Eigenheiten›, antwortete sie. ‹Ich kenne jemanden, dessen Leidenschaft es ist zu sehen, was der Tod mit dem Leben macht.›

‹Er beendet es›, meinte ich, schon ein bisschen genervt. ‹Frag Ärzte. Frag Bestatter. Es ist ziemlich einfach.›» Zimmermann räusperte sich, als wäre er verlegen. «Sie lachte, auf diese unbezwingbar mitreißende Art. ‹Da hast du natürlich recht. Aber was macht der Tod mit dem Leben derer, die übrig bleiben? Wo reißt er die tiefsten Löcher? Für meinen Freund ist das Unglück anderer wie ein Autounfall, bei dem man einfach hinsehen muss. Wie ein Feuerwerk, das immer neue Farben und Formen annimmt.›

‹Dein Freund muss ein ziemliches Arschloch sein›, sagte ich, stand auf und ließ sie sitzen. Ich habe diese Unterhaltung schon bei meiner Vernehmung damals in Wien erwähnt, aber nicht so ausführlich. Nur, dass Evelyn einen Bekannten hatte, der vom Tod fasziniert war.»

Unwillkürlich musste Florin an Vogt denken, der ebenfalls vom Tod fasziniert war und davon, was er mit dem Körper anstellte, von den Phasen, die ein Leichnam durchlief ab dem Moment, in dem das Herz zu schlagen aufgehört hatte. Aber am Unglück der Hinterbliebenen hatte er sich noch nie geweidet. Es hatte ihn eher bedrückt, so wie die anderen im Team.

«Wissen Sie, ich dachte, Sie könnten vielleicht in Berufsgebieten fündig werden, die viel mit dem Tod zu tun haben», fuhr Zimmermann eifrig fort. «Bestatter. Sterbebegleiter. Vielleicht sogar Priester.»

«Oder Ärzte», merkte Florin trocken an. Eine kurze Pause entstand.

«Ja, das stimmt natürlich.» Zimmermann klang einen Hauch reservierter als zuvor. «Oder Ärzte. Nur dass die üblicherweise versuchen, den Tod ihrer Patienten zu verhindern.»

Florin nickte, obwohl Zimmermann das natürlich nicht sehen können. «Da haben Sie selbstverständlich recht. Ich wollte Ihnen nicht zu nahetreten.»

«Sind sie nicht.» Er klang wieder versöhnlicher. «Und so leid es mir tut, ich muss jetzt aufhören. Ich habe Patienten.»

Zimmermanns Mutmaßung beschäftigte ihn den ganzen Vormittag. Bestatter. Priester. Ärzte.

Er hatte die Polizisten in seiner Aufzählung vergessen.

«Das Profil des Schuhs dürfte zu einem Winterstiefel der Marke Geox gehören», eröffnete ihm Drasche kurz darauf. «Womit wir davon ausgehen können, dass der Täter nicht völlig verarmt ist.»

«Oder seine Schuhe secondhand kauft», warf Florin ein.

«Wie auch immer.» Drasche wedelte ungeduldig mit der Hand. «Wir haben einen passenden Abdruck auch auf dem Friedhof gefunden, nahe der Stelle, an der Hoffmann erschlagen wurde. Gleiches Profil, gleiche Größe. Dort war nur der Boden ungleich mehr zertrampelt, mindestens fünfundzwanzig verschiedene Abdrücke. Aber dieser ist die Schnittmenge.»

«Das ist toll, Gerd. Danke.» Dummerweise würde es ihnen erst nützen, wenn sie einen Verdächtigen hatten und seine Schuhe inspizieren konnten.

Zum zweiten Mal an diesem Tag rief er im Krankenhaus an. «Unverändert», erklärte ihm die Ärztin.

«Wissen Sie, seine Kinder haben gemeint, sie würden ihn gern besuchen.»

«Reden Sie ihnen das ganz schnell wieder aus.» Sie klang gestresst. «Es ist kein schöner Anblick. Nicht nur wegen des offenen Schädels.»

Florin überlegte kurz. «Dürfte ich vorbeikommen? Um mir ein Bild zu machen?»

«Ja, natürlich. Sie sind ja der leitende Ermittler, nicht wahr?»

Ihr Ton wurde immer ungeduldiger. «Tut mir leid, aber ich muss an die Arbeit zurück.»

Florin machte sich auf den Weg. Nicht weil er das Bedürfnis verspürte, Achim zu sehen, sondern weil er sich aus erster Hand ein Bild der Verletzungen machen wollte. Wenn Jago das Unglück der anderen so sehr faszinierte, war er möglicherweise nicht weit. Und hoffte womöglich auf weinende Kinder, die den Anblick ihres halbtoten Vaters nie wieder vergessen würden.

Die Ärztin empfing ihn am Eingang zur Intensivstation. «Sie brauchen Kittel, Häubchen und Mundschutz. Drei Minuten. Wenn Sie anschließend noch Fragen haben, besprechen wir die draußen.»

Florin hatte mit Schlimmem gerechnet, doch auf den Anblick war er nicht vorbereitet gewesen. Es war nicht nur die Tatsache, dass ein Teil von Achims Gehirn frei lag – der Täter musste ihm mit einem seiner Schläge die linke Gesichtshälfte zerschmettert haben. Das, was neben der festgeklebten Beatmungsmaske zu sehen war, erinnerte nicht mehr an die Züge, die Florin kannte.

Keinesfalls durften die Kinder ihren Vater so sehen.

Florin trat ein Stück zurück und gab durch ein Nicken zu verstehen, dass er wieder gehen wollte.

«Die Prognose ist sehr schwierig, aber das hat Ihnen Dr. Schramm sicherlich schon gesagt», erklärte die Ärztin ihm, als sie wieder draußen waren. «Wenn er es übersteht, wird es ein langer Weg mit ungewissem Ausgang. Die Kraniektomie war unumgänglich, Herr Kaspary hat durch den Schlag ein akutes Subduralhämatom erlitten, das ist eine Blutung zwischen Hirn und Hirnhaut. Die Überlebenschancen stehen zwischen dreißig und achtzig Prozent – wir müssen abwarten.»

Der Anblick des geöffneten Schädels ging Florin nicht aus dem Sinn. «Sind Spätschäden zu erwarten, wenn er es übersteht? Kann man dazu schon etwas sagen?»

Seufzend zuckte die Ärztin mit den Schultern. «Die wird es geben, aber wie sie aussehen werden – das lässt sich nicht vorhersehen. Auch hier heißt es abwarten. Und ich muss mich jetzt wieder um meine Patienten kümmern.» Sie nickte ihm zu und verschwand auf der Station.

Florin setzte sich auf einen der Stühle im Wartebereich und atmete durch. Selbst von einem Verbrechen betroffen zu sein – und sei es auch nur so entfernt wie in diesem Fall – fühlte sich schauderhaft an.

Ihm gegenüber, am Fenster, stand ein Mann und tippte in sein Handy. Gelegentlich warf er einen Blick in Florins Richtung, sah aber wieder weg, sobald er spürte, dass er es merkte.

Der Verdacht regte sich sofort und mit Heftigkeit. Florin prägte sich das Gesicht so deutlich ein, wie er konnte, hätte am liebsten ein Foto mit dem Handy geschossen. Vom Alter her konnte es Jago sein, der Mann war Anfang vierzig, das dunkle Haar begann gerade grau zu werden. Er war auch relativ groß – Florin warf einen Blick auf seine Schuhe. Größe vierundvierzig konnte hinkommen, und …

Die Tür zur Station glitt wieder zur Seite, und eine der Pflegekräfte trat heraus. «Herr Egert? Sie können jetzt zu Ihrer Mutter.»

Der Mann nickte, steckte sein Handy ein, warf Florin noch einen letzten Blick zu und folgte dann der Krankenschwester.

Ganz klar, dachte Florin. Ich bin überhaupt nicht auf der Höhe. Wir haben nichts, das sich wirklich fassen lässt, also greife ich nach allem, was ich finden kann.

Er stand auf und verließ das Krankenhaus. Als er vor die Tür trat, begann es leicht zu schneien. Vor seinem inneren Auge erschien ein vertrauter, weiblicher Körper, seitlich auf dem Waldboden liegend, der langsam und sanft von den weißen Flocken bedeckt wurde.

33. Kapitel

Das Tablett mit der nächsten Mahlzeit. Ohne Zeitung. Diesmal hatte Jago ihr eine Banane, zwei Honigbrote und zwei Wurstbrote zukommen lassen. Dazu das übliche Wasser. Sie trug die Flasche und den Plastikteller an ihren Platz, zur Isomatte.

Die Vorstellung, wie er in der Küche stand, ihr Brote machte und dabei vielleicht ein Lied summte, war befremdlich. Passte nicht zu ihm.

Langsam begann sie zu essen, den Blick auf das Notebook gerichtet. Keine neue Nachricht bisher. Dann würde wohl sie es diesmal sein, die den Dialog startete.

Sie leckte sich die honigverklebten Finger ab, bevor sie zu schreiben begann.

Wir hatten eine Vereinbarung, nicht wahr? Ich beantworte deine Fragen, und du lässt mich wieder ein Lebenszeichen nach draußen schicken. Dabei bleibt es doch, oder?

Lange hatte sie nicht mehr so nervös auf eine Antwort von ihm gewartet. Es dauerte allerdings eine geschätzte halbe Stunde, bis sie kam.

Ja, dabei bleibt es, Hase. Ein paar Fragen noch, dann machen wir es wieder genauso wie beim letzten Mal. Und du bekommst neuen Lesestoff.

Zufrieden setzte sie sich zurück auf die Isomatte. Wenn sie es jetzt nicht verdarb, war das eine riesige Chance. Vorausgesetzt,

Jago war nicht allzu aufmerksam und ihr Team dafür umso mehr.

Seine Fragen drehten sich um Florin, diesmal. Ein Grund mehr, den Mann von Grund auf zu hassen.

Seit wann bist du schon in deinen Kollegen verliebt?

In welchen, wollte sie im ersten Moment schreiben, besann sich aber gerade noch.

Seit zwei Jahren. Länger als er in mich.

Damit hatte sie ihm sogar mehr Information zukommen lassen, als er gewollt hatte.

Und seit wann schlaft ihr miteinander?

Die korrekte Antwort auf diese Frage konnte er nicht kennen, aus ganz simplen Gründen. Trotzdem würde sie ihm die Wahrheit sagen. Vermutlich fand er den Zeitpunkt interessant.

Seit etwa vier Monaten.

Sie konnte es vor sich sehen, wie er kurz nachrechnete und grinste.

Ach. Das muss eine spannende Zeit gewesen sein.

Eine Antwort wie diese hatte sie erwartet, aber sie würde nicht in seine Falle gehen.

Ist es das nicht immer, wenn man gerade in einer neuen Beziehung glücklich ist?

Darauf ging er nicht ein. Stattdessen schoss er wieder einen Pfeil ab, der mitten ins Herz traf.

Florin Wenninger wird um dich trauern, aber du weißt, dass er danach eine neue Frau finden wird? Vielleicht nicht sofort, aber nach einem halben Jahr, einem Jahr ganz sicher. Sie wird nachts neben ihm liegen, an ihn geschmiegt, er wird sie küssen, sich um sie sorgen, sie lieben. Und du wirst eine Erinnerung sein. Manchmal schön, meistens schmerzhaft.

Das Furchtbare war, dass er recht hatte. Ihr Tod würde Florin niederschmettern, aber nicht für alle Zeit. Was ja auch gut war. Sie wollte nicht, dass er litt, sie wünschte sich, dass er glücklich war. Trotzdem fühlte sich allein die Vorstellung, dass er über sie hinwegkommen würde, wie Betrug an. Wie Verrat.

Sie rang nach Luft, als würde das helfen, die Gefühle in den Griff zu bekommen, die sie plötzlich überrollten. Ihre Wut auf Jago dehnte sich jetzt auch auf Florin aus – er hatte sie immer noch nicht gefunden, wie konnte das sein? Dachte er, sie wäre schon tot? Hatte er sie aufgegeben?

Nimm dich zusammen, ermahnte sie sich selbst. Es ist dieses dunkle Loch, die Einsamkeit und dieser entsetzliche Mann, die dir so zusetzen. Florin tut, was er kann. Was er kann.

Ihr Blick wurde unscharf, sie konnte nichts gegen die Tränen tun, aber sie würde sie nicht wegwischen. Das war auffälliger, als sie einfach über die Wangen laufen zu lassen. Sie drehte sich zur Seite, weg vom Licht. Die Genugtuung, sie weinen zu sehen, gönnte sie Jago nicht.

Ein paar Schritte ins Dunkel hinein. An etwas anderes denken als an eine Welt, die sich ohne sie weiterdrehte. An Kinder, die groß werden würden, ohne dass Beatrice dabei war.

Es klappte nicht, der Stachel saß diesmal unerwartet tief. Sie lehnte sich an die nächste Wand, presste ihre Stirn dagegen, so fest, dass es weh tat.

Wollte Jago, dass sie aufgab? Wollte er sie zusammenbrechen sehen? Wenn sie nichts mehr als ein trauriger, zitternder Schatten ihrer selbst war, würde er sich ihrer entledigen. Und sei es nur, indem er nicht mehr wiederkam und sie verhungern ließ.

Sie fing sich wieder, langsam. Rieb sich übers Gesicht und kehrte ans Notebook zurück.

Dort erwartete sie eine neue Nachricht.

Du darfst dein Lebenszeichen schicken. Gleich.

Sie fühlte ihren Puls im ganzen Körper. «Gleich» war Verheißung und Drohung in einem, sie brauchte noch ein wenig Zeit, um alles so weit vorzubereiten, dass es dann auch reibungslos klappte.

Danke, tippte sie und setzte sich auf die Isomatte. Die beiden Papierfitzelchen hatte sie daruntergelegt, ganz an den Rand, und sie fand sie jetzt mit den Fingerspitzen ihrer rechten Hand. Nur nicht verlieren. Nur nicht zerreißen.

Vorsichtig zog sie sie hervor, in einer Geste, als wolle sie nur eine Unebenheit unterhalb der Matte befühlen. Da waren sie, winzig, hauchdünn.

Beatrice legte sich hin, die Hand mit den Zettelchen vor dem Gesicht. Locker, wie zufällig. Sie musste die richtige Seite erwischen, sie musste die Worte so anbringen, dass sie sich ins Schriftbild der neuen Zeitung einfügten, ohne aufzufallen. Um dann bei näherer Betrachtung doch aufzufallen.

Es würde ein Zirkuskunststück werden. Ihr war übel.

Als sie die Klappe hörte, sprang sie nicht sofort auf, sondern erhob sich langsam. Als wäre sie erschöpft, obwohl ihr Herz raste. Sie ging langsam die Wand entlang, sah schon aus einigen Schritten Entfernung das helle Schimmern. Bückte sich und leckte gleichzeitig über die Zeigefingerkuppe ihrer linken Hand. Vorsichtig strich sie die Feuchtigkeit erst über den einen, dann den anderen Papierschnipsel. Hoffte, dass es nicht zu viel war, aber auch nicht zu wenig. Das Papier durfte nicht völlig transparent werden, gleichzeitig durfte es sich nicht ablösen, wenigstens nicht sofort.

Dann kehrte sie in den Lichtschein zurück, wo sie die Zeitung aus der Hand rutschen ließ. Sich danach bückte. Die beiden Worte über andere Worte legte. Nicht in der Mitte des Blattes, sondern am Rand. Schnell, hastig, aber so gerade wie möglich.

Sie hob die Zeitung auf. Griff sie von beiden Seiten, und hielt sie sich vor den Körper, hoffte, dass sie ihre Hände an den richtigen Stellen platziert hatte.

Stell dich vor das Notebook. Wie beim letzten Mal.

Seine Anweisung stand schon da, und sie folgte ihr. Diesmal lächelte sie nicht, sondern hielt den Blick gesenkt. Ein weiterer Hinweis, von dem sie so sehr hoffte, dass Florin ihn verstehen würde.

Erledigt.

Sie ließ sich auf die Isomatte sinken, so ausgelaugt, als hätte sie einen Marathonlauf hinter sich. Warf jetzt erst einen Blick auf die Titelseite der Zeitung. Die winzigen Schnipsel hatten gehalten, und sie fielen nicht sonderlich auf. Vielleicht war es gut gegangen. Vielleicht aber betrachtete Jago gerade das Foto und sah, was er nicht sehen sollte. Lächelte in sich hinein und löschte es.

Beatrice würde nichts davon mitbekommen, sie wusste ja nicht einmal, ob er das erste Bild geschickt hatte.

Mutlos begann sie, durch die Zeitung zu blättern, auf der Suche nach Berichten über die Ermittlungen oder sogar einer Nachricht über Achims Schicksal.

Aber natürlich war da nichts. Insgesamt zwei Seiten fehlten. Das bedeutete, die Berichterstattung war umfangreich. Vielleicht hatte es Porträts der Opfer gegeben, vielleicht ein Interview … mit Florin. Oder mit jemandem, der einmal mehr die Unfähigkeit der Polizei herausstrich. Denn eines war klar: Den Täter hatten sie noch nicht gefasst.

Sie presste sich eine Hand vor den Mund, ohne zu wissen, ob es Lachen oder Weinen war, das in ihr hochsteigen wollte. Nein, der Täter war bester Laune und auf freiem Fuß. Er servierte ihr Honigbrote und spielte Fragespielchen.

Neben der Tatsache, dass sie wohl keinen der Menschen, die sie liebte, je wiedersehen würde, war das das Schlimmste: Dass sie glaubte, den Namen des Täters zu kennen, dass sie ihn herausschreien könnte.

In gewisser Weise hatte sie das vorhin getan.

Fragte sich nur, ob jemand es hörte.

34. Kapitel

An diesem Abend war es Jakob, der unter dem Unbegreiflichen zusammenbrach. Florin hatte die beiden Kinder von der Schule geholt, er war um vier Uhr aus dem Büro aufgebrochen, unter den vorwurfsvollen Blicken von Bechner und Halm.

«Es ist nicht Ihre Aufgabe, diese Kinder zu betreuen», hatte der Wiener Polizist leise zu ihm gesagt. «Ihre Aufgabe ist es, die Mutter zu finden. Und den Täter. Aber wenn Sie möchten, spreche ich mit dem Polizeidirektor, ich bin sicher, jemand anderes kann diesen Fall leiten. Persönliche Betroffenheit ist nie hilfreich.»

Florin hätte ihm gern ein paar deutliche Worte entgegnet, nur wusste er leider, dass Halm recht hatte. Trotzdem kam ein Aufgeben des Falls für ihn nicht in Frage. Ebenso wenig wie ein Abgeben der Kinder an die Großmutter oder gar in eine Pflegefamilie. Er hätte das Gefühl gehabt, Beatrice im Stich zu lassen.

Im Gegensatz zu Mina lächelte Jakob noch, als Florin die beiden aus der Schule zum Auto brachte. Doch sein Blick wanderte suchend die Straße entlang, als hoffte er, es käme noch jemand anders. Der gleich hinter einer Ecke hervorhüpfen und «Überraschung» rufen würde.

Das Abendessen rührte er nicht an, fernsehen wollte er ebenso wenig, Florins Vorschlag, ihm etwas vorzulesen, schlug er aus. Mina hatte sich in eine Ecke des Wohnzimmers zurückgezogen, den Blick starr auf ihr Smartphone gerichtet. Ab und zu tippte sie etwas, gelegentlich huschte sogar ein Lächeln über ihr Gesicht.

Eine halbe Stunde, nachdem Florin die beiden ins Bett gesteckt und noch lange bei Jakob gesessen hatte, hörte er ein Wimmern aus seinem Zimmer. Vorsichtig öffnete er die Tür.

Von Jakob war kaum etwas zu sehen, er hatte sich unter der Decke zusammengerollt und weinte. Vorsichtig setzte Florin sich an den Bettrand und begann, das zu streicheln, was er den Umrissen nach für Jakobs Rücken hielt.

Nicht lange, und Beas Sohn krabbelte hervor, mit nassem, gerötetem Gesicht, um Florin die Arme um den Hals zu schlingen und den Kopf an seiner Schulter zu vergraben. Er stammelte etwas, wovon Florin nur das Wort «Angst» verstehen konnte, aber das war genug.

Er ließ Jakob weinen, streichelte seinen Kopf, widerstand nur mit Mühe der Versuchung, doch «Alles wird gut» zu sagen. Als der Atem des Kleinen ruhiger wurde und schließlich in die tiefe Gleichmäßigkeit des Schlafs überging, legte er ihn vorsichtig auf sein Kissen zurück, deckte ihn zu und ging.

Diesmal versagte er sich den Whisky nicht. Überraschenderweise sah er die Dinge nach ein paar Schlucken klarer. So wie es jetzt war, würde es vielleicht noch ein oder zwei Tage weitergehen können. Länger nicht. Halm hatte recht, die Kinder waren nicht seine Aufgabe und er war nicht fähig, ihnen zu geben, was sie brauchten. Obwohl er es so gern getan hätte. Er würde einen Weg finden müssen, für sie da zu sein, aber nicht ganz alleine.

Vielleicht war es am klügsten, Beas Bruder an Bord zu holen. Richard und seine Frau.

Der nächste Morgen verlief ruhig, zu ruhig für Florins Geschmack. Jakob wirkte abwesend, Mina war nur mit ihrem Handy beschäftigt. Die Heiterkeit, die Florin zu verbreiten versuchte, zumindest in homöopathischen Dosen, prallte an den beiden ab. Doch sie taten, was sie tun mussten: waschen, Zähne putzen, ihre Sachen zusammenpacken. Florin half ihnen, wenn nötig, stellte

Frühstück auf den Tisch und fühlte sich dabei so hilflos wie selten. Er kannte die Kinder kaum. Er wusste nicht, wie er ihnen am besten beistehen konnte.

Der Gedanke beschäftigte ihn noch, als sie die Wohnung verließen. Die Grübelei hätte fast dazu geführt, dass Florin ihn übersehen hätte.

Den Zettel. Diesmal nicht unter die Scheibenwischer geklemmt, sondern in die Halterung vor dem Eingang gesteckt, neben den Briefkästen. Es war der Platz für Zeitungen und Werbesendungen, und aus dem mit Florins Namen darauf ragte ein eingerolltes A4-Blatt heraus. Dickes, stabiles Papier.

«Mina, kannst du schon mal das Auto aufsperren? Setzt euch rein, ich komme gleich, ich habe nur etwas vergessen.»

Sie nahm den Schlüssel stumm nickend entgegen und griff nach Jakobs Hand, um ihn zum Wagen zu führen. Florin ging pro forma noch einmal ins Haus und wartete, bis die Kinder außer Sichtweite waren, bevor er wieder nach draußen trat und das Blatt aus der Halterung zog.

Es vor den Kindern anzusehen kam nicht in Frage. Wer wusste schon, was Jago schicken würde. Vielleicht ein Bild des niedergeprügelten, blutüberströmten Vaters oder eines der toten Beatrice.

Florin wappnete sich für alles oder versuchte es zumindest, bevor er das Papier auseinanderrollte. Hörte sich dann selbst erleichtert aufseufzen.

Es war Beatrice, und sie lebte. Hastig suchte er nach dem Datum der Zeitung, die sie hielt, doch es war zu klein, um es lesen zu können. Aber die Headline, die würde er auf Aktualität überprüfen können. Sofort, nachdem er die Kinder zur Schule gefahren hatte.

Er lief zum Wagen, rollte das Papier wieder ein und steckte es ins Handschuhfach. Dann fuhr er los, innerlich vibrierend. Er wusste, dass er Mina und Jakob eigentlich sagen sollte, dass ein Lebenszeichen ihrer Mutter aufgetaucht war, aber dann würden sie es sehen wollen …

Er hatte sich kaum die Zeit genommen, Beatrices Gesicht genauer zu betrachten, aber dem ersten Eindruck nach glaubte er, dass er das Foto den Kindern lieber nicht zeigen wollte. Sie wirkte mitgenommen. Gebrochen? Jedenfalls nicht so, dass ihr Anblick den beiden ihre Sorgen nehmen würde.

Als er vor einer roten Ampel im letzten Moment zum Stehen kam, sah Mina ihn von der Seite her an. «Ist etwas passiert? Du bist so komisch.»

«Nein.» Er lächelte ihr zu. «Alles in Ordnung. Der Morgenverkehr macht mich heute nur ein bisschen nervös.»

Sie betrachtete ihn mit gerunzelter Stirn, genau wie Bea es tat, wenn sie ihm etwas nicht abkaufte. Doch sie fragte nicht noch einmal nach.

Der erste Weg, nachdem Florin die beiden in der Schule abgeliefert hatte, führte ihn zum nächsten Laden, in diesem Fall einem Supermarkt. Er stürzte zum Zeitungsständer an der Kasse und zog ein Exemplar der Salzburger Nachrichten heraus.

Ja. Das gleiche Bild auf der Titelseite, die gleiche Schlagzeile. Das Foto war aktuell, und Beatrice am Leben.

Sie beugten sich zu dritt über das Bild, genauer gesagt über eine der fünf Farbkopien, die Drasche davon gemacht hatte, bevor er samt dem Originalausdruck ins Labor verschwunden war.

«Sie sieht ziemlich müde aus», stellte Stefan fest. Halm nickte bestätigend.

«Kein Wunder. Wir wissen ja auch nichts über die Bedingungen, unter denen er sie gefangen hält. Aber auf jeden Fall hat er ihr seit dem letzten Mal keine Kleidung zum Wechseln gegeben.»

Das war richtig. Beatrice trug immer noch ihre gefütterte grüne

Jacke und den blauen Pulli, dessen geknöpfter Kragen über den oberen Zeitungsrand hinausragte. Florin konnte den Blick nicht von ihrem Gesicht lösen. Sie sah nicht in die Kamera, sondern hielt die Augen gesenkt, als wolle sie ihren Entführer keinesfalls ansehen. Im Gegensatz zum letzten Foto lächelte sie nicht, es schien eher, als wäre ihr die Kraft ausgegangen, den Menschen draußen Zuversicht einflößen zu wollen. So glücklich Florin dieses Bild durch seine bloße Existenz machte, so sehr schmerzte es ihn gleichzeitig.

Er wünschte, er hätte ihre Augen sehen können. Ob noch Kampfgeist darin lag, Wut, Hoffnung – oder ob sie bereits stumpf geworden waren. Schicksalsergeben.

«Wie beim letzten Mal», erklärte er Stefan. «Besonderer Fokus auf den Hintergrund. Vergrößert das Bild auf Teufel komm raus, und ja, ich weiß, es ist nur ein Ausdruck, kein Original. Trotzdem. Vielleicht findet ihr etwas – einen Schatten, eine Spiegelung, irgendetwas.»

«Klar.» Stefan machte sich auf den Weg und begegnete beim Hinausgehen Vasinski, der noch die Hand erhoben hatte, um an die Tür zu klopfen.

«Ich habe letzte Nacht versucht, eine Liste möglicher Berufe des Täters anzulegen», sagte er. «Störe ich?»

«Überhaupt nicht.» Florin winkte ihn heran. Nach dem Telefongespräch mit Zimmermann hatte er selbst Vasinski angerufen und ihn gebeten, sich ein paar fachliche Gedanken zur Berufswahl des Täters zu machen – allerdings hatte er seine Bitte, aufgewühlt, wie er war, längst wieder vergessen.

Für meinen Freund ist das Unglück anderer wie ein Autounfall, bei dem man einfach hinsehen muss. Wie ein Feuerwerk, das immer neue Farben und Formen annimmt, hatte Evelyn Zimmermann damals erklärt. Seine Idee, dass diese Neigung auch in die berufliche Lebensgestaltung eingeflossen sein könnte, war gut gewesen.

«Wir sollten unterscheiden in Berufsgruppen, die mit schmerzgeplagten Menschen zu tun haben, und solchen, die Menschen Schmerz zufügen müssen», begann der Psychiater. «Und dann wäre eine Unterteilung in physischen und psychischen Schmerz sinnvoll. Ich habe hier …» Er reichte Florin und Halm je einen Computerausdruck. «… eine provisorische Auflistung von in Frage kommenden Berufen zusammengestellt und sie dann mit einer studiengestützten Liste von Berufen verglichen, in denen man überdurchschnittlich oft Psychopathen findet.» Vasinski nahm einen Stift von Florins Schreibtisch und deutete auf die ersten drei Punkte in seiner Aufzählung. «Demzufolge sollten wir besonderes Augenmerk auf Chirurgen, Priester und Polizisten lenken. Wobei –»

Erst jetzt fiel sein Blick auf das Bild von Beatrice mit der Zeitung. Seine Augen wurden groß. «Er hat wieder eines geschickt? Wann?»

«Heute Morgen.» Florin drehte es so, dass Vasinski es besser sehen konnte. «Es ist aktuell, die Zeitung ist die von heute. Wir haben bei der Auslieferung angerufen, die ersten Exemplare waren gestern gegen sieben Uhr erhältlich. Zu dem Zeitpunkt hat Bea also noch gelebt.»

Vasinski betrachtete das Foto eingehend. «Sie sieht nicht in die Kamera.»

«Ja, das ist mir auch schon aufgefallen», gab Florin zurück. «Aber es lässt sich so schwer einschätzen, warum. Vielleicht hat der Entführer ihr verboten, direkt hineinzusehen, das wäre möglich.»

«Vielleicht.» Vasinski legte den Kopf schief und blinzelte. «Aber die Hauptsache ist, dass er sie noch nicht getötet hat. Wir haben nach wie vor jede Chance, sie zu finden.»

«Wenn uns der Zufall zu Hilfe kommt», meldete erstmals Halm sich zu Wort. «Seien wir realistisch: Die klassischen Ermittlungswege haben wir abgearbeitet. Beatrice könnte in jedem Keller dieses Landes versteckt sein. Und es muss noch nicht einmal ein Keller sein. Oder dieses Land. Wenn der Entführer keinen Fehler macht oder sie selbst eine zündende Idee hat, wie sie sich bemerkbar machen könnte, stehen wir auf verlorenem Posten.»

Er musste gespürt haben, dass Florin ihm am liebsten ins Gesicht geschlagen hätte, denn unmittelbar darauf schüttelte er begütigend den Kopf. «Andererseits reicht ein aufmerksamer Nachbar, dem Unregelmäßigkeiten auffallen. Wir wissen doch alle, dass oft eine Winzigkeit genügt, um einer Ermittlung den entscheidenden Schub zu verpassen.»

Er stand im gleichen Moment auf, in dem Vasinski das Bild zurück auf den Tisch legte. «In diesem Sinne – machen wir uns wieder an die Arbeit.»

Drasche meldete sich eine knappe halbe Stunde später. «Keine Fingerabdrücke auf dem Papier, leider. Auch sonst keine verwertbaren Spuren.» Er räusperte sich. «Beatrice hält sich gut, wenn man nach dem Foto gehen kann. Finde ich.»

Dass er versuchte, Florin aufzumuntern, war gleichermaßen rührend und beunruhigend, wenn man Drasche kannte. «Ich bin sicher, sie mobilisiert alle ihre Kräfte», gab er zurück. «Fragt sich nur, wie lange das noch klappt.»

«Wir finden sie.»

«Ja. Sicher.»

Er legte auf, den Blick auf Beatrices Platz gerichtet, der nun schon so lange leer war. Die Fragen, die er nicht zulassen wollte und die ihn nachts trotzdem stundenlang wach hielten, drängten wieder an die Oberfläche. Wie es ihr ging. Was sie durchmachte. Wie groß ihre Angst wohl war.

Die Laufschritte auf dem Gang nahm er nur am Rande wahr und schrak hoch, als die Tür zum Büro aufgerissen wurde. Stefan stürzte herein, drei Blatt Papier in der Hand, von denen zwei zu Boden segelten, kurz bevor er Florins Schreibtisch erreicht hatte.

«Sie ist wirklich clever», keuchte er. «Ich verstehe zwar nicht, was sie meint, aber du vielleicht. Wahrscheinlich. Hoffentlich.»

Er hob seine Zettel auf und breitete sie vor Florin aus. Weitere Ausdrucke des Fotos. Einmal in der Version, die er am Morgen vorgefunden hatte, nur aufgehellt. Bei den beiden anderen Bildern handelte es sich um vergrößerte Ausschnitte der Zeitung, die Beatrice hielt.

«Ich habe es wieder eingescannt und ein wenig herumgespielt, mit Auflösung, Schärfe und Kontrast», rief er aufgeregt. «Mich hat die ganze Zeit über erstaunt, dass Bea nicht in die Kamera schaut, sondern leicht nach links unten. Als wäre da etwas. Und siehst du, wie sie ihre Hände hält? Alle Finger geschlossen, nur beide Zeigefinger ein Stück abgespreizt. Als würde sie auf bestimmte Stellen im Text aufmerksam machen wollen, und jetzt schau her …»

Er rückte den ersten vergrößerten Abschnitt näher an Florin heran. Das Titelblatt der SN, mit einem Foto des russischen Präsidenten und einer Headline zur aktuellen Klimakonferenz, bei der er zugegen war.

Florin sah es erst auf den zweiten Blick. Ein Stück des Textes schien verrutscht zu sein, stand schief ein wenig oberhalb der Zeile. Ein Wort, das ein anderes Wort überlappte und ins nächste hineinragte. Offenbar stammte es aus einem anderen Teil des Blattes, und Beatrice hatte es sorgfältig herausgerissen und über den eigentlichen Text geklebt.

Geklebt? Gelegt? Egal, er konnte es lesen, auch wenn er nicht verstand, was sie damit sagen wollte.

Auf der anderen Seite, bei ihrem anderen Zeigefinger das gleiche Spiel. Auch hier hatte sie ein kleines Stück des Textes abgedeckt.

Sie schickte ihnen eine Botschaft, keine Frage, und verwendete dazu, was ihr zur Verfügung stand.

Zwei Worte. Das eine lautete «Holz». Das andere war ein Vorname.

«Hast du es schon jemandem gezeigt?» Florin beugte sich tief über die Scans. Vielleicht gab es ein drittes Wort, einen weiteren Hinweis, der die beiden ersten erklärte oder zumindest in Zusammenhang brachte.

«Nein, noch nicht. Ich bin gleich zu dir gekommen.»

«Das ist gut. Belassen wir es für den Moment dabei, okay? Ich will zuerst in Ruhe darüber nachdenken, und ...»

«Ich weiß schon, warum», sagte Stefan. «Keine Sorge. Ich warte.» Er ging, drehte sich aber an der Tür noch einmal um. «Dummerweise ist es ein wirklich häufiger Name.» Mit einem nachdenklichen Schulterzucken verließ er das Büro.

Florin vertiefte sich weiter in die Bilder. Nein, es gab keinen weiteren Hinweis. Er stand auf, stellte sich ans Fenster und blickte hinaus in den grauen Tag.

Holz. Das konnte so vieles bedeuten. Dass sie in einer Holzhütte gefangen gehalten wurde, zum Beispiel. Aber würde Bea solche Mühe auf sich nehmen, um etwas so Unspezifisches zu kommunizieren? Sie wusste ebenso gut wie er selbst, dass es ein aussichtsloses Unterfangen war, die richtige Hütte zu finden.

Es musste etwas Bedeutsameres sein. Florin lehnte die Stirn gegen die kühle Scheibe. Holz war Achims Branche. Er war Eigentümer eines Sägewerks und handelte mit Schnittholz, Möbelholz ... er legte Wert auf ein breites Spektrum, hatte Beatrice einmal erzählt.

War es ein Hinweis auf Achim? In irgendeiner Form? Vielleicht auf das Sägewerk?

Dort konnte Beatrice keinesfalls versteckt sein, schließlich war es in Betrieb. Oder? Florin suchte die Nummer von Kasparys Firma über Google, griff nach dem Telefon und rief an. Ließ sich mit dem Betriebsleiter verbinden.

«Ja, natürlich läuft das Werk», erklärte der. «Wir können ja nicht alle Räder stillstehen lassen, nur weil der Chef … also, Sie verstehen schon. Es muss eben weitergehen.»

«Natürlich.» Florin hatte sich seinen Block näher herangezogen. «Können Sie mir sagen, ob andere Teile des Betriebs derzeit stillgelegt sind? Ob es Gebäude gibt, die nicht regelmäßig kontrolliert werden, wo wochenlang niemand vorbeisieht?»

«Nein, ganz sicher nicht.» Der Mann klang beinahe empört. «Es läuft hier alles ordnungsgemäß ab, wir haben schließlich Vorgaben. Alles wird regelmäßig kontrolliert, auch die Lagerhallen, schon aus Sicherheitsgründen. Unsere Auftragslage ist wirklich gut, wissen Sie? Wir müssen eher zusätzliche Kapazitäten schaffen, damit die Wartezeiten für unsere Kunden nicht zu lang werden. Wir haben erst vor einem halben Jahr die Transportwege optimiert und Hallen in der Nähe angemietet und …» Er unterbrach sich selbst. «Wieso ist das für die Polizei wichtig? Hat es etwas mit dem zu tun, was dem Chef passiert ist?»

Florin rieb sich die Stirn, hinter der es schmerzhaft pochte. «Das ist möglich», sagte er. «Ein stillgelegtes Gebäude dieser Art könnte uns auf die Spur des Mannes bringen, der Achim Kaspary niedergeschlagen hat. Vielleicht.»

«Hm. Dann werde ich noch einmal die Unterlagen durchgehen. Ich möchte unbedingt, dass Sie dieses Schwein finden.»

Der Mann schien Achim tatsächlich zu mögen, wie Florin mit leiser Verwunderung feststellte. «Das wäre sehr freundlich», sagte er. «Danke.»

Er legte auf, kämpfte seine Enttäuschung nieder. Ein unmittelbarer Treffer wäre auch zu schön gewesen. Zu einfach. Möglicherweise musste er Beatrices Hinweis ganz anders deuten. Vielleicht meinte sie nicht «Holz», sondern «Wald» und hatte bloß in der Zeitung das Wort nicht gefunden.

Falls das tatsächlich so war, half es ihnen kein Stück weiter. Außer natürlich ...

Er griff nach dem Telefon. Wählte Bechners Durchwahl. «Der Waldweg, auf dem Achim Kaspary überfallen wurde – wohin genau führt der? Können Sie das herausfinden? Und dann Leute hinschicken, sie sollen sich jedes Gebäude in der Nähe ansehen, jeden Verschlag, jede Holzfällerhütte.»

Es war ein Schuss ins Blaue. Aber vielleicht hatte Achim ja auf verschlungene, nicht nachvollziehbare Weise herausgefunden, wo Beatrice steckte. War auf dem Weg zu ihr gewesen und dem Täter ins Gehege gekommen.

Den Ausdruck mit dem zweiten Hinweis betrachtete er mit größerem Unbehagen. Es stimmte, was Stefan sagte: Der Vorname war wirklich häufig. So gesehen war er nicht hilfreicher als «Holz».

Florin schloss die Augen, konzentrierte sich. In Evelyns Tagebuch war er nirgendwo vorgekommen, ganz sicher nicht. Gut möglich, dass es einfach der Name war, mit dem der Entführer sich Beatrice vorgestellt hatte. Dann würde auch dieser Wink zu nichts führen.

Andererseits war es denkbar, dass sie sich auf jemanden bezog, der ihnen bereits bekannt war. Und dann fiel Florin nur eine einzige Person ein, die sie beide kannten und die diesen Namen trug.

Wieder griff er nach dem Telefon und rief Stefan an.

«Wir hatten vorhin den gleichen Gedanken, oder?»

«Ich schätze schon. Obwohl er irgendwie abwegig ist.»

«Trotzdem werden wir schauen, ob etwas dran sein könnte. Such drei Leute aus, die ihn im Auge behalten. Bis auf weiteres.»

«Geht klar.» Stefan klang kampflustig. «Wie sieht es mit Handyortung aus?»

Daran hatte Florin auch schon gedacht. «Das kriege ich bei keinem Richter durch. Nicht aufgrund eines einfachen Vornamens.»

Er behielt das Telefon gleich in der Hand und rief im Krankenhaus an. Um Achim Kaspary stand es unverändert.

35. Kapitel

Beatrice wartete. Auch wenn sie wusste, wie unvernünftig das war, wie albern. Die Chancen, dass ihr kleines Manöver Erfolg hatte, waren verschwindend gering. Erst musste die Nachricht zu Florin und den anderen gelangen, dann mussten sie die Hinweise entdecken und sie zu guter Letzt richtig deuten. Und selbst dann konnte noch unendlich viel schiefgehen.

Schon bisher war die Zeit hier im Dunkeln dahingekrochen, doch jetzt schien es, als würde sie stillstehen. Beatrice hatte die ganze Zeitung bereits durchgelesen, weil sie die Leere nicht mehr ertrug, innen wie außen. Bewegung würde ihr guttun, das wusste sie, aber sie konnte sich nicht einmal mehr dazu aufraffen aufzustehen. Sie hatte Angst, sie würde die verbotene Tür aufreißen, nur um Tageslicht zu sehen, und damit die Dinge einmal mehr verschlimmern.

Es war jetzt unerträglicher als zuvor. Zuvor hatte sie gewusst, dass niemand sie finden würde. Aber nun war es zumindest möglich. Sie hätte nie gedacht, dass Hoffnung so quälend sein konnte.

Jago hatte sich nicht mehr gemeldet, seit mindestens ... zehn Stunden? Jedenfalls schon lange nicht mehr. Auch der Platz vor der Essensklappe war leer geblieben.

Sie rollte sich auf der Matte zusammen, versuchte noch einmal, einzuschlafen, konzentrierte sich nur auf ihren Atem, driftete schließlich weg.

Aber ihr Schlaf war kurz und unruhig. Sie versuchte trotzdem, sich daran zu klammern, fand keine Position, in der sie das Liegen noch ertrug, und stand am Ende doch auf.

Auf dem Bildschirm des Notebooks wartete eine neue Botschaft von Jago auf sie.

Vorhin habe ich mir dein Foto noch einmal angesehen. Genauer. Das war ein netter Versuch, Hase. Dumm nur, dass er vergebens war. Niemand wird deine Nachricht erhalten, und es wird auch keine neue mehr geben. Leb wohl.

Ihr wurde mit einem Schlag übel. Dann hatte sie es also doch nicht geschickt genug angestellt, Jago hatte ihren Trick durchschaut. Alles war umsonst gewesen.

Aber noch schlimmer war dieses «Leb wohl», das einen so deutlichen Schlusspunkt setzte. Der Kampf um ihr Leben war vorbei, und sie hatte verloren.

Es tut mir leid, schrieb sie und traf kaum die Tasten, weil ihre Hände so sehr zitterten. Lass uns bitte weiter miteinander sprechen. Diesmal ohne Tricks.

Natürlich war das erbärmlich, aber um Stolz ging es hier schon lange nicht mehr, und vielleicht fand er ja Gefallen daran, sie betteln zu sehen. Dann würde sie das tun. Alles, was ihr Zeit verschaffte, war gut und richtig.

Sie wartete. Erhoffte und fürchtete die Antwort gleichermaßen. Dann kam sie, wortlos und fürchterlich.

Der Bildschirm wurde schwarz.

Beatrice konnte die Panikattacke heranrollen fühlen wie eine Welle, unaufhaltsam. Herzrasen, Atemnot. Jetzt herrschte absolute Dunkelheit in ihrem Gefängnis, und sie hätte nicht gedacht, dass eine so kleine Lichtquelle einen so riesigen Unterschied machen konnte.

Ihr Herz stolperte, überschlug sich. Sie ließ sich zu Boden gleiten, ertastete die Isomatte, versuchte, sich abzulenken. Mit einer

Melodie, einer schönen Erinnerung … doch es klappte nicht, diesmal war die Angst zu stark.

Vielleicht würde Jago sich die Finger überhaupt nicht schmutzig machen müssen. Beatrice würde einfach hier liegen und an Herzversagen sterben. Wenn das nicht lächerlich war!

Aber zumindest würde es gleich jetzt geschehen, und zwar schnell. Sie schloss die Augen, öffnete sie wieder. Kein Unterschied.

An Aufstehen, an Kämpfen war im Moment nicht zu denken, also blieb sie einfach liegen. Sie ließ die Welle in all ihrer Wucht über sich hinwegrollen, bis sie sich gelegt hatte, und war danach wie immer erstaunt, dass sie noch lebte.

Der Bildschirm war immer noch schwarz, von draußen waren keinerlei Geräusche zu hören. Ebenso gut hätte die Welt aufgehört haben zu existieren, sie hätte den Unterschied nicht bemerkt. Aber jetzt hatte sie nichts mehr zu verlieren. Jagos Lebewohl war gleichzeitig ein Startschuss gewesen, das wurde ihr allmählich klar.

Sie kam auf die Beine, langsam, denn noch fühlte sie sich schwindelig, und die Dunkelheit machte es nicht besser. Als Erstes ging sie zur Essensklappe, hämmerte mit der Faust dagegen. Hier zumindest war die Wand nicht massiv, und ihre Schläge machten einen Höllenlärm.

Nach einer halben Minute hielt sie inne und lauschte, das Ohr an die Klappe gepresst. Nichts. Also gut. Dann würde sie sich jetzt der Tür widmen.

Halb und halb hatte sie damit gerechnet, dass sie abgeschlossen sein würde, doch das war nicht der Fall. Beatrice drückte sie auf, und Licht fiel herein, kostbares, wunderbares Licht.

Einen Moment lang blieb sie stehen und wischte sich über die tränenden Augen. Ein Sonnenstrahl traf das schmutzige Glas des Oberlichts. Obwohl Beatrice tief im Inneren wusste, dass es vergebens sein würde, versuchte sie ihr Glück auch bei der Außentür. Natürlich war sie versperrt, was auch sonst, Jago würde sie nicht laufen lassen. Ob sie ihn korrekt identifiziert hatte? Er hatte die Manipulation an der Zeitung bemerkt – war er deshalb so hart in seiner Konsequenz gewesen? Weil sie ins Schwarze getroffen hatte?

Egal, zumindest im Moment. Ihre Leute würden das Bild nicht zu Gesicht bekommen, und wenn sie noch so recht hatte. Sie war auf sich allein gestellt.

Das Wasser am Waschbecken im Vorraum lief. Beatrice drehte den Hahn auf und trank, bis sie nicht mehr konnte, dann wusch sie sich das Gesicht, die Hände, die Unterarme. Um sich auszuziehen und den ganzen Körper zu waschen war es zu kühl, und sie hatte nichts, womit sie sich abtrocknen konnte. Vielleicht würde sie es trotzdem tun. Später. Im Licht aus dem Vorraum schälten sich erkennbare Umrisse aus dem Dunkel der Halle. Beatrice öffnete die Tür, so weit es ging. Links war die vom Vorhang abgetrennte Ecke mit der Toilette zu erahnen. Ziemlich in der Mitte des Raums stand das Tischchen mit dem nutzlos gewordenen Notebook, davor lag ihre Isomatte.

Ansonsten war die Halle leer. Beatrice schritt sie langsam und aufmerksam ab. Sie hatte auf alte Regale gehofft, vielleicht auf eine Leiter, zurückgebliebenes Werkzeug, irgendetwas – aber es war klar gewesen, dass Jago im Zuge seiner Vorbereitungen alles Brauchbare entfernt haben musste. Auch wenn er, wie sich jetzt bei Licht herausstellte, die Toilette nicht selbst eingebaut hatte. Sie war alt und lädiert. Früher musste sie mit Kunststoffwänden abgetrennt worden sein, wie das bei billigen öffentlichen Toiletten häufig der Fall war. Die Verankerungen im Boden waren noch zu sehen.

Wenn hier früher Holz gelagert worden war, musste es eine Zufahrt in die Halle gegeben haben. Ein Tor, das groß genug war, um einen LKW passieren lassen zu können. Wieder ging sie die Wände ab, und schließlich fand sie es, an einer der Schmalseiten. Obwohl an dieser Stelle der Halle nach wie vor fast völlige Dunkelheit herrschte, erkannte sie den Unterschied in der Beschaffenheit der Wand. Vermutlich konnte man das Tor hochziehen und so weit absenken, dass es zehn oder zwanzig Zentimeter im Boden verschwand. Sie bückte sich, befühlte die Kante. Die Wand hätte ebenso gut massiv gemauert sein können, sie fühlte sich beim Dagegenschlagen auch so an, rührte sich kein Stück.

Hier würde sie nicht rauskommen. Blieb die Tür im Vorraum, die sie aufbrechen konnte, wenn sie etwas fand, das sich als Werkzeug verwenden ließe. Oder – sie versuchte durch das Oberlicht zu fliehen. Wenn sie es irgendwie schaffte, die Scheibe einzuschlagen.

Allerdings war die Öffnung dann immer noch sehr schmal. Kaum höher als dreißig Zentimeter. Bekam sie da überhaupt den Kopf durch? Und wenn dann noch Splitter aus dem Rahmen ragten –

Beatrice stellte das Notebook auf den Boden und trug das Tischchen in den Vorraum. Es war ein bisschen wackelig, aber stabil genug, um sie zu tragen. Von hier konnte sie durch das Oberlicht nach draußen spähen und sah – Wald. Ein unbefestigter Forstweg führte zwischen den Bäumen hindurch, direkt vor ihrem Gefängnis war nichts als schlammiger Boden und ein paar übrig gebliebene Schneeflecken.

Wenn sie hier rauskam, würde sie dem Weg folgen können, bis zum nächsten Haus, das sicherlich ein paar Kilometer entfernt lag. Jago war nicht dumm, er würde sie nicht einen Steinwurf weit von der nächsten Siedlung einkerkern.

Und er würde sie auch nicht einfach hier zurücklassen, das war ihr jetzt klar. Sie hatte Wasser, sie konnte eine oder zwei Wochen durchhalten, ohne zu verhungern. Das war eine lange, gefährliche Zeit, in der viel zu Jagos Ungunsten passieren konnte.

Die einzige Frage, die sich stellte, war, wie bald er hier auftauchen würde. Ob er sie im Schlaf überraschen und ihr schnell die Kehle durchschneiden würde oder ob er sich etwas anderes einfallen ließ.

Die Vorstellung, dass sie dann schon fort war, in Sicherheit, und er hier allein vor den Trümmern seines Plans stehen würde, war berauschend.

Sie befühlte die Scheibe des Oberlichts, brachte ihr Gesicht ganz nahe daran. Es war dickes Glas, mindestens zwei Zentimeter stark. Das würde sich nicht so leicht einschlagen lassen.

Aber aus dem Rahmen hebeln vielleicht? Beatrice stieg von ihrem Tisch und machte sich noch einmal daran, die Halle zu durchsuchen. Sie würde jede Minute nutzen, die ihr blieb.

36. Kapitel

Er verhält sich vollkommen unauffällig.» Stefans Haar stand wirr nach allen Seiten. Er schüttelte den Kopf, was die Sache nicht besser machte. «Wir hatten ihn die letzten vierundzwanzig Stunden durchgängig im Blick, und sein Tagesablauf war völlig unauffällig. Keine Ausflüge in abgelegene Gebiete, nichts.» Er blickte betreten zur Seite. «Vielleicht irrst du dich, und Bea meint jemand völlig anderen. Dann wird es ziemlich peinlich, wenn rauskommt, was wir da abziehen.»

Florin hatte in der vergangenen Nacht kaum geschlafen. Sein Kopf schmerzte, obwohl er im Laufe des Vormittags schon zwei Ibuprofen geschluckt hatte. «Deshalb hängen wir es ja auch nicht an die große Glocke. Lass uns noch einen Tag weitermachen. Überleg doch, Stefan, allein der Gedanke, dass er uns zu Bea führen könnte!»

«Ja. Sicher.» Stefan fuhr sich ein weiteres Mal durchs Haar. «Wir lassen noch nicht locker. Aber wir sollten unsere Hoffnungen nicht zu hochschrauben.» Nun sah er Florin direkt in die Augen. «Vor allem du nicht.»

«Ich weiß. Wie sieht es mit dem Waldstück aus, in dem Achim gefunden wurde?»

Stefans Mundwinkel sackten ein Stück tiefer. «Nichts. Es gibt auf der anderen Seite des Waldes eine kleine Siedlung, ungefähr fünf Kilometer entfernt, die Häuser sind alle bewohnt, wir haben die Besitzer befragt. Laut Grundbuch gibt es in diesem Waldstück keine Gebäude, nicht einmal eine Hütte. Nur ein paar Hochstände. Wir haben auch mit dem zuständigen Förster gesprochen, der uns das bestätigt hat. An den Wochenenden laufen dort Spaziergänger herum, sonst ist es meistens menschenleer. Sagt er.»

Noch eine Sackgasse. «Und keine Hinweise von irgendjemandem? Keiner, der ein fremdes Auto auf dem Parkplatz gesehen hat, dort, wo auch Achims Wagen stand? Niemand, dem jemand in der Telefonzelle in Lehen aufgefallen ist? Herrgott, es benutzt doch heute keiner mehr ein öffentliches Telefon, das ist doch ungewöhnlich, das nimmt man doch wahr!»

Er war lauter geworden, als er beabsichtigt hatte. «Tut mir leid. Ich weiß bloß nicht mehr, wo wir noch ansetzen sollen. Es ist zum Irrewerden.» Florin hoffte auf eine von Stefans üblichen aufmunternden Bemerkungen, auf einen Scherz, egal wie schlecht, auf mehr Optimismus, als er selbst noch aufbringen konnte. Doch all das blieb aus.

«Ich auch nicht. Meine größten Hoffnungen setze ich darauf, dass Achim Kaspary aufwacht und uns erzählt, mit wem er sich getroffen und was er gesehen hat. Ist das nicht traurig?» Er schüttelte den Kopf und ging zur Tür. «Ich mache jetzt trotzdem weiter. Aufgeben kommt nicht in Frage.»

Vielleicht sollten sie das zu ihrem Wahlspruch machen. Wieder blieb Florins Blick an Beatrices Arbeitsplatz hängen. Ob sie schon aufgegeben hatte? Nur noch darauf wartete, dass es vorbei war, irgendwie?

Er wollte sich das nicht vorstellen, aber auf dem letzten Foto hatte sie unendlich mutlos gewirkt. Erschöpft. Geschlagen.

Und er war nicht imstande, sie da rauszuholen, und es half auch nichts, dass er sich dafür zutiefst hasste …

Fünf Minuten später klopfte die Staatsanwältin bei ihm an und belegte ihn den ganzen restlichen Nachmittag mit Beschlag. Die Art, in der sie Ergebnisse einforderte, war beinahe schon unverschämt. Oder empfand er das nur so, weil seine Belastbarkeit an ihre Grenzen stieß?

Zwei- oder dreimal vergriff er sich im Ton, was die Frau aber nicht zu irritieren schien – immerhin konnte sie also auch einstecken, nicht nur austeilen. Kurz vor halb fünf beendete er das Gespräch abrupt, es war höchste Zeit, Mina und Jakob abzuholen. «Tut mir leid, ich habe noch einen Termin außerhalb», log er. «Eine Zeugin. Nicht sehr vielversprechend, aber wer weiß.» Er schaltete den Computer aus, griff nach seiner Jacke und schob die Frau förmlich aus dem Büro. «Lassen Sie uns morgen weiterreden.»

Auf der Fahrt zur Schule gab er sich alle Mühe, seine Kräfte zu mobilisieren. *Es ist wichtig, dass Sie den Kindern Sicherheit vermitteln,* hatte Dr. Bendner-Grau ihm eingeschärft. Heute hatte er zum ersten Mal das Gefühl, das könnte zu viel verlangt sein.

Doch Mina und Jakob wirkten weit fröhlicher als am Vortag. Mina hatte eine gute Note geschrieben, und in Jakobs Klasse hatte ein Feuerwehrmann einen Vortrag gehalten. «Über Katastrophen!», rief er begeistert. «Das war echt spannend. Er hat uns Bilder gezeigt, und wir wissen jetzt, worauf man alles aufpassen muss.»

«Das ist ja großartig», sagte Florin dankbar. «Erklärst du es mir auch, wenn wir zu Hause sind?»

Wahrscheinlich hätte er Jakob keine größere Freude machen können. Den ganzen Abend lang dozierte er über Kerzen, die man nicht unbewacht lassen durfte, die Gefahren des Fensterputzens und die von Leitern ganz grundsätzlich.

Kurz nachdem sie fertig gegessen hatten, klingelte Florins Handy. Die Nummer auf dem Display war eine, die er nicht kannte.

«Hier spricht Schneider, wir haben gestern telefoniert, erinnern Sie sich? Ich bin Achim Kasparys Betriebsleiter.»

«Ja, natürlich erinnere ich mich. Haben Sie etwas Neues für mich?»

Der Mann lachte kurz auf. «Nichts Neues, eher etwas Altes. Kann sein, dass es überhaupt nichts bringt, aber Sie wollten ja etwas über stillgelegte Gebäude wissen. Die gibt es zwar nicht, aber vor vier Jahren hat Herr Kaspary drei Lagerhallen aufgegeben, die er gemietet hatte, und selbst welche errichten lassen, die näher am Werk liegen. Ich war damals noch nicht hier beschäftigt, aber ein Kollege, mit dem ich gerade auf ein Bier bin, hat es mir erzählt.» Er hielt inne, als wäre er verlegen. «Hilft Ihnen das?»

Wahrscheinlich wieder eine Sackgasse. Aber Florin würde nach jedem Strohhalm greifen. «Vielleicht. Können Sie mir die Adressen der Gebäude sagen?»

«Natürlich. Gleich morgen früh, wenn ich wieder im Büro bin. Der Kollege weiß es auch nur ungefähr, er hatte mit Lagerung nie zu tun.»

«Danke.» Wenigstens würden sie morgen beschäftigt sein und das Gefühl haben, dass sich eine neue Chance auftat. Bis sich herausstellen würde, dass die Hallen längst neu vermietet und in Verwendung waren.

Als Mina und Jakob schliefen, setzte Florin sich ins Wohnzimmer und tat, was er sich schon seit Tagen verboten hatte: Er sah sich die Fotos von Beatrice an, die er auf dem Handy gespeichert hatte. Es tat weh und gut zugleich, aber der Schmerz überwog. Dieses eine Bild, das er am Mönchsberg von ihr geschossen hatte, auf dem sie so unglaublich glücklich aussah …

Er hätte das Handy vor Schreck beinahe fallen lassen, als es zu klingeln begann, das Foto verschwand und stattdessen *Stefan* auf dem Display angezeigt wurde.

Wenn er sich um diese Zeit meldete, war etwas passiert. Vielleicht war es kein Zufall, dass Florin sich gerade jetzt dazu entschieden hatte, sich Bilder von Bea anzusehen, vielleicht war das jetzt der Anruf, der die Katastrophe endgültig machte …

Er schloss die Augen, als er das Gespräch annahm. «Was ist passiert?»

«Es hat sich eben einer der Kollegen gemeldet, die wir zum Beschatten geschickt haben.» Stefan klang angespannt, nur angespannt, zum Glück. «Sie haben ihn aus den Augen verloren.»

«Wie, aus den Augen verloren?»

«Er ist einkaufen gegangen, sie haben ihn bis zum Supermarkt im Auge gehabt, doch er ist nicht mehr rausgekommen. Oder sie haben nicht gut genug aufgepasst, keine Ahnung. Jedenfalls haben sie ihn verloren. Sie warten jetzt an seiner Adresse und melden sich sofort, wenn er nach Hause kommt.»

Vielleicht war es egal. Wahrscheinlich sogar, Florin zweifelte immer stärker daran, dass sie dem Richtigen folgten. Andererseits machte Stefans Nachricht ihn nervös. «Wenn sie dich anrufen, sag mir Bescheid, egal wie spät es ist.»

«Geht klar.»

37. Kapitel

Er kam mitten in der Nacht, wie sie befürchtet hatte. Beatrice hatte sich mit der Scheibe alle Mühe gegeben, dagegen gedrückt, versucht, mit den Fingernägeln die Fugenmasse herauszukratzen. Natürlich vergeblich. Dann hatte sie lange nur auf ihrem Tisch gestanden und nach draußen geschaut. Ins Freie, wo man einfach loslaufen konnte, in jede beliebige Richtung.

Erst als die Dämmerung anzubrechen begann, war sie zurück in die Halle gegangen. Sie hatte ihre Matte näher an die Tür zum Vorraum gelegt, dort würde das Licht des Morgens sie wecken. Und sie würde nicht überhören können, wenn jemand sich näherte. Wenn ein Schlüssel ins Schloss fuhr.

Doch dann war da ein Ruck an ihrem Arm gewesen, ein Stoß, der sie vom Rücken auf den Bauch drehte und sie aus dem Schlaf riss. Ihre Handgelenke wurden zusammengezurrt, danach ihre Beine.

Ihr Versuch, sich zu wehren, zu treten, kam zu spät. Wie hatte sie nur einschlafen können, obwohl sie geahnt hatte, dass sie nur noch eine Galgenfrist hatte?

Sie spannte die auf dem Rücken gefesselten Arme an. Es tat weh, wahrscheinlich hatte er Kabelbinder verwendet, die keinen Millimeter nachgaben.

Jetzt erst wurde ihr bewusst, dass zwar draußen noch Nacht, es in der Halle aber trotzdem nicht mehr stockdunkel war. Jago hatte Licht mitgebracht. Eine Taschenlampe, vermutete Beatrice, die jetzt neben ihm am Boden lag und die Wand auf der rechten Seite beleuchtete.

Der Schrecken, der vorhin Adrenalin durch ihre Adern gepumpt hatte, wich nun langsam kalter Angst. Es war so weit. Keine Lebenszeichen mehr, keine Dialoge über den Computer. In einigen Minuten oder vielleicht auch nur Sekunden würde alles vorbei sein.

Sie fragte sich, wie es sich anfühlen würde. Das Gefühl, trotz einer Schlinge um den Hals oder einem Messer in der Kehle nicht aufgeben zu wollen, sich ans Leben zu klammern, bis es einem unwiderruflich entglitt.

Er hatte noch kein Wort gesagt, sonst hätte sie gewusst, ob ihre Vermutung richtig gewesen war. Ob er wirklich der war, für den sie ihn hielt. Ein Mann, der Zugang zu Unterlagen hatte, die ansonsten vertraulich waren. Und der sie richtig zugeordnet hatte, auch wenn sie anonymisiert worden waren.

Sie versuchte, den Kopf zur Seite zu drehen und so weit anzuheben, dass sie ein Stück über die Schulter blicken konnte. Doch da war nur ein Umriss, ein Schatten gegen das schwache Licht der am Boden liegenden Taschenlampe.

Der erste Laut, den er von sich gab, war ein kurzes Auflachen. Dann nahm er sie an den Schultern, half ihr auf die Knie. Rückte die Taschenlampe zurecht und drehte Beatrice zu sich herum.

Sie nickte nur. Ja, sie hatte recht gehabt. Herausfordernd erwiderte sie den Blick seiner beinahe unnatürlich blauen Augen.

«Das war es jetzt leider, Hase», sagte er sanft und setzte sich ihr gegenüber, im Schneidersitz. «Ich hätte gern noch mehr Zeit mit dir verbracht, aber es wird zu eng für mich. Seit zwei Tagen kleben mir ein paar ungeschickte Kerle auf den Fersen, so auffällig, dass es fast bemitleidenswert ist.» Er schüttelte den Kopf. «Es gibt massenhaft Christians, so gesehen war deine Zeitungsnachricht mehr als vage, aber Wenninger scheint zu ahnen, dass du mich meinst. Wird ihm aber nichts nützen, fürchte ich.»

Beatrice antwortete nicht, starrte ihn nur an. Es waren gute

Nachrichten, die er ihr brachte: Offenbar hatte er das Foto von ihr mit der Zeitung doch weitergeleitet und ihre Manipulation erst danach bemerkt. Seine Nachricht an sie war also nur ein Bluff gewesen.

Wenn Florin einen Verdacht hatte, würde er nicht lockerlassen. Dann war er vielleicht schon auf dem Weg hierher. Trotzdem musste Vasinski sich sehr sicher fühlen. Er trug nicht einmal Handschuhe.

«Woher wusstest du es? Dass ich es bin?» Diese Stimme, freundlich und einfühlsam. Als würde er versuchen, ihr zu helfen, sich mit ihr zu verbünden. Was für ein Hohn.

«Ich habe Sie bei Ihrem Fragespielchen kein einziges Mal belogen», erwiderte sie. «Trotzdem waren Sie überzeugt davon, den wahren Grund für meine Trennung von Achim zu kennen. Ich habe Ihnen einen anderen, falschen, serviert, und Sie haben ihn akzeptiert. Es war der gleiche Grund, den ich vor Jahren meiner Therapeutin genannt habe, weil ich nicht wollte, dass sie mich für karrieregeil hält.» Beatrice lächelte. «Tja. Und da wusste ich, dass Jago Zugriff auf meine Therapieunterlagen gehabt haben musste. Und mir fiel jemand ein, der mir erzählt hatte, er würde für eine Studie zur Posttraumatischen Belastungsstörung unzählige Krankengeschichten und Therapieprotokolle lesen.»

«So schade um dich, Hase», murmelte Vasinski. «Du bist wirklich klug. Davon war Evelyn übrigens ebenso überzeugt wie ich. Ich habe das Tagebuch in den letzten Tagen natürlich auch gelesen – mach dir nicht zu viel aus dem, was da drin steht. Sie mochte dich trotzdem. Schon deshalb, weil du ihr nie das Rampenlicht streitig machen wolltest.»

Sie starrte ihn an, versuchte hinter diese freundlich-verbindliche Fassade zu blicken. Versuchte das Monster dahinter zu sehen. «Sie waren mit ihr zusammen. Warum haben Sie sie umgebracht, und das auf so grausame Weise? Wie konnten Sie …»

«Neugier», unterbrach sie Vasinski. «Nicht auf das Schlachtfest an sich, sondern auf ihre Reaktion. Sie war sehr stark, unsere Evelyn, und hat nie Angst gezeigt. Am Ende dann aber schon. Weißt du, sie hat mir einige Male gesagt, sie wisse gar nicht, was in ihrem Leben noch kommen sollte. Sie hätte doch schon alles erlebt.» Er hob die Schultern. «Das stimmte natürlich nicht. Wie ich ihr dann bewiesen habe.»

Sie erinnerte sich an diesen Spruch, den hatte Evelyn gern von sich gegeben, und Beatrice hatte ihn jedes Mal albern gefunden. «Du hast noch kein Kind», hatte sie widersprochen. «Bist nicht verheiratet, warst noch nicht als Anwältin bei Gericht. Von wegen, alles erlebt!»

Evelyn hatte mit den Schultern gezuckt. «Kinkerlitzchen», hatte sie verächtlich gesagt.

Was Vasinski ihr als abschließendes Erlebnis geboten hatte, war dann allerdings kein Kinkerlitzchen gewesen.

«Du hast mich damals sehr interessiert», sagte er fast zärtlich. «Wir sind uns nie begegnet, aber ich habe dich aus der Entfernung beobachtet und den Kontrast zu Evelyn unendlich reizvoll gefunden. Ich hätte dich sehr gern kennengelernt, aber das ging natürlich nicht. Vor allem nicht mehr, nachdem Evelyn tot war, obwohl ich gerade da fasziniert von jeder deiner Regungen war. Von der Konsequenz, mit der du David weggestoßen hast – ich habe damals eines eurer Gespräche mitgehört. Ich war euch gefolgt, in ein Kaffeehaus, und saß am Nebentisch, mit dem Rücken zu dir.» Er legte den Kopf schief. «Aber mir war klar, dass ich mich auf dünnem Eis bewegte. Vielleicht hatte ja doch einer von euch mich irgendwann zufällig zu Gesicht bekommen, und sei es nur von hinten. Ich war so vorsichtig in Evelyns letzten Stunden, ich wollte meinen Erfolg nicht nachträglich ruinieren. Aber lange Zeit habe ich mir überlegt, ob ich nicht einen zweiten Akt anfügen sollte. Mit dir.»

Beatrice schwieg. Sah ihn nur an. Jetzt hatte Vasinski Gelegenheit für seinen zweiten Akt, so viele Jahre später.

«Vielleicht kannst du dir vorstellen, wie überrascht ich war, als du vor einigen Monaten vor mir standst, in der Klinik. Mit neuem Nachnamen und einem Beruf, an den ich im Zusammenhang mit dir nie gedacht hätte. Polizistin!» Er streichelte ihr über die Wange, sie zuckte zurück. «Das war mein Werk, keine Frage. Ich habe während eurer Ermittlungsarbeiten in der Psychiatrie versucht, dir die Gründe für deine Berufsentscheidung zu entlocken, weißt du noch? Aber du hast sie mir nicht verraten.»

Sie erinnerte sich tatsächlich daran. Dass sie Vasinskis Frage unpassend gefunden hatte. Überhaupt war er damals lange Zeit ihr Hauptverdächtiger gewesen, wenn das kein guter Witz war! Doch mit den Morden in der Klinik hatte er nichts zu tun gehabt.

Dafür jetzt umso mehr. Jemanden, den sie schon einmal verdächtigt hatte, nur um schließlich seine Unschuld zur Kenntnis nehmen zu müssen, noch einmal zu verdächtigen, war ihr nicht ansatzweise in den Sinn gekommen.

«Warum ausgerechnet Menschen umbringen, die ich nicht leiden konnte?», fragte sie. «Und dann auch noch Hinweise legen – wozu?»

Er überlegte kurz. «Es gefällt mir, wenn Kreise sich schließen. Ich wollte, dass du den Zusammenhang zwischen damals und heute siehst. Ich wollte dich begreifen lassen, dass die aktuellen Geschehnisse eine Fortsetzung sind.» Wieder streichelte er sie, diesmal am Oberarm. «Und ich sagte doch, ich mochte dich. Warum also nicht Menschen beiseiteschaffen, die dir unangenehm waren? Du hast deiner Therapeutin sehr ausführlich von ihnen erzählt, und ich wollte sehen, wie du reagierst, wenn sie beseitigt werden. Froh? Schuldbewusst? Ängstlich? Ich dachte, vielleicht bist du mir insgeheim sogar dankbar. Warst du das?»

Beatrice versuchte, sich nicht zu deutlich vor Augen zu führen, dass Vasinskis Opfer noch leben würden, wenn sie nicht das Unglück gehabt hätten, ihr über den Weg zu laufen. Und ihr unsympathisch zu sein.

«Nein. Keine Spur», flüsterte sie. «Als Psychiater hätten Sie das eigentlich sehen müssen. Im Unterschied zu Ihnen habe ich keine dissoziale Persönlichkeitsstörung. Ich kann gelegentlich sogar mit Menschen fühlen, die ich für Arschlöcher halte.»

Er zuckte mit den Schultern, sichtlich amüsiert. «Ich wollte es gern mit eigenen Augen sehen. Du kannst dir nicht vorstellen, wie hartnäckig ich Peter Kossar umgarnen musste, damit er endlich auf die Idee kam, mich als seine Vertretung während des USA-Aufenthalts vorzuschlagen.» Er beugte sich ein Stück zu Beatrice. «Seit dem Tag, als du ins Klinikum Nord spaziert bist und den toten Max Schlager inspiziert hast, hat sich die Idee in mir festgesetzt, Beatrice Lang doch noch studieren zu können. Und es war mir ein Vergnügen, auch wenn ich wünschte, es hätte etwas länger gedauert. Die besten Dinge lagen noch vor uns, weißt du?»

Sie ignorierte seine Frage. Stellte ihm stattdessen selbst eine. «Wie viele Morde gehen noch auf Ihr Konto? Von Evelyn mal abgesehen. Wallner, Martinek, Hoffmann, Achim –»

Vasinski verzog bedauernd den Mund. «Da muss ich dich korrigieren. Dein Ex-Mann scheint noch am Leben zu sein. Ausgerechnet. Auf ihn hatte ich mich am meisten gefreut. Weißt du, wie ich ihn zum Wald gelockt habe? Ich habe ihn angerufen und ihm weisgemacht, dass du nicht entführt wurdest, sondern bei Ermittlungsarbeiten auf eigene Faust im Wald einen Hang runtergestürzt wärst und dein Handy verloren hättest. Ich hätte dich gefunden, du hast mich gebeten, ihn anzurufen. Dass du meiner Angabe nach verletzt warst, hat ihn überhaupt nicht interessiert. *Sieht ihr ähnlich, der blöden Kuh,* hat er gesagt. Und sich nicht im Mindesten darüber gewundert, dass du ihn angeblich darum bitten würdest, dich abzuholen und ins Krankenhaus zu fahren.»

Wie widerlich das alles war. Trotzdem klammerte sich Beatrice an die einzig wichtige Information aus Vasinskis Monolog. «Achim ist nicht tot?»

«Noch nicht. Aber das kann sich jede Minute ändern. Und falls er wirklich wieder zu sich kommt, wird er Gemüse sein. Ein Pflegefall.» Er beugte sich vor. «Aber du wirst ihn nicht pflegen müssen.»

Sie hörte die Drohung in diesem Satz. Jetzt war es also so weit. Trotz ihrer Fesseln rutschte sie ein Stück von ihm weg, als ob sie sich damit in Sicherheit bringen könnte.

Er nahm es amüsiert zur Kenntnis. «Keine Sorge. Ich werde es nicht sein, der dich tötet. Nicht direkt.»

Beatrice lachte auf. «Ich verstehe. Sie bevorzugen die Variante verhungern lassen. Merkwürdig, bisher hatten Sie doch nie Probleme damit, sich die Finger schmutzig zu machen.»

Er stand auf, gemächlich. «Oh, ich fürchte, ein bisschen schmutzig mache ich sie mir gleich. Aber nicht mit deinem Blut.»

Die Taschenlampe in der Hand, ging er in den Vorraum. Blieb dort fünf Minuten, zehn. Dann roch Beatrice es und riss gegen alle Vernunft an ihren Fesseln.

Benzin. Das also war der Plan. Er würde den Schuppen hier anstecken und sich aus dem Staub machen. Und sie würde hoffentlich ersticken, bevor sie verbrannte.

Er kam jetzt wieder herein, einen Kanister in der Hand. Legte eine nasse Spur durch die Halle, tränkte die Wände, die Stützpfeiler, blickte hoch zum Dach und schüttelte bedauernd den Kopf. «Ganz nach oben komme ich nicht hin, aber es wird auch so gehen», sagte er und holte einen weiteren Kanister.

«Wenn ich fertig bin, werde ich dich wieder allein lassen», erzählte er, als er wiederkam, und schüttete Benzin auf den Vorhang, der die Toilette abschirmte. «Möglich, dass es nie zu brennen beginnt, dass du dich von selbst befreien kannst … aber das ist unwahrscheinlich, nicht wahr?» Er schüttelte den Kanister, um festzustellen, wieviel Flüssigkeit noch darin war. «Aber wenn jemand mit dem Auto den Weg hierher fahren sollte, wird er über einen unauffälligen, dünnen Draht, der dort liegt, einen Funkzünder betätigen. Und dann wird es warm hier.»

«Wahrscheinlicher ist, dass alles sofort in die Luft fliegt», gab Beatrice zurück. Es kostete sie ihre ganze Kraft, noch vollständige Sätze zu formulieren und sich nicht einfach verzweifelt in eine Ecke zu drücken.

«Wäre theoretisch möglich», erwiderte Vasinski nachdenklich. «Allerdings gibt es gerade im Vorraum Spalten und Ritzen in der Wand, durch die das Gas abziehen kann ... und ich weiß wirklich nicht, wie dicht das Dach ist. Ich hatte die Heizung die ganze Zeit über auf volle Kraft gedreht, aber so richtig warm ist es hier drin nicht geworden, oder?» Er blickte nach oben. «Ich habe sie schon vorhin bei meiner Ankunft abgeschaltet. Die Heizung funktioniert über Dunkelstrahler. Die Rohre werden sehr heiß, und ich möchte wirklich nicht, dass sie vor der Zeit etwas auslösen.»

Also würde es wohl bald sehr kalt werden. Wenn die Außentemperaturen noch einmal in den Minusbereich fielen, würde Beatrice vielleicht erfrieren, bevor sie verhungerte. Oder verbrannte.

«Andererseits kenne ich mich mit Brandbeschleunigern nicht so richtig gut aus», fuhr Vasinski vergnügt fort. «Kann also sein, dass du alles sehr schnell hinter dir hast. Vorausgesetzt, dein Liebhaber und seine Freunde finden heraus, wo du steckst. Wäre das nicht spannend? Wenn er es ist, der den entscheidenden Funken zündet? Wenn er anschließend psychologischen Rat sucht, werde ich ihm gern behilflich sein.» Vasinski drehte den Kanister um, als wolle er keinen Tropfen vergeuden. «Vielleicht verirrt sich aber auch bloß ein Bauer mit dem Traktor hierher. Ich lese es dann im Internet, vermutlich in Barcelona. Dort ist ab morgen ein Psychiatriekongress, und ich fliege hin.»

Er verschloss den Kanister sorgfältig und leuchtete mit der Taschenlampe einmal rundum. «Ein paar der Dinge hier sollten gut brennen. Ein Teil des Bodens im hinteren Teil der Halle ist geteert, und die Wände sind mit Styropor gedämmt. Aber du wirst es dann ja sehen. Oder … eben nicht.»

Er brachte den Kanister nach draußen, kam dann noch einmal zurück und klemmte sich das Notebook unter den Arm. «Leb wohl, Hase.» Er beugte sich zu ihr hinunter und drückte ihr einen Kuss auf den Scheitel. «Es war schön mit dir.»

«Machen Sie mir wenigstens die Fesseln ab, bitte», rief sie ihm nach. «Sie schneiden ein, ich spüre meine Hände kaum noch.»

Er war schon in der Tür, drehte sich aber noch einmal um und hob bedauernd die Arme. «Nein, tut mir leid. Ich weiß, dass du clever bist. Zu clever, das riskiere ich nicht.»

Damit verschwand er aus Beatrices Sichtfeld. Sie hörte, wie die Außentür geöffnet und geschlossen wurde. Dann noch ein metallisches Geräusch, aber nicht von einem Schlüssel, sondern von einem Riegel.

Gut, dass sie sich die Mühe mit dem Schloss gespart hatte.

Es war nun völlig dunkel. Beatrice hielt still und lauschte, aber es war kein startender Motor zu hören. Natürlich nicht. Vasinskis Wagen stand sicherlich ein ganzes Stück weit entfernt. Jenseits des Drahts.

Sie schlief nicht mehr in dieser Nacht, die ohnehin wohl bald in einen grauen Morgen übergehen würde. Stattdessen versuchte sie, rollend und rutschend in den Vorraum zu gelangen. Auf der Suche nach einem Werkzeug, mit dem sie die Oberlichte zerstören konnte, war sie auf ein aus der Wand ragendes Metallteil gestoßen, knapp neben dem Waschbecken. Vielleicht Teil einer ehemaligen Halterung.

Als sie angekommen war, war ihre Kleidung durchtränkt mit Benzin. Auf die Beine zu kommen war ein mühevoller Kraftakt, im Dunkeln das Metallteil zu finden ein Geduldsspiel.

Doch dann hatte sie es. Sie suchte und fand eine Position, in der sie den Kabelbinder an einer leider nicht allzu scharfen Kante reiben konnte.

Mehrmals rutschte sie ab und ritzte sich die Daumenballen. Die halb gebückte Haltung, die nötig war, um das Metallstück an die richtige Position zu bringen, ließ bald ihre Muskeln verkrampfen, aber sie hörte nicht auf.

Draußen begann es bereits hell zu werden, Dämmerlicht fiel durch die schmale Scheibe über der Tür und schälte Beatrices trostlose Umgebung aus der Finsternis, als es einen Ruck gab und ihre Hände plötzlich frei waren.

Beatrice stieß einen Triumphschrei aus und versuchte, die Finger zu bewegen, was erst nach ein paar Minuten gelang. Ein paar weitere Minuten später begann sie, sich mit den Fesseln um die Fußknöchel abzumühen. Tatsächlich schaffte sie es, den Kabelbinder so weit zu lockern, dass er sich abstreifen ließ.

Sie ging zur Tür, presste das Ohr dagegen. Nichts. Also würde sie sich jetzt auf die Suche nach dem Zünder machen.

Doch sie fand ihn nicht. Weder am Boden, noch an den Wänden, noch der Decke. Allerdings verlief die Benzinspur bis zur Tür – vermutlich hatte Vasinski ihn außen angebracht.

Mutlos lehnte Beatrice sich gegen die Wand. Wenn ihr jetzt nichts mehr weiter blieb als abzuwarten, würde sie verrückt werden. Also musste sie sich beschäftigt halten.

Sie streifte ihre benzindurchnässte Kleidung ab und drehte das Wasser am Waschbecken an. Wusch sich, so gut es ohne Seife eben ging, um das Benzin von ihrem Körper zu bekommen.

Dann ging sie in die Halle zurück und trocknete sich mit der Decke ab. Im Raum war es wirklich kälter geworden.

In die Decke gewickelt kehrte sie in den Vorraum zurück.

Da gab es immerhin Wasser. Und man hörte viel besser, was draußen geschah. Wenn Beatrice das Ohr an die Metalltür hielt, hörte sie sogar das Zwitschern der Vögel.

Sie saß lange so da und grübelte, in ihre Decke eingehüllt. Plötzlich sprang sie auf: Die Idee war so naheliegend, dass sie nicht begriff, warum sie sie nicht schon früher gehabt hatte. Vielleicht erhöhte sie ihre Überlebenschancen damit wenigstens ein bisschen.

Bevor sie begann, sah sie sich noch einmal um. Der Polizistin in ihr widerstrebte es, mögliche Beweismittel zu beschädigen oder zu vernichten, und tatsächlich fand sie etwas, das aufbewahrenswert war. Hob es auf und steckte es in ihren BH.

Dann griff sie nach dem Shirt, das sie ausgezogen hatte, stopfte es in den Abfluss des Waschbeckens und drehte den Hahn auf, so weit es ging. Binnen kurzer Zeit lief das Wasser über den Rand, auf den Boden, breitete sich aus.

Das Benzin würde sich oben absetzen, das wusste Beatrice. Wenn sie es dann schaffte, es gemeinsam mit dem Wasser durch die Zwischentür in die Halle zu kehren, und sei es mit den bloßen Händen, würde sie dann die Brandgefahr im Vorraum reduzieren?

Sie wusste es nicht, sie hatte keine Ahnung von Chemie.

Aber schaden würde es vermutlich nicht.

Sie holte die Isomatte aus der Halle, verwendete sie wie einen großen Abzieher, und drängte das Wasser so gut es ging aus dem Vorraum. Zwischendurch spritzte sie die Wände nass, schaufelte Wasser überall dahin, wo sie Benzinspuren sah oder vermutete. Wenn es nichts half, so beschäftigte es sie zumindest. Und warm wurde ihr auch, stellte sie grimmig fest.

Und dann, aus weiter Entfernung, hörte sie zu ihrem Entsetzen das Brummen eines Motors.

38. Kapitel

Betriebsleiter Schneider hielt Wort – er meldete sich am nächsten Morgen kurz nach acht Uhr. «Ich habe Ihnen die Standorte und die Eigentümer der drei Hallen herausgesucht, am besten schicke ich Ihnen alle Informationen per Mail.» Florin gab ihm die Adresse, wenige Minuten später hatte er die Daten und hängte sich ans Telefon.

Sein erster Anruf erwies sich sofort als Sackgasse. Die Halle war längst wieder vermietet, sie war umgebaut und modernisiert worden, dort gingen täglich Leute ein und aus.

Die beiden anderen Hallen standen derzeit leer. Eine sollte demnächst abgerissen werden, die andere suchte seit zwei Jahren einen Mieter. «Haben Sie Interesse?», erkundigte sich der Besitzer hoffnungsvoll.

Florin überprüfte auf der Karte die Lage der beiden leerstehenden Gebäude. Das erste befand sich bei Bergheim und war locker in ein Industriegelände eingebunden, das zweite war verhältnismäßig klein und stand an einem Waldrand nahe Straßwalchen. Kein Wunder, dass niemand es mieten wollte, hier konnte man sinnvollerweise nur Holz lagern, das im gleichen Wald geschlagen worden war. Für alles andere lag es viel zu weit weg.

Wenn eine der Hallen ein Treffer war, dann diese. Florin griff nach dem Telefon. «Stefan? Wir fahren nach Straßwalchen. Wieder nur eine sehr dünne Hoffnung, aber einen Versuch wert.»

Zehn Minuten später saßen sie im Wagen. Der Tag schien ein wenig freundlicher zu werden als die letzten, immer wieder lugte sekundenweise die Sonne zwischen den Wolken hervor. Florin war froh darüber, rauszukommen, eine weitere Sitzung mit der Staatsanwältin hätte er heute nicht durchgestanden.

«Unsere Leute haben Vasinski wieder im Blick», sagte Stefan gähnend. «Er war sehr früh an der Klinik und ist seitdem dort. Aber – und das ist vielleicht interessant – er hat einen Koffer im Auto.»

Für einen Moment nahm Florin den Blick von der Straße. «Einen Koffer? Okay, sobald wir diese Halle gecheckt haben, fahren wir zur Klinik und unterhalten uns ein bisschen mit ihm.»

«Wie du meinst.» Stefan ließ das Seitenfenster ein Stück nach unten, fuhr es aber sofort wieder hoch, als eiskalte Luft hereinströmte. «Nur können wir ihn überhaupt nicht daran hindern, abzuhauen. Nicht aufgrund eines simplen Schnipsels mit einem sehr normalen Vornamen.»

«Ich weiß.» Florin fühlte wieder den vertrauten Druck auf der Brust. Wenn an ihrem Verdacht Vasinski gegenüber etwas dran war und wenn er jetzt plante, wegzufahren … dann würde er sich nicht mehr um sein Entführungsopfer kümmern können.

Und vielleicht musste er das auch gar nicht mehr.

Unwillkürlich trat Florin fester aufs Gas. «Kannst du bitte herausfinden, ob er sich bei jemandem aus dem Team abgemeldet hat? Immerhin arbeitet er mit uns zusammen und muss uns informieren, wenn er verreist.» Stefan zog sein Handy aus der Hosentasche und rief Bechner an.

«Du wirst es nicht glauben», erklärte er nach dem kurzen Gespräch, «aber Vasinski hat sich tatsächlich schon vor zwei Tagen abgemeldet, er fliegt nach Barcelona auf einen Kongress. In vier Tagen wird er wieder hier sein.»

«Und das sagt uns keiner?» Florin schlug mit der flachen Hand aufs Lenkrad. «Bechner kann sich auf etwas gefasst machen.»

Er bog kurz vor Straßwalchen auf eine Nebenstraße ein und folgte dem Navigationsgerät durch einige kleine Dörfer. Es war friedlich hier und fast menschenleer. Zu dieser Zeit waren die Bewohner bei der Arbeit und die Kinder in der Schule.

Schließlich gelangten sie auf eine einspurige, schlecht befestigte Straße und bogen kurz darauf in einen unasphaltierten Weg ein, der in den Wald führte und wohl hauptsächlich von Traktoren befahren wurde.

«Echt Glück, dass kein Schnee mehr liegt», stellte Stefan fest. «Dann bräuchten wir einen Jeep.»

Vermutlich war auch diese Straße ein Grund dafür, dass Achim die Halle aufgegeben hatte. Hier mit LKW entlangfahren zu müssen, konnte kein Vergnügen gewesen sein.

Die hohen Fichten rechts und links der Fahrbahn verdunkelten den Tag. Weit konnte es nicht mehr sein. An einer schlammigen Stelle rutschte der Wagen ein wenig, und dann, hinter der nächsten Kurve, konnte Florin es grau-weiß zwischen den Bäumen hindurch schimmern sehen. Die Halle.

Er wies nach vorne. «Das muss sie – »

Ein Knall unterbrach ihn, eine orangefarbene Stichflamme verdeckte plötzlich das schmutzige Weiß der Mauer.

«Verdammt!» Florin trat aufs Gas, die Reifen drehten durch, fanden dann doch noch Halt, und das Auto schoss auf das Gebäude zu, dessen rechter Teil bereits in Flammen stand.

«Stefan, ruf die Feuerwehr.» Er bremste den Wagen knapp hundert Meter von der Halle entfernt, sprang hinaus und rannte los. Mit jedem Schritt wurde die Hitze sengender, dunkler Rauch quoll aus den Spalten, die die Explosion in die Mauern gerissen hatte, doch das Gebäude stand noch, nichts war eingestürzt.

Im Rennen suchte er nach einem Eingang, hoffte, dass er nicht auf der entgegengesetzten Seite lag, doch dann sah er ihn. Eine Metalltür, graublau, mit einem metallenen Riegel gesichert.

Florin riss sich die Jacke vom Körper, packte damit den Riegel, der sich sogar durch den Stoff heiß anfühlte, und schob ihn zur

Seite. Er würde in diese Halle hineinlaufen, er wusste, Bea war darin, sonst wäre nicht ausgerechnet jetzt alles in Flammen aufgegangen, es gab keine Zufälle dieser Art.

Doch als er die Tür öffnete, fiel ihm ein grauschwarzes Bündel entgegen. Es rollte hustend und keuchend heraus. Ein Körper, völlig eingehüllt in eine Decke, die teils tropfnass, teils angesengt war. Florin sah nur die Hände, die die Decke um den Körper zusammenhielten, so fest, dass die Knöchel weiß hervortraten.

Er kannte diese Hände. Er griff danach, zog sie zu sich, hob Körper samt Decke hoch und rannte auf den Wald zu, auf das wartende Auto, auf den telefonierenden Stefan.

Erst als sie außer Reichweite des Brandes waren, schlug er die Decke zur Seite und nahm Beatrice in die Arme. Wortlos, atemlos. Und zu Tränen erleichtert, weil sie imstande war, seine Umarmung zu erwidern.

Sie ließen einander nicht los, die ganze Zeit über, und Beatrice erzählte ihnen alles. Heiser und hustend, aber ohne etwas auszulassen. Florin hielt sie beinahe zu fest, als hätte er Angst, sie könne wieder verschwinden, wenn er sie auch nur einen Atemzug lang loslassen würde. Daher war es auch Stefan, der die Kollegen informierte, sofort zwei Wagen zur Klinik und einen zu Vasinskis Wohnung schickte. Florin dagegen hielt Beatrice mit einem Arm an sich gedrückt, während er mit der anderen Hand einen Rettungswagen rief – gegen ihren Willen.

«Ich bin okay, das siehst du doch. Ich will in kein Krankenhaus.»

«Nur zur Kontrolle, Bea.» Er drückte einen Kuss in ihr Haar. «Wir gehen kein Risiko ein, okay?»

Sie wollte widersprechen, aber sie war zu froh, hier zu sein und nicht in dem prasselnden Inferno dreihundert Meter weiter.

Wenn man sie im Krankenhaus behalten wollte, würde sie sich eben selbst entlassen. Keine große Sache.

«Was ist mit Achim?», flüsterte sie gegen Florins Schulter. «Vasinski sagte erst, er sei tot. Später hat er es zurückgenommen. Welche Version stimmt?»

«Er lebt. Aber es steht nicht gut um ihn, die Ärzte haben noch keine Ahnung, wie es weitergeht. Die Details erzähle ich dir später, gut? Jetzt bin ich einfach nur glücklich, dass du hier bist. Am Leben und gesund.»

Das war sie auch. Obwohl das überschwängliche Hochgefühl noch ausblieb, alles fühlte sich eher dumpf an, als hätte man sie in Watte gepackt.

«Ich will die Kinder sehen. Sie müssen wissen, dass ich in Ordnung bin.»

Florin hatte die Nummer der Schulleiterin eingespeichert, er wählte sie an und reichte Beatrice das Telefon.

Die Frau war hörbar bewegt. «Ich bin so froh, dass Sie leben, ich kann Ihnen gar nicht sagen, wie sehr. Soll ich ehrlich sein? Ich habe nicht mehr daran geglaubt. Ich informiere sofort Mina und Jakob, das mache ich persönlich, sie werden sich so freuen …»

Bevor Beatrice Florin das Handy zurückgab, rief sie noch ihre Mutter an, doch im Mooserhof ging Richard ans Telefon.

«Hallo Bruderherz. Es gibt mich noch.»

«Bea!» Er schrie so laut, dass sie das Handy ein Stück vom Ohr weghielt, lächelnd.

«Haben sie dich gefunden? Hast du dich selbst befreit? Wo bist du? Wie geht es dir?»

Sie berichtete ihm das Wichtigste in knappen Worten. «Gib Mama Bescheid, ja? Ich melde mich dann später bei ihr. Und ab heute nehme ich wieder die Kinder, ihr müsst also nicht …»

«Haben wir nicht», sagte Richard. «Florin hat sich um sie gekümmert, am besten fragst du ihn, wie sich das ergeben hat.»

«Er hat … was?» Sie hob ihren Kopf, sah Florin nicken und die Schultern zucken. «Okay. Ich frage ihn. Dann bis später, Richard. Gib Mama einen Kuss von mir.»

Sie hörte ihn noch nach ihrer gemeinsamen Mutter und nach seiner Frau rufen, mit sich fast überschlagender Stimme, bevor sie auflegte.

Die Feuerwehr kam fast unmittelbar darauf, mit zwei Wagen, die an Florins Auto vorbeischossen und erst vor der Halle stehen blieben, viel näher, als Beatrice es für vernünftig hielt. Die Löscharbeiten hatten gerade erst begonnen, als auch der Rettungswagen eintraf.

«Ich bleibe hier und warte auf die Kollegen, fahr du ruhig mit ins Krankenhaus, Florin. Drasche ist auf dem Weg – auch wenn er in der Halle nicht mehr viele Spuren finden wird.» Stefan grinste. «Dafür gibt es ja hier draußen viel Schönes. Reifenabdrücke und so. Und ich bin sicher, er spürt den Draht auf, von dem Bea erzählt hat.»

Die Sanitäter, die sie auf eine Trage heben wollten, wies Beatrice freundlich, aber bestimmt zurück. Sie konnte gehen, und im Wagen konnte sie sitzen. Nur davon, dass sie sich die Sauerstoffmaske aufs Gesicht drücken musste, ließ sich das Rettungsteam nicht abbringen.

Das tat sie und griff mit der anderen Hand nach der von Florin. Als der Wagen startete und sich auf dem holprigen Weg in Bewegung setzte, konnte sie es erstmals wirklich glauben. Sie hatte es überstanden. Sie war davongekommen.

Bevor sie sich untersuchen ließ, bestand Beatrice auf einer Dusche. Sie legte ihre Kleidung ab, bedacht darauf, dass nichts verlorenging, vor allem nicht das, was sie aus ihrem Gefängnis mit

«Die Scheißhütte ist niedergebrannt, Abdrücke können wir vergessen. Spuren von Reifen und Schuhen leider auch – die Feuerwehr hat mit ihren Wagen alles ruiniert, und den Rest hat das Löschwasser besorgt.» Er gab einen Ton zwischen Knurren und Seufzen von sich. «Tut mir wirklich leid, ich weiß, dass Vasinski auf Unschuldslämmchen macht. Und wir drehen ihm schon noch einen Strick aus der Sache, irgendwie. Im Moment ist sowieso am wichtigsten, dass wir Bea zurückhaben.»

«Glaub mir, das sehe ich ganz genauso.» Florin lächelte.

«Keine Sorge», sagte Beatrice fröhlich. «Schlaf gut, Gerd. Morgen habe ich eine Überraschung für dich.»

«Eine Überra– was meinst du? Los, komm, sag schon. Raus mit der ...»

«Morgen.» Sie drückte auf das rote Tastfeld und brach das Gespräch ab. Gähnte. «Lass uns auch schlafen gehen, hm?»

Florin zog sie näher an sich heran. «Ich bin froh, dass du Vasinskis Versuche sich herauszuwinden und unsere miese Beweislage so locker nimmst, aber wenn er ein Alibi hat, wird es schwierig. Du weißt ...»

Sie nickte ergeben. «Na gut. Dann zeige ich es dir gleich.»

Im Vorzimmer, an einem der Haken, hing neben den Kinderjacken die Plastiktasche, in der sie ihre nassen, rußigen Kleidungsstücke aus dem Krankenhaus mitgenommen hatte. Sie hatte sehr genau darauf geachtet, dass nichts fehlte, trotz des erstaunten Blicks der Krankenschwester, die das für ein Versehen und ihre Beute für Müll gehalten hatte. Besonders das, was sie in ihren BH gesteckt und nach draußen gerettet hatte.

«Er war so siegessicher, weißt du? Er hat bei seinem Abschiedsbesuch nicht einmal Handschuhe getragen. Vermutlich hat er nur beim Gehen die Türklinken abgewischt, zur Sicherheit.»

Florin schüttelte den Kopf. «Ich verstehe nicht.»

Sie holte einen der Tiefkühlbeutel aus der Küchenschublade.

Dann nahm sie das T-Shirt, das sie bei ihrer Rettung getragen hatte, aus der Tasche. Es war eingerollt. Sie breitete es vor Florin auf dem Couchtisch aus, und da lagen sie nebeneinander. Einer zu einem weiten Ring geformt, der andere zerrissen. Kabelbinder.

«Glatte Oberfläche. Wir werden jede Menge Abdrücke finden, von mir natürlich, aber auch von Vasinski, und sie müssten bildschön sein.»

Sie lachte auf und ließ sich auf Florins Schoß gleiten. «Gerd wird mich dafür lieben.»

ENDE